Der namenlose Müllmann lebt ein Leben der Gewohnheit und Routine, stets auf Unsichtbarkeit bedacht. Seine Leidenschaft sind die Dinge, die andere Menschen entsorgen, denn weggeworfene Gegenstände stecken voller Geheimnisse. Er sammelt und analysiert diese Dinge, um mehr über ihre ehemaligen Besitzer herauszufinden. Und auch er selbst trägt ein großes Geheimnis in sich, das nie jemand lüften darf. Als er jedoch den Suizid eines dreizehnjährigen Mädchens mit lila Haarsträhne verhindert, beginnt sich sein Leben dramatisch zu verändern. Er wird nicht länger in der Rolle des Beobachters bleiben können, denn nun ist er aus den Schatten getreten. Zugleich sucht ab jetzt da draußen jemand nach ihm, weil er unwissentlich eine Spur hinterlassen hat, die zu ihm zurückführt. Eine Jagd beginnt …

Donato Carrisi, geboren 1973 in einem Dorf in Apulien, lebt in Rom. Er studierte Jura und spezialisierte sich auf Kriminologie und Verhaltensforschung. Nach einer kurzen Tätigkeit als Anwalt arbeitet er heute als Autor und Regisseur. Neben Carrisis Bestseller *Der Nebelmann* wurde auch sein Thriller *Diener der Dunkelheit* fürs Kino verfilmt. Zuletzt erschien im Atrium Verlag *Haus der Stimmen*.

Susanne Van Volxem und **Olaf Matthias Roth** übersetzen gemeinsam bekannte Autoren wie Luca D'Andrea und Maurizio de Giovanni.

DONATO CARRISI

THRILLER

ICH BIN DER ABGRUND

Aus dem Italienischen von
Susanne Van Volxem und Olaf Matthias Roth

Atrium Verlag · Zürich

Taschenbuchausgabe
1. Auflage 2023
© Atrium Verlag AG, Zürich, 2022
Alle Rechte vorbehalten
Die Originalausgabe erschien 2020 unter dem Titel
Io sono l'abisso bei Longanesi & C., Mailand.
© Donato Carrisi 2020
Aus dem Italienischen von Susanne Van Volxem
und Olaf Matthias Roth
Umschlaggestaltung: Sund Design, Hamburg,
unter Verwendung des Umschlagentwurfs von
semper smile, München
Umschlagmotiv: © iStock.com/Moonstone Images
Satz: Greiner & Reichel, Köln
Druck und Bindung: GGP Media GmbH, Pößneck
Printed in Germany
ISBN 978-3-03882-031-4

www.atrium-verlag.com
www.facebook.com/atriumverlag
www.instagram.com/atriumverlag

Für Antonio und Vittorio,
meine Söhne, meine schönsten Geschichten

Why I should pity man more than he pities me?

Warum sollte ich mehr Mitleid mit den Menschen haben als sie mit mir?

Frankenstein oder Der moderne Prometheus
Mary Shelley, 1818

Es ist im Haus!

Frankenstein – Film von James Whale, 1931

Bei der Leuchtreklame oben auf dem Dach fehlen ein paar Buchstaben, andere sind schief und krumm. Auch wenn er erst fünf Jahre alt ist und noch nicht zur Schule geht, kennt er schon das G und das H. Und er weiß, dass der Buchstabe O die Form eines Kreises hat, so wie gerade sein staunender Mund.

»Grand Hotel« liest Vera ihm im Näherkommen vor und zeigt auf das hohe verschlafene Gebäude vor ihnen. Die Fenster sehen aus wie blinde Augen. Lange bröckelnde Risse, wie Spuren getrockneter Tränen, ziehen sich über die Fassade. Die bunten Werbeschilder lassen das Haus wie einen gedemütigten Riesen erscheinen, statt heitere Betriebsamkeit auszustrahlen. Die Eingangstür erinnert an ein kaputtes Drehkarussell und ist mit Holzbalken verrammelt. Auf dem Vorplatz ragen Unkrautbüschel wie die Finger eines Skeletts, das seiner Gruft entfliehen will, zwischen den Steinplatten hervor.

Abgesehen vom Chor der Zikaden ist nur das Klappern von Veras Holzschuhen zu hören. Und das Schlurfen des kleinen Jungen. Er trägt ein ärmelloses T-Shirt, blaue Shorts und Plastiksandalen und kann kaum Schritt halten mit Vera, die in ihren Pantoletten mit den glänzenden Schnallen grazil wie ein Flamingo voranstrebt.

Die Sonne blendet. Doch der Junge kann seinen Blick nicht von der Frau lösen, während er hinter ihr herstolpert. Vera trägt ihre dunkle Katzenaugenbrille, und die drei dicken Armreifen rutschen ihr fast über den Ellbogen, da sie ihren Strohhut mit dem rosa Band festhalten muss. Der Junge mag den Hut, sie haben ihn zusammen in einem Souvenirgeschäft gestohlen. Er hat sie gebeten, ihn aufzusetzen, bevor sie am Morgen das Haus verlassen haben, und sie hat ihm den Gefallen getan. Unter ihren Shorts und der leichten Bluse trägt Vera einen Bikini mit grünen und gelben Blumen. Wie ein Filmstar. Ihr dichtes hellblondes Haar glänzt in der Morgensonne. Ihre Haut ist weich und glatt und mit winzigen Sommersprossen übersät, die man nur sieht, wenn man ganz nah vor ihr steht.

Der Junge schaut sie an und wird traurig. Manchmal denkt er, dass er so eine hübsche Mama nicht verdient hat. Dick und plump, wie er ist. Und sie so perfekt.

»Los, komm, wir sind fast da«, treibt Vera ihn an.

Der Junge ist außer Atem, am liebsten würde er sie bitten, langsamer zu gehen, doch er hat Angst, dass sie dann seine Hand loslässt. Sie haben so selten Körperkontakt, der Junge kann kaum glauben, dass sie sich noch nicht von seiner verschwitzten Hand befreit hat.

Doch heute ist ein besonderer Tag.

Über Veras Schulter hängt eine große Tasche, in die sie Badetücher und Proviant gestopft hat: zwei Brötchen und ein paar Flaschen Cola. Es riecht nach Mortadella, und die Flaschen stoßen mit leisem Klirren gegeneinander.

Heute ist der Tag ihres »großen Abenteuers«.

Seit Wochen sprechen sie davon. Es war ihre Idee, und allein das ist schon außergewöhnlich genug. Der Junge hatte gedacht, sie würde es vergessen, wie sonst auch. Aber nein, sie hat ihm etwas versprochen, und offensichtlich hält sie sich daran.

Dass der Schauplatz des großen Abenteuers anders aussieht, als er sich vorgestellt hat, macht ihm nichts aus. Wenigstens sind keine »Schmeißfliegen« da. Auf der Straße drehen sie sich immer nach Vera um, sie umzingeln sie mit ihren tausend Blicken und ihrem unflätigen Brummen. Sie scheint es als Einzige nicht zu bemerken. Manchmal schafft es einer der Brummer, sie zum Lachen zu bringen, und dann lässt Vera ihn in ihr Leben eindringen, ohne den Jungen zu fragen, ob er damit einverstanden ist. Doch heute ist es anders. Heute wird niemand seine Mutter zum Lachen bringen, sodass sie ihr Kind vergisst.

Heute gehört sie nur ihm allein.

Immerhin hat er inzwischen gelernt, dass die Schmeißfliegen kommen und gehen. Niemand bleibt. Entweder hat Vera irgendwann genug oder andersherum. Normalerweise kümmern sie sich nicht um ihn, was dem Jungen nur recht ist. Manchmal bemerkt ihn aber doch einer und versucht, den Vater zu spielen, der er nicht ist, und ihn zu erziehen. Vom letzten Erziehungsversuch hat er noch ein Brandmal unter der Achsel übrigbehalten, der Kuss einer glühenden Zigarettenspitze.

Der Junge weiß nicht, wer sein Vater ist. Er hat Vera nie danach gefragt. Wahrscheinlich eine von den Schmeißfliegen auf der Durchreise. Ein besonders dickes, hässliches Exemplar, das noch schnell seine ganze Widerwärtigkeit in Veras Bauch zurückgelassen hat, bevor es wieder verschwunden ist. Das Resultat ist er. Vielleicht hat Vera ihm deshalb verboten, »Mama« zu ihr zu sagen. Er nennt sie nur in Gedanken so. Auch das Wort »Familie« gibt es bei ihnen nicht. Aber sogar Vera weiß, dass man dem Kind, das man in die Welt gesetzt hat, bestimmte Dinge erklären muss. Und zwar so, dass es sie begreift. Also haben sie vor ein paar Wochen zusammen einen Film über eine Familie angeschaut, die einen Ausflug ans Meer gemacht hat. Da war ein Junge, so wie er. Sein Vater hat ihm eine Taucherbrille geschenkt und ihm gezeigt, wie man sie benutzt.

Das große Abenteuer besteht darin, dass Vera versprochen hat, ihm heute das Schwimmen beizubringen.

Er hat allerdings keine Badehose, worauf sie ihn vor dem

Weggehen aufmerksam gemacht hat. Aber Vera hat nur gesagt: »Du brauchst keine Badehose, deine Unterhose reicht vollkommen.«

Inzwischen ist es ihm egal, es wird auch so gehen. Mit klopfendem Herzen bahnt er sich zusammen mit ihr den Weg durchs Gestrüpp, über Bauschutt und Glasscherben hinweg. Sie gehen einmal um das Grand Hotel herum, bis sie auf der Rückseite angelangt sind.

»Was habe ich dir gesagt?«, ruft Vera begeistert und zeigt auf das Becken vor ihnen, das wie eine Bohne geformt ist.

Ohne es zu merken, löst der Junge seine Hand aus der der Mutter und bleibt wie angewurzelt stehen. Obwohl er erst fünf Jahre alt ist, weiß er schon, wie schmerzhaft es sein kann, wenn man sich zu sehr auf seine Fantasie verlässt. Vor allem, wenn Vera etwas anderes im Kopf hat. Doch diesmal ist es schlimmer. Die Wirklichkeit schnürt ihm die Kehle zu.

Das Wasser ist schwarz und glänzend wie eine Filmrolle. Dicht über der Oberfläche schwirren Insekten und ein paar Libellen.

»Was ist denn jetzt schon wieder?«, fragt Vera genervt.

»Nichts«, erwidert der Junge, doch ihm ist klar, dass sie ihm seine Enttäuschung anmerkt.

»Sag schon, was ist?«

Er kann einfach keine Begeisterung heucheln.

»Wir können auch wieder nach Hause fahren«, sagt Vera drohend.

»Nein, nein!«, beeilt er sich, sie von dem Gedanken abzubringen. Er hat Angst, alles kaputtgemacht zu haben. »Lass uns bleiben«, sagt er fast flehentlich.

Für einen Moment schaut Vera ihm ins Gesicht, eine Augenbraue hebt sich über die dunklen Brillengläser. Dann blickt sie sich um.

»Suchen wir uns einen Platz, wo wir uns hinlegen können«, beschließt sie und holt ein Badetuch aus ihrer Tasche.

Sie entscheiden sich für ein freies Stück Betonboden zwischen ein paar durchgesessenen Liegestühlen. Vera zieht Shorts und Bluse aus und legt sich auf das Badetuch.

»Ziehst du dich nicht aus?«, fragt sie. »Komm schon, nur nicht so schüchtern!«

Der Junge beginnt mit der Hose, dann ist das T-Shirt an der Reihe. Seine Mutter lässt ihn nicht aus den Augen. Er schämt sich. Er wartet darauf, dass Vera einen ihrer üblichen Scherze macht, ihn »Dickerchen« oder »Moppel« nennt. Aber diesmal passiert es nicht.

»Warum gehst du nicht ins Wasser?«, schlägt sie vor.

Er dreht sich zu dem Becken um, schweigt.

Vera lacht, als sie seine Reaktion bemerkt. Aber es ist ein gutmütiges Lachen. Sie fängt an, in ihrer Tasche zu wühlen.

»Ich habe dir was mitgebracht«, sagt sie.

Eine Überraschung? Normalerweise sind die Überraschungen seiner Mutter mit Vorsicht zu genießen. Wie bei dem einen Mal, als sie gesagt hat, sie geht ihm ein Geburtstagsgeschenk kaufen, und er drei Tage lang allein zu Hause war.

Aber jetzt zieht sie ein Paar Schwimmflügel aus der Tasche.

»Für den Anfang nimmst du die«, erklärt sie und beginnt, sie aufzublasen. »Damit lernst du ganz schnell schwimmen.«

Ein Geschenk – er kann es nicht glauben. Vera hat höchstens mal etwas für ihn gestohlen, wenn sie zusammen in einem Geschäft oder im Supermarkt waren. Meistens Schuhe oder Kleidung. Alles, was er besitzt, seine wenigen Spielsachen inbegriffen, ist geklaut oder hat früher jemand anderem gehört, der es nicht mehr haben wollte.

Als seine Mutter fertig ist mit Aufblasen, hilft sie ihm, die Schwimmflügel überzustreifen. Zufrieden blickt er auf die dicken orangefarbenen Ringe um seine Oberarme. Jetzt muss er nur noch den Mut aufbringen, in dieses Wasser zu gehen.

»Jetzt bist du bereit«, ermutigt sie ihn.

Tapfer nähert sich der Junge dem Becken, doch auf halber Strecke bleibt er stehen. Er sieht den Schatten seiner Mutter nicht mehr neben sich. Also dreht er sich um: Vera sitzt noch immer auf ihrem Badetuch, sie zündet sich eine Zigarette an.

»Kommst du nicht?«, fragt er.

»Ich rauche die noch zu Ende, dann komme ich«, verspricht sie. »Geh schon mal rein.«

Lieber würde der Junge auf sie warten. Sie errät seinen Gedanken sofort.

»Was ist … hast du Angst?«

Der Junge mag diesen Tonfall nicht. Aber Vera spricht oft so mit ihm. Manchmal auch, wenn eine von den Schmeißfliegen dabei ist. Dann machen sie sich zusammen über ihn lustig.

»Ich habe keine Angst«, sagt er.

Er will die Stimmung nicht verderben und gibt sich mutiger, als er ist. Am Beckenrand angekommen, taucht er den großen Zeh ins Wasser. Er muss an Brombeergelee denken, so dunkel und glibberig ist es. Er weiß, dass Vera ihn beobachtet, er fühlt ihre Blicke zwischen den Schulterblättern. Er beschließt, nicht länger zu zaudern, und setzt sich hin, um erst mal die Beine einzutauchen, bis zum Knie. Er sieht, wie sie von der dunklen Flüssigkeit verschluckt werden. Ein kalter Schauer rieselt ihm über den nassgeschwitzten Rücken. Er ist nur noch Oberkörper, nur noch Rumpf. Sein Atem wird schneller.

»Die Schwimmflügel halten dich über Wasser«, ruft Vera von ihrem Sonnenplatz aus. »Und ich habe dich im Blick.«

Der Junge versucht, all seinen Mut zusammenzunehmen, um in diese schwarze Brühe einzutauchen. Er weiß, dass er nicht viel Zeit hat. Die Zeit ist die Verbündete der Angst – das hat er gelernt, als Vera einmal, als sie unglücklich war und zu viel getrunken hatte, einen schweren Glasaschenbecher nach ihm geworfen hat. Eine Angstsekunde zu viel, und er hatte eine tiefe Platzwunde hinter dem Ohr.

»Wenn du nicht freiwillig gehst, schubse ich dich rein«, sagt seine Mutter finster und stößt eine Rauchwolke aus.

Der Junge schließt die Augen, lässt sich hineingleiten.

Im ersten Moment sinkt er in die Tiefe, doch dann wird er wieder nach oben gezogen. Zum Glück halten ihn die Schwimmflügel über Wasser. Dafür scheint das Becken zum Leben erwacht zu sein. Ein unangenehmes Gefühl. Er beginnt, hektisch mit den Beinen zu strampeln, nicht, weil er schwimmen will, sondern, um die Flucht zu ergreifen.

»Na, siehst du jetzt, wie einfach es ist?« Veras Stimme klingt vorwurfsvoll. »Jetzt versuch mal, Kreise zu ziehen.«

Kreise ziehen, was soll das heißen? Er weiß nicht mal, wie man seine Schwimmrichtung ändert. Aber er will sie nicht enttäuschen. Er versucht sein Bestes, bewegt jetzt auch die Arme, und irgendwie kommt er vorwärts. Stolz erfüllt ihn, als er es fast bis zur Mitte des Beckens geschafft hat. Doch das Gefühl ist nicht von langer Dauer.

Da ist etwas, direkt unter ihm, er kann es spüren. Etwas, das ihn festhalten will. Eine Berührung am Knöchel.

Was ist das, eine Hand?

Er fürchtet, in die Tiefe gezogen zu werden. Ruckartig weicht er zurück, um sich zu befreien. Er stößt einen schrillen Schrei aus, »wie ein Mädchen«, wie Vera sagen würde.

Sein Fuß stößt an einen Fremdkörper, der kurz neben ihm auftaucht und sofort wieder versinkt. Ein knotiger, trockener Ast. Er hört das ferne Lachen seiner Mutter.

Doch sofort wird seine Aufmerksamkeit von etwas anderem abgelenkt. Ein Luftzug, direkt neben seiner Wange. Woher

kommt er? Er dreht den Kopf zu seinem rechten Schwimmflügel.

Da ist ein winziges Loch in dem orangefarbenen Plastik.

Dieses Löchlein genügt, um die Luft komplett entweichen
zu lassen. Der Schwimmflügel wird immer schlaffer, sein Arm
immer schwerer.

Er nimmt seine ganze Kraft zusammen. Nur zwei, drei
Schwimmzüge, schätzt er, und er ist zurück am Becken-
rand. Doch in dem Moment bemerkt er, dass auch der linke
Schwimmflügel an Volumen verliert.

Seine einzigen beiden Helfer, die ihn vor dem Abgrund bewahren, sie verlassen ihn.

Er dreht und windet sich, fest davon überzeugt, dass der
Tümpel ihn nicht freigeben wird. Mit dem Kinn taucht er immer wieder unter Wasser, die schwarze Suppe schwappt gegen
seine Lippen. Das Becken will ihn nicht gehen lassen.

Vera muss ihm helfen, denkt er. Es gelingt ihm, den Kopf
in ihre Richtung zu drehen, er versucht, nach ihr zu rufen,
fast bringt er ihren Namen hervor. Die Szene, die vor ihm auf-
scheint, dauert nur einen Augenblick und verstört ihn zutiefst.

Vera hat das Badetuch vom Boden aufgehoben und in ihrer
großen Tasche verstaut.

Panik ergreift ihn. Sein Körper wird steif, sinkt wie ein Stein
nach unten. Er kämpft, schlägt um sich und schafft es, wieder
hochzukommen. Erneut schaut er zum Beckenrand. Vera hat
sich den Strohhut aufgesetzt und die Katzenaugenbrille, sie hat
ihm den Rücken zugewandt, ihre Hüften schwingen, als sie
auf ihren Holzpantinen mit den glänzenden Schnallen ruhig
davongeht.

Sein Kinderherz versucht ihm einzureden, dass das nicht
wahr ist, nicht wirklich passiert. Er möchte schreien, sie zu-
rückrufen. Doch auf diese Weise schluckt er nur noch mehr

von dem moderigen Wasser, das ihm den Atem nimmt. Um sie mit dem Blick zu suchen, legt er den Kopf in den Nacken. Er sieht sie nicht. Sie ist gegangen, sie ist weg.

Seine Mutter ist nicht mehr da!

Die Schwimmflügel sind bloß noch schlappe Anhängsel. Er weint und rudert mit den Armen. Aus der Tiefe steigen Abfälle empor, treiben um ihn herum: Plastikflaschen, Getränkedosen, rostige Kanister, Müllbeutel. In seiner Not greift er danach, will sich festhalten. Vergeblich. Er hört seine eigenen erstickten Hilferufe, spürt die Tränen über seine nassen Wangen laufen. Angst und Entsetzen explodieren in seinem Bauch.

Der Beckenrand ist nah und doch so fern. Immer wieder gerät er mit dem Kopf unter Wasser, aber noch schafft er es jedes Mal, sich an die Oberfläche zurückzukämpfen. Wie lange wird er durchhalten? Sein nächster Atemzug kann der letzte sein, er weiß es. Wie ein Berserker schlägt und tritt er auf das Wasser ein, er will nicht aufgeben. Ein Fisch in einem riesigen Spülbecken, der sich gegen den Sog des Abflusses wehrt. Der Beckenrand ist nah. Aber nicht nah genug.

Nicht nah genug!

Er merkt, wie seine Kräfte nachlassen. Er hat einen Krampf in beiden Beinen, kann sie nicht mehr bewegen. Auch seine Arme erlahmen, er spürt sie kaum noch. »Das Dickerchen ertrinkt, das Dickerchen säuft ab«, sagt er zu sich selbst, wieder und wieder, mit der gleichen mitleidlosen Stimme wie Vera, wenn sie gegen ihn stichelt.

Doch genau in dem Moment entdeckt er etwas, mit dem er niemals gerechnet hätte. Ein stilles Geheimnis, das in seinem Inneren schlummert, wer weiß, wie lange schon, vielleicht von Anfang an, gut versteckt unter den vielen Speckrollen.

Eine unbekannte Kraft.

Die Arme, die er für nutzlos gehalten hat, strecken sich von alleine in die Länge und schlagen mit aller Macht auf die Wasseroberfläche ein; in die Füße und Beine kommt wieder Leben, kraftvoll geben sie ihm Auftrieb. Er weiß nicht, woher dieser plötzliche Energieschub kommt. Es ist, als hätte jemand anders die Kontrolle über seinen ungelenken Körper übernommen. Sein Kopf hebt sich aus dem Wasser, er bekommt wieder Luft. Seine Lungen füllen sich mit Leben. Noch ein Zug. Und noch einer. Bis er gegen die Beckenwand stößt und sich an dem glitschigen Rand festhalten kann. Für eine Weile verharrt er so, zitternd. Seine kalkweißen Finger krallen sich um die gekachelte Wölbung. Er wird von Krämpfen geschüttelt, kann nichts dagegen tun. Die Sekunden vergehen. Die Minuten.

Um ihn herum nur der gleichmütige Gesang der Zikaden.

An den Beckenrand geklammert, arbeitet er sich bis zu einer rostigen Leiter vor, der mehrere Sprossen fehlen. Mühsam hangelt er sich hinauf und klettert aus dem dunklen Tümpel. Die Luft ist warm, doch ihm ist kalt. Urin rinnt an seinen Beinen herunter, er merkt es nicht einmal. Er hört nur das Wummern seines Herzens.

»Mama …«, ruft er mit erstickter Stimme. »Mama …«

Es kümmert ihn nicht, dass sie ihn wegen seines Schluchzens bestimmt heruntermachen wird.

Er weiß nicht, was er tun, wohin er gehen soll. Er hat nur zwei Gewissheiten.

Seine Mutter hat ihn im Stich gelassen. Und er kann jetzt schwimmen.

1

Der stillste Ort auf Erden.

Das hatte der Müllmann in einer Zeitung gelesen, die jemand vor langer Zeit einmal auf einem Sitz im Bus hatte liegen lassen.

Die Titelzeile bezog sich auf den Comer See.

In dem Artikel ging es eigentlich um Häuser, nicht um Menschen. Leerstehende Häuser, optimale Gelegenheiten, um zu investieren. Zumindest hatte er es so verstanden. Das Lesen fiel ihm nicht besonders leicht, oft verstand er den Sinn eines Satzes nicht ganz. Aber diese Worte hatten ihn beeindruckt, daher hatte er beschlossen, ein Zeichen in ihnen zu sehen.

Auch an jenem Morgen im Spätfrühling musste er wieder an diese Überschrift denken, als er seine Runde in einem Wohnviertel mit Einfamilienhäusern und viel Grün begann.

Das Zifferblatt der Quarzuhr, die den Takt seines Lebens vorgab, zeigte genau zehn vor fünf an. Es war noch dunkel. Am Horizont war der See zu erkennen, eine lange Linie aus Graphit, schwarzsilbrig. Auf der Straße, die sich den Hügel hinaufwand, war niemand zu sehen. Außer ihm selbst natürlich. Am Steuer des orange-grünen Kleintransporters der Städtischen Müllabfuhr, das Fenster gerade so weit geöffnet, dass die prickelnde Luft hereinwehen konnte, ihm aber das korrekt frisierte mahagonibraune Haar mit dem Seitenscheitel nicht durcheinanderwirbelte.

Der Müllmann betrachtete die Häuser und stellte sich vor, wie ruhig es in ihnen sein mochte; sicher lagen die Bewohner noch alle wohlig warm unter ihren Decken. Junge Paare, Paare mit Kindern, alte Paare. Alle in ihren eigenen Betten. Dann waren da diejenigen, die aus irgendeinem Grund keine Familie hatten. Weil sie verwitwet waren oder geschieden oder im Laufe ihres Lebens keinen passenden Partner gefunden hatten. Alleinstehende Menschen. Viele von ihnen starben, ohne einen Erben zu hinterlassen – deshalb gab es auch so viele leerstehende Häuser in der Gegend.

»Der stillste Ort auf Erden«, trällerte er leise vor sich hin. Aber es war zugleich der einsamste, auch wenn das niemand zugab. Doch genau aus dem Grund hatte der Müllmann vor zehn Jahren beschlossen, dorthin zu ziehen. Und inmitten all der Einsamkeit war da nun auch seine eigene.

Er fuhr rechts ran und stellte den Motor ab. Vorsichtig, um seine Frisur nicht durcheinanderzubringen, setzte er die Schirmmütze mit dem Logo der Städtischen Müllabfuhr auf. Dann stieg er aus und ließ leise die Autotür zufallen. Sofort wurde er von einer beruhigenden Stille umfangen, als hätte man auch ihm eine warme Decke um die Schultern gelegt. Er setzte seine Nickelbrille ab, putzte die Gläser mit dem Saum seiner orangefarbenen Weste, die er über den grünen Arbeitsoverall gezogen hatte, setzte sie wieder auf und schaute sich um. Bald würde das Licht in den ersten Fenstern angehen, die Welt wieder dem täglichen Wahnsinn anheimfallen.

Doch noch war es nicht so weit. Noch war er der unbestrittene Herr der Schöpfung.

Ihm blieben zwei, drei Minuten, bevor seine Schicht begann. Er beschloss, den wunderbaren Zustand der Stagnation zu genießen. Banale Gesten erhielten eine ganz andere, eine höhere Bedeutung zu dieser Uhrzeit. Mit den Fingern zu knacken beispielsweise: Im alltäglichen Lärm gingen diese zarten Geräusche vollkommen unter, in der jetzigen Ruhe jedoch klangen sie plötzlich ganz laut. Noch viel lieber als alles andere mochte er es zu atmen. Eine der kleinen Freuden im Leben, die viele vergessen hatten oder auf die sie nicht achteten. Der Müllmann hatte sie als Fünfjähriger in einem Brackwasserbecken zu schätzen gelernt. In vollen Zügen atmete er ein und wieder aus.

Die Morgenluft war das Beste. Er versuchte immer, die Frühschicht zu bekommen. Neben anderen Vorteilen wie dem, nicht mit irgendwelchen Kollegen reden zu müssen, konnte er die Ruhe bis ins Letzte auskosten. Ein derart intimes Privileg war nicht mit anderen zu teilen.

Der Müllmann war ein schweigsamer Mensch. Und auch wenn er nachdachte, waren seine Gedanken ausgiebige Betrachtungen, das Dahingleiten stummer Bilder in seinem Kopf, begleitet von beinah elementaren Empfindungen.

Er hatte jedoch gemerkt, dass seine Introvertiertheit den anderen unangenehm war. Niemand war gern mit einem Menschen zusammen, der die ganze Zeit kein Wort herausbrachte, nicht rauchte, keinen Alkohol trank, sich nicht an Gesprächen über Sport oder Frauen beteiligte, ja noch nicht einmal eine Ehefrau oder Kinder hatte, über die er sich beschweren konnte. Ein Mann ohne Freunde, hätte man sagen können. Ein Mann, der das alles nicht braucht, hätte er gesagt, wenn er zu einer solchen Selbstbeschreibung fähig gewesen wäre. Denn wenn er über sich selbst nachdachte, fiel dem Müllmann keine Charakterisierung ein.

Straßen reinigen, Abfälle beseitigen – diese Tätigkeiten beschrieben ihn am besten.

Er war sich der häufig negativen Wahrnehmung seiner Arbeit bewusst. Die Leute begriffen zwar, dass sich jemand um ihren Müll kümmern musste, sahen aber trotzdem auf diejenigen herab, die damit beauftragt waren. So als wäre es ein Zwang oder eine Strafe. Ihm machte es jedoch nichts aus. Weder störten ihn die üblen Gerüche, noch ekelte er sich davor, das anzufassen, was andere widerlich fanden. Jemand musste sich nun mal dieser unerfreulichen Aufgabe annehmen, das war ein unumstößliches Gesetz.

Die Müllbeseitigung in Como und in der Gegend um den See wurde diskret abgewickelt. Es war eine Art Spiel, bei dem es ums Prestige ging. Jede Nacht bis zum Sonnenaufgang war ein Heer von Mitarbeitern der Städtischen Müllabfuhr damit beschäftigt, die Stadt zu reinigen, während die Bewohner noch tief und fest schliefen.

Dreimal pro Woche, bevor die Straßen mit dem Wasserschlauch abgespritzt wurden, fuhren die orange-grünen Kleintransporter von Haus zu Haus und sammelten die Abfallsäcke ein, die die Bewohner am Vorabend beflissen auf den Bürgersteig gestellt hatten. Fest verschlossen und von unterschiedlicher Farbe, je nachdem, welche Art von Müll laut Kalender gerade gesammelt wurde.

Es war Donnerstag, da waren die Biosäcke an der Reihe.

Die Quarzuhr am Handgelenk des Müllmanns piepte: Punkt fünf. Zeit für seine Schicht. Er holte seine Arbeitshandschuhe aus dem Kleintransporter und zog sie an. Genau in dem Moment, als die Morgensonne Millionen von Funken auf der Oberfläche des Sees entzündete, begann er, die Müllsäcke vor den Gittertoren der Villen einzusammeln. Als er fertig war, ging er zurück zum Kleintransporter und warf sie sorgsam einen nach dem anderen auf die Ladefläche. Ohne dabei ein Geräusch zu verursachen, er war sehr gewissenhaft. Dann stauchte er sie mit einem Stock zusammen.

Sie hatten ihm das Viertel vor sechs Wochen zugewiesen, und dem Rotationsprinzip zufolge würde er vom Folgetag an ein neues erhalten. Es tat ihm ein wenig leid, er hatte sich an die Gegend gewöhnt. Nun würde er seine kleinen Rituale in einem anderen Bezirk neu erschaffen müssen.

Sechs Wochen lang hatte er zum Beispiel jeden Morgen vor der Hausnummer 23 Halt gemacht und die Villa aus dem frühen zwanzigsten Jahrhundert betrachtet. Sie hatte eigenwillige Fenster mit Spitzbögen, Zinnen auf dem Dach und eine Einfriedung aus Gitterstäben. Ein Mittelding aus Kirche und Schlösschen. Die Spitzenvorhänge waren zugezogen, doch auf dem breiten Fensterbrett, neben einer Vase mit Hortensien, sah man ein großes Kissen, auf dem sich fünf Katzen aneinanderkuschelten. Eine silberfarben, eine schwarz-weiß, eine mit einem schönen rötlichen Fell und zwei getigerte.

Der Müllmann schob sich die Brille auf dem Nasenrücken hoch, warf einen letzten Blick auf das auffällige Gebäude und griff nach dem Beutel mit Biomüll, der neben dem Gitter lehnte.

Er wog ein paar Pfund, nicht mehr.

Como war die stillste und einsamste Stadt der Welt. Und inmitten all dieser Einsamkeit, auch seiner eigenen, war die der Frau, die in diesem Haus lebte.

Er ging zurück zu seinem Transporter, doch statt den Biomüllbeutel auf den Haufen zu den anderen zu werfen, öffnete er die Fahrertür und stopfte ihn unter den Sitz.

Dann stieg er ein und startete den Motor, um seine Tour fortzusetzen.

2

Gegen drei Uhr an einem sonnigen, aber kühlen Nachmittag verließ ein städtischer Angestellter wie viele andere in Alltagskleidung den Kommunalen Wertstoffhof, um nach Hause zu gehen.

Es entsprach dem Bild, das der Müllmann von sich hatte: Wenn er seinen Arbeitsoverall abgelegt hatte, trug er am liebsten Kleidung, die er im Supermarkt kaufte, vorzugsweise unauffällige Teile. Die Farben sollten möglichst neutral sein. Normalerweise helle Jeans und dunkle Schnürschuhe, ein anthrazitfarbener Pullover, ein hellblaues oder weißes Hemd und eine graue Windjacke mit abnehmbarer Kapuze, falls es regnen würde.

An diesem Tag hatte er außerdem eine schwarze Schultertasche umgehängt.

Er nahm mindestens vier Busse, um das Vorstadtviertel zu erreichen, in dem er wohnte, auch wenn ein einziger genügt hätte. Es gab keinen speziellen Grund dafür, er war einfach nur vorsichtig.

Er stieg an der üblichen Haltestelle aus und ging mit gesenktem Kopf, die Hände in den Taschen vergraben, zu dem langgezogenen Platz, der als Innenhof einer Ansammlung von Hochhäusern diente. Die Tasche schlug bei jedem Schritt rhythmisch gegen seine Hüften, als er zwischen Scharen von Kindern hindurch die mit ein paar Kreidestrichen auf dem Asphalt improvisierten Fußballplätze überquerte. An niedrige Trennmauern gelehnt standen rauchend Frauen, die sich in unverständlichen Sprachen miteinander oder am Handy unterhielten, manche schaukelten Kinderwagen, andere diskutierten mit weit ausladenden Gesten. Die Männer hielten sich etwas abseits, sie wirkten ruhiger und hatten fast alle ein Bier in der Hand. Im Hintergrund drang eine wilde Kakophonie unterschiedlicher Rhythmen und Melodien aus den Lautsprechern der Autos, die mit heruntergelassenen Scheiben auf dem Parkplatz standen. In dieser lärmenden bunten Menschenmenge wirkte der Müllmann wie ein Außerirdischer. Er war hier der Fremde, der allen anderen hätte auffallen müssen. Doch niemand grüßte ihn, nicht einmal eines Blickes würdigte man ihn. Um nicht bemerkt zu werden, hätte er den bevölkerten Platz auch meiden können, doch er hatte schon vor einiger Zeit festgestellt, dass er keinerlei Risiko einging, wenn er sich unter die Leute mischte: Seine Anwesenheit wurde ebenso wenig bemerkt wie die einer Küchenschabe bei einer Tanzparty. Früher hatte ihn das verletzt, doch dann hatte er sich eines Besseren besonnen. Wie viele Menschen besaßen diese Gabe? Sie hob ihn von der Masse ab.

Ich bin unsichtbar, hatte er sich gesagt.

Er betrat einen der zahlreichen Eingänge der Mietskaserne. Auf dem Dach ragte ein Wassertank in die Höhe. Der Müllmann nahm den einzigen Aufzug, der funktionierte, um in den siebten Stock zu gelangen. Seine Wohnung war die letzte in einem engen dunklen Korridor. Um sich Zutritt zu verschaffen, musste man drei Sicherheitsschlösser überwinden, die er noch am Tag seines Einzugs an der Wohnungstür angebracht hatte. Er wühlte in den Taschen seiner Windjacke und zog einen kleinen Blechpanzer hervor, an dem der Ring mit den Schlüsseln hing. Eines nach dem anderen öffnete er die Schlösser.

Er trat über die Schwelle, schloss von innen ab und ließ die Außenwelt mit einem Gefühl der Erleichterung hinter sich.

Die Wohnfläche bestand aus gerade einmal zwei Zimmern und einem schmalen Bad. Das erste Zimmer war Wohnzimmer und Küche in einem, auch ein Sofa stand darin, das jeden Abend zu einem Bett umfunktioniert wurde. Der zweite Raum lag hinter einer grünen Tür mit drei Paneelen und einem angelaufenen Messinggriff.

Die grüne Tür war verschlossen.

Den Rücken an die Eingangstür gelehnt, blieb der Müllmann einen Moment stehen und lauschte. Die Geräusche von dem großen Platz vor der Mietskaserne drangen gedämpft zu ihm herauf, zusammen mit dem Geplärr der Fernseher, dem Gezänk der Ehepaare und dem Geschrei der Kleinkinder. Doch nach einer Weile meldete sich in seinem Kopf ein angenehmer Tinnitus, und die Geräusche verschwanden.

Die Sichtschutzfolie, die er auf die Scheiben geklebt hatte, ließ nur wenig Licht ins Zimmer. Das Panorama aus Hochhäusern, das sich vor dem Fenster auftat, interessierte ihn nicht, aber noch weniger behagte ihm die Vorstellung, jemand aus der Nachbarschaft könnte ihn ausspionieren. Als seine Augen sich an das Dämmerlicht gewöhnt hatten, sah er sich um. Er wollte sicherstellen, dass er in seiner Abwesenheit keinen ungebetenen Besuch erhalten hatte. Nur jemand, der durch die Wände gehen konnte, hätte ohne Schlüssel herein- oder herauskommen können. Trotzdem zwang ihn sein Instinkt, alles zu kontrollieren. Er besaß nichts von Wert. Auch keinen Computer, nicht mal einen Fernseher. Da es in seinem Leben niemanden gab, den er hätte anrufen können, besaß er auch kein Handy. Sein Gehalt überwies ihm sein Arbeitgeber auf ein Konto bei der Post, von dem er nur das Allernotwendigste abhob. Dennoch störte ihn die Vorstellung, ein Fremder könnte in seine Privatsphäre eindringen oder, noch schlimmer, sie beschmutzen. Doch alles war genau so, wie er es am frühen

Morgen, als er zur Arbeit gegangen war, zurückgelassen hatte. Alles befand sich an seinem Platz.

Das Wichtigste war der Tisch in der Mitte des Zimmers mit der Blümchendecke und den darunter verborgenen Gegenständen.

Der Müllmann schlüpfte aus seinen Schuhen und stellte sie ordentlich neben die Tür. Erst dann betrat er den Raum. Er nahm die Schultertasche ab, hängte seine Jacke an einen Haken und ging zu einem kleinen zweitürigen Schrank. Er öffnete die linke Tür, zog seine Kleidung aus und legte sie zu den anderen ebenso unscheinbaren Teilen in die Regalfächer. Nur noch mit einer blauen Unterhose und weißen Socken bekleidet, betrachtete er sich ein paar Sekunden lang in dem mannshohen Innenspiegel. Der haarlose, dickliche Oberkörper, die breiten Hüften, die weiße Haut mit den vielen kleinen Leberflecken, die kurzsichtigen Augen, die sorgfältig gekämmten mahagonibraunen Haare.

Warum gehst du nicht ins Wasser?

Er schüttelte den Kopf und schloss die Schranktür, um die Erinnerung zu verscheuchen. Dann nahm er eine dunkle Plastikschürze von einem Haken und zog sie über den Kopf. Ohne Hast wandte er sich der schwarzen Schultertasche zu und holte den Beutel mit dem Biomüll heraus, den er am Morgen vor der Hausnummer 23 eingesammelt hatte. Ihn nur an einem Zipfel festhaltend, trug er ihn zum Tisch.

Mit der freien Hand schlug er die Blümchendecke zurück.

Ordentlich nebeneinander aufgereiht befanden sich auf dem Tisch von links nach rechts sieben leere Dosen Katzenfutter und drei Schachteln Crunchies, vier zerbrochene Ampullen Katzenwurmkur, ein Tiegel Antifaltencreme mit einem winzigen eingetrockneten Rest, eine ausgedrückte Tube Anti-Cellulite-Pflege, ein Blister, in dem acht Diätpillen fehlten, ein Paar

Stützstrumpfhosen mit Laufmaschen, ein Dutzend mit dunklem Flaum bedeckte Enthaarungsstreifen, eine Flasche platinblonde Haarcoloration, eine ausgefranste rosa Zahnbürste, neunzehn Päckchen Mentholzigaretten der Marke Vogue, ein leeres giftgrünes Bic-Feuerzeug, drei Wodkaflaschen billigster Sorte, zwei Plastikwasserflaschen im Familienformat, ein abgelaufenes Rezept für »20 mg Lorazepam-Tropfen, Einnahme 3 x täglich«, drei Lorazepam-Fläschchen, eine Telefonkarte mit abgekratztem Magnetstreifen, mehrere Klatschmagazine, ein Stapel Kassenbons, die er mit einem Gummiband umwickelt hatte. Und zu guter Letzt eine Streichholzschachtel mit dem Werbeaufdruck eines Tanzlokals.

Das »Blue«.

Der Müllmann betrachtete seinen Schatz an Abfällen der Hausnummer 23, die er in den letzten sechs Wochen gesammelt hatte. Er hatte die Gegenstände sorgfältig aus dem restlichen Müll heraussortiert, getreu einer Lehre, die er im Laufe seines Berufslebens verinnerlicht hatte.

Die Abfälle eines Menschen erzählen seine wahre Geschichte. Denn anders als die Menschen lügen sie nie.

Man konnte so viel aus den Dingen herauslesen, die andere wegwarfen. Der Müllmann liebte es, sich auf diese Art ein Bild von den Menschen zu machen. Aber nur von ganz bestimmten. Ihn interessierten ausschließlich diejenigen, die so waren wie er.

Die Einsamen.

Unter dem Tisch stand eine leere blaue Plastikwanne. Er griff nach ihr und stellte sie an den extra für sie freigelassenen Platz auf dem Tisch. Dann legte er den Beutel mit dem Biomüll hinein, wischte sich die verschwitzten Handflächen an seiner Schürze ab und streifte ein paar Latexhandschuhe über.

Mit einer Schere schnitt er den oberen Saum des Müllbeutels ab und schüttete seinen Inhalt in die Wanne.

Keine große Überraschung: Die Speisereste der Bewohnerin der Hausnummer 23 bestätigten, was der Müllmann sich über ihre Essgewohnheiten gedacht hatte. Vorsichtig begann er, die Abfälle mit den behandschuhten Fingerspitzen voneinander zu trennen, um sie besser untersuchen zu können. Die Überbleibsel der Mahlzeiten und die anderen Gegenstände auf dem Tisch ließen leicht erkennen, dass die Frau nicht viel Geld hatte. Auch die Kassenbons, die er gefunden hatte, sprachen dieselbe Sprache.

Doch bei genauer Betrachtung war da noch etwas anderes.

Etwas, das erst auf den zweiten Blick erkennbar wurde, also nur für das geübte Auge.

Der Müllmann war geschickt im Entschlüsseln versteckter Botschaften, darin bestand sein wahres Talent.

Die Gesamtheit der Abfälle, die er vor sich hatte, ergab das Bild einer Frau, die lieber ihre Katzen mästete, als sich selbst vernünftig zu ernähren. Der Alkohol und die Zigaretten waren kein Laster, sondern Trost in einem traurigen Dasein. Und die übertriebene Beschäftigung mit dem eigenen Aussehen war nichts anderes als der verzweifelte Versuch, aus ihrem Leben noch etwas zu machen, bevor es zu spät sein würde. Doch der einzige Weg, dem eigenen Unglück zu entkommen, war der Neid auf das Glück der anderen, das auf den Fotos in den Klatschmagazinen schamlos ausgestellt wurde.

Jenseits all dieser Spekulationen war für den Müllmann an diesem Tag noch ein anderer Aspekt von Bedeutung: Der Biomüll lieferte den Beweis, dass die Bewohnerin der Hausnummer 23 seit sechs Wochen keinen Besuch zum Mittag- oder Abendessen gehabt hatte und dass auch niemand auf einen Fünf-Uhr-Tee oder eine Tasse Kaffee vorbeigekommen war.

In diesen einsamen Mahlzeiten manifestierte sich das Gefühl der abgrundtiefen Verlassenheit, das die Frau verspüren musste. Und wenn ihr die berechnende Zuneigung ihrer Katzen nicht mehr genügte, suchte sie vermutlich ein wenig menschliche Wärme in den flüchtigen Bekanntschaften, die man in bestimmten Abschlepplokalen machen konnte.

Wie dem »Blue«.

Der Müllmann streifte die Latexhandschuhe ab und nahm eine linierte Kladde aus der Schublade, zwischen deren Seiten ein Bleistift steckte. Er durchblätterte sie rasch: Seit Tagen hatte er darin alles vermerkt, was er im Abfall der Frau gefunden hatte. Ein gewisser Jemand hätte bestimmt zu ihm gesagt, dass man seine Nase nicht in fremde Angelegenheiten steckte. Dieser Jemand hätte ihn einen »Topfgucker« genannt.

Du mieser kleiner Schnüffler!

Er hätte sich dagegen verwahrt und erklärt, dass man eben genau auf diese Weise Ressourcen sparte, indem man Wertstoffe recycelte und sie in den Produktionskreislauf zurückführte. Glas, Eisen, Plastik, Stahl bekamen ein zweites Leben. Und sein Tun war Teil dieses positiven Kreislaufs.

Doch das, was er aus dem Müll zog, war in Wirklichkeit noch viel wertvoller.

Der guten Ordnung halber legte er noch eine letzte Liste an. Er wusste, er hatte erreicht, was er wollte. Als er die Kladde zuklappte, verspürte er so etwas wie Befriedigung über die getane Arbeit. Gleich würde er den Biomüll wieder in den Beutel packen und endgültig wegwerfen. Auch alles andere könnte er wegwerfen, denn die Geschichte der Bewohnerin der Hausnummer 23 war nun herausgefiltert. Eine Geschichte, die wahrscheinlich niemand außer ihm kannte. Und die vermutlich auch niemanden sonst interessierte. Er hingegen betrachtete sich als Verwalter der intimsten Geheimnisse eines anderen Menschen. Doch die Frau musste sich keine Sorgen machen: Ihre Geheimnisse waren bei ihm gut aufgehoben und würden nur für einen guten Zweck verwendet werden.

Der Müllmann wollte gerade die Kladde wegpacken, als sein Blick von etwas Glänzendem angezogen wurde, das ihn aus dem Schleim in der Plastikwanne anfunkelte. Er beugte sich vor und angelte mit der Spitze seines Bleistifts ein seltsames buntes Stückchen heraus, das ihm vorher nicht aufgefallen war. Er nahm es zwischen die Finger, tupfte es vorsichtig mit dem Schürzenzipfel ab und hielt es direkt vor seine Nase, um es besser betrachten zu können.

Ein abgebrochener rot lackierter Fingernagel.

Zutiefst fasziniert starrte er auf die unverhoffte Entdeckung. Das war weit mehr als nur Müll. Das war ein Teil von ihr.

Eine Reliquie.

Behutsam legte er den abgebrochenen Fingernagel auf den Tisch. Ein merkwürdiges Strahlen ging von ihm aus, es war wie ein geheimes Signal, das er jedoch zu deuten wusste. Erregung stieg in ihm auf. Dieser abgebrochene Fingernagel war der erste richtige Kontakt zu seiner Auserwählten.

Der Müllmann drehte sich zu der grünen Tür um. Er fühlte er sich bereit, die Schwelle zu überschreiten.

Der Moment war gekommen, Micky ins Spiel zu bringen.

3

Das »Blue« befand sich in einem Betonklotz mitten in der Pampa.

Um Viertel nach zehn fuhr Micky auf den Parkplatz. Nur acht Autos standen auf der Schotterfläche vor dem Eingang. Auch ein in die Jahre gekommener Kleinbus parkte dort, denn viele Besucher nutzten lieber einen Shuttleservice. »Dancing Blue« stand in großen Neonröhrenlettern, von denen einige jedoch kaputt waren und in der Dunkelheit nur erahnt werden konnten, über dem Lokal. Die Scheiben waren blau gestrichen. Dort, wo die Farbe abgeplatzt war, blitzte das Stroboskoplicht von der Tanzfläche hindurch.

Micky stellte den Motor des Fiat Fiorino ab, zögerte den Moment des Aussteigens aber noch hinaus. Im Laufe der Jahre hatte er gelernt, geduldig zu sein. Geduld zu haben war wichtig, um die Kontrolle über sich selbst zu behalten. Es gehörte zu den Regeln, die er sich auferlegt hatte, und inzwischen hatte er seine Instinkte voll im Griff. Er war geduldig, und er war ein guter Beobachter. Auch das war von entscheidender Bedeutung.

Aus dem »Blue« drang das dumpfe Dröhnen der Bässe aus den Lautsprechern bis zu ihm herüber. In seinem Kopf war das rhythmische Stampfen zu einem Chor von Gebeten geworden. Diese Stimmen beteten für ihn.

Sie wussten, dass er kommen würde.

Immer mit der Ruhe, alles genau durchdenken, wiederholte

er für sich selbst, um den Impuls in Schach zu halten, der in ihm aufstieg. Erst als er sicher war, dass er keine bösen Überraschungen erleben würde, verließ er den Kleintransporter und ging auf den Eingang zu.

Er trug einen schwarzen Lederblazer und dunkle Jeans. Ein helles Hemd mit Blumenmuster und spitzem Kragen. Eine schmale Krawatte in Pink. Einen Gürtel mit silberner Schnalle und Stiefeletten.

Seine Haare waren aschblond.

Eine gelangweilte Frau am Einlass drückte ihm einen unsichtbaren Stempel auf den rechten Handrücken.

»Das erste Getränk ist frei«, sagte sie.

Micky schob den roten Samtvorhang zur Seite und fand sich in einem großen, in düsteres Licht getauchten Raum wieder. Er sah den Stempelabdruck, den er an der Bar vorzeigen konnte, auf seiner Hand aufleuchten. Interessant, dachte er, die Wirkung des UV-Lichts.

Jeden Donnerstag gab es im »Blue« eine sogenannte Motto-Party. An dem Abend ging es um Folk-Musik, aber der eigentliche Antrieb für die Anwesenden war vermutlich, dass der Eintritt unter der Woche weniger kostete und es obendrein ein Freigetränk gab.

Durch seine getönte Brille hindurch schaute Micky sich um.

Auf einem kleinen Podest spielte eine fünfköpfige Band ein langsames Stück, zu dem einige Paare eng umschlungen unter einer Diskokugel tanzten. An der Bar, auf der Tanzfläche und im Sitzbereich zählte er knapp vierzig Besucher. Er musterte sie eingehend. Wie er sich schon gedacht hatte, waren die meisten Gäste im »Blue« über sechzig.

Ihm genügte weniger als eine Minute, um die platinblonde Frau zu erspähen, die ganz allein im Raucherbereich saß.

Sie hielt eine Zigarette zwischen den Fingern, bestimmt eine Vogue Menthol, und die Flüssigkeit in ihrem Plastikbecher war mit Sicherheit ein Wodka Tonic.

Die Informationen des Müllmanns waren korrekt.

Micky ging hinüber zum Tresen, hielt dem Mann hinter der Theke den Stempelabdruck auf seinem Handrücken hin und ließ sich eine Cola geben. Dann schlenderte er mit dem Plastikbecher in der Hand auf und ab und nickte mit dem Kopf im Takt der Musik, als wäre er in bester Stimmung. Die ganze Zeit behielt er die rauchende Frau im Auge, ohne sie jedoch direkt anzusehen.

Er wartete darauf, dass sie die Initiative ergriff.

Sie wird mich bemerken. Weil sie auf der Jagd ist. Die anderen Männer waren fast alle mit einer Begleiterin da, und die wenigen Singles konnten nicht mit ihm mithalten. Er hatte ihnen etwas Entscheidendes voraus.

Er war jung.

Micky senkte den Altersdurchschnitt der Gäste deutlich. Was man ihm auch sofort ansah. Er konnte gar nicht anders, als zur bevorzugten Beute einer nicht mehr jungen Frau zu werden.

Und wie erwartet, bemerkte ihn die blonde Raucherin.

Aus den Augenwinkeln sah er, wie sie ihre Position ein wenig veränderte, um einen besseren Blick auf den geheimnisvollen Fremden zu haben, der so ganz allein durch das Lokal schlenderte. Garantiert fragte sie sich in dem Moment, was jemand wie er wohl an einem Ort wie diesem verloren hatte.

Heute Abend hat sie noch keinen gefunden, vermutete Micky. Glück für ihn. Dass sie tatsächlich Interesse an ihm zu haben schien, zeigte sich, als sie von einem anderen Mann zum Tanzen aufgefordert wurde, aber dankend ablehnte.

Sie wartet auf mich, schoss es ihm durch den Kopf. Zeit also fürs Annäherungsmanöver.

Betont lässig machte er einige Schritte in ihre Richtung und zog ein Päckchen Marlboro und ein Zippo-Feuerzeug aus der Tasche. Unter dem Vorwand, rauchen zu wollen, positionierte er sich in strategischem Abstand hinter der Lehne ihrer Sitzbank.

Ihre Aufmerksamkeit konzentrierte sich auf die Tanzfläche, doch sie musste spüren, dass sein Blick auf ihr ruhte. Und in der Tat versuchte sie, eine Haltung einzunehmen, die ihre weiblichen Reize zur Geltung brachte.

Von seinem Beobachterposten aus konnte Micky in Ruhe ihr Profil studieren. Vierundsechzig, vielleicht fünfundsechzig Jahre alt. Faltiger Hals, grauer Raucherteint. Tief ausgeschnittenes schwarzes Spitzenkleid. Pumps mit hohen Absätzen, die einen Ballenzeh nicht verbergen konnten. Auffälliger Schmuck. Ein stechender Parfümgeruch, der sich mit dem der Mentholzigarette mischte.

Wie beiläufig streckte die Frau die Hand nach dem kleinen Tisch aus, um ihren Wodka Tonic auszutrinken. Sie sog den Rest durch den Strohhalm, an dem Lippenstift klebte, und trommelte mit den Fingern an den leeren Becher. Erst jetzt fielen ihm ihre rotlackierten Nägel auf. Vor allem der Mittelfinger mit der abgebrochenen Spitze. Kein Zweifel, die Unbekannte vor ihm war die Bewohnerin aus der Hausnummer 23. Auch wenn er es bereits gewusst hatte. Die ganze Zeit schon.

Der Müllmann hatte dieses Detail herausgefunden.

Micky sah, wie sie sich vorbeugte, um ihre Zigarette im Aschenbecher auszudrücken, und sich gleich darauf eine neue ansteckte, die sie aus ihrem strassbesetzten Handtäschchen zog. Er nutzte die Gelegenheit, einen Schritt zu machen und ihr die Flamme seines Zippo unter die Nase zu halten.

Sie drehte sich um und tat überrascht. Mit einem Lächeln nahm sie sein Angebot an.

»Magda«, stellte sie sich vor.

»Micky«, erwiderte er und nahm neben ihr Platz.

»Bist du zum ersten Mal im ›Blue‹, *Micky*?«, fragte sie, seinen Namen kokett betonend.

»Ich hatte schon davon gehört, war aber noch nie hier.« Er ließ seinen Blick durch das Lokal wandern. »Gar nicht so übel, der Schuppen.«

»Heute ist leider ziemlich tote Hose«, bemerkte sie und deutete auf die halb leere Tanzfläche.

»Bist du oft hier?«

»Wann immer ich kann. Am Wochenende ist mehr los, aber an den anderen Tagen gibt es dafür den Shuttle für Leute wie mich, die nicht Auto fahren. Und die Musik ist nicht schlecht.«

Im Hintergrund spielte die Band eine Folk-Version eines Songs, der ihm bekannt vorkam. Bestimmt irgendein Klassiker, aber er war sich nicht sicher. Hoffentlich wollte Magda nicht mit ihm tanzen.

»Was trinkst du da?«, fragte die Frau.

Er hob das Glas an, als müsste er den Inhalt überprüfen.

»Cuba libre«, log er. Alkohol benebelte die Sinne, er musste bei klarem Verstand bleiben.

»Und was machst du so? Beruflich, meine ich …«, versuchte Magda, das Gespräch anzukurbeln.

»Ich bin Handelsvertreter«, sagte er. »Damenschuhe.«

Er hatte mal jemanden sagen hören, dass Frauen verrückt nach Schuhen seien und, wenn man sie ließe, ständig welche kaufen oder darüber reden würden. Die Umstehenden hatten damals über die Bemerkung gelacht, doch es schien etwas dran zu sein, da die Information sofort ihr Interesse weckte.

»Ich bin ständig dienstlich unterwegs«, fuhr er fort. »Nicht immer ganz easy, aber ich mag das: Man kommt immer wieder an neue Orte, lernt immer wieder neue Menschen kennen.«

»Wer weiß, wie viele schöne und vor allem *junge* Frauen du da triffst«, warf Magda ein.

Er betrachtete den Ring mit dem türkisfarbenen Stein, den er am kleinen Finger der rechten Hand trug.

»Das stimmt«, gab er zu. »Aber ich beurteile einen Menschen nicht nach dem, was in seinem Pass steht … Außerdem fahre ich auch nicht auf jeden Typ Frau ab.«

Seine Gesprächspartnerin reagierte gelassen auf das versteckte Kompliment.

»Und was muss eine Frau haben, damit du dich für sie interessierst?«

»Sie muss blond sein«, sagte er.

Was ausnahmsweise der Wahrheit entsprach.

Er blickte ihr tief in die Augen.

Magda lächelte geschmeichelt. Er nutzte die Gelegenheit und hob sanft ihre Hand an.

»Darf ich?«, fragte er und drehte ihre Handfläche nach oben, damit er daraus lesen konnte.

»Bist du etwa ein Wahrsager?«, kicherte sie.

»Manchmal.«

»Na dann, bitte!«, forderte sie ihn auf.

Micky nahm die blaugetönte Brille ab, legte die Stirn in Falten und machte ein konzentriertes Gesicht, als wäre er dabei, das Geheimnis zu ergründen, das zwischen den Linien auf ihrer Haut verborgen lag.

»Was siehst du?«, fragte sie leicht besorgt.

Sanft strich er mit der Fingerkuppe über die Rillen in ihrer Handfläche, wohl wissend, dass die Berührung sie zugleich erregte und kitzelte.

»Ich sehe ein langes Warten in deinem Leben ... und eine große Liebe, eine problematische Liebe«, fügte er hinzu und bemerkte, wie sich der Arm der Frau ganz leicht verkrampfte. »Das Schicksal ist schuld daran, dass du deinen Traum von Liebe nicht verwirklichen konntest. Ein feindlich gesinntes Schicksal und böse, neidische Menschen.« Er musste sie gar nicht ansehen, um zu erkennen, dass er genau ins Schwarze getroffen hatte, ihr Schweigen war beredt genug. »Und von da an hast du dieses verlorene Gefühl in all deinen Begegnungen mit Männern gesucht, vergebens ... Du bist verletzt worden. Und bist seitdem misstrauisch, zu Recht.«

»Und steht da gar nichts über die Zukunft?«, fragte sie schüchtern.

Er lächelte.

»Ich sehe eine lange Reise, denn du hast dir immer gewünscht, die Welt zu sehen. Ich sehe eine Überraschung, etwas Unerwartetes. Und ich sehe eine Begegnung, die alles für immer verändern wird: Ich sehe einen Menschen ...«

»Wer ist es?«

Er hob den Kopf und bedachte sie mit einem langen Blick aus seinen blauen Augen. Sie sollte von selbst auf die Antwort kommen.

»Also, du hast es wirklich drauf«, nickte sie anerkennend. »Ich möchte gerne noch was trinken«, sagte sie dann unvermittelt und zog die Hand zurück.

Um ihm zu signalisieren, dass er ihr ruhig einen Drink spendieren könnte, drehte sie ihm mehrmals den Handrücken mit dem Stempelabdruck zu. Offensichtlich machte es ihr Spaß, sich anbaggern zu lassen.

»Aber klar doch«, sagte Micky und setzte die Brille wieder auf. »Die nächste Runde geht auf mich.«

»Wodka Tonic.«

Sie deutete auf ihren leeren Plastikbecher.

Weiß ich doch, hätte er am liebsten zu ihr gesagt.

Auf dem Weg zur Bar beglückwünschte er sich insgeheim, wie gut die Sache lief. Alles schien sich wie von selbst zu ergeben. Er malte sich aus, wie der Abend enden würde. Nach dem zeremoniösen Getue und dem Anfangsgeplänkel würde es ans Eingemachte gehen. Ich weiß doch, was du willst, auch wenn du versuchst, mir das Gegenteil weiszumachen. Sonst wärst du nämlich gar nicht hier. Er musste nur aufpassen, nicht zu aufdringlich zu wirken. Vor allem aber kam es auf jedes Wort an, das er sagte. Wie oft war er genau an diesem Punkt gescheitert, weil er wegen einer falschen Bemerkung das sorgsam aufgebaute Vertrauen verspielt hatte.

Kurz darauf kehrte er mit dem Cocktail zu ihr zurück.

»Du darfst mich gerne zum Tanzen auffordern«, sagte Magda, als er ihr den Becher reichte.

Er schwieg. Als sie sah, wie sehr ihr Vorschlag ihn durcheinanderbrachte, biss sie sich auf die Lippen.

»Es ist schon ziemlich spät«, versuchte Micky die Sache wieder geradezubiegen und schaute dabei zerstreut auf seine vergoldete Uhr. »Ich bin nur zufällig vorbeigekommen, und morgen muss ich wieder arbeiten.«

»Kein Problem«, versicherte sie, offensichtlich gekränkt über die Abfuhr. Sie schaute demonstrativ zur Tanzfläche hinüber.

Micky machte das zerknirschte Gesicht von jemandem, der gerade alles vermasselt hat.

»Es ist nur so … Also, meine Ex ist ausgezogen und hat mir ihre Katze hinterlassen … Und ich habe das Gefühl, die ist nachts nicht gern allein.«

Das plötzliche Geständnis nahm die Frau wieder für ihn ein. Sie schaute ihn an.

»Du hast eine Katze?«

»Na ja, es ist wie gesagt eigentlich nicht meine ... Aber jetzt lebt sie bei mir, genau.«

»Ich habe auch Katzen, ich weiß, was du meinst.«

»Im Ernst?«, fragte er und setzte eine überraschte Miene auf.

»Für mich ist es auch spät«, sagte sie. »Würdest du mich vielleicht nach Hause bringen?«

»Na klar.«

Er half ihr in den Mantel, dann gingen sie an der Tanzfläche vorbei nach draußen. Dicht nebeneinander überquerten sie den Parkplatz. Keiner sagte etwas, aber Micky spürte deutlich das Prickeln zwischen ihm und der Frau. Es war frisch, kleine Atemwolken stiegen vor ihnen auf. Unauffällig vergewisserte er sich, dass niemand sie beobachtete. Das einzige Geräusch war das Knirschen ihrer Schritte auf dem Kies. Der Fiorino stand am weitesten vom Lokal entfernt, dicht an der Straße. Er beschleunigte sein Tempo und steuerte auf den Wagen zu.

In dem Moment hörte er die Schritte seiner Begleiterin stocken.

Sie hat den alten Transporter gesehen, sagte er sich. Ihr Gehirn hat ein Alarmsignal ausgesendet, und jetzt zögert sie.

Doch Micky hatte auch das vorausgesehen. Er lächelte sie vertrauensvoll an.

»Magst du Schuhe?«, fragte er. »Blöde Frage – welche Frau mag sie nicht?«, sagte er leichthin. »Wenn du willst, kannst du ein paar Pumps anprobieren.« Er deutete auf den hinteren Teil des Wagens. »Was für eine Größe trägst du? Achtunddreißig, würde ich schätzen, oder?«

»Ja, genau«, erwiderte sie mit einem kaum merklichen Beben in der Stimme und starrte weiterhin auf den Wagen. Es fehlten nur noch wenige Meter, doch Magda machte nicht den Eindruck, als wollte sie weitergehen.

Micky tat so, als würde er es nicht bemerken.

»Genau diese Größe ist immer zuerst ausverkauft, wusstest du das? Aber du hast Glück: Ich habe gleich mehrere Musterexemplare dabei.«

Mit Bedacht zog er den kleinen Blechpanzer, der ihm als Schlüsselanhänger diente, aus der Jackentasche.

Die Frau bemerkte das Spielzeug.

»Der ist von meinem kleinen Neffen, dem Sohn meiner Schwester. Er hat ihn mir geschenkt, und ich habe ihn immer bei mir.«

Die Tatsache, dass er eine Familie vorzuweisen hatte, schien sie etwas zu beruhigen.

»Wie süß«, sagte sie. »Jetzt weiß ich, dass du eine Katze hast und außerdem einen Neffen.«

Sie brauchte noch ein paar Sekunden, dann schien sie überzeugt, genügend Informationen zu besitzen, um ihm vertrauen zu können.

Sie machte die letzten Schritte auf den Wagen zu.

Ganz Gentleman, öffnete Micky ihr die Beifahrertür und wartete, bis sie Platz genommen hatte. Dann ging er um den Transporter herum und stieg auf der Fahrerseite ein. Er startete den Motor und schaltete sofort die Heizung ein, da ihr kalt zu sein schien.

»Danke«, sagte Magda und knöpfte ihren Mantelkragen zu.

Im Wageninnern breitete sich ein zarter Duft nach Pinien aus, der vom Duftstein auf der Lüftung herrührte. Das Display des Autoradios leuchtete auf, es war auf einen Sender eingestellt, der nur italienische Schlagermusik spielte, und aus den Lautsprechern erklang eine Liebesschnulze. Micky parkte aus und bog in die verlassene Uferstraße ein. Der vom See aufsteigende Nebel hatte sich wie ein Schleier über die Landschaft gelegt.

»Fühlen sich deine fünf Katzen auch unwohl, wenn du nicht da bist?«, versuchte er, wieder an ihr Gespräch anzuknüpfen.

»Manchmal komme ich mir vor wie ein Gast im eigenen Haus«, scherzte Magda.

Dann verstummte sie plötzlich und wurde nachdenklich.

Micky hatte die Reaktion erwartet, genau deshalb hatte er ihr auch diese Frage gestellt. Er war froh, dass sie von selbst darauf gekommen war.

»Warte mal ...«, sagte sie mit unsicherer Stimme. »Ich habe dir im ›Blue‹ zwar von meinen Katzen erzählt, aber ich habe nicht gesagt, wie viele es sind.«

Ein paar Sekunden lang sagte Micky nichts.

»Das stimmt«, erwiderte er dann ruhig, ohne den Blick von der Straße abzuwenden. »Das hast du nicht gesagt.«

4

Die rotierenden Bürsten der SB-Waschanlage hatten etwas Hypnotisches an sich.

Mit den Händen in den Taschen schaute Micky zu, wie sie sich den Fiorino vornahmen, und ein innerer Frieden durchflutete ihn. In der menschenleeren Tankstelle mischte sich die frische Nachtluft mit dem Benzingeruch. Ein Gefühl der Sauberkeit und Erneuerung machte sich in ihm breit. Er hatte schon den Fahrzeuginnenraum einer gründlichen Reinigung unterzogen und ihn mit einem Kaltvernebler desinfiziert. Nachdem das Waschprogramm samt Trocknung abgeschlossen war, stieg er wieder in den Wagen, um ihn zurück ins Parkhaus zu bringen und mit einem grauen Wachstuch abzudecken.

Um ein Uhr morgens war er wieder zu Hause.

Ohne Hast zog er sich gleich neben der Tür aus, stopfte die Kleidungsstücke in einen schwarzen Müllsack und nahm diesen mit ins Bad.

Als er das Licht einschaltete, tauchte sein Gesicht im Spiegel auf.

Er nahm die Brille mit den getönten Gläsern ab, klappte die Bügel ein und legte das Gestell zusammen mit dem Türkisring und der vergoldeten Armbanduhr auf den Rand des Waschbeckens.

Den Blick unverwandt auf sein Spiegelbild gerichtet, zog er die künstlichen Augenbrauen ab und nahm die blauen Kontaktlinsen heraus.

Mit den Händen fuhr er sich hinter die Ohren, tastete nach den Enden der falschen Kopfhaut und nahm vorsichtig die aschblonde Perücke ab. Zum Vorschein kam ein völlig haarloser Schädel. Er rubbelte sich die Kleberreste von der Glatze und strich sanft über die beiden Narben, die sich in perfekter Symmetrie auf seinen Schläfen befanden. Siebenundzwanzig Stiche auf der einen Seite, dreiundzwanzig auf der anderen.

Zwei hübsche kleine Reißverschlüsse ...

Die Perücke stülpte Micky über den Styroporkopf neben einem zweiten mit der mahagonibraunen Perücke, die der Müllmann gewöhnlich bei der Arbeit trug. Mithilfe von Haarlack und Fön brachte er sie wieder in Form.

Dann stieg er unter die Dusche, wo er seinen unbehaarten Körper mit einem groben Schwamm, den er vorher in flüssige Desinfektionsseife getaucht hatte, sorgfältig abrieb. Die Haut wurde dadurch zwar gereizt, aber wenigstens war es eine gründliche Reinigung. Mit einer Edelstahlbürste schrubbte er mögliche Restbestände unter den kurz geschnittenen Nägeln weg und rieb den durchsichtigen Stempelabdruck für das Gratisgetränk im »Blue« von seinem Handrücken.

Dann war die Kleidung an der Reihe.

Er legte Hose, Hemd, Strümpfe und Unterhose in die Wanne und gab ein Enzymwaschmittel ins Wasser, das laut Packungsaufschrift die Proteinverbindung zwischen organischen Flecken und Stoff löste. Sicherheitshalber fügte er noch einen gehäuften Esslöffel Fleischweichmacher aus dem Supermarkt hinzu, den normalerweise Hausfrauen verwenden, damit der Sonntagsbraten zarter wird. Aber auch in Schlachtereien kam er zum Einsatz, wusste Micky, um die Arbeitskleidung von Körperflüssigkeiten zu befreien.

Während er darauf wartete, dass seine Wäsche trocknete, machte er sich an die Reinigung von Krawatte und Jackenfutter. Er hatte eine Schutzmaske angelegt, da er mit einer Lösung aus destilliertem Wasser und Tetrachlorethen arbeitete. Die Außenseite des Lederblazers säuberte er mit einem in Brennspiritus getränkten Lappen. Uhr, Ring, Portemonnaie und Gürtel sterilisierte er mit Salmiakgeist. Das Gleiche machte er mit dem kleinen Blechpanzer und den Schlüsseln, inklusive dem des Fiorino. Die Sohlen seiner Stiefeletten bestrich er mit einer schnelltrocknenden Paste auf Chromsulfatbasis, an der Erdkrumen und Pflanzenfasern klebten, als er sie wieder abzog. Das Oberleder rieb er mit einer organischen Dünnsäure mit siebzig Prozent Alkoholgehalt ein, um es anschließend mit Pflegeöl und Chrompolitur zu behandeln. Noch immer nackt bügelte er in der nächtlichen Stille zu guter Letzt seine inzwischen getrockneten Kleidungsstücke und legte sie sorgfältig zusammen.

Nach beendeter Zeremonie kehrte Micky zurück in sein Zimmer. Kurz darauf trat der Müllmann heraus und schloss die grüne Tür hinter sich ab.

Noch mit der Hand auf dem angelaufenen Messinggriff stellte der Müllmann fest, dass er es wie immer bedauerte, sich von Micky trennen zu müssen. Am Anfang war ihre Beziehung noch etwas turbulent gewesen, doch dann hatte sie sich eingependelt. Letztlich war Micky immer an seiner Seite geblieben. Obwohl sie sehr unterschiedliche Typen waren, ergänzten sie sich gut. Er war schüchtern, Micky extrovertiert. Er war unfähig, mit anderen Menschen zu kommunizieren, Micky benutzte geschickt die Worthülsen, die er in all den Jahren den Schmeißfliegen abgelauscht hatte, die um Vera herumschwirrten. Den Trick mit dem Handlesen hatte er sich zum Beispiel bei einem serbischen Lastwagenfahrer abgeguckt. Micky gab ihm etwas, das er sonst nicht gehabt hätte: ein Leben. Im Gegenzug kümmerte sich der Müllmann um ihn. Er kaufte ihm neue Anziehsachen und legte Geld zurück, damit er abends ausgehen konnte. Sie hatten sich gut miteinander arrangiert. Bisher war ihr Zusammensein friedlich verlaufen, konnte ihr Verhältnis nicht besser sein.

Doch das Wichtigste war: Anders als alle anderen Menschen würde Micky ihn nie im Stich lassen.

Wo auch immer du hingehst, du musst nur eine Tür grün streichen, und ich werde bei dir sein.

Ein Piepen holte ihn zurück in die Realität: Seine Quarzuhr zeigte vier Uhr morgens. Draußen war es noch dunkel.

Ein perfekter Tag war angebrochen.

Der Tag danach war immer der beste. Noch war das Gefühl frisch, alles so gemacht zu haben, wie es sein sollte, und seine Empfindungen waren noch ungetrübt. Bald würde die Erinnerung verblassen und der Apathie weichen. Doch noch war es nicht so weit. Deshalb musste er die wenigen wertvollen Stunden auskosten, die er vor sich hatte.

Er füllte Wasser und Kaffeepulver in seine Espressokanne und stellte sie wie an einem gewöhnlichen Morgen auf den Gasherd. Nicht mehr lange, und er würde zur Arbeit gehen, wie immer. Es war wichtig, seine Gewohnheiten beizubehalten. Er war erschöpft, aber nicht müde, noch befand sich zu viel Adrenalin in seinem Blutkreislauf. Er wusste, dass die Müdigkeit irgendwann überhandnehmen würde, doch er würde sich ihr erst hingeben, wenn er wieder zu Hause war. Der nächste Tag war ein Samstag, da konnte er so lange im Bett bleiben, wie er wollte.

In der Nacht nach dem perfekten Tag würde er schlafen wie ein Baby.

Nachdem er seinen Kaffee ausgetrunken hatte, sortierte er die Abfälle, die er in den letzten Wochen gesammelt hatte, um die Lebensgewohnheiten der Frau aus dem »Blue« zu studieren, in verschiedene Müllbeutel. Er würde sie auf dem Weg zum Wertstoffhof in die entsprechenden Container werfen. Ein Gefühl des Verlusts überkam ihn. Er hatte zwar sein Werk in der dafür vorgesehenen Zeit zum Abschluss gebracht, doch ab jetzt würde er auf die Beschäftigung verzichten müssen, die seine Tage bestimmt hatte.

Jedenfalls, bis Micky ihm eine neue Aufgabe zuweisen würde.

Von dieser seltsamen Nostalgie erfüllt, gab er etwas Scheuermittel auf einen Lappen und wischte den leergeräumten Tisch ab, bis auch die letzte Spur seiner Auserwählten in der Wohnung beseitigt war.

Als er fertig war, zog er seine Alltagskleidung an, die er im Schrank deponiert hatte und die er in Kürze gegen den grünen Arbeitsoverall der Städtischen Müllabfuhr eintauschen würde. Dann setzte er die mahagonibraune Perücke und die Brille mit dem Metallgestell auf. Bereits im Weggehen, den Schlüsselbund mit dem kleinen Blechpanzer schon in der Hand, blieb er noch einmal auf der Türschwelle stehen.

Ich bin unsichtbar, rief er sich in Erinnerung. Der perfekte Tag konnte beginnen.

5

Mit ihrer wilden Vegetation schien sich die Isola Comacina wie ein urtümliches Relikt aus dem See zu erheben. An ihrem Saum lag ein kleiner von sanften Wellen umspülter Strand. Der schmale Kiesstreifen war über eine steile Böschung zu erreichen. An Frühlingswochenenden kamen viele Familien mit Kindern zum Picknicken oder einfach nur zum Spazierengehen dorthin. Doch an Werktagen war es menschenleer.

An jenem Freitagmorgen war der Müllmann damit beschäftigt, die Mülltüten in den holzverkleideten Abfallkörben entlang des Spazierwegs auszutauschen. Nach einer Woche würde er wiederkommen müssen, um sie zu leeren. Er hatte den Kleintransporter auf dem Parkplatz oberhalb der Böschung abgestellt und zu Fuß den Weg zum Strand genommen. Um ihn herum waren nur die Laute der Natur zu hören. Die Vögel, das Klatschen der Wellen gegen das Ufer und ein kühler Wind aus den Bergen, der mit den Blättern der Lorbeerbüsche spielte.

Wie immer arbeitete der Müllmann gewissenhaft und konzentriert. Als er fertig war, hielt er kurz inne und blickte auf das Panorama der Alpen, die den See umrahmten. Es war noch frisch, aber ihm war warm geworden, daher suchte er in seinem Overall nach einem Taschentuch, um sich über Hals und Stirn zu wischen. Als er es herauszog, fiel ihm ein kleiner bunter Splitter vor die Füße. Er beugte sich vor, um ihn genauer zu betrachten.

Der abgebrochene rotlackierte Fingernagel, den er im Müll seiner Auserwählten gefunden hatte. Die Reliquie.

Er hob ihn auf, pustete die Erde weg und betrachtete ihn fassungslos. Wie war er in die Tasche seiner Dienstkleidung gelangt? Zum ersten Mal geriet seine felsenfeste Überzeugung, immer alles unter Kontrolle zu haben, ins Wanken. Wie hatte ihm dieses Detail entgehen können? Doch keine Erklärung der Welt hätte sein Bedürfnis nach Selbstbestrafung erstickt. Es lag einfach in seiner Natur, es würde ihm keine Ruhe lassen. Während er sein Missgeschick zu begreifen versuchte, fiel ihm plötzlich auf, dass er nicht die geringste Lust verspürte, sich wieder hinters Steuer zu setzen. Es war schön, hier zu sein.

Erst wollte er den Fingernagel wegwerfen, doch dann besann er sich und steckte ihn zurück in das Taschentuch. Es war klüger, die Reliquie an einem Ort zu entsorgen, der keine Rückschlüsse auf ihn zulassen würde. Aber da war noch etwas anderes als diese nüchterne Überlegung. Er konnte es nicht genau benennen. Ein Schauer überlief ihn. Dieser allem Anschein nach bedeutungslose Gegenstand stellte eine Gefahr dar und versetzte ihn zugleich in einen seltsamen Erregungszustand. Auch Gefühle, die er nicht im Griff hatte, waren ein Risiko, das wusste er.

Er legte seine schwielige Hand an den Stamm einer Zypresse, schloss die Augen und atmete tief ein und aus. Eine Welle der Zufriedenheit erfasste ihn, als er sich so im Einklang mit der Natur befand.

Genau in dem Moment hörte er die Schreie.

Er riss die Augen auf und sah sich erschrocken um. Die Schreie verstummten, und kurz glaubte er, sie sich nur eingebildet zu haben. Doch dann setzten sie wieder ein, wenn auch schwächer. Das Herz schlug ihm bis zum Hals, er begriff nicht, was da los war. Instinktiv schaute er zum See.

Durch die Zweige hindurch erblickte er einen Körper, der im Wasser panisch um sich schlug.

Da war jemand im Begriff zu ertrinken, ganz eindeutig, und das nur wenige Meter vom Ufer entfernt. Dabei war das Wasser völlig unbewegt, es konnte also eigentlich kein Problem sein, zurück zum Strand zu schwimmen.

Der Müllmann begriff, dass der Unglückliche da draußen in einen der Strudel geraten sein musste, von denen die Leute aus der Gegend oft erzählten. Sie rissen einen urplötzlich in die Tiefe. Ihm graute vor einer derartigen Szene. Dieser Tod war der schlimmste, den er sich vorstellen konnte. Vielleicht weil er so sinnlos war, erschien er ihm so grausam. Und doch konnte er den Blick nicht abwenden.

Nein, er konnte nicht einfach so tun, als ginge ihn das nichts an.

Er machte ein paar Schritte, um besser durch die dichte Vegetation hindurchschauen zu können. Er sah, wie die Person mehrmals ab- und wieder auftauchte, wie sie verzweifelt strampelte, um sich zu retten. Für einen kurzen Moment war ihr Gesicht zu erkennen.

Es war ein Kind. Doch nicht irgendeines.

Es war ein dickliches Kind mit erschlafften orangefarbenen Schwimmflügeln.

Ohne weiter nachzudenken, rannte der Müllmann aufs Ufer zu, streifte die schweren Arbeitsschuhe ab und ließ sie zusammen mit seiner Brille am Strand liegen. Er lief ins Wasser hinein, das ihn sanft, aber auch kalt und finster umfing, und kämpfte sich durch die zähe Flüssigkeit. Es war, als würde der See dieses Leben für sich beanspruchen, als würde er ein Opfer aus Fleisch und Blut dafür verlangen, dass man ihn sonst mit Müll zuschüttete.

Doch das würde er nicht zulassen.

Als der Müllmann bis zur Hüfte im Wasser war, warf er sich in die Fluten. Nun kam ihm das Einzige zugute, was seine Mutter ihm jemals beigebracht hatte, wenn auch gegen seinen Willen.

Das Schwimmen.

Er durchpflügte das Wasser mit den Armen, konterte mit kräftigen Beinbewegungen und versuchte, einen regelmäßigen Rhythmus beizubehalten, um Kräfte zu sparen.

Schau mal, Vera, wie gut ich schwimmen kann!

Er hielt direkt Kurs auf das Kind. Als er nur noch wenige Meter von ihm entfernt war, spürte er, wie die Strömung ihn am Knöchel packte und hinabzog. Es kam ihm vor wie der Fangarm eines Tiefseeungeheuers, doch es war nur einer dieser lebensgefährlichen Strudel. Er schwamm langsamer, ließ aber nicht locker und kämpfte sich frei.

In dem Moment bemerkte er, dass das Kind jedoch den Kampf aufgegeben hatte. Es schrie nicht mehr, und seine Arme bewegten sich unkoordiniert wie die einer Marionette, der man die Fäden abgeschnitten hat.

Halte durch, wollte er ihm zurufen, *ich bin gleich bei dir!*

Doch vor seinen Augen wurde das Kind plötzlich starr und sank in die Tiefe wie ein Klumpen Blei.

Er holte tief Luft und tauchte ebenfalls unter, in der bangen Hoffnung, genug Atem in den Lungen zu haben. Im grünlichen Dämmerschein des Wassers streckte er die Hand aus und schob einen Wald aus Algen beiseite. Er wusste nicht mal, ob die Richtung stimmte. Dann aber ertasteten seine Finger etwas. Instinktiv griff er danach und zog es an sich.

Ein Unterarm.

Er war nicht sicher, ob sein Griff fest genug war und ihm der Körper nicht entgleiten würde, doch für weitere Versuche blieb keine Zeit. Da kaum mehr Tageslicht zu ihm durchkam und sich schon bald ein undurchdringliches Dunkel über ihn legen würde, nahm er alle Kräfte zusammen, stieß sich ab und schwamm nach oben.

Mit dem reglosen Gewicht tauchte er an der Wasseroberfläche auf. Unmöglich zu beurteilen, ob das Kind noch lebte oder schon tot war. Jetzt ging es nur darum, es ans Ufer zu bringen.

Als er nach schier endlos erscheinenden Minuten mit dem schweren Körper im Schlepptau endlich den steinigen Grund unter den Füßen spürte, ging er einfach weiter, ohne sich auch nur umzusehen. Noch immer wusste er nicht, ob das Kind überlebt hatte, er spürte nur, dass der Arm, an dem er es festhielt, seltsam locker im Gelenk hing. Er musste ihm die Schulter ausgerenkt haben, aber er konnte nicht stehen bleiben, um es zu überprüfen. Noch nicht.

Am Strand angekommen, ließ er sich erschöpft auf alle viere fallen. Keuchend kam er allmählich wieder zu Atem. Erst da drehte er sich um.

Es war kein Kind, das da leblos vor ihm lag. Es war ein junges Mädchen.

Ihr Gesicht war im Kies vergraben, doch die langen schwarzen Haare und der zarte Körperbau ließen keinen Zweifel. Was sie vollkommen bekleidet im See gesucht hatte, interessierte ihn nicht. Allerdings war es höchst unwahrscheinlich, dass jemand mit Turnschuhen, einer schwarzen Jeans und einem bunten Rucksack auf dem Rücken zum Baden ins Wasser ging.

Das Mädchen bewegte sich schwach. Also war sie nicht tot. Sie rang nach Luft.

Ohne sich zu fragen, wie er sie mit einem fünfjährigen Jungen hatte verwechseln können, brachte er sie in die stabile Seitenlage. Als er ihr Gesicht sah, wich er zurück. Die sanften Züge. Die Piercings an den Ohren. Der verwischte Lidstrich. Die lila Haarsträhne, die ihr auf der Stirn klebte.

Sie war zwölf, höchstens dreizehn.

Nur das Weiße ihrer Augen war zu sehen, aus Mund und Nase trat Schaum hervor. Der Müllmann starrte sie benommen an.

Das Mädchen atmete nicht. Wenn er nicht irgendetwas unternahm, würde sie sterben.

Er hatte sein Leben für sie aufs Spiel gesetzt, da konnte er doch jetzt unmöglich dabei zusehen, wie sie hier an diesem Strand starb.

Er fasste sich ein Herz, drehte sie auf den Rücken und kniete sich über sie. Mit beiden Händen begann er, stoßweise auf ihren Brustkorb zu drücken. Immer fester. Ob das so richtig war, wusste er nicht. Er spürte ihre zarten Knochen unter seinen Handflächen, wie von einem Vögelchen. Ihr Brustkorb senkte sich, dann hob er sich wieder, wie ein mechanischer Kolben, und gab ein dumpfes Rasseln von sich. Der Müllmann ließ nicht locker, presste immer weiter und weiter, bis eine Wasserfontäne wie ein Geysir aus ihrem Mund schoss. Ein gurgelnder, rauer Laut entrang sich ihrer Kehle.

Der Müllmann erschrak, aber dann begriff er, dass sein Manöver Erfolg hatte, und fuhr fort.

Kurz darauf begann das Mädchen zu husten und spuckte ein gelbes Sekret aus. Als sich ihre Atmung beruhigt zu haben schien, begann sie plötzlich, wie eine Gliederpuppe zu zucken. Er brauchte ein paar Sekunden, bis er begriff, dass sie von Krämpfen geschüttelt wurde. Der furchtbare Tag, an dem er als kleiner Junge in ebendiesem Zustand in die Notaufnahme gekommen war, stand ihm noch vor Augen. Er kramte in der Hosentasche nach seinem Taschentuch und stopfte es ihr in den Mund, damit sie sich nicht auf die Zunge biss.

Als ihm klar wurde, dass er nicht mehr tun konnte, richtete er sich auf und hätte beinahe die Balance verloren. Doch er war außerstande wegzugehen. Wie angewurzelt stand er da, das Wasser lief ihm von der pitschnassen mahagonibraunen Perücke ins Gesicht.

Allmählich beruhigte sich das Mädchen und schlug die Augen auf. Riesige, traurige braune Augen.

Und mit diesen Augen sah sie ihn an.

Du kannst mich nicht sehen, dachte er sofort. Ich bin unsichtbar. Sie rührte sich nicht, während er vor Aufregung zitterte.

Mit einem Mal ging alles sehr schnell. Erst waren nur Stimmen zu hören, wie ein fernes Echo. Dann liefen Leute auf sie zu, über den Kies hinweg.

Der Müllmann fragte sich nicht, wer diese Leute sein mochten, ob sie den Vorfall mitbekommen hatten, er wusste nur eins: Er konnte nicht dortbleiben. Auch wenn er nichts falsch gemacht hatte, er hätte einfach nicht gewusst, was er sagen sollte. Er war sich nicht mal sicher, ob sie ihm geglaubt hätten. Seine Erfahrung hatte ihn gelehrt, stets auf der Hut zu sein.

Er warf dem Mädchen mit der lila Haarsträhne einen letzten Blick zu. Was sahen diese leeren Augen, die nicht aufhörten, ihn anzustarren?

Er versuchte, ihr das Taschentuch aus dem Mund zu ziehen, doch ihre Zähne gaben es nicht frei.

Weil ihm keine Zeit mehr blieb, griff er rasch nach der Brille und den Arbeitsschuhen, die er am Strand abgelegt hatte, und kletterte auf Socken die Uferböschung hoch. Im Schutz der Bäume würde er unbemerkt verschwinden können.

Während er zu dem Kleintransporter oben auf dem Parkplatz hastete, konnte er hinter sich die aufgeregten Stimmen der herbeigeeilten Passanten hören. Er hoffte, dass sie zu sehr damit beschäftigt wären, sich um das Mädchen zu kümmern, und keiner auf ihn achten würde, doch er drehte sich lieber nicht um.

Oben angekommen, stieg er in den Transporter und startete sofort den Motor. Er warf einen Blick in den Rückspiegel. Die Straße hinter ihm war menschenleer.

Er wird wach von dem Geruch, der in seine Nase dringt. Der Junge kennt ihn, aber er weiß nicht, woher.

Er versucht, die Augen zu öffnen, doch seine Lider sind schwer, zu schwer. Er kann nicht sagen, ob er wirklich wach ist oder schläft. Hin und wieder hat er das Gefühl, in einen Traum abzugleiten, Übelkeit macht sich in ihm breit. Doch dann treibt er wieder an die Oberfläche des Bewusstseins zurück. So geht es eine ganze Weile, wie auf der Achterbahn, aber im Dunkeln. Alles andere als ein Spaß.

Er hat Kopfschmerzen. Ein Eisenring umspannt seinen Kopf, von einem Ohr zum anderen.

Der Geruch ist durchdringend, vertraut. Es riecht nach Desinfektionsmittel. Nach Krankenhaus. Ja, ich bin im Krankenhaus, sagt er sich. *Schon wieder.*

»Versteh das doch endlich, so kann es nicht weitergehen!«, sagt eine aufgebrachte Stimme. »Diesmal ist es noch gut gegangen, aber beim nächsten Mal? Wir haben ihn gerade noch retten können.«

Das ist Martina, die Sozialarbeiterin. Sie schimpft mit jemandem.

»Ich ... ich ...«, stammelt die andere Person.

»›Ich‹ was? Du hast die Verantwortung, Vera. Du bist seine Mutter, du hättest ihn beschützen müssen.«

Sie sind bei ihm im Zimmer. Ihre Stimmen sind hitzig, aber gedämpft, vielleicht weil sie ihn nicht aufwecken wollen oder weil sie nicht sicher sind, ob er sie hören kann. Auch mit geschlossenen Augen gelingt es ihm, sich ein Bild von den beiden Frauen zu machen. Vera in Minirock und Stöckelschuhen, die sich am liebsten eine Zigarette anzünden würde und ersatzweise die Haut um ihre lackierten Fingernägel abknabbert. Martina, die ihre Haare zu einem Pferdeschwanz zusammengebunden hat, Turnschuhe trägt und zu Vera aufschauen muss. Auch wenn sie deutlich jünger ist als sie, spricht sie mit ihr, als wäre Vera ein kleines Mädchen, das etwas ausgefressen hat.

»Ich wusste nicht, dass es ihm so schlecht geht …«, versucht sich die Mutter unter Schluchzen zu rechtfertigen.

»Was dachtest du denn, was die beiden Löcher in seinem Kopf bedeuten?«

Zwei hübsche kleine Reißverschlüsse …

Der Junge erinnert sich an die Stimme, an das Lachen, das im Keller widerhallt. Und an den Geruch nach Blut. Seinem Blut.

»Er hat ihm noch nie was getan! Er wäre wie ein Sohn für ihn, hat er gesagt. Einmal hat er ihn sogar mit in den Zoo genommen.«

»Verdammt, Vera, wie kannst du nur so naiv sein? Aber vielleicht bist du auch einfach nur dumm.«

Er hat Martina noch nie so wütend erlebt. Martina ist die Sanftheit in Person, sie lächelt immer.

»Woher hätte ich das denn wissen sollen? Ich bin nach Hause gekommen, und der Kleine hat in seinem Zimmer geschlafen. Er hat ihm den Kopf bandagiert, aber er meinte, das wäre, weil er die Treppe runtergefallen ist.«

»Er hat nicht geschlafen, Vera. Dein Sohn war im Koma!«

Vera beginnt zu weinen.

Hast du gesehen, was du angestellt hast? Das ist alles deine Schuld, Jungchen …

Ich bin nicht die Treppe runtergefallen, möchte er sagen.

»Tut mir leid, das kann ich so nicht gelten lassen.«

Der Tonfall seiner Mutter ist jetzt ein komplett anderer. Plötzlich macht sie einen auf beleidigte Leberwurst.

»Was kannst du so nicht gelten lassen?«

»Micky war das nicht ... Ich kenne ihn, dazu wäre er gar nicht in der Lage.«

»Warum verteidigst du ihn? Er hätte ihn umbringen können.«

»Er liebt uns!«

»Hör zu Vera, es ist mir scheißegal, mit wem du rumbumst«, sagt die andere bitter. »Aber wenn einer deiner Lover vor lauter Langeweile eines Tages beschließt, mal auszuprobieren, wie widerstandsfähig der Kopf eines Sechsjährigen ist, dann hast du die verdammte Pflicht, ihn anzuzeigen.«

Komm, Jungchen, lass uns was Schönes spielen ...

Die Falltür, die hochgezogen wird. Das Türblatt ist grün. Die Luke im Küchenboden. Der Abgang hinunter in das Loch. Hand in Hand, eine Stufe nach der anderen. Gefügig, ohne einen Mucks von sich zu geben: Wer dich gernhat, tut dir nichts Böses.

»Wenn er was getrunken hat, kann Micky schon mal die Beherrschung verlieren«, gibt Vera zu. »Aber er ist nicht bösartig, hinterher tut's ihm immer leid. Einmal haben wir uns gestritten, und er hat mir die Nase eingeschlagen, aber danach hat er furchtbar geweint: Ich musste ihn die ganze Nacht fest im Arm halten, damit er sich wieder beruhigt.«

»Ich weiß nicht, was ich mit dir machen soll, Vera. Ernsthaft, ich habe keine Ahnung.« Martina ist erschöpft, man kann es ihrer Stimme anhören. »Auf jeden Fall sucht die Polizei nach Micky. Wenn er bei dir auftauchen sollte, musst du uns Bescheid geben, verstanden?«

»Okay, okay«, erwidert Vera genervt.

»Und kümmere dich um deinen Sohn!«, fordert Martina sie auf. »Kauf ihm neue Klamotten, denn die, die er hat, passen ihm nicht mehr. Und achte darauf, dass er vernünftig isst. Er ist immer noch viel zu klein für sein Alter.«

»Vielleicht musst du doch eine andere Familie für ihn suchen«, macht seine Mutter plötzlich einen Vorstoß. Mit einem Mal scheint sie zu Zugeständnissen bereit. »Das ist für uns alle besser, ganz sicher. Vor allem für ihn.«

»Hast du schon vergessen, wie es beim letzten Mal ausgegangen ist?«

»Ja, aber wir könnten es doch noch mal versuchen«, schlägt sie vor, wie ein Kind, das einen Erwachsenen um Erlaubnis für etwas bittet und sich vor der Antwort fürchtet.

Martina ist unerbittlich.

»Niemand wird deinen Sohn bei sich aufnehmen, Vera. Sobald sie die ganze Geschichte kennen, werden sie einen Rückzieher machen. Und jetzt, mit diesen beiden Narben am Kopf, wird es noch schwieriger, das weißt du auch.«

Die ganze Geschichte, wiederholt der Junge in Gedanken. Er befindet sich noch immer in diesem merkwürdigen Schwebezustand, diesem schmerzvollen Traum. Was ist denn meine Geschichte?

6

Zu Hause angekommen, schlug er rasch die Tür hinter sich zu.

Nur sein keuchender Atem war in der Stille der Wohnung zu hören. Er war zurückgerast, ohne den Kleintransporter mit den Müllsäcken zum Wertstoffhof zu bringen. Nicht mal umgezogen hatte er sich. Sein Arbeitsoverall war noch nass, die Perücke klebte wie ein Wischmopp auf seinem Kopf, Wasser tropfte auf den Fußboden und lief ihm in dünnen Rinnsalen übers Gesicht.

Was habe ich getan, fragte er sich. Wütend riss er sich die Perücke herunter. *Was habe ich bloß getan?*

Das Bild von dem Mädchen mit der lila Haarsträhne, das ihn auf dem Kiesstrand liegend aus weit aufgerissenen Augen angestarrt hatte, wollte ihm nicht mehr aus dem Kopf, es hatte sich ihm regelrecht eingebrannt. Es war, als würde sie ihn noch immer sehen. Ja, als würde sie ihn *jetzt* sehen, in diesem konkreten Moment. Sie sah sein wahres Ich, den Ort, an dem er lebte, den nie jemand anders betreten hatte als er.

Ich bin unsichtbar, wiederholte er in Gedanken. Und doch hatte er sich noch nie so bloßgestellt, so verletzlich gefühlt.

Normalerweise entschied Micky, wann der Moment gekommen war, die Maske fallen zu lassen. Und wenn sie endlich begriffen, wer er in Wahrheit war, hatten sie keine Zeit mehr, die Tragweite ihrer Entdeckung zu ermessen: Die Flamme der Erkenntnis in ihrem Blick erlosch im selben Moment wie ihr Lebenslicht.

Doch jetzt war alles zu Ende. Es gab eine Zeugin.

Wenn er sie hätte ertrinken lassen, befände er sich jetzt nicht in dieser Lage. Er hatte dem Schicksal trotzen wollen, und die Folge war, dass er jetzt etwas empfand, das er sehr lange nicht mehr empfunden hatte.

Angst.

Er hatte dieses Gefühl für immer aus seinem Leben verbannen wollen und sich geschworen, sein Handeln nie mehr von einem so niedrigen, so gemeinen Affekt bestimmen zu lassen. Stattdessen wummerte sein Herz jetzt im Staccato der Mutlosigkeit.

»Nein!«, hörte er eine Stimme in der Wohnung widerhallen.

»Nein!«, wiederholte sie noch einmal mit Bestimmtheit.

Der Müllmann drehte sich zu dem verschlossenen Zimmer um. Dort, hinter der grünen Tür, hatte Micky zu ihm gesprochen. Und allmählich beruhigte sich sein Herzschlag, bis er wieder eine normale Geschwindigkeit erreicht hatte.

»Weißt du noch, was ich dir damals im Keller beigebracht habe?«

Er wusste es noch. Das Licht, das durch das kleine Fenster fiel. Der Terpentingestank. Die Schachteln mit den Nägeln, Schrauben und Muttern. Die ordentlich auf der Hobelbank liegenden Werkzeuge. Und die weit geöffnete Stahlzwinge.

»Und jetzt zeig mir, was du gelernt hast ...«

Der Müllmann führte automatisch beide Hände an die Schläfen, als würde ein längst verklungener Schmerz von den alten Narben ausgehen.

»Ich habe gelernt, nicht zu weinen und nicht zu schreien«, sagte er.

Der Schmerz, der ihn durchdrang, viel zu groß für ein Kind. Und dann dieses Gesicht, das ihn beobachtete, mit der Zigarette im Mundwinkel.

Es ist zu deinem Besten, Jungchen. Nur zu deinem Besten.

»Und was noch?«, wollte Micky wissen.

»Ich habe gelernt, dass Angst nichts nützt, sie hilft nicht weiter … Sie wird mich nicht retten.«

»Gut«, sagte sein Mentor. »Und was tun wir, wenn wir den Versuchungen der Angst erliegen?«

Der Müllmann zögerte kurz.

»Wir bestrafen uns.«

Er wusste, was zu tun war. Zielgerichtet ging er auf die Kochnische in seiner Wohnung zu. Er öffnete die Besteck-schublade und holte ein scharfes Messer hervor. Mit der linken Hand umschloss er die Klinge.

Und drückte zu.

Der frische Schmerz löschte die Angst aus, befreite ihn von der Schmach. Er lockerte den Griff, warf das Messer in die Spüle und verband die verletzte Hand mit einem Lappen, der sich auf der Stelle rot verfärbte.

»Gut, mein Jungchen«, lobte Micky ihn.

Dann zog sich die Stimme wieder hinter die grüne Tür zurück.

7

Den Rest des Vormittags und den ganzen Nachmittag verbrachte er auf dem Sofa und starrte ins Leere. Er hätte eine Ausrede gebraucht, weshalb er den Wagen nicht zurückbrachte, hätte vielleicht die Reifen zerstechen und einen Unfall simulieren müssen. Aber das war ihm im Moment egal, und so schob er es hinaus.

Abgesehen von der Feuchtigkeit des Arbeitsoveralls, der durch die Körperwärme allmählich trocknete, empfand er nichts.

Die abendliche Dunkelheit breitete sich im Raum aus. Als wäre in seinem Inneren ein geheimer Schalter umgelegt worden, stand er plötzlich auf. Der Lappen, den er sich um die Hand gewickelt hatte, war blutdurchtränkt, doch der Schnitt hatte aufgehört zu bluten, und der Schmerz war nur noch ein stechendes Kitzeln.

Er ging ins Badezimmer, um die Wunde auszuwaschen.

Anschließend vernähte er sie mit einem chirurgischen Faden und verband sie. Er setzte heißes Wasser auf, rührte einen Brühwürfel hinein und gab ein paar Nudeln dazu. Dann setzte er sich lediglich mit Unterhose und Socken bekleidet an den Tisch. Mechanisch führte er den Löffel zum Mund, in Gedanken ganz woanders. Seine Haut war stark gerötet. Doch trotz der langen heißen Dusche nahm er noch den muffigen Seegeruch an sich wahr, als wäre sein Körper mit dem modrigen Süßwasser imprägniert worden.

Als er aufgegessen hatte, spülte er Teller und Löffel und stellte sie ins Abtropfregal. Wie jeden Abend klappte er das Schlafsofa um und bezog es mit frischer Bettwäsche. Dann löschte er das Licht und legte sich hin.

Mit geschlossenen Augen, auf dem Rücken liegend, wartete er auf den Schlaf.

Er spitzte die Ohren, um auf die Geräusche des Wassertanks auf dem Dach zu lauschen, die ihm normalerweise halfen, sich zu entspannen. Manchmal hörte er, wie er stöhnte oder über die Röhren der Sprinkleranlage eine Art Walgesang von sich gab. Wahrscheinlich funktionierte die Anlage schon seit Jahren nicht mehr richtig, wie so viele andere Dinge in dem heruntergekommenen Wohnblock. Seltsamerweise machte ihm die Vorstellung, eine große Menge träger Flüssigkeit über sich zu haben, von der ihn nur wenige Zentimeter Beton trennten, keine Angst, sondern beruhigte ihn.

So als hätte er ein Schwimmbad über dem Kopf.

Doch an jenem Abend schwieg der Wassertank wie eine stumme Mahnung.

Seinem Plan zufolge wäre der perfekte Tag mit einem erholsamen, tiefen Schlaf zu Ende gegangen. Er wäre todmüde eingeschlafen und erst viele Stunden später wieder aufgewacht, vollkommen erfrischt. Dieser Schlaf wäre die Belohnung für die wochenlange Recherche und die Vorbereitung auf den Abend im »Blue« gewesen. Doch das, was an jenem Morgen geschehen war, hatte alles hinweggefegt, auch die wohlverdiente Müdigkeit. Eine Ewigkeit schien ihn von seinem früheren Leben zu trennen. Überdies hatte er das Gefühl, dass seine Beziehung zu Micky einen Knacks bekommen hatte. Und außerdem, aber das konnte er sich noch nicht eingestehen, spürte er, dass sich etwas verändert hatte. Er hätte es nicht benennen können, aber es war da.

Ein Gedanke keimte in ihm auf. Er hatte es schon den ganzen Tag über bemerkt, ihn aber nicht zugelassen. Jetzt konnte er nicht mehr so tun, als ob nichts wäre. Er musste in Erfahrung bringen, was mit dem Mädchen mit der lila Haarsträhne war. Es interessierte ihn nicht, wer sie war oder wie und weshalb es sie ins Wasser gezogen hatte. Die wirklich interessante Frage war eine andere.

Hatte sie überlebt?

Er hatte sie am Strand zurückgelassen und war geflohen, als die Leute zu Hilfe gelaufen kamen. Aber er wusste nicht, was danach geschehen war.

»Komm schon, spuck's aus«, forderte Micky ihn hinter der grünen Tür in ruhigem Ton auf.

»Wenn sie am Leben ist, wird sie sich an mich erinnern«, sagte er kaum hörbar. »Und wenn sie tot ist, werden sie mich suchen, um zu erfahren, was passiert ist.«

Sein Schicksal war unauflöslich mit dem eines anderen Menschen verbunden. Die Sache ging ihn mehr an, als ihm lieb war oder er sich jemals hätte vorstellen können. Doch er konnte ihr nicht aus dem Weg gehen oder einfach abwarten, bis alles vorbei war.

»Du weißt, was du zu tun hast ...«

»Nein, ich weiß es nicht«, versuchte der Müllmann zu widersprechen, doch das stimmte nicht. Er wusste es, und ob.

»Dir bleibt nicht viel Zeit. Sie werden herkommen.«

Die Vorstellung erschreckte ihn zu Tode. Aber Micky hatte recht, es war die einzige Lösung.

Er schlug das Laken zurück und stand auf.

8

Er hatte das Haus um dreiundzwanzig Uhr verlassen, von Kopf bis Fuß in Schwarz gekleidet, eine Sturmhaube über dem Kopf, um den kahlen Schädel und sein Gesicht zu verbergen.

Er musste das Mädchen finden.

Da er keinen Internetanschluss besaß, konnte er nicht nachschauen, ob in den Lokalnachrichten die Rede von dem Vorfall gewesen war und in welches Krankenhaus man sie gebracht hatte. Die einzige Möglichkeit bestand darin, alle Krankenhäuser abzuklappern. Er war schon in Menaggio gewesen, dem nächstgelegenen Ort, und auch in Valduce, aber ohne Erfolg. Um zehn vor eins stieg er in einen leeren Autobus, um zum Sant'Anna-Hospital zu fahren. Direkt davor befand sich eine Haltestelle, doch vorsichtshalber stieg er erst an der nächsten aus und ging zu Fuß zurück.

Vor dem Eingang zum Krankenhaus hatte eine kleine Gruppe von Fotografen und Kameramännern ihr Lager aufgeschlagen. Sie schienen auf jemanden zu warten. Irgendetwas musste geschehen sein, sagte er sich. Die Anwesenheit der Presseleute beunruhigte ihn, allerdings war es vielleicht auch ein Hinweis darauf, dass er hier richtig war.

Statt den Haupteingang zu benutzen, ging er zur Ostseite des Gebäudes, wo es eine eigene Einfahrt zum Abtransport von Sondermüll gab. Er betrat den Sicherheitsbereich, zu dem nur das Personal Zutritt hatte, und zeigte dem Nachtwächter in der Portiersloge seinen Dienstausweis. Ohne weitere Nachfragen ließ ihn der Mann, der kaum aufgesehen hatte, das Drehkreuz passieren.

Er war schon ein paar Mal in dem Gebäude gewesen, auch nachts. Der Arbeit wegen oder um Medikamente und Verbandsmaterial mitgehen zu lassen, wie den Kollagen-Wundverband um seine verletzte Hand. Durch eines der Lager gelangte er ins Innere des Gebäudes und ging bis zur Umkleide des Reinigungspersonals. Der Raum war leer. Er trat auf einen Spind zu, holte einen Schraubenzieher aus seiner Jackentasche und brach das Schloss auf. Dann tauschte er seine eigene Kleidung gegen die eines Krankenhausangestellten, zog sich Überschuhe über die Füße und eine Plastikhaube auf den Kopf, die er so zurechtzupfte, dass seine Narben vollständig unter dem Gummisaum verschwanden. Er schloss die Spindtür, holte eine Bodenreinigungsmaschine aus einem der Abstellräume und fuhr mit einem Bettenaufzug nach oben.

Er vertraute darauf, dass nachts im Krankenhaus nur wenig Betrieb war. Trotzdem hatte er nicht viel Zeit, um das Mädchen zu finden.

Zuerst versuchte er es in der Intensivstation. Als er sah, dass alle, die in dem sterilen Umfeld arbeiteten, eine chirurgische Maske trugen, tat er es ihnen nach. So konnte er außerdem vermeiden, dass jemand sein Gesicht sah.

Er startete die Bodenreinigungsmaschine, und sogleich gaben die rotierenden Bürsten ein leises Brummen von sich, das perfekt mit dem Blubbern der Sauerstoffgeräte und dem Piepen der Herzmonitore harmonierte.

Während er den Boden putzte, klapperte er nacheinander die Krankenzimmer ab. In manchen waren bis zu vier Patienten untergebracht, zumeist alte Männer. Sie schienen kurz davor davonzuschweben, wie Luftballons. Wenn man genau hinschaute, konnte man den dünnen Faden sehen, der sie noch im Diesseits hielt.

Die jüngste Patientin auf dieser Geisterstation hatte ein Zimmer für sich allein, am Ende des Korridors.

Doch ausgerechnet in dem Moment, als er vor der Tür stand, war jemand bei ihr, eine Krankenschwester, die ihre Vitalparameter auf eine Karteikarte notierte. Als sie fertig war, befestigte sie die Karte am Bett und verließ das Zimmer. Obwohl sie dicht an ihm vorbeiging, schien sie ihn kaum zu bemerken. Der Müllmann wartete, bis sie sich in Richtung Aufnahmezimmer entfernt hatte. Dann stellte er die Sicherheitssperre an der Bodenreinigungsmaschine fest, ließ sie aber weiterlaufen, weil er die Harmonie der Klänge auf der Station nicht erneut stören wollte.

Er betrat das Zimmer.

Es sah aus, als würde das Mädchen mit der lila Haarsträhne schlafen. Sie hatte einen fast heiteren Gesichtsausdruck. Wahrscheinlich war sie sediert. Über Mund und Nase trug sie eine Sauerstoffmaske. Der Vitaldatenmonitor würde ihm anzeigen, wenn die Patientin aufwachte. Doch im Moment war das Piepen regelmäßig, daher konnte er näher ans Bett herantreten.

Ihr Kopf lag leicht erhöht, die langen schwarzen Haare waren wie ein Fächer auf dem Kopfkissen ausgebreitet. Sie trug ein leichtes Nachthemd. An ihrem linken Arm, der wie der rechte neben ihrem Oberkörper ruhte, waren zwei Kanülen befestigt. Sein Blick folgte der zarten Linie ihres Halses hinunter zu den Schultern. Ihr ganzer Torso war bandagiert, auch das Schlüsselbein, das er ihr ausgerenkt hatte, als er sie aus dem See gezogen hatte. Sicher hatte er ihr auch ein paar Rippen gebrochen, als er mithilfe der Herzdruckmassage versucht hatte, das Wasser aus ihren Lungen zu pumpen. Ihr ebenfalls gebrochener Knöchel steckte in einer Beinschiene.

Als er direkt vor dem Bett stand, sah er, dass ihre fast durchsichtige Haut übersät war von blauen Flecken, die beim Kampf gegen die tödliche Umklammerung der Strömung entstanden sein mussten. Er betrachtete ihr Gesicht. Wieder fragte er sich, was ihn dazu getrieben hatte, ihr das Leben zu retten. Es lag nicht nur daran, dass er sich anfangs selbst in ihr gesehen hatte, den kleinen Jungen in dem Brackwasserbecken. Er hätte sie schließlich auch am Strand liegen lassen können, ohne sie zu reanimieren, als ihm sein Irrtum klar geworden war. Noch immer konnte er es sich nicht erklären und war zutiefst verwirrt. Er, der er sich immer im Abseits gehalten und jeden überflüssigen Kontakt zu anderen Menschen vermieden hatte – warum hatte er ausgerechnet bei diesem Mädchen eine Ausnahme gemacht? Sie war nichts Besonderes.

Ihm wurde bewusst, wie gefährlich es für ihn war, sich auf solche Gedanken einzulassen. Micky würde niemals etwas von seinen Grübeleien erfahren dürfen.

Jemand hatte einen Bilderrahmen auf den Servierwagen am Fußende des Bettes gestellt. Er ahnte den Grund dafür. Wenn die Patientin die Augen öffnete, würde ihr Blick sofort auf dieses beruhigende Foto fallen: das Mädchen mit der lila Haarsträhne zwischen einem vierzigjährigen Mann und einer etwas jüngeren Frau, sicher ihre Eltern. Sie sahen gut aus, braun gebrannt und lächelnd. Was für eine seltsame Art, das Glück zu bewahren, sagte sich der Müllmann jedes Mal, wenn er ein Familienfoto sah. Dachten die Leute wirklich, dass sie mit einem Schnappschuss ihre Gefühle konservieren konnten? Er selbst war nie auf einem Foto verewigt worden. Sogar die Passbilder auf seinem Dienst- oder Personalausweis waren Fotos von Fremden, die ihm ähnlich sahen.

Er bemerkte die durchsichtigen Plastiktüten mit den persönlichen Gegenständen der Patientin auf einem Stuhl. Erstaunt erkannte er das Taschentuch, das er dem von Spasmen geschüttelten Mädchen zwischen die Zähne geklemmt hatte. Er holte es sofort aus der Tüte, als ihm der rotlackierte Fingernagel einfiel, den er darin eingewickelt hatte.

Die Reliquie.

Er faltete das Taschentuch auseinander, aber der Fingernagel war nicht mehr da. Er dachte an die möglichen Folgen dieser Unachtsamkeit. Wahrscheinlich lag der Fingernagel irgendwo am Strand oder trieb im Wasser umher, beruhigte er sich dann. Es war müßig, nach ihm zu suchen, er würde ihn nie finden. Mit einem Achselzucken steckte er das Taschentuch ein.

Der Moment war gekommen, der Sache ein Ende zu setzen.

Er wandte sich dem Wagen mit den Medikamenten und dem Defibrillator zu, der in einer Ecke des Zimmers stand. In einer der Schubladen würde er finden, was er suchte.

Latexhandschuhe. Kanüle. Insulinfläschchen.

Die Zimmertür die ganze Zeit im Auge behaltend, zog er eine Überdosis Insulin auf. Niemand würde den winzigen roten Punkt zwischen den Zehen der Patientin bemerken. Nur ein paar Sekunden, und das Band zwischen ihnen würde zerreißen. Nur ein paar Sekunden, und sie beide wären frei. Für immer frei.

Er trat zurück zum Bett. Knapp eine Minute würde ihm bleiben, um zu verschwinden, rechnete er aus, bevor der Vitaldatenmonitor eine ungewöhnliche Erhöhung der Herzfrequenz registrieren und Alarm schlagen würde. Doch er war fest entschlossen, seine Arbeit zu Ende zu bringen. In der einen Hand hielt er die Spritze senkrecht, mit der anderen schob er das Laken über dem Fuß beiseite, der nicht in der Schiene steckte.

Er hatte sich schon vorgebeugt, um die Spritze zu setzen, als er mitten in der Bewegung innehielt. Auf der Wade des Mädchens mit der lila Haarsträhne, zwischen unzähligen Kratzern, hatte er einen verblassten Schriftzug entdeckt.

Eine Zahlenfolge, mit Kuli dorthin gekritzelt.

Erschreckt wich der Müllmann zurück und ließ das Laken fallen. Ein Schauer überlief ihn. Der Anblick hatte genügt, eine Kette von Reaktionen in ihm auszulösen, die er nicht mehr aufhalten konnte.

In dem Moment wusste er, dass er niemals in der Lage sein würde, die tödliche Spritze zu setzen.

9

Um sechs Uhr morgens erwachte die Espressobar im Bahnhof zum Leben.

Der Müllmann saß an einem der Tischchen im hinteren Bereich, vor sich die benutzte Espressotasse seines Vorgängers. Die Hände in den Taschen seiner grauen Jacke vergraben, die Kappe tief ins Gesicht gezogen, studierte er das Kommen und Gehen der Kunden, die einander am Tresen abwechselten. Die Pendler hatten kein Gepäck dabei, sie nahmen schnell etwas zu sich, bevor sie sich zu ihrem Arbeitsplatz aufmachten. Diejenigen mit Koffer hingegen gingen die Sache langsamer an: Sie tranken ihren Kaffee und schauten in aller Ruhe auf die Uhr, ob es schon Zeit war, zum Gleis zu gehen. Der Müllmann fragte sich, von wo sie kamen und was für ein Ziel sie hatten. Ob sie aufbrachen, um zurückzukehren, oder ob sie diesen Ort für immer verließen. Wo ihr Zuhause war, ob sie sich von jemandem hatten verabschieden müssen oder ob irgendwo jemand auf sie wartete.

Immer wieder unterbrach er seine Überlegungen, um zu dem Fernseher an der Wand aufzusehen, auf dem in einer Dauerschleife die Nachrichten liefen. Inzwischen kannte er die Reihenfolge der einzelnen Meldungen auswendig und wusste, dass nach den internationalen Berichten wieder der Mann und die Frau auftauchen würden, die er auf dem Foto im Krankenhaus gesehen hatte.

Im Blitzlichtgewitter, bedrängt von einem Wald von Mikrofonen, verlas der Vater des Mädchens mit der lila Haarsträhne vor dem Eingang des Sant'Anna-Hospitals eine Erklärung. Seine Stimme mischte sich mit den Lautsprecherdurchsagen, die Ankunft und Abfahrt der Züge ankündigten.

»Ich möchte den Mann kennenlernen, der sein Leben riskiert hat, um meine Tochter zu retten«, sagte er, die Hand auf die Schulter seiner schönen Frau gelegt, die noch zu sehr unter Schock stand, um sprechen zu können. »Ich weiß nicht, weshalb er beschlossen hat, anonym zu bleiben, aber ich respektiere das, auch wenn ich mir als Elternteil natürlich wünschen würde, dass er sich zu erkennen gibt, damit ich mich bei ihm bedanken kann ...«

Der Müllmann hatte diesen Sätzen immer wieder gelauscht und jedes Mal einen seltsamen Unterton herausgehört. Er wusste, dass er nicht besonders intelligent war, aber er war zumindest in der Lage, bestimmte Dinge vorauszuahnen.

Ich weiß nicht, weshalb er beschlossen hat, anonym zu bleiben ...

Dieser Satz warf einen Verdacht auf ihn. Bestimmt fragte sich jemand, ob der Grund für seine Entscheidung weniger edel war als die Geste selbst, ob der barmherzige Samariter etwas zu verbergen hatte.

Sie werden mich ausfindig machen, sagte er sich zum dutzendsten Mal. Micky hat recht, *sie* werden kommen. Warum hatte er das Mädchen mit der lila Haarsträhne im Krankenhaus bloß nicht umgebracht? Er hatte sich eine Gelegenheit durch die Lappen gehen lassen, die nicht wiederkommen würde. Micky wäre nicht sehr erfreut darüber.

»Unsere Tochter wird sich sicher bald erholt haben«, erklärte der Mann im Fernsehen.

Er strahlte eine große Überzeugungskraft aus, großes Selbstbewusstsein. Der Müllmann wusste nicht, wer das war und weshalb die Journalisten sich so für ihn interessierten. Es musste sich jedenfalls um jemand Wichtigen handeln, da er gezwungen schien, das Drama, das seine Familie ereilt hatte, so in die Welt hinauszuposaunen. Auch dieser Aspekt war für den Müllmann wichtig. Die Leute werden die Geschichte erst mal nicht so schnell vergessen, überlegte er. Und angesichts der vielen Menschen, die in der Bar stehen blieben und die Nachrichten anschauten, würde sie sich immer weiter verbreiten.

Noch ein Grund, weshalb die Journalisten nicht so schnell lockerlassen würden, ergab sich aus der Frage eines Reporters über den Hergang der Ereignisse. Während der Vater des Mädchens antwortete, glitt ein Schatten über sein Gesicht. Er hatte Angst, das hatte der Müllmann sofort erkannt.

»Sie ist ausgerutscht und in den See gefallen, während sie ein Foto mit dem Handy gemacht hat. Dabei hat sie sich den Knöchel gebrochen. Ein kleiner Leichtsinn, der sie teuer zu stehen kam, aber so sind Kinder nun mal in dem Alter: Sie halten sich für unsterblich«, hatte er mit erzwungenem Lächeln erklärt. »Wahrscheinlich hat sie ein Selfie gemacht.«

Die größte Sorge dieses Vaters war, dass die Dinge sich nicht so zugetragen hatten, wie er sie darstellte. Die Unsicherheit zerfraß ihn förmlich, das merkte der Müllmann ihm an. Er wollte um jeden Preis seine Tochter schützen und wagte daher nicht, der Wahrheit ins Auge zu sehen.

Wahrscheinlich besaß er, der Müllmann, den Schlüssel zu dem Geheimnis.

Was für eine aberwitzige Situation. Der Vater des Mädchens konnte nicht wissen, dass ein namenloser Fremder, der an einem Tischchen in einer Espressobar im Bahnhof saß, besser als jeder andere nachvollziehen konnte, was für Zweifel ihn quälten. Er konnte sich nicht vorstellen, dass ein Unbekannter, so ganz anders als er selbst, als seine Familie und seine sämtlichen Bekannten, Lichtjahre entfernt von seiner Art, das Leben und die Welt zu sehen, dass so jemand etwas besaß, das ihn betraf. Etwas, das sein Universum im Handumdrehen zum Zerbersten bringen konnte.

Eine Antwort.

Der Müllmann musste nur einen triftigen Grund dafür finden, seine Theorie zu überprüfen. Was aber bedeuten würde, dass er sich noch mehr engagieren, sich noch weiter aus der Deckung hervorwagen müsste. Er wusste nicht, ob er den Schutz der Dunkelheit aufgeben sollte. Deshalb saß er seit über einer Stunde in diesem Bahnhofscafé.

Er musste entscheiden, ob es nicht das Beste war, einen Zug zu besteigen und für immer zu verschwinden.

Schließlich hatte er das schon oft so gemacht. Ohne etwas mitzunehmen. Einfach alles zurücklassen. Eine Wohnung, wertlose Gegenstände, ein paar Kleidungsstücke in einem Schrank. Sie hätten sonst nichts von ihm gefunden. Niemand hätte sich Fragen gestellt.

Er machte sich nicht mal Sorgen wegen dem, was hinter der grünen Tür verborgen war.

Anfangs hätten sie sich gefragt, was das sollte, aber wenn sie erst mal eingesehen hätten, dass sie es nie verstehen würden, hätten sie es nach und nach vergessen.

Vielleicht hätte auch er versuchen sollen, das Mädchen mit der lila Haarsträhne zu vergessen. In eine andere Stadt ziehen, sich eine neue Wohnung suchen. Eine neue Tür grün streichen und das eigene Geheimnis hinter ihr verbergen. *Die Dinge in Ordnung bringen.* Schließlich hatte er schon zehn Jahre in Como verbracht. Noch nie war er so lange an einem Ort geblieben. Im Grunde reichte es.

Als ihm klar wurde, dass er eine Entscheidung getroffen

hatte, erhob er sich von seinem Stuhl. In seinen Armen kribbelte es, vielleicht weil er zu lange reglos in einer Position verharrt hatte oder auch wegen der Spannung in seinen Schultern.
Er hielt den Kopf gesenkt, um nicht aufzufallen, verließ die Espressobar und bog in einen der Gänge, die zu den Bahngleisen
führten.

Die Menschen gingen an ihm vorbei, streiften ihn. Niemand
wusste, wer der Mann war, der sich da mitten unter ihnen bewegte. Er war nur ein kaum sichtbarer Fleck, der flüchtig in
ihrem Gesichtsfeld auftauchte, um gleich wieder zu verschwinden. Manchmal fragte er sich, wie sie reagiert hätten, wenn sie
ihn genauer angeschaut hätten, und sei es nur für einen Moment. Die wenigen Male, die der Müllmann bewusst unter
Leute ging, dienten dazu, ihn die Macht spüren zu lassen, die
auf seiner Unsichtbarkeit beruhte.

Doch diesmal war es anders.

Der eigentliche Grund, weshalb er an diesem Morgen den
Bahnhof aufgesucht hatte, war, dass es dort noch ein öffentliches Telefon gab. Sein Aufenthalt in Como war mit dem Anruf verbunden, den er machen wollte.

Er nahm den Hörer ab und warf die Münzen in den Schlitz.
Dann wählte er die Zahlenfolge, die er auf der Wade des Mädchens im Krankenhausbett gesehen hatte. Behutsam, Ziffer um
Ziffer.

Am anderen Ende der Leitung klingelte es.

Nach einer schier endlosen Weile hob jemand ab.

»Ja, bitte?«

Der Müllmann sagte nichts. Er wartete.

»Hallo?«, sagte die Männerstimme am Telefon gereizt. »Ist
denn da niemand?«

Er weiß, dass ich hier bin, er hört mich ja atmen.

»Wer ist denn da?«

Der Müllmann legte auf. Die wenigen Worte hatten genügt, um die Stimme zu identifizieren.

Du wolltest mich kennenlernen, nicht wahr? Schön, das hast du jetzt.

»Sie wachsen doch wieder, oder?«

Martina ist zerstreut, sie packt seine Tasche.

»Was?«

Der Junge steht am Fenster, doch er schaut nicht hinaus, auf die Leute, die ins Krankenhaus kommen oder es verlassen. Sein Blick verfängt sich auf seinem eigenen traurigen Gesicht, das sich in der Scheibe spiegelt.

»Die Haare«, erklärt er. »Werden sie wieder nachwachsen?«

Martina hält inne, sie lässt die Tasche Tasche sein und tritt auf ihn zu.

»Klar wachsen sie wieder«, spricht sie ihm Mut zu und streichelt ihm über den Kopf, auf dem sich ein zarter Flaum gebildet hat.

»Und die Narben verschwinden?«

»Ich fürchte, nein.« Martina ist aufrichtig, sie lügt ihn nie an, und genau deswegen mag er sie so. »Aber sobald deine Haare nachgewachsen sind, wird man die Narben nicht mehr sehen.«

Der Junge hält das für ein gutes Zeichen.

»Bis es so weit ist, habe ich dir ein Geschenk mitgebracht.« Die Sozialarbeiterin holt ein Basecap aus ihrer Tasche hervor. »Damit wirst du richtig cool aussehen«, versichert sie ihm.

Der Junge betrachtet erneut sein Spiegelbild in der Scheibe. Er ist nicht wirklich überzeugt, doch er sagt nichts, weil er sie nicht enttäuschen will. Heute ist ein wichtiger Tag. Martina ist glücklich, weil er nach einem Monat aus dem Krankenhaus entlassen wird. Er selbst weiß nicht, ob er darüber glücklich sein soll.

»Glaubst du ans Paradies?«

»Manchmal«, sagt Martina. »Warum fragst du?«

»Wenn du stirbst und niemand weiß, wie du heißt, was schreiben sie dann auf deinen Grabstein?«

Martina ist verblüfft.

»Warum fragst du das? Was geht in deinem Kopf vor?«

Er lässt sich nicht beirren.

»Wie soll der liebe Gott mich finden, um mich ins Paradies zu holen, wenn er meinen Namen nicht auf dem Grabstein lesen kann?«

»Der liebe Gott weiß, wer du bist«, versichert ihm die Frau.

»Als ich hierhergekommen bin, wusste niemand, wie ich heiße ...«

Er erinnert sich noch gut, wie alle um ihn herum geschrien haben, als er in die Notaufnahme kam. Die Ärzte haben ihm etwas in den Mund gesteckt, weil er am ganzen Körper gezittert hat und die Gefahr bestand, dass er sich auf die Zunge beißen würde. Deshalb konnte er ihnen seinen Namen nicht sagen. Niemand wusste, wie er heißt. Er war ganz allein.

»Das ist jetzt alles vorbei«, bemerkt Martina, ohne ihm zu widersprechen.

Vielleicht sollte er froh sein, das Krankenhaus zu verlassen, er kann den Gestank nach Desinfektionsmitteln nicht mehr ertragen. Aber er ist auch traurig.

»Muss ich wirklich nach Hause zurück?«

»Ich habe eine neue Bleibe für euch gefunden, eine größere Wohnung, in der du sogar ein eigenes Zimmer hast.«

»Vera will mich nicht«, tastet er sich vorsichtig vor. »Ich

habe euch gehört … Ihr habt gedacht, ich schlafe, aber ich war wach. «

Ihr habt gedacht, ich sei tot, aber ich war lebendig.

»Deine Mutter erzählt viel, wenn der Tag lang ist, das weißt du doch«, wiegelt Martina ab. »Aber jetzt hat sie eine Arbeit und kann sich um dich kümmern. Jetzt wird alles gut. «

»Und Micky?«

Die Frage ist wie ein Stein, der in einen Teich fällt. Sie verschwindet sofort unter der Oberfläche, doch man kann sie nicht ignorieren, da sie Kreise zieht, die sich immer weiter ausdehnen.

»Vera hat mir versprochen, dass sie ihn nicht wiedersieht«, verkündet Martina feierlich.

»Das kann ich mir nicht vorstellen. «

»Die Polizei sucht nach ihm. Micky sollte sich besser nicht blicken lassen. «

»Die Polizei wird ihn nicht finden. « Er ist sich so sicher, dass ihm die Tränen in die Augen steigen.

»Du musst keine Angst haben. Micky wird dir nichts mehr tun. «

Martina kann es nicht wissen, aber Micky ist nicht so wie die anderen Schmeißfliegen, die seine Mutter belagert haben.

»Wenn ich bei Vera bleibe, wird er wiederkommen. «

»Das wird nicht passieren«, insistiert sie.

»Schwörst du es mir?«

Die Sozialarbeiterin zögert einen Moment. Auch er bemerkt es.

Schwör es mir. Die drei Wörter, die einen Erwachsenen festnageln. Der Junge ist erst sechs Jahre alt und hat bereits durchschaut, wie die Dinge laufen. Wenn du wissen willst, ob ein Erwachsener dir die Wahrheit sagt, musst du ihn schwören lassen. Der Trick funktioniert nicht immer. Vera zum Beispiel ist ein hoffnungsloser Fall. Aber Martina ist anders. Martina kann nicht lügen.

Die Sozialarbeiterin setzt sich aufs Bett und macht ihm ein Zeichen, sich neben sie zu setzen. Der Junge tut, was sie sagt.

»Pass auf, was wir jetzt machen«, sagt seine Freundin.

Sie hebt sein eines Bein an, krempelt seine Hose hoch und zieht seine Socke herunter. Während der Junge sich noch fragt, was sie wohl vorhat, greift sie nach einem Kugelschreiber, zieht mit den Zähnen die Kappe ab und kritzelt etwas auf seine Haut, direkt über dem Knöchel. Er verspürt ein angenehmes Kribbeln.

»Das ist meine Telefonnummer«, erklärt sie und drückt die Kappe zurück auf den Kuli. »Du darfst sie nie abreiben oder abwaschen. Und außerdem werde ich jede Woche bei euch vorbeikommen, um zu sehen, wie es dir geht. Und dann schreiben wir jedes Mal die Nummer wieder neu auf.«

»Wozu?«, fragt der Junge, doch er weiß bereits, dass es eine gute Sache ist, und fühlt sich beruhigt.

»Das ist unser Geheimnis: Wenn irgendwas passiert, rufst du mich an oder zeigst diese Nummer jemand anderem, damit er mich anruft. Dann komme ich sofort zu dir.«

»Und wenn ich sterbe?«

Die Frage lässt das Blut in den Adern der jungen Frau gefrieren.

Der Junge gibt sich selbst die Antwort.

»Wenn ich sterbe, kannst du dem lieben Gott wenigstens sagen, wie ich heiße.«

10

Ein Glas Mixed Pickles im Tiefkühlfach.

So hatte sie es den jungen Mädchen seit der Mittelschule immer wieder erklärt und auch später noch, wenn sie älter wurden. Es war existentiell, dass sie die Bedeutung verstanden. Man konnte nie wissen, wann und *ob* es nötig sein würde. Die Hoffnung war, dass es nie nötig sein würde, doch besser, man zog auch diese Möglichkeit in Betracht. Und – ganz wichtig – sie durften nie den Jungs davon erzählen. Es war ein Geheimnis, das der Gemeinschaft der Frauen vorbehalten war.

Ein Glas Mixed Pickles im Tiefkühlfach war das Signal.

Wenn einer der Angestellten, die jeden Abend die frisch gelieferten Waren in die Regale eines der Supermärkte in der Gegend einsortierten, ein Glas Mixed Pickles im Tiefkühlfach fand, musste er es sofort der Geschäftsleitung melden, die sie informierte. Keiner der Übermittler wusste, was diese bizarre Prozedur sollte. Nur die Person, die sich das System ausgedacht hatte, kannte die Bedeutung. Die Jägerin aller Schmeißfliegen wusste dann nämlich, dass irgendwo eine Frau in Gefahr war. Entweder wurde sie von ihrer Familie misshandelt und hatte keine Möglichkeit, Anzeige zu erstatten, oder sie wurde von ihrem Partner bedroht oder war, im schlimmsten Fall, Opfer einer Entführung geworden.

Die Fliegenjägerin war die Einzige, die sich die Mühe machte, diesen Gefangenen zu helfen. Schon seit über einer Woche observierte sie beinah rund um die Uhr einen Discounter in der Peripherie. Genauer gesagt, seit ihr der ungewöhnliche Fund von Salzgurken in einem Gefrierschrank gemeldet worden war.

Den ganzen Tag schlich sie in den Gängen umher und tat so, als würde sie einkaufen, doch in Wirklichkeit beobachtete sie die Kunden in der Hoffnung, diejenige ausfindig zu machen, die den stillen Alarm geschlagen hatte. Wenn die gefährdete Frau in den Laden gekommen wäre, hätte die Fliegenjägerin sie sofort identifiziert. Natürlich, keine von ihnen trug ein Schild mit der Aufschrift »Missbrauchsopfer« um den Hals, doch es gab immer ein verräterisches Detail. Es konnten blaue Flecken sein, Brüche oder sonstige Verletzungen. Auch ein Halstuch oder ein Rollkragen zur falschen Jahreszeit konnte ein Zeichen sein, ebenso wie eine übergroße Sonnenbrille.

Wenn sie eine misshandelte Frau ermittelt hatte, versuchte die Jägerin, Blickkontakt mit ihr aufzunehmen. Und sobald sich ihre Blicke kreuzten, wusste die andere, dass ihr geholfen werden würde. In den Augen der Frauen, die sich zu erkennen gaben, konnte man Verwirrung lesen, Ohnmacht und vor allem Angst.

Ihre Folterknechte waren immer auf der Hut. Viele der Frauen durften nicht telefonieren oder ins Internet gehen, und nicht wenige von ihnen hatten gar nicht erst die Kraft, jemanden zu kontaktieren und um Hilfe zu bitten. Deshalb war es für sie bereits ein großer Schritt, ein Glas Mixed Pickles an einem unpassenden Ort zu deponieren. In ihrer Welt der Schläge und Drohungen, in der bereits ein zerbrochener Teller harte Strafen nach sich zog, hatten sich Mixed Pickles neben Mixed Pickles und Tiefkühlwaren neben Tiefkühlwaren zu befinden. Das war eine von den vielen Regeln, die es zu befolgen galt – und wehe, wenn nicht!

Deshalb war es bereits ein erster Akt der Rebellion, wenn die Frauen gegen die Ordnung der Regale verstießen.

An diesem Montag jedoch war die Fliegenjägerin kurz davor, ihren Optimismus zu verlieren. Seit Tagen füllte sie nun schon ihren Einkaufswagen bei jeder Runde durch die Gänge und räumte ihn nach ein paar Stunden wieder aus, um von vorne anzufangen. Weil sie den ganzen Tag auf den Beinen war, tat ihr der Rücken weh. Dazu kam noch der Entzug von Nikotin, denn sie konnte schließlich nicht alle zwanzig Minuten eine Zigarettenpause einlegen. Seit sie mit der Überwachung des Discounters begonnen hatte, war ihr täglicher Konsum an Diana-Päckchen deutlich zurückgegangen. Wenn sie abrupt aufhörte zu rauchen, bekam sie normalerweise einen starken, bellenden Husten, statt sich besser zu fühlen.

Trotz ihrer immerhin dreiundfünfzig Jahre war ihre Gesundheit jedoch das Allerletzte, um das sie sich Sorgen machte.

Sie kümmerte sich nicht um sich selbst, das interessierte sie nicht. Ihr Psychologe sagte ihr bei jedem Besuch, dass sie am Rande einer schweren Depression stehe. Doch nach fünf Jahren Therapie hatte sich der innere Aufruhr, der sie endgültig in die Knie zwingen würde, noch immer nicht gezeigt. Stattdessen wurde sie von den Auswirkungen einer späten Menopause gequält, wo sie ihr Frausein doch lieber endgültig ad acta gelegt hätte. Die Jägerin hatte weder Angst vor dem Alter noch vor Falten oder Übergewicht. Früher war sie durchaus attraktiv gewesen, aber diese Zeit war vorbei, und sie trauerte ihr auch nicht nach.

Weil es praktischer war, trug sie ihre Haare kurz. Von Make-up gar nicht erst zu reden. Und bei der Kleidung ging es ihr vor allem um Bequemlichkeit.

Sie warf einen Blick auf ihre Armbanduhr: Viertel vor zwei. Normalerweise leerte sich der Discounter nach eins. Die Hausfrauen hatten ihre Einkäufe erledigt und bereiteten das Mittagessen zu. In den langen Gängen irrten nur noch ein paar Singles oder alte Mütterchen umher, die die Ruhe ausnutzen wollten, um ohne Hast die Angebote der Woche aus dem Werbeprospekt zu studieren. Sie beschloss, dass sie sich eine Zigarettenpause verdient hatte. Doch während sie sich auf den übervollen Einkaufswagen stützte, um ihren schmerzenden Fuß zu massieren, fiel ihr Blick zufällig auf das Müsliregal, und sie besann sich eines Besseren.

Höchstens fünfundzwanzig Jahre alt, Modelfigur, Baseball-Kappe, bunte Leggins, Turnschuhe, Louis-Vuitton-Shopper und eine weite Sweatjacke, die ihr bis zu den Knien reichte. Doch weniger die junge Frau, die suchend vor den Frühstücksflocken stand, hatte ihre Aufmerksamkeit erregt, als deren Freund, der sich ein paar Meter hinter ihr hielt. Lange honigfarbene Haare, die er sich permanent hinter die Ohren strich, Jeans und T-Shirt, Marken-Sneaker, gut aussehend und schmierig zugleich. Genau der Typ, in den man sich sofort verlieben und es sofort wieder bereuen konnte.

Der Blonde hatte die Arme über der Brust gekreuzt und den Blick starr auf seine Freundin geheftet, als hielte er sie an einer unsichtbaren Leine. Aber vielleicht bildete sich die Jägerin das auch nur ein. Das Mädchen zeigte jedenfalls keine offensichtlichen Spuren von Misshandlung. Doch die konnten sich genauso gut unter ihrer langen Jacke verbergen. Abgesehen von dem Verhalten des jungen Mannes wirkte ihre Beziehung nicht weiter verdächtig.

Und doch war da etwas, das nicht ins Bild passte.

Viel zu schick für einen Discounter, dachte die Fliegenjägerin. Die kommen aus der City. Sie hat ihn überredet, hier einkaufen zu gehen, und ihm passt das nicht. Er fragt sich, was sie an diesem Ort für Immigranten und frustrierte Hausfrauen verloren haben. Noch dazu ist es schon das zweite Mal, dass seine Freundin ihn hierhergeschleppt hat. Das würde sie ihm büßen müssen, sagte sie sich.

Sie beschloss, nach Beweisen für ihre Theorie zu suchen.

Den Einkaufswagen vor sich herschiebend pirschte sie sich langsam zu dem Pärchen vor. Als sie zu dritt vor einem Kühlregal standen, drängelte sie sich ohne ein Wort der Entschuldigung zwischen ihnen hindurch und öffnete die Glastür, um eine Flasche Milch herauszunehmen. Sie schaute das Mädchen kurz an und hoffte, dass sie den Versuch der Kontaktaufnahme bemerkt hatte. Doch ihr Blickwechsel dauerte nur den Bruchteil einer Sekunde. Zu kurz, um ihr ein Zeichen zu geben.

Auf einmal hatte die Jägerin eine Eingebung. Rasch öffnete sie die Milchflasche und drehte sich ruckartig um.

Mit einem Schwall ergoss sich die weiße Flüssigkeit über den Blonden und bekleckerte ihn von oben bis unten.

»Oh, Verzeihung, ich habe gar nicht gesehen, dass der Deckel offen war!«, rief sie, tat aber zugleich so, als müsste sie ein kleines Lachen unterdrücken.

Der verblüffte junge Mann reagierte genauso, wie sie sich erhofft hatte: Instinktiv hob er den Arm, die Hand schon fast zur Faust geballt, doch im letzten Moment beherrschte er sich. Eine eisige Kälte breitete sich zwischen ihnen aus. Auch das Mädchen hatte seinen Impuls bemerkt. Unmöglich, die Drohgebärde zu übersehen.

»Schon gut, nicht so schlimm«, presste der Blonde hervor, doch die angespannten Adern an seinem Hals zeugten vom Gegenteil. Die Warnung war eindeutig: Geh mir aus den Augen, oder es setzt was!

»Das ist mir schon mal passiert, wissen Sie?«, sagte die Jägerin ungerührt, ohne einen Millimeter von der Stelle zu weichen. »Beim letzten Mal waren es Salzgurken.«

Als die junge Frau das Wort »Salzgurken« hörte, zuckte sie merklich zusammen. Doch kein Mucks kam über ihre Lippen. Sie zog ein Päckchen Taschentücher aus der Jackentasche, drehte ihr unter dem Vorwand, die Milch von der Kleidung ihres Freundes abtupfen zu wollen, den Rücken zu und sorgte damit auch für einen Sichtschutz, um ihr das Weggehen zu ermöglichen.

Während sie sich entfernte, konnte die Jägerin hören, wie er zu ihr sagte:

»Lass gut sein, ich mach das schon.«

Die Jägerin hatte einen Teilerfolg errungen. Für die nächste Runde postierte sie sich draußen vor dem Geschäft.

Sie erkannte das Auto des Pärchens sofort. Es konnte nur der weiße Porsche sein, der sich von allen anderen Autos auf dem Parkplatz deutlich abhob. Sie zündete sich eine Zigarette an und wartete darauf, dass die beiden herauskamen. Es dauerte nicht lange.

Draußen konnte der junge Mann endlich seine unterdrückte Wut ablassen. Das Mädchen ging ein paar Schritte vor ihm, den Blick gesenkt.

»Such dir eine andere Müslimarke, mich kriegst du nicht mehr in diesen Drecksladen!«, schimpfte er los.

Als sie an ihr vorbeikamen, schnippte die Jägerin ihre Zigarette zu Boden und trat auf die beiden zu.

»Entschuldigung ...«

Überrascht drehte der Blonde sich zu ihr um.

»Was ist denn jetzt schon wieder?«

Sie kramte in ihrer Tasche nach einem Fünf-Euro-Schein und hielt ihn dem Jungen hin.

»Ich möchte für die Reinigung der Schweinerei aufkommen, die ich angerichtet habe.«

Der andere wusste nicht, ob er sie zum Teufel jagen oder

ihr ins Gesicht lachen sollte. Er entschied sich für ein abfälliges Lächeln.

»Das ist nicht nötig, glaub mir.«

Die letzten beiden Worte sollten wohl eine Art Warnung sein, so etwas wie: »Pass bloß auf!«

Doch sie ließ sich nicht einschüchtern, sondern näherte sich gefährlich dem, was ihr Psychologe als »persönliche Distanzzone« bezeichnete. Wird diese Begrenzungslinie überschritten, fühlt sich ein gewaltbereiter Mensch zum Angriff berechtigt.

»Kommen Sie schon, ich bestehe darauf …«

»Warum hörst du nicht einfach auf, mir auf den Sack zu gehen?«, herrschte der junge Mann die Fliegenjägerin an.

Seine Freundin schien wie gelähmt vor Angst. Das Engelsgesicht hingegen war kurz davor auszurasten.

»Es ist mir wirklich unangenehm, verstehen Sie, das war eindeutig meine Schuld«, sagte die Jägerin und versuchte, ihm den Geldschein in die vordere Hosentasche zu schieben.

Überrascht von so viel Dreistigkeit, wich der junge Mann einen Schritt zurück, um sie gleich darauf am Kragen zu packen und gegen eines der parkenden Autos zu stoßen.

»Fass mich nicht an, du verdammte Lesbe!«

Während sie sich aus seinem Würgegriff zu befreien versuchte, warf die Fliegenjägerin einen Blick zu der jungen Frau, die vollkommen versteinert die Szene beobachtete.

Sehr gut, sagte sie sich. Wenn sie sieht, wozu er auch bei anderen Frauen fähig ist, versteht sie vielleicht, dass es nicht die Liebe ihres Lebens sein kann. Und vielleicht findet sie auch den Mut, mehr zu tun, als nur ein Glas Mixed Pickles am falschen Ort zu deponieren. Vielleicht zeigt sie ihn an.

Die Jägerin nahm die Hand vom Arm ihres Angreifers, um etwas aus der Tasche ihrer Jeansjacke zu holen. Er bemerkte ihre Bewegung nicht, doch kurz darauf veränderte sich sein

Gesichtsausdruck. Aller Zorn wich aus seinen Zügen. Sofort löste er den Griff um ihren Hals.

Er spürte die Klinge des Klappmessers, die gegen seinen Hosenlatz drückte.

Die Jägerin hustete röchelnd und spuckte ihm ein paar Schleimtropfen ins Gesicht.

»Entschuldige, mein Lieber«, sagte sie mit heiserer Stimme.

Die Fliege zappelte im Netz. Nun war das Mädchen an der Reihe.

Sie drehte sich zu der jungen Frau um.

»Alles wird gut, du wirst sehen.«

Dann reichte sie ihr ihr Smartphone.

Der Blonde warf seiner Freundin einen hasserfüllten Blick zu.

»Kennst du die etwa?«

Das Mädchen starrte unschlüssig auf das Handy.

»Nein.«

»Natürlich kennst du die, Schlampe!«

Die Jägerin sprang der jungen Frau zur Seite.

»Wir können ihn wegen aggressivem Verhalten anzeigen.«

Los, mach schon, Schätzchen, nimmt das verdammte Handy und wähl die Nummer! Das ist der Moment, um dich für immer von diesem Bastard zu befreien. Du musst mir nur einen Grund nennen, und sei er noch so klein. Es reicht, wenn du mich um Hilfe bittest, und es kommt sofort Verstärkung.

Doch die andere zögerte.

»Wir können das alles sofort beenden«, wagte sich die Fliegenjägerin noch weiter aus der Deckung.

In dem Moment veränderte sich der Gesichtsausdruck des Mädchens zu einer hässlichen Grimasse.

»Wer zum Teufel bist du, du alte Schlampe? Was willst du von uns?«

Die Tatsache, dass sie das Wort »uns« verwendet hatte, kam einer Niederlage gleich. Mit einem Mal waren die beiden wieder eine Einheit.

Der Jägerin wurde bewusst, dass sie die junge Frau wohl nicht würde retten können. »Schwere psychische Abhängigkeit«, »andauernder Zustand der Unterwerfung«: Es gab viele Definitionen für diese Art von Gefangenschaft. Das gezähmte Raubtier leckt die Hand des Dompteurs, es duckt sich bereits, wenn es die Peitsche nur knallen hört.

Enttäuscht unternahm sie einen letzten Versuch, an die junge Frau heranzukommen.

»Zuerst gibt er dir nur eine Ohrfeige, was du ihm sofort verzeihst; du sagst dir, er ist nicht so, vielleicht hat er nur zu viel getrunken. Beim zweiten Mal dauert es etwas länger, bis du ihm verzeihen kannst, doch dann gibst du dem Stress die Schuld. Beim dritten Mal liegt die Schuld bei dir, zumindest redest du dir das ein: Du hast ihn wirklich auf die Palme gebracht, denn du kannst eine echte Zicke sein, wenn du es drauf anlegst. Doch mit der Zeit werden die Ohrfeigen immer häufiger. Bald sind es Tritte und Faustschläge, und du weißt nicht mehr, wie du deine blauen Flecken verbergen sollst, da kannst du noch so viel Make-up benutzen. Manchmal weint er und bittet dich um Verzeihung. Du schläfst mit ihm, in der Hoffnung, alles zu vergessen, gleichzeitig betest du aber, dass du nicht schwanger von ihm wirst. Das Einzige, was du erreichst, ist, dass du nicht mehr in den Spiegel schauen kannst, weil du dich vor dir selbst ekelst und die Blutergüsse nicht sehen willst. Aber keine Sorge, er wird das Problem schon lösen, wenn er dich nämlich am Schopf packt und mit dem Gesicht gegen den Spiegel presst, bis das Glas zerspringt ...«

Sie klappte die Messerklinge wieder ein. Ihr entging nicht, wie die junge Frau kaum wahrnehmbar in sich zusammensank und resigniert die Schultern hängen ließ. Ein letztes Mal versuchte sie, ihr mit den Augen Mut zuzusprechen, sie stumm zum Handeln aufzufordern. Doch vielleicht war es wirklich schon zu spät.

Jetzt bist du wieder allein, dachte sie. Allein mit ihm.

Mit vor Wut zusammengebissenen Zähnen wandte sie sich zum Gehen. Ohne dass die beiden etwas davon mitbekamen, machte sie mit ihrem Smartphone ein Foto vom Nummernschild des Porsches.

In dem Moment begann das Telefon in ihrer Hand zu vibrieren. Jemand hatte eine Nachricht auf ihrem Anrufbeantworter hinterlassen. Sie hielt das Gerät ans Ohr, um die Mailbox abzuhören.

»Du musst sofort nach Nesso fahren«, sagte eine weibliche Stimme kurz angebunden. »Heute Morgen haben sie einen Arm im See gefunden.«

11

Der Comer See hatte mehr als hundertfünfzig Kilometer Ufer-
linie, er bestand aus vielen Fjorden, und es war nicht leicht,
von einem Punkt zum anderen zu gelangen.

Endlich hatte die Fliegenjägerin das Ostufer des Sees erreicht. Sie saß am Steuer ihres fünfzehn Jahre alten grünen
Clio, der einer eingehenden Inspektion sowie einer gründlichen Reinigung bedurft hätte. Sie beugte sich zum Beifahrersitz hinüber, um in einem Haufen Flyer nach ihren Zigaretten
zu suchen. Die Flyer druckte sie bei sich zu Hause aus und ver-
teilte sie dann, hängte sie im Supermarkt oder in den Warte-
zimmern von Arztpraxen aus.

Eine Telefonnummer, ein Hinweis auf einen Instagram- und
einen Facebook-Account. Daneben die Zeichnung eines Hauses ohne Fenster und Türen mit dem Slogan *Der Ausweg bist
du selbst!*

Die Jägerin war nervös, sie musste unbedingt eine rauchen.
Sie folgte den Anweisungen, die ihr die Informantin auf der
Mailbox hinterlassen hatte, ohne genau zu wissen, was sie da
erwartete.

Aus der Tiefe seiner Gewässer hatte der See einen Arm ausgespuckt. *Einen Arm.* Sie konnte es nicht fassen.

Die Jägerin hasste den See. Sie verstand nicht, weshalb so
viele Leute dorthin zogen. Aus den entlegensten Winkeln der
Welt kamen sie angereist, um eine Villa in Bellagio zu kaufen.
Varenna, einst ein kleines Fischerdorf, war zu einer Hipster-

Hochburg geworden. Schon immer hatten sich Millionäre und Filmdiven an diesen Orten niedergelassen, wegen der Landschaft und der Geschichte dieser Gegend. Doch niemand blieb auf Dauer. Früher oder später verscheuchte sie irgendetwas aus ihren Luxusvillen mit Garten und privater Anlegestelle, die einsam zurückblieben, mit heruntergelassenen Rollläden vor sich hin schlummerten und auf die Rückkehr ihrer Bewohner warteten.

Doch wer an einem dieser Orte geboren wurde, der kam von dort nicht weg.

Die Jägerin hatte es versucht, sie war in eine weit entfernte Stadt gezogen. Doch schon bald hatte der See nach ihr verlangt, bis sie geglaubt hatte, seinen Ruf in den Abflussrohren zu vernehmen. Ein moderiger Geruch und ein mysteriöses Gurgeln, die Aufforderung, sich wieder mit dieser Ursuppe zu vereinen. Und als sie versucht hatte, einem Klempner den Sachverhalt zu erklären, hatte er sie angeschaut, als wäre sie reif für die Klapsmühle. Es lag am See: Er drang einem schon als Kind unter die Haut. Man sog ihn mit der Muttermilch ein. Man gehörte ihm.

Deshalb war die Fliegenjägerin zurückgekehrt.

Seit fünf Jahren widmete sie sich Frauen in Not. Sie hatte nämlich festgestellt, dass niemand sich um sie kümmerte. Und so bot sie ihnen einen Ausweg aus verfahrenen, ungesunden, schädlichen Beziehungen. Manchmal hatte sie Erfolg, dann wieder nicht.

Sie war nie nachsichtig gegenüber den Opfern. Auch wenn sie nur Verachtung für diejenigen empfand, die behaupteten, eine misshandelte Ehefrau oder Partnerin sei »im Grunde selbst schuld«, war sie davon überzeugt, dass viele Opfer mitverantwortlich für ihre Situation waren. Wie die junge Frau aus dem Discounter, die erst um Hilfe gebeten und dann einen Rückzieher gemacht hatte, aus purer Bequemlichkeit. Schließlich ging es nicht nur darum, auf den Luxus zu verzichten, den der Blonde mit dem Porsche ihr bot, sondern auch darum, plötzlich ein eigenständiges Leben führen zu müssen. Und all dies aufs Geratewohl, ohne irgendeine Gewissheit oder Sicherheit.

Schläge, sagte sich die Jägerin immer wieder, machen Menschen nicht gefügiger, sondern träger.

Sehr oft war die Angst vor einer Veränderung stärker als die vor Misshandlungen. Viele Frauen erhofften sich absurderweise, dass ihr Folterknecht irgendwann zur Besinnung kam, obwohl die Gefahr bestand, dass dies nie eintrat.

So war, als ihre Informantin sie benachrichtigt hatte, ihr erster Gedanke auch gleich gewesen, dass da wieder eine Frau den Ausweg nicht in sich selbst gesehen oder die Vorstellung von ihrem eigenen Tod einfach ausgeblendet hatte.

Gegen vier Uhr nachmittags kam sie in Nesso an, einem kleinen Dorf, das sich an einen Felsen drückte. Eine Schlucht mit einem Wasserfall, der sich zweihundert Meter tiefer in den See stürzte, teilte den Ort in zwei Hälften.

Die Jägerin parkte den Clio in der Nähe des Aussichtspunkts und begann, die dreihundertvierzig Stufen hinabzusteigen, die zum Ponte della Civera führten, einer alten romanischen Brücke. Außer ihr war niemand unterwegs. Während sie unter den Bogengängen der vorspringenden Häuser entlangging, konnte sie das helle Rauschen des Wasserfalls hören. Dann nahm sie auch Stimmen wahr, die vom Landungssteg weiter unten kamen.

Wenn sich in dieser Gegend ein Gewaltverbrechen ereignete, fanden sich immer dieselben Personen ein.

Neben dem Schlauchbot der Carabinieri stand ein Lokaljournalist, der schon einmal bessere Tage gesehen hatte und wie immer nach billigen Zigarren und Schweiß roch.

»Was soll ich denn bloß darüber schreiben?«, beklagte er sich mit heiserer Stimme.

»Also, ich werde mir deswegen nicht die Nacht um die Ohren schlagen«, bemerkte der Gerichtsmediziner.

Es war Silvi, ein Typ in den Sechzigern, dürr wie eine Bohnenstange. »Der Totenarzt«, wie sie ihn zynisch nannten, weil er immer erst dann in Erscheinung trat, wenn schon nichts mehr zu machen war.

»Mindestens fünftausend Anschläge will er haben, und dafür kriege ich dann einen Hungerlohn von fünfundvierzig Euro. Aber aus der Story kann ich gerade mal eine Kurzmeldung machen«, jammerte der Journalist.

»Das ist nicht mein Problem«, entgegnete der Pathologe, während er den Tauchern der Seenotrettung half, sich die schweren Sauerstoffflaschen abzunehmen.

Einer von ihnen, ein junger Leutnant, der an dem Journalisten vorbeischaute und die Fliegenjägerin erspäht hatte, fragte entrüstet: »Wer hat die denn informiert?«

Sie hob die Hand zum Gruß und ging entschlossen auf die Gruppe zu.

»Unsere Oberfeministin«, stichelte der Journalist. »Ich dachte schon, irgendjemand fehlt doch hier ...«

Die Nachmittagssonne war ans andere Ufer des Sees gewandert, sodass die Berge ihre Schatten auf die kleine Gruppe warfen. Es war kalt, aber das lag nicht allein an der Temperatur. Es herrschte jene Eiseskälte, wie sie an Tatorten üblich ist, selbst im Hochsommer.

»Was habt ihr denn rausgefischt?«, fragte die Jägerin sofort, ohne auf die Frotzeleien einzugehen.

»Das ist nichts für dich, verzieh dich wieder«, erwiderte der Gerichtsmediziner unwirsch.

»Ich habe was von einem Arm gehört.« Sie war an den äußeren Rand des Stegs getreten und deutete auf den kleinen Stahlbehälter, in dem sie den gefundenen Körperteil vermutete. »Ist es eine Frau?«

Silvi verdrehte die Augen zum Himmel.

»Der offizielle Befund der Forensiker steht noch aus, aber wir können davon ausgehen, dass es sich um eine Person weiblichen Geschlechts handelt«, entgegnete er ebenso herablassend wie genervt.

»Und der Rest der Leiche?«

Der Totenarzt zuckte mit den Achseln.

»Keine Ahnung ...«

Niemand fügte dem etwas hinzu.

Die Jägerin war überrascht, alle schienen sich mit dem Vorfall abgefunden zu haben.

»Und, habt ihr schon eine Warnung ausgegeben?«

»Warum das denn?«, fragte der Leutnant verwundert.

»Weil hier einer rumläuft, der Frauen zerstückelt.«

Die Runde brach in Gelächter aus.

Sie musste zugeben, dass sie mit ihrer Schlussfolgerung vielleicht ein wenig übers Ziel hinausgeschossen war. Aber es ärgerte sie einfach maßlos, dass sie nicht einbezogen wurde.

»Eigentlich wissen wir schon, wer es war«, meldete sich der Journalist wieder zu Wort.

Sie sah ihn an. Meinte er das ernst?

»Wer?«

»Der See«, antwortete der Gerichtsmediziner an seiner Stelle. Dann wandte er sich wieder an den Journalisten. »Erklär ihr, weshalb dich diese Geschichte nicht mehr so wahnsinnig interessiert ...«

»Weil der See uns alle zwei, drei Jahre so ein Geschenk macht, mal einen Fuß, mal ein Bein«, führte der andere aus. »Einmal sogar einen ganzen Kopf.«

»Kaum zu glauben«, sagte die Jägerin entsetzt.

Amüsiert forderte Silvi den Journalisten auf weiterzureden.

»Erzähl ihr von dem deutschen Touristen ...«

»Ach, der ... Tja, der See hat ihn portionsweise ausgespuckt: erst ein Ohr, dann eine Hand, zum Schluss den Rumpf.«

»Wir haben ihn wie ein Puzzle zusammengesetzt. Die Witwe hat ihn fast intakt zurückbekommen«, versicherte Silvi.

Sie lachten erneut.

Dieser Arm ist für sie nur ein Objekt, dachte die Fliegenjägerin, deshalb glauben sie, Witze darüber machen zu dürfen. Ohne ein Gesicht, ohne einen Namen kein Mitgefühl für das Opfer.

»Das sind alles Selbstmörder«, warf der Leutnant mit ernster Stimme ein, um den unangemessenen Tonfall zu unterbinden. »Sie stürzen sich aus großer Höhe von irgendwelchen Steilhängen, schlagen auf den Felsen auf, und dann erledigt die Strömung den Rest: Entweder schmettert sie die Körper gegen die Steine oder sie schleift sie tagelang über den Grund.«

»Woher wisst ihr so genau, dass die Frau, der dieser Arm gehörte, sich umgebracht hat?«

»Genau wissen wir es nicht«, gab der Carabiniere zu. »Aber die These ist am wahrscheinlichsten.«

»Das heißt, ihr sucht nicht nach weiteren sterblichen Überresten im See?«

Der Leutnant drehte sich zu dem trügerisch ruhigen Gewässer in seinem Rücken um.

»Das haben wir bis jetzt getan, aber hier gibt es einen vierhundert Meter tiefen Graben ... Da kommt man nicht so leicht runter, es ist stockdunkel, und der Grund ist sandig. Sobald man sich bewegt, wirbelt der Sand auf, man sieht nichts mehr und droht die Orientierung zu verlieren.«

Die Jägerin stieß einen resignierten Seufzer aus. Dann zeigte sie auf den Stahlbehälter.

»Kann ich mal einen Blick reinwerfen?«

Der Journalist schüttelte angewidert den Kopf.

»Also, ich gehe dann jetzt.«

Der Leutnant sah zu dem Gerichtsmediziner hinüber und nickte. Silvi nahm den Behälter hoch, entriegelte ihn und hob den Deckel an.

Die Jägerin trat einen Schritt vor. Sie hätte sich die Sache gern erspart, doch dieses unbekannte Opfer hatte zumindest einen Blick von jemandem verdient, der nicht von Abscheu erfüllt war, der sich daran erinnerte, dass sie ein Mensch gewesen war.

»Hautfarbe weiß, ungefähr sechzig bis fünfundsechzig Jahre alt. Dem Gewebezustand und den Risswunden nach zu schließen, hat die Extremität zwei oder drei Tage im Wasser gelegen«, leierte der Totenarzt herunter. »Sie wurde in Höhe der rechten Schulter abgetrennt, allerdings ist nicht davon auszugehen, dass dabei eine Klinge verwendet wurde.«

Sie ist also nicht zerstückelt worden, schlussfolgerte die Jägerin. Sonst wären Nerven, Venen und Arterien sowie die Haut im Schulterbereich säuberlich durchtrennt und nicht abgerissen. Was einen Mord jedoch nicht a priori ausschloss.

»Ungeklärte Todesursache durch Gewalteinwirkung.«

Dies war der Standardsatz in solchen Fällen, er beendete für gewöhnlich den Bericht des Gerichtsmediziners, sofern die Todesumstände nicht näher in Erfahrung gebracht werden konnten, vor allem bei mutmaßlichen Gewalttaten. Oft war das der Fall, wenn der schlechte Konservierungszustand der Leichenteile die Feststellung der Identität des Toten nicht mehr zuließ.

In Ermangelung eines Namens suchte die Fliegenjägerin daher nach einem Detail auf dem Arm, das ihr etwas über die zugehörige Person erzählen konnte. Ein unverwechselbares Zeichen, aus dem hervorging, dass diese Frau ein Leben, ein Zuhause, Gefühle gehabt hatte. Doch der einzige Hinweis auf die Vergangenheit dieses bleichen, aufgeweichten Körperteils, der so lange im Wasser gelegen hatte, waren die rotlackierten Fingernägel.

Und die Tatsache, dass einer von ihnen abgebrochen war.

12

Die mächtige graue Villa, die sich bei Cernobbio ans Seeufer schmiegte, sah von Weitem aus wie ein reich verzierter antiker Tresor. Die hohen Fenster gingen auf einen Garten hinaus, der von geometrisch zurechtgeschnittenen Büschen umgeben war. Zypressen und Rosenbüsche. Steinerne Bänke und Springbrunnen.

Der Müllmann betrachtete das Haus von einer nah gelegenen Anhöhe aus und versuchte sich vorzustellen, wie es war, dort zu leben. Aber wie viel Mühe er sich auch gab, es wollte ihm nicht gelingen. Der Unterschied zwischen seiner und dieser Welt war so groß, dass er sich eine solche Frage nie zuvor gestellt hatte. Doch er wusste auch, dass es nicht ausreichte, die unsichtbare Grenze zu überwinden, um eine Antwort zu finden. Nein, man musste schon auf der anderen Seite geboren worden sein. Eigentlich hatte er auch geglaubt, dass Reiche immer glücklich waren. Doch das, was zwei Tage zuvor geschehen war, hatte seinen Glauben ins Wanken gebracht.

»Sie ist in den See gefallen, während sie mit dem Handy ein Foto gemacht hat«, hatte der Vater des Mädchens mit der lila Haarsträhne den vor dem Krankenhaus wartenden Journalisten erzählt. »Wahrscheinlich wollte sie ein Selfie machen.«

Doch die mit Kuli auf die Wade des Mädchens gekritzelte Telefonnummer erzählte eine andere Geschichte.

Der Müllmann wusste nicht, was er vor dieser Villa tat. Doch irgendetwas, ein nie zuvor verspürter Impuls, den er nicht hätte benennen können, drängte ihn dazu, das Geheimnis des Mädchens herauszufinden, das er gerettet hatte. Daher war er in seinem grünen Arbeitsoverall erschienen, obwohl er am Morgen bei seiner Arbeitsstelle angerufen hatte, um sich einen Tag Urlaub zu nehmen.

Er kannte nur einen Weg, die Wahrheit zu ergründen: indem er den Abfall der Leute durchwühlte.

Die Menschen sind schwach, sagte er sich. Sie begehen Sünden, für die sie sich oft schämen. Und genau deshalb versuchen sie zu vertuschen, wer sie in Wirklichkeit sind. Doch häufig wissen sie eines nicht: Das, was sie so leichtfertig wegwerfen, während sie ihre Lügengespinste weben, der Abfall ihrer Täuschungsmanöver, verrät, wer sie eigentlich sind.

Die Reichen waren besonders geschickt darin, ihren Müll zu verstecken. Schließlich wollten sie sich durch den Gestank nicht ihre glanzvolle Aura zerstören lassen. Die Besitzer der Villen am See hatten eine eigene Bioabfallbehandlungsanlage. Alle organischen Abfälle wurden in ein spezielles Lager gebracht, das sich in gebührendem Abstand zu den Häusern befand. Zur Abholung stellten die Bediensteten die Biomülltonnen vor die Seiteneingänge der umzäunten Grundstücke.

Der Müllmann überlegte, wie er an den Inhalt der Tonnen herankommen konnte, ohne von den Überwachungskameras erfasst zu werden. Es würde nicht einfach werden. Vielleicht war es besser, die Finger davonzulassen. Doch ein Gedanke hielt ihn davon ab.

Das Mädchen hatte versucht, sich etwas anzutun, keine Frage. Sie war nicht aus Versehen ins Wasser gefallen, sagte er sich zum wiederholten Mal. Sie hatte sich freiwillig in den See gestürzt.

Der Grund, warum sie die Handynummer ihres Vaters auf ihr Bein geschrieben hatte, war, dass er nach der Bergung ihrer Leiche als Erster von ihrem Tod erfahren sollte. Daher machte ihn dessen Bemühen, den Selbstmordversuch seiner Tochter als Unfall auszugeben, auch so wütend. Die hohen Mauern um die Grundstücke der Reichen bedeuteten nicht, dass sie sich einschließen, sondern dass sie nicht mitansehen wollten, wie die weniger Betuchten ihr Dasein fristeten. Und ihren Müll ließen sie von ihren Hausangestellten entsorgen. Demnach war diese Lüge nur ein weiterer Versuch, etwas zu vertuschen, das nicht sein sollte.

Der Müllmann war kurz davor, den Rückweg in seine karge Behausung anzutreten, als er einen Krankenwagen mit ausgeschaltetem Martinshorn näher kommen sah, dicht gefolgt von einem Mercedes mit abgedunkelten Scheiben. Das schmiedeeiserne Tor öffnete sich automatisch, und der kleine Konvoi bog auf den weißen Kiesweg ein, der sich über den sattgrünen Rasen bis zur Villa schlängelte.

Aus dem Fond des Wagens stiegen ein Mann mit Jackett und Pullover und eine Frau im Trenchcoat, die eine übergroße Handtasche und eine dunkle Sonnenbrille trug. Die Eltern des Mädchens mit der lila Haarsträhne wurden von einer Schar Bediensteter empfangen, die sogleich das Gepäck ins Haus trugen und eine Rollstuhlrampe aus Aluminium über die Eingangstreppe legten.

Kurz darauf öffneten die Sanitäter die hintere Tür des Krankenwagens und zogen den Rollstuhl mit dem Mädchen heraus.

Der Müllmann war zu weit entfernt, um erkennen zu können, wie es wirklich um sie stand, doch abgesehen von der Schiene um ihren Knöchel schien sie zumindest äußerlich wohlauf zu sein.

Die Mutter stand reglos neben der Ambulanz, die Arme um den Leib geschlungen. Der Vater schien den Eindruck erwecken zu wollen, alles unter Kontrolle zu haben: Gebieterisch wies er das Personal an, wie der Rollstuhl sicher über die Rampe ins Haus zu befördern war.

Während er die Szene beobachtete, dachte der Müllmann daran, was er getan hatte, bevor er das Mädchen im See bemerkt hatte. Der perfekte Tag. Der Wind in den Blättern. Das Panorama der Alpen. Die milde Temperatur. Und doch hatte er geschwitzt und sein Taschentuch hervorgezogen, um sich Hals und Stirn abzutupfen. Dasselbe Taschentuch, das er dem Mädchen später zwischen die Zähne geschoben hatte, als es sich in Krämpfen wand. Er erinnerte sich an den zarten Körper, der im Wasser um sich schlug, aber auch an das heisere Röcheln, das sich ihrer Kehle entrang, während er versuchte, wieder Luft in ihre eingefallenen Lungen zu pumpen. Der starre Blick, mit dem sie ihn durchbohrt hatte, kaum war sie aus dem Dunkel des Todes zurückgekehrt.

Das Vorher und das Nachher. Zwei Punkte, die weit auseinander schienen und doch so dicht beieinanderlagen. Seitdem war alles anders geworden. Und auch wenn er begriffen hatte, dass er die Veränderung akzeptieren musste, war ihm der Grund dafür noch nicht klar.

Warum befand er sich dort? Das war nicht sein Ort.

Leicht schwankend passierte der Rollstuhl die Schwelle zur Villa, und während sich langsam die Tür hinter ihm schloss, bemerkte der Müllmann, dass der Vater des Mädchens mit der lila Haarsträhne nicht mit ins Haus gegangen war. Wie eingefroren verharrte er für einen Moment auf der Stelle, bis er sich plötzlich zum See umdrehte. Dieser reiche, mächtige Mann ließ suchend seine Blicke schweifen, als würde er nach etwas oder jemandem Ausschau halten, in einem Niemandsland zwischen seiner eigenen Welt und jener anderen, die er nie zuvor wahrgenommen hatte.

Vielleicht die Bestätigung einer Vorahnung. Vielleicht auch die Antwort auf einen wortlosen Anruf, den er am frühen Morgen erhalten hatte.

13

Ungeklärte Todesursache durch Gewalteinwirkung.

Diese Floskel, die unwiderruflich ein Häkchen hinter jeden unerklärlichen gewaltsamen Todesfall machte, wollte ihr einfach nicht aus dem Kopf gehen, während sie nach Hause fuhr. Für die Fliegenjägerin mussten die Dinge ihren Platz, ihren logischen Zusammenhang haben. Als wäre das Universum ein Ort, an dem Gesetze alles genau regelten und nicht etwa Chaos herrschte.

Der Arm sei in Höhe der rechten Schulter abgetrennt worden, hatte Silvi gesagt. Eine Klinge sei allem Anschein nach nicht verwendet worden.

Irgendwo in der Tiefe des Sees lag die Leiche einer namenlosen Frau. Das Einzige, was man über sie wusste, war, dass sie zum Todeszeitpunkt zwischen sechzig und fünfundsechzig Jahre alt gewesen sein musste und dass eine ihrer letzten Handlungen darin bestanden hatte, sich die Nägel rot zu lackieren. Die Jägerin blickte nachdenklich durch die Windschutzscheibe ihres Clio auf die Straße. Ständig sah sie die Szene vor ihrem inneren Auge: der feine Pinsel, der über die Fingernägel streicht, der Geruch des Lacks, das leichte Pusten auf die Nägel, um sie zu trocknen.

Ungeklärte Todesursache durch Gewalteinwirkung.

Ein Beweis für die eigene Ohnmacht. Ein Armutszeugnis. Sie hasste so etwas. Genauso wie sie den Ausdruck »Femizid« hasste, die gewaltsame Tötung einer Frau durch einen Mann.

Anstelle des Mörders brandmarkte er das Opfer und löschte dessen Identität aus dem kollektiven Gedächtnis.

Sie parkte in der kleinen Gasse und stellte den Motor ab, der noch leise vor sich hin klickte. Man trägt doch keinen Nagellack auf, wenn man sich umbringen will, dachte sie. Oder hatte sie sich extra auf diese Weise vorbereitet? Ihre Großmutter hatte bis zuletzt, wenn der Arzt zur Visite kam, nach ihrem Lippenstift verlangt. Vielleicht hatte sich auch die Frau vom See schöngemacht für ihr Rendezvous mit dem Tod. Möglicherweise wollte sie gut aussehen, wenn man ihre Leiche fand.

Mit einem Seufzen stieg die Jägerin aus dem Auto und ging die Betontreppe zum Souterrain der kleinen Villa hinunter, die sie bewohnte.

Nach dem langen Tag war sie völlig erledigt. Sie ließ die Tasche fallen und tastete nach dem Lichtschalter an der Wand. Dann knipste sie auf der anderen Seite des Zimmers auch die Tischlampe an, die sie mit einem Tuch abgedeckt hatte.

In bernsteinfarbenes Licht gehüllt, ging sie auf den kleinen Kamin zwischen den Sofas zu. Ihr war kalt, und bevor sie ihre Jacke auszog, nahm sie ein paar Holzscheite aus dem Korb, um Feuer zu machen. Schon nach kurzer Zeit begannen die Flammen zu züngeln und ihren heißen Atem zu verströmen.

Die Jägerin sah sich um. Die Wohnung war ein einziges Chaos. Überall Stapel von Papier. Und Staub. Der Schreibtisch in der Ecke war nur noch Ablagefläche, PC und Drucker von Gegenständen umstellt, die wer weiß wie dort gelandet waren. Küche und Bad blieben besser unerwähnt. Mehr als an eine menschliche Behausung ließ die Wohnung an die Höhle eines Tieres denken.

Die zweigeschossige kleine Villa war die einzige Hinterlassenschaft ihrer Eltern. Sie hatte jedoch beschlossen, nur den unteren Teil zu bewohnen, ursprünglich eine Art Partykeller, in dem ihre Eltern an Winternachmittagen Freunde zum Kartenspielen empfingen. Dort versteckte sie sich als kleines Mädchen, wenn sie etwas angestellt hatte und nicht ausgeschimpft werden wollte. Und dort hatte sie auch zum ersten Mal Sex gehabt, mit einem Klassenkameraden in einer alkoholschweren Sommernacht. Dass sie heute hier lebte, hatte damit zu tun, dass sie Heizkosten sparen wollte, zumindest machte sie sich das selbst weis. Im Obergeschoss hausten zu viele Gespenster der Vergangenheit.

Seit fünf Jahren hatte sie keinen Fuß mehr dort hinein gesetzt.

Sie hatte das Gefühl, dass die Geister sie wenigstens im Souterrain in Ruhe ließen. Ihr Bett bestand aus einer Klappliege unter dem Fenster, das auf den Garten hinausging und von dem aus sie auch die Straße sehen konnte.

Es war ein ziemlich einsamer Ort, aber sie hatte keine Angst, alleine dort zu wohnen.

Als es in der Wohnung warm genug war, fuhr sie den PC hoch und checkte, ob sie auf ihren Social-Media-Kanälen Nachrichten von Frauen in Not erhalten hatte. Sie war ganz darauf konzentriert, als plötzlich ihr Handy klingelte.

»Unbekannter Anrufer«, zeigte das Display an.

Obwohl sie sich denken konnte, wer das war, nahm sie den Anruf entgegen.

»R-Gespräch zu Lasten des angerufenen Teilnehmers. Autorisierungsnummer 200607«, sagte eine automatische Frauenstimme. »Wenn Sie den Anruf entgegennehmen wollen, drücken Sie die 9.«

Sie legte auf, bevor die Verbindung hergestellt werden konnte. Ein Jahr war seit dem letzten Mal vergangen – wie die Zeit verging …

Instinktiv schaute sie zur Decke. Zum oberen Stockwerk.

Sie beschloss, den Anruf zu vergessen und sich etwas zu essen zu machen, bevor sie mit der Arbeit anfing. Seit Stunden hatte sie schon nichts mehr zu sich genommen, sie fiel beinahe um vor Hunger. Sie ging in die Küche und schaute in einen Hängeschrank nach dem anderen. Alle ihre Vorräte waren aufgebraucht, was umso ärgerlicher war, als sie die ganze Woche fast ununterbrochen in einem Discounter verbracht hatte. Sie hatte schlicht vergessen einzukaufen. Das Einzige, was sich noch im Vorratsschrank befand, war eine Instant-Gemüsesuppe. Und ein paar Cracker. Sie setzte einen Topf mit Wasser auf, als sie plötzlich Schritte auf der Außentreppe hörte.

Seltsam, normalerweise bekam sie nie Besuch. Ob sie sich die Schritte nur eingebildet hatte?

Kurze Zeit später hörte sie ein Klopfen. Die Fliegenjägerin straffte den Rücken und ging zur Tür.

Das verschwommene Gesicht hinter der Milchglasscheibe kam ihr bekannt vor. Sie öffnete.

»Entschuldige die Störung«, sagte die Frau auf der Schwelle. »Kann ich kurz reinkommen?«

»Natürlich«, antwortete die Jägerin und trat einen Schritt zur Seite.

Pamela trug Sportkleidung, wahrscheinlich kam sie gerade aus dem Fitness-Studio. Sie roch nach Duschgel und Zimtshampoo. Es war das erste Mal, dass sie sie besuchte. Die Jägerin konnte es ihr nicht verübeln. Wenn sie jetzt ihre Zurückhaltung ablegte, musste es einen zwingenden Grund dafür geben.

Pamela blickte sich um. Die Jägerin hatte den Eindruck, dass die Freundin ein leiser Schauer überlief.

»Ganz schön durcheinander hier …«, überspielte Pamela die Situation.

»Deshalb lade ich dich auch nie zu mir nach Hause ein«, erwiderte die Jägerin. »Außerdem sagt mein Therapeut immer, Ordnung ist längst nicht alles im Leben.«

Pamela ging nicht weiter darauf ein, vielleicht wollte sie ihr auch einfach nicht widersprechen. Die Hände in die Hüften gestemmt, blieb sie mitten im Raum stehen. Die Jägerin konnte sehen, dass sie nervös war, beschloss aber, nicht nach dem Grund zu fragen. Es war besser, wenn die Freundin von sich aus erzählte, was sie zu ihr geführt hatte.

»Ich würde dir gerne ein Bier anbieten, aber mein Kühlschrank ist komplett leer.«

»Kein Problem, ich bin sowieso gleich wieder weg.«

Pamela zog ihre Jacke aus und stand nun in einem enganliegenden T-Shirt da, unter dem sich ihre nach stundenlangem Training modellierten Bauchmuskeln abzeichneten.

Die Jägerin selbst hatte an der Stelle das, was sie ihren »Extra-Popo« nannte – so definierte sie die Fettwülste am Bauch mit dem Nabel in der Mitte.

»Und, wie ist die Geschichte mit dem Arm im See ausgegangen?«, fragte Pamela.

Die Jägerin zuckte mit den Schultern und trat zum Kamin, um ein großes Scheit ins Feuer zu legen.

»Eine Frau in den Sechzigern. Der Arm befand sich seit schätzungsweise Freitag im Wasser. Polizei und Gerichtsmediziner tendieren zur These vom Selbstmord. Allerdings haben sie keinen Beweis, sondern berufen sich nur auf ähnliche Fälle.«

»Dachte ich mir schon, dass es so ablaufen würde …«

Pamela war diejenige, die ihr die Information steckte, wenn wieder einmal eine Frau Opfer eines Gewaltverbrechens geworden war. Mit ihren einunddreißig Jahren war sie bereits Unteroffizier der Carabinieri. Obwohl sie verschiedenen Generationen angehörten, verband sie eine enge Freundschaft.

»Der Leutnant hat die Suche nach weiteren Leichenteilen

im See abgelehnt. Ich kann nur hoffen, dass noch irgendein Indiz auftaucht, das Rückschlüsse auf die Identität der Frau zulässt«, sagte die Jägerin.

»Vielleicht meldet sie jemand in den nächsten Tagen als vermisst«, versuchte Pamela ihrer Freundin Mut zuzusprechen. Sie kannte sie gut genug, um zu wissen, dass ihr das Sorgen bereitete. »Wenn wir die DNA abgleichen, kriegen wir vielleicht auch ihren Namen raus.«

»Aber das wird nicht die Zweifel ausräumen, ob sie nicht doch eines gewaltsamen Todes gestorben ist …«

Pamela schüttelte den Kopf.

»Du willst einfach nicht glauben, dass es auch anders gehen kann, was? Immer quälst du dich gleich mit dem schlimmsten Szenario …«

Die Jägerin ging zu dem Regal, auf dem ein Deko-Hahn stand, und hob das Oberteil der Strohfigur an. Ihr Tabak und die Blättchen waren dort versteckt.

»Du musst mir einen Gefallen tun«, sagte sie zögerlich.

»Lass hören.«

Sie zog ihr Smartphone aus der Hosentasche und warf es der Freundin zu.

»Hier, es sind die letzten Fotos, die ich geschossen habe.«

Pamela tippte auf das Foto-Symbol auf dem Display.

»Wow, das nenne ich wirklich einen Abschleppwagen!«, entfuhr es ihr, als sie auf den weißen Porsche des Blonden aus dem Discounter stieß.

»Kannst du was über den Besitzer von dem Schlitten rauskriegen?«, fragte die Jägerin und leckte über das Filterblättchen. »Wer er ist, was er macht, ob er Vorstrafen hat, vor allem wegen Misshandlung, und so weiter. Seine Freundin hat einen Hilferuf abgesetzt, dann aber wieder einen Rückzieher gemacht.«

»Hast du irgendwelche Spuren von Gewalt gesehen?«

»Keine offensichtlichen.«

Pamela breitete die Arme aus, als wollte sie sagen, eine Intuition allein reiche für eine Anzeige nicht aus.

»Der schlimmste Folterknecht ist nicht der, der dich jeden Tag schlägt, sondern der, der dir am nächsten Tag Blumen bringt«, warf die Jägerin ein.

»Okay, schick mir die Fotos per E-Mail«, gab Pamela nach und reichte ihr das Handy. »Ich gehe jetzt nach Hause.«

Doch es war offensichtlich, dass sie keine Lust dazu hatte.

Wortlos bot die Jägerin ihr ihre Zigarette an. Pamela nahm einen tiefen Zug und stieß den Rauch aus. Doch entspannt wirkte sie dadurch nicht.

»Im Übrigen glaube ich, dass der Leutnant und Silvi recht haben, was die Frau aus dem See angeht«, knüpfte sie an ihr eigentliches Thema an. »Das war ganz bestimmt Selbstmord. Vielleicht sollten wir sie in Frieden ruhen lassen.«

»Willst du nicht wissen, weshalb sie es getan hat?«, hakte die Jägerin nach.

»Das ist ihre Sache. Im Grunde hat sie das bekommen, was sie wollte: dem Vergessen anheimfallen.«

»Dahinter könnte eine persönliche Tragödie stecken.«

»Und du glaubst, dir geht es besser, wenn du die erfährst?«

Zuerst dachte die Jägerin, der Zynismus sei Pamelas bedrückter Stimmung geschuldet, doch dann begriff sie, dass die Bemerkung ihr galt.

»Egal, was passiert, mir wird es nie besser gehen«, erklärte sie finster.

»So war das nicht gemeint«, sagte die Freundin hastig, als sie merkte, dass sie eine Grenze überschritten hatte.

Die Jägerin konnte nicht leugnen, dass das, was sie für andere Frauen tat, ein Weg war, die Fehler ihres früheren Lebens wiedergutzumachen. Im Grunde war ihre Freundin nur in Sorge, dass sie sich zu sehr hineinziehen ließ.

»Schon gut«, sagte sie und griff nach der Zigarette.

Pamela hatte das Gefühl, sich rechtfertigen zu müssen.

»An dem Tag, als sie den Arm aus dem See gefischt haben, ist beinahe ein dreizehnjähriges Mädchen darin ertrunken«, erläuterte sie. »Sie konnte gerade noch gerettet werden«, fügte sie hastig hinzu. »Nicht auszudenken, wenn wir sie stückchenweise da rausgezogen hätten …«

In der Tat, das wäre schlimmer gewesen.

»Wer ist es?«, fragte die Jägerin zerstreut, aber nur, weil sie die Aufmerksamkeit von ihrer Vergangenheit ablenken wollte.

»Die Tochter der Rottingers.«

»Sollte ich die kennen?«

»Leute, die nicht aufs Geld schauen müssen.«

»Hat sich das Mädchen in den See gestürzt?«

»Sie war betrunken, als es passierte.«

»Betrunken?«

»Im Krankenhaus wurde ein erhöhter Alkoholpegel in ihrem Blut festgestellt. Die Familie spricht von einem Unfall: Angeblich ist sie reingefallen, als sie ein Selfie machen wollte. Als Beweis gibt es einen gebrochenen Knöchel. Auch wenn das nicht der Wahrheit entsprechen sollte – der Herr Ingenieur Rottinger hat so viel Einfluss, dass sie alle seine Version fressen werden.«

»Wie ist sie gerettet worden?«

»Ein paar Zeugen haben einen Mann gesehen: Er hat sie aus der Strömung gezogen und wäre dabei selbst fast ertrunken. Dann ist er verschwunden.«

»Verschwunden?«

Was war das denn für eine seltsame Geschichte, fragte sich die Jägerin.

»Du wirst sehen, sobald er feststellt, dass die Dankbarkeit der Rottingers sich finanziell auszahlt, wird er wieder auftauchen.«

Die Jägerin hoffte, dass es dazu nicht kommen würde. Dieser unbekannte Held imponierte ihr, es gab so wenige von seiner Sorte.

»Geht es dem Mädchen wieder gut?«

»Sie war zunächst auf der Intensivstation unter Beobachtung, aber nur wegen ihres Familiennamens ... Abgesehen von dem Knöchel, der einen kleinen chirurgischen Eingriff erfordert hat, ist sie mit einer ausgekugelten Schulter und ein paar Schürfwunden davongekommen«, berichtete Pamela. »Ach, und noch etwas: Sie hatte da etwas im Mund, etwas ... Ungewöhnliches.« Sie zögerte einen Moment, bevor sie hinzufügte: »Du wirst es nicht glauben ...«

»Was denn?«, musste die Jägerin nachhaken.

»Einen rotlackierten Fingernagel.«

Seit ein paar Tagen ist Vera nur noch traurig.

Morgens will sie nicht aus dem Bett, und manchmal schläft sie bis zum Abend. Wenn sie dann doch einmal aufsteht, legt sie sich aufs Sofa vor den Fernseher. Sie starrt bis in die frühen Morgenstunden auf den Bildschirm, aber nimmt nichts wahr. Der Junge erkennt das an ihrem leeren Blick. Er weiß auch, dass sie zur Arbeit gehen müsste und ihren Job verliert, wenn sie es nicht tut. Martina hat sich so angestrengt, ihr die Stelle als Haarwäscherin bei einem Friseur zu besorgen. Und anfangs schien Vera tatsächlich glücklich damit.

Was wird jetzt passieren?

Vera war schon dreimal so mies drauf. Normalerweise ist eine ihrer Schmeißfliegen der Grund dafür. Wenn sie sich in diesem Zustand befindet, ist es wirklich schlimm um sie bestellt. Der Junge weiß es immer schon im Vorhinein, denn noch bevor sie sich in ihr Schneckenhaus verkriecht, fängt die Mutter an, alles falsch zu machen. Zum Beispiel lässt sie Zigarettenasche in ihren Kaffee fallen und trinkt ihn dann, als wenn nichts wäre, oder sie geht ohne Unterhose raus auf den Balkon oder bleibt stundenlang im Hausflur stehen, weil sie vergessen hat, was sie tun wollte.

Der Junge weiß genau, dass sie kein Geld zum Einkaufen haben werden, wenn sie nicht bald ins Friseurgeschäft zurückkehrt. In ihrem Portemonnaie ist schon nichts mehr. Auch in der Vorratskammer, in der sie ihre Lebensmittel aufbewahren, ist nichts mehr. Vera scheint das egal zu sein. Aber er geht jeden Abend mit Magenkrämpfen ins Bett.

Das Schlimmste ist, dass seine Mutter nicht mit ihm redet, wenn sie traurig ist. Wenn er sie etwas fragt, antwortet sie nicht. Es ist dann so, als wäre sie weggegangen, an einen anderen Ort, und hätte nur ihren Körper zu Hause gelassen.

Wie lange ist es her, dass er etwas gegessen hat? Der Junge schaut auf den Kalender in der Küche. Seit sieben Tagen hungert er schon, rechnet er nach.

Martina hat versprochen, jede Woche vorbeizukommen, aber sie ist schon seit einer ganzen Weile nicht mehr aufgetaucht. Wo ist sie? Warum kommt sie nicht?

Auch der Junge ist jetzt immer müde. Er trinkt ein bisschen Wasser aus dem Hahn und legt sich neben Vera. Bis vor ein paar Tagen hat er noch darum gebettelt, dass sie ihm etwas zu essen gibt. Jetzt jammert er nicht mehr, er hat begriffen, dass es sinnlos ist. Er kuschelt sich neben sie und lauscht ihrem Atem, bis er eingeschlafen ist.

Die anderen Male ist Vera irgendwann aufgestanden, hat sich gewaschen, und langsam haben sie wieder ihr altes Leben aufgenommen. Doch diesmal nicht. Der Junge hat Angst, dass es diesmal anders ist als sonst. Er hat Angst, dass sie einschlafen und nie mehr aufwachen werden. Seine Kräfte werden immer weniger.

Ein grelles Licht fällt auf seine geschlossenen Lider. Er kann die Augen nicht öffnen, der Schein ist zu stark. Er hebt den Kopf: Die Rollläden sind hochgezogen. Die plötzliche Helligkeit im Zimmer ist wie eine Ohrfeige.

Jemand trällert ein Lied ohne Text.

Der Junge reibt sich die Augen. Er ist müde, aber er will nicht wieder einschlafen. Er will wissen, was passiert. Veras Trällern kommt aus dem Bad. Sie scheint gut gelaunt zu sein.

Seine Knie zittern, er muss sich beim Gehen an der Wand abstützen. Seine Mutter steht vor dem Badezimmerspiegel. Sie ist nackt. Sie bürstet sich die langen blonden Haare. Ihr Kopf ist zur Seite geneigt und schwingt mit jedem Bürstenstrich nach unten, wie ein Jo-Jo. Sie hat Lippenstift aufgelegt. Als sie ihn bemerkt, hört sie auf zu singen und lächelt ihm im Spiegel zu. Ein strahlendes Lächeln, wie es der Junge nur selten gesehen hat. Dann fängt Vera wieder an zu singen.

Du bist klar wie der Morgen, du bist frisch wie die Luft ...

Der Junge kennt das Lied. Seine Mutter singt es nur, wenn sie glücklich ist. Das ist ein gutes Zeichen, sagt er sich, es bedeutet, dass die Traurigkeit vorbei ist. Doch Veras Lippen bewegen sich beim Singen nicht. Merkwürdig. Tatsächlich, ihre Stimme kommt aus einem anderen Zimmer. Der Junge dreht sich um. Vera steht nicht mehr vor dem Badezimmerspiegel, jetzt ist sie in der Küche. Sie trägt ein rotes Kleid. Wie ist das möglich? Obwohl es ihm nicht gut geht, sich alles um ihn herum dreht und er kaum noch auf den Beinen stehen kann, quält der Junge sich zu ihr hin.

»Bitte, ich habe Hunger ...«, versucht er zu sagen, aber er weiß nicht, ob er wirklich einen Ton herausbringt, denn ihm ist plötzlich fürchterlich schlecht.

Vera hält inne, sie lächelt wieder, sagt noch immer kein Wort. Eine Parfümwolke umgibt sie, und jetzt begreift der Junge, dass seine Mutter ausgehen wird. Barfuß läuft sie zur Tür. Er versucht, ihr zu folgen, doch es gelingt ihm kaum.

»Wo gehst du hin?«

Keine Antwort. Vera steht neben der Tür und zieht die Schuhe mit den hohen Absätzen an.

»Ich will nicht allein bleiben«, versucht er zu protestieren. »Bitte, lass mich nicht allein ...«

Aber Vera geht gar nicht weg. Sie schweigt. Erst jetzt be-

116

greift der Junge, dass sie sich für jemanden hübsch gemacht hat.

Okay, aber für wen?

Plötzlich richtet Vera den Blick auf einen Punkt vor sich. Es ist, als wollte sie ihm etwas zeigen. Der Junge folgt ihrem Blick.

Die Tür zur Speisekammer ist grün. Das war sie vorher nicht, jemand hat sie gestrichen. Von drinnen kommt ein seltsames Geräusch. Jetzt hört er es. Eine Art Quietschen, begleitet von kleinen Krallen, die das Holz zerkratzen.

Was auch immer es ist: Es will raus.

»Komm schon«, ermutigt ihn seine Mutter. »Du wirst erwartet …«

Jetzt weiß er es mit Sicherheit: Da ist jemand bei ihnen, sie haben Besuch. Ein Pfeifen, zwei langgezogene Töne, gefährlich sanft und melodisch. Ein Lockruf.

Auf unsicheren Beinen stakt der Junge zu der grünen Tür. Auf halber Strecke dreht er sich zu Vera um, doch sie ist nicht mehr da. Sie ist verschwunden. Ohne innezuhalten, erreicht er die Tür, streckt die Hand nach der Klinke aus, zu schwach, sie hinunterzudrücken. Sein Blick ist vernebelt. Schließlich schafft er es. Die Tür geht auf. Da geschieht etwas Seltsames: Das Tageslicht fällt nicht in die Speisekammer, sondern weicht zurück, wie eine verängstigte Katze. In der Dunkelheit glüht eine Zigarette auf. Glüht auf und verlischt, glüht auf und verlischt.

»Na, wie geht's dir, Jungchen?«, sagt eine vertraute Stimme. »Wenn ich pfeife, musst du springen, das weißt du doch.«

Im Halbdunkel erkennt er die Umrisse eines Mannes. Er kann es nicht glauben: Micky ist wieder da. Da steht er, zwischen den leeren Regalen.

»Diesmal sagst du niemandem was, nicht wahr?«

Er schüttelt den Kopf.

»Ich sehe, deine Haare sind nicht nachgewachsen ...«

Martina hatte ihm versprochen, dass sie wachsen würden, doch das ist nicht passiert.

»Gut«, sagt Micky. »So sieht man die Reißverschlüsse besser.« Er lacht.

Martina hatte ihm außerdem versprochen, dass Micky nie mehr wiederkommen würde, aber da ist er.

»Komm schon rein, Glatzkopf, und mach die Tür zu.«

Zaghaft wagt der Junge sich vor, tut, was Micky ihm sagt. Als er die grüne Tür hinter sich geschlossen hat, bemerkt er, dass Micky die linke Hand hinter dem Rücken verborgen hält.

»Ich habe gehört, du hast Hunger ...«

Der Junge weiß nicht, was er antworten soll, dann nickt er.

Micky schnalzt mit der Zunge. Zeichen dafür, dass er verärgert ist.

»Das ist nicht gut, das ist gar nicht gut ... Deine Mutter bringt so viele Opfer für dich, und du, wie dankst du es ihr?« Er beantwortet seine Frage selbst: »Du quengelst rum.«

»Ich tue es nie wieder«, verspricht der Junge. »Ich werde nie mehr um Essen betteln.«

Schweigend wägt Micky seine Worte ab.

»Ich weiß, dass du es ehrlich meinst, aber ich will sichergehen, dass du es nicht vergisst.«

Kleine heiße Tränen tropfen auf die nackten Füße des Jungen.

»Das verstehst du doch, oder? Es muss sein, es ist meine Pflicht«, rechtfertigt sich Micky mit gramerfüllter Stimme. »Wie soll ich sonst für deine Erziehung sorgen?«

»*Nein* ...«, versucht er sich zu wehren. Es ist kaum mehr als ein Flüstern. »Bitte nicht ...«

»Wie viel Essen hast du in all den Jahren in dich reingestopft, um so fett zu werden? Und dann behauptest du noch, deine

Mutter gibt dir nicht genug?«, wirft Micky ihm vor. Dann sagt er: »Es ist nur zu deinem Besten, Dickerchen.«

Der Junge versucht, sich zusammenzureißen, doch er kann das Schluchzen nicht unterdrücken.

»Schluss mit dem Geheule!«

Micky hat die Geduld verloren. Und endlich zeigt er ihm, was er hinter seinem Rücken verborgen hält.

Es funkelt in der Dunkelheit.

Der Junge will weglaufen, doch er weiß, dass es nichts nützen wird.

Micky schiebt sich die Zigarette zwischen die Zähne.

»Nun komm schon her, und mach den Mund auf …«

14

Der Müllmann betrachtete den rotglühenden Sonnenaufgang über dem See und dachte an Micky.

Er war bedrückt.

Derzeit verhielt sich sein Mitbewohner hinter der grünen Tür ruhig. Doch das konnte sich schnell ändern. Sicher würde er sich schon bald wieder bemerkbar machen.

Bis dahin würde der Müllmann wie immer seinen Dienst tun. Es war nicht ratsam, seine Gewohnheiten über den Haufen zu werfen. Also hatte er seinen Overall der Städtischen Müllabfuhr wieder angezogen und seine Schicht angetreten.

Er war an den Ort des Geschehens zurückgekehrt, den Ort, an dem er das Mädchen mit der lila Haarsträhne gerettet, die Reliquie verloren und Micky den Gehorsam verweigert hatte.

Den Ort, der alle seine Pläne zunichtegemacht hatte.

Der Müllmann wusste, dass er die Dinge nicht ungeschehen machen konnte.

Wie von ihm vermutet, hatten am Wochenende zahlreiche Ausflügler den kleinen Strand aufgesucht. Als hätten sie ihre Anwesenheit beweisen wollen, hatten die Familien Unmengen an Abfällen und Picknickresten in die holzverkleideten Papierkörbe gestopft. Er zog die vollen Mülltüten heraus und knotete sie mithilfe des Plastikbands zusammen. Bevor er sie auf den Kleintransporter lud, ersetzte er sie durch neue.

Die ganze Zeit über schaute er sich unauffällig um.

Er hatte seinen normalen Dienst angetreten, weil er einen Vorwand brauchte, um an den Ort zurückzukehren. Er wollte sich in Ruhe umschauen, wollte begreifen, was passiert war, bevor er bemerkt hatte, dass da im See jemand um sein Leben kämpfte. Jemand, den er anfangs für ein Kind gehalten hatte.

Bei der Rekonstruktion der Ereignisse galt es vor allem eine Frage zu beantworten, nämlich die, von wo aus sich das Mädchen mit der lila Haarsträhne in den See gestürzt hatte.

Er ließ seinen Blick in die entgegengesetzte Richtung der Strömung wandern, die das Mädchen durch den Kanal zwischen der Isola Comacina und dem Ufer gezogen hatte.

Plötzlich hielt er inne.

Etwa zwanzig Meter von seinem Standort entfernt befand sich ein kurzer Steg, der kaum aus der dichten Uferbewachsung herausragte.

Um sich nicht zu lange dort aufzuhalten, stellte er den Timer an seiner Quarzuhr auf eine Viertelstunde und versuchte, sich einen Weg durch das dichte Gestrüpp zu bahnen. Wie um ihn davon abzuhalten, zerrten die Dornenzweige an seinen Kleidern.

Es braucht viel Entschlossenheit, um dorthin zu gelangen, sagte er sich. Die Entschlossenheit von jemandem, der sich das Leben nehmen will.

Vor dem Steg hielt er an. Die hölzerne Konstruktion war völlig morsch. Nur das Geländer stand noch, aber auch ihm fehlten ein paar Streben. Aus Angst, mit dem Fuß die verfaulten Planken durchzutreten, beschloss er, seine Erkundung nicht weiter fortzusetzen. Doch dann wurde seine Aufmerksamkeit von etwas angezogen, das sich ganz am Ende des Stegs befand.

Eine weiße Plastiktüte.

Er konnte entweder auf dem Absatz kehrtmachen oder nachschauen, was in der Tüte war. Es gab keinerlei Hinweis darauf, dass sie dem Mädchen mit der lila Haarsträhne gehörte. Doch sein Instinkt sagte ihm, dass sie etwas mit ihr zu tun hatte.

Rasch vergewisserte er sich, dass niemand in der Nähe war, und zog sich an dem Geländer hoch auf den Steg. In der Hoffnung, dass das verrottete Holz sein Gewicht aushalten würde, machte er vorsichtig die ersten beiden Schritte. Beim dritten wäre er fast eingebrochen. Nach der Hälfte der Strecke musste er einen kleinen Sprung machen, um eine Lücke zwischen zwei Planken zu überwinden. Er hatte nicht die geringste Lust, wieder in dem kalten Wasser zu landen, zumal er wusste, welche Gefahren unter der spiegelglatten Oberfläche lauerten.

Es dauerte ganze sechs Minuten, bis er das Ende des Stegs erreicht hatte. Er schnappte sich die Plastiktüte und machte sich, ohne hineinzuschauen, sofort wieder auf den Rückweg. Erst als er die Anlegestelle und den kleinen Strand weit hinter sich gelassen hatte und schon fast an der Parkbucht war, wo der Transporter stand, gab der Timer Alarm.

Er riss die Fahrertür auf und ließ sich auf den Sitz fallen. Nur sein heftiger Atem war im Wagen zu hören. Eine seltsame Unruhe machte sich in ihm breit. Eine Mischung aus Bangigkeit und Neugier. Wie wenn man sich auf ein Abenteuer einlässt und nicht weiß, was einen am Ende erwartet. Normalerweise war dieses Gefühl für Micky reserviert, für die Nächte, wenn er sich aufmachte, um eine seiner Auserwählten zu treffen.

Wie immer war dem Müllmann nur der Abfall vorbehalten. Doch diesmal hatte er das Gefühl, selbst Teil des Geschehens zu sein. Er wartete noch einen Moment, bis sein Atem sich beruhigt hatte, dann öffnete er die weiße Plastiktüte.

Eine halb leere Whiskyflasche. Junge Mädchen sollten so etwas nicht trinken, dachte er. Doch was wusste er schon von

jungen Mädchen? Dann begriff er: Sie hatte sich Mut ange-
trunken. Was seine These erhärtete, dass sie sich in den See
gestürzt hatte.

Dann zog der Müllmann so etwas wie eine kleine Tafel hervor. Sein Gehirn brauchte etwa drei Sekunden, um zu realisie-
ren, was er vor sich hatte. Von plötzlicher Panik erfüllt, ließ er
es wie eine heiße Kartoffel fallen, sodass es unter den Beifahrersitz rutschte und aus seinem Blickfeld verschwand.

Der Müllmann hatte weder die Kraft, sich zu rühren, noch
wusste er, was zu tun war. Sein Herz klopfte bis zum Hals.

Er selbst hatte nie ein Handy besessen und sich aus einem
einfachen Grund immer davon ferngehalten: Ein solches Gerät
hätte seine größte Stärke, seine Unsichtbarkeit, zerstört. Gespräche, die darüber geführt wurden, konnten von der Polizei
abgehört werden.

Wahrscheinlich passierte genau das in diesem Moment,
dachte er entsetzt. Er musste das Ding sofort loswerden.

Er fasste in den Spalt zwischen Schalthebel und Beifahrersitz und tastete mit den Fingerspitzen nach dem Handy, bis er
es gefunden hatte.

Beim Anblick des schwarzen Displays wurde er wieder ruhiger. Das Gerät in seiner Hand war entweder kaputt, leer
oder einfach ausgeschaltet. Er wollte es erst einmal genauer
untersuchen, bevor er darüber nachdachte, wohin damit. Das
Handy hatte eine Hülle in Knallpink mit Sternchen darauf, die
einen leuchtenden Schriftzug umrahmten.

F-u-c-k, las er mühsam, Buchstabe für Buchstabe.

Was bedeutete das? Ob das der Name des Mädchens mit
der lila Haarsträhne war?

Micky würde einen Wutanfall bekommen. Natürlich konnte er versuchen, seinen Fund vor ihm zu verbergen. Doch irgendwie erfuhr sein Mitbewohner immer alles über ihn.

Der Müllmann dachte nach. Sicher, das Handy stellte eine Gefahr für ihn dar. Doch zugleich war es auch eine Chance. Er war vielleicht nicht der Allerklügste, aber so viel begriff auch er: Fuck hatte es auf dem Steg liegen lassen, weil sie wollte, dass es gefunden wurde. Der Vater, dachte er sofort, als ihm die Telefonnummer auf ihrem Bein einfiel. Also war das Handy wichtig für sie.

Aber warum?

Es reizte ihn, dieses Rätsel zu lösen. Doch noch etwas anderes trieb ihn dazu, das Handy zu behalten: Es gehörte ihr. Dank des Mobiltelefons waren sie einander wieder nah. Sehr nah. Wie an dem Morgen am Strand oder in der Nacht im Krankenhaus.

Da war etwas, das sie beide miteinander verband. Und er musste herausfinden, was.

15

»Vergiss es, das ist unmöglich«, sagte ihre Freundin zum wiederholten Mal am Telefon. Bestimmt bereute sie bereits, dass sie sich hatte überreden lassen.

Sie hatten sich am Sant'Anna-Hospital verabredet.

Die Fliegenjägerin hatte eine schlaflose Nacht hinter sich. Immer wieder hatte sie an Pamelas beiläufige Äußerung denken müssen. Tags darauf hatte sie sie in aller Herrgottsfrühe aus dem Bett geklingelt und sie gebeten, gemeinsam mit ihr zu überprüfen, ob diese Geschichte tatsächlich ein makabrer Scherz des Schicksals war. Sie konnte nur beten, dass sie sich getäuscht hatte. Nichts wünschte sie sehnlicher, denn sie brauchte wahrlich keine neue Obsession. Allein die Vorstellung, wie viel Geld sie dafür wieder zu ihrem Therapeuten tragen würde. Doch sosehr sie sich innerlich gegen diese extremste aller Möglichkeiten sträubte, so wenig konnte sie sie auf der anderen Seite ignorieren.

Das Schicksal ist eine ungestüme Macht, sagte sie sich, während sie in Richtung Como fuhr. Manchmal schlug es geradezu Kapriolen. Möglicherweise war der rotlackierte Fingernagel eine davon.

»Wenn er zu dem Arm gehört, der in Nesso aus dem Wasser gefischt wurde, dann hat er mindestens zehn Seemeilen zurückgelegt, um im Mund der Rottinger-Tochter zu landen«, hatte Pamela am Telefon zu bedenken gegeben. »Mal abgesehen von der Absurdität des Ganzen: Das Mädchen ist am

Freitag in den See gestürzt. Der Arm wurde zwar erst gestern gefunden, aber man kann davon ausgehen, dass seine Besitzerin sich ebenfalls am Freitag das Leben genommen hat. Fazit: Die Strömung hätte den Fingernagel niemals in so kurzer Zeit von einem Punkt zum anderen treiben können.«

»Genau das sage ich mir ja auch«, hatte die Jägerin entgegnet. Inzwischen war sie sich über gar nichts mehr sicher.

»Und weshalb zwingst du mich dann, dich ins Krankenhaus zu begleiten?«, schrie die Freundin sie wütend an.

»Weil ich begreifen will, wie blöd ich bin«, blaffte die Jägerin zurück. »Und ohne deine Hilfe schaffe ich das nicht.«

Es war zwanzig nach sieben, als der Clio die Rampe zur Tiefgarage des Krankenhauses hinunterfuhr. An ihr Auto gelehnt wartete Pamela bereits mit verschränkten Armen und dem üblichen genervten Gesichtsausdruck auf sie. Sie trug Uniform, weil sie gleich zum Dienst musste.

»Lass mich alleine reingehen«, sagte sie statt einer Begrüßung. »Du wartest so lange hier.«

»Das wäre ja noch schöner«, widersprach die Jägerin.

»Wann warst du zum letzten Mal hier?«

Die Bemerkung ließ sie innerlich erstarren. Pamela und sie hatten sich im Sant'Anna kennengelernt, an einem Abend vor genau fünf Jahren. Tatsächlich hatte die Jägerin seitdem keinen Fuß mehr in das Gebäude gesetzt.

»Es geht mir gut«, versicherte sie.

Die Freundin sah sie durchdringend an.

»Okay«, lenkte sie ein und schaute Pamela nach, die auf die Aufzüge zusteuerte.

Obwohl es strikt verboten war, in der Tiefgarage zu rauchen, zündete sie sich eine Zigarette an. Inzwischen kannte sie sämtliche Notaufnahmen der näheren Umgebung, da sie dort oft die Frauen hinbrachte, die ihre Hilfe in Anspruch genommen hatten. An Orten wie diesen begann ihre langwierige Überzeugungsarbeit. Es war nicht einfach, und zwar aus einem ganz bestimmten Grund: Ein Mann, der einer Frau Gewalt antat, hatte nicht unter sozialer Diskriminierung zu leiden wie andere Kriminelle. Denn die Nichtbetroffenen hatten für gewöhnlich nichts von ihm zu befürchten, ihnen gegenüber war er immer freundlich, wirkte sympathisch auf sie, wie ein guter Freund. Für die Außenstehenden gab es daher immer etwas, das nicht zu den Fakten passte. Daher war es äußerst wichtig, absolutes Vertrauen zu den Opfern aufzubauen, die so lange Zeit widerstandslos gelitten hatten.

Vielleicht war es aber tatsächlich zu viel verlangt, von den Leuten Sensibilität zu erwarten, dachte die Jägerin.

Hätte man statt einer härteren Strafe für den Mord an einer Frau ein Gesetz gefordert, das bereits eine Ohrfeige als Trennungsgrund betrachtete, wäre es vielleicht anders gelaufen. Aber wahrscheinlich waren Tote in den Statistiken einfach wirkungsvoller. Denn Tote sorgten für Schlagzeilen und konnten vor allem nicht reden. Lieber eine Märtyrerin mehr als eine arme Idiotin, die zugeben musste, der Liebe auf den Leim gegangen zu sein.

Ob wohl auch die Frau, deren Arm bei Nesso aufgetaucht war, versucht hatte, Hilfe zu bekommen, ehe sie am Grund des Sees gelandet war? Die Jägerin hätte zu gerne mehr über den Fall gewusst. Aber Tote redeten eben nicht. Jedenfalls nicht in Form von Aussagen, die man gerichtlich verwerten konnte.

Die Jägerin warf den Zigarettenstummel auf den Boden und drückte ihn mit der Schuhspitze aus. Obwohl sie es gut kannte, vermied sie es, das Sant'Anna-Hospital zu betreten. Wahrscheinlich würde sie nie mehr den Mut haben, einen Fuß hineinzusetzen. Auch deshalb hatte sie Pamela eingeweiht, nicht nur, weil sie aufgrund ihrer dienstlichen Autorität eher Auskunft erhielt als sie. Aber wenn die Freundin sie jetzt noch lange warten ließ, würde sie bald wahnsinnig werden.

Ein Geräusch riss sie aus ihren Gedanken. Schritte.

Instinktiv blickte sie sich um. Doch außer ihr war niemand in der Parkgarage. Wie war das möglich?

Sie bemühte sich, tief ein- und auszuatmen, wie ihr Therapeut es ihr empfohlen hatte, wenn sie wieder eine Panikattacke bekam. Allmählich beruhigte sich ihr Herzschlag.

Nein, da war kein Gespenst in der Nähe. Was sie gehört hatte, waren ihre eigenen Schritte gewesen, an einem Juniabend vor langer Zeit.

Zum Glück ging in dem Moment die Tür des Aufzugs auf, und Pamela trat heraus.

»Und?«, fragte sie gespannt.

Ihre Freundin zuckte mit den Achseln.

»Ich hab's ja geahnt: reine Zeitverschwendung.«

Obwohl sie sichtlich verärgert war, ließ die Jägerin sich nicht entmutigen.

»Was haben sie gesagt, was ist mit dem Fingernagel?«

»Dass bei Ertrinkenden häufig Fremdkörper in die Mundhöhle, die Lungen oder sogar in den Magen gelangen können«, erklärte Pamela. »Manchmal sind es nur kleine Teilchen, es können aber auch größere Dinge sein.«

»Okay, schon verstanden, aber sie haben ihn doch wohl aufgehoben?«

Pamela versteifte sich.

»Nein, wieso? Dafür gab es keinen Grund.«

Die Jägerin war enttäuscht.

»Aber du hast ihnen doch zu verstehen gegeben, dass er möglicherweise für einen anderen Fall relevant sein könnte?«

»Ja, klar. Trotzdem wird er längst im Müll gelandet sein«, entgegnete Pamela unangenehm berührt.

War ja auch logisch, dachte die Jägerin. Im Grunde hatte sie mit nichts anderem gerechnet. Aber einen Versuch war es wert gewesen. Allerdings hatte sie jetzt Pamelas Ärger auf sich geladen.

»Ich weiß wirklich nicht, warum ich mich darauf eingelassen habe«, sagte die Freundin verstimmt.

»Dann redest du also nicht mit deinen Vorgesetzten?«

»Das ist gar nicht lustig, weißt du?« Etwas besänftigter fügte sie hinzu: »Ohne den Fingernagel kann man keinen DNA-Abgleich mit dem Arm machen. Wie dem auch sei, es ist davon auszugehen, dass die beiden menschlichen Überreste zu zwei verschiedenen Frauen gehören.«

Die Jägerin wollte sich nicht damit zufriedengeben. Sie begleitete Pamela bis zu ihrem Auto, baute sich dann aber, als ihre Freundin die Fahrertür öffnen wollte, vor ihr auf.

»Ich weiß, es klingt verrückt, aber ich habe das Gefühl, da steckt mehr dahinter.«

Pamela verdrehte die Augen zum Himmel.

»Ich werde dem Leutnant nichts von dieser Geschichte erzählen – vergiss es! Das ist alles andere als einfach für mich, wie du weißt.«

Das wusste sie in der Tat.

»Gestern Abend, als du bei mir vorbeigekommen bist, warst du ziemlich wütend und durcheinander. Glaub nicht, ich hätte das nicht gemerkt.«

Pamela schwieg.

»Giorgia macht mich rasend«, gestand sie schließlich ein. »Sie hat sich in den Kopf gesetzt, dass unser Coming-out endlich fällig wird. Aber wie soll ich das machen?«

»Hast du versucht, ihr die Wahrheit zu sagen?«

»Und zwar?«, fragte die Jüngere und blickte die Jägerin stirnrunzelnd an.

»Dass es als Frau bei den Carabinieri sowieso schon ziemlich kompliziert ist, auch wenn man seine sexuelle Orientierung nicht wie eine Monstranz vor sich herträgt.«

Pamela war allerdings viel zu stolz auf ihre Uniform, als dass sie jemals zugeben würde, von ihren Vorgesetzten und Kollegen nicht anständig behandelt zu werden. Ihr Gesichtsausdruck verhärtete sich plötzlich.

»Die Tatsache, dass ich dir bei all den misshandelten Frauen helfe, heißt noch lange nicht, dass ich dich für eine Expertin in Sachen Beziehungsfragen halte.«

»Stimmt, da bin ich wohl tatsächlich die denkbar schlechteste Ratgeberin«, gab die Fliegenjägerin unumwunden zu.

Sie wollte hinzufügen, dass auch ihr Therapeut ständig auf dem Thema herumritt, als ihr Handy klingelte. Sie schaute aufs Display.

Wieder ein Anruf von einer unbekannten Nummer. Wahrscheinlich auch diesmal ein R-Gespräch. Sie drückte ihn weg.

»Warum bist du nicht rangegangen?«, fragte Pamela, die ihre hastige Geste bemerkt hatte.

»War eh nur Werbung«, log sie. »Ich soll den Anbieter wechseln.«

Ihre Freundin schien ihr zu glauben. Vielleicht hatte sie auch einfach keine Lust, das Thema zu vertiefen. So wie sie auch keinen Wert darauf legte, weiter über ihr Privatleben zu sprechen. Sie kam wieder auf das Thema zurück, das sie beide an diesem Morgen hierhergebracht hatte.

»Lässt du diese Geschichte mit dem Arm und dem Fingernagel jetzt auf sich beruhen?«

»Nein«, erwiderte die Jägerin entschieden.

Pamela schien nun endgültig genug von ihrer Sturheit zu haben. Sie schob die Freundin zur Seite, öffnete die Wagentür und machte Anstalten einzusteigen.

Doch stattdessen drehte sie sich mit einem Umschlag in den Händen noch einmal zu ihr um.

»Was ist das?«, fragte die Fliegenjägerin verwundert.

»Kopien der Akte der kleinen Rottinger. Die Ermittlungen zu dem Unfall am See wurden eingestellt, der Fall ist ins Archiv gewandert. Aber ich weiß ja, wie du tickst, und da du mich sowieso mit Fragen löchern wirst, kann ich dir auch gleich alle Infos geben, die du brauchst. Bevor du dich noch in irgendwelche Schwierigkeiten bringst.«

»Warum sollte ich mich in Schwierigkeiten bringen?«, fragte sie süffisant, obwohl sie genau wusste, dass dies gut möglich war.

»Ich habe dir doch gesagt: Rottinger setzt alles daran, die Sache zu vertuschen.«

»Aber warum?«, wollte die Jägerin wissen.

Pamela beschloss, aufrichtig zu ihr zu sein.

»Überleg mal, was passieren würde, wenn sich jemand mit deiner Vergangenheit da einmischt ...«

So brutal das auch war, sie hatte wohl nicht unrecht, musste die Jägerin zugeben. *Jemand mit deiner Vergangenheit.*

Ohne ein weiteres Wort zu verlieren, griff sie nach dem Umschlag und ging zu ihrem Auto.

16

Ständig begegnete er ihnen.

Sie liefen auf der Straße herum, als hätten sie jede Kontrolle über ihr Leben verloren, in den Schein der Displays vor ihren Gesichtern getaucht. Das fahle Licht saugte nach und nach ihre Seelen aus und bestimmte, was sie taten und was sie als Nächstes tun würden. Niemand von ihnen achtete mehr darauf, wohin er ging, noch, wer oder was um ihn herum war. Er sah sie vor den Displays lächeln oder sogar weinen. Eine merkwürdige Art der Verzauberung. Diese Menschen waren da und doch nicht da.

Der Müllmann hatte sich oft gefragt, wie es in der Parallelwelt der anderen sein musste. Er war nie dort gewesen, und die Vorstellung, sich doch einmal dorthin bewegen zu müssen, jagte ihm Angst ein. Er kannte sich in jener anderen Welt nicht aus und hätte dort wohl auch seine Unsichtbarkeit verloren. Und trotzdem, seit er Fucks Handy gefunden hatte, war er von einem seltsamen Interesse an ihr gepackt.

Nach der Schicht hatte er sich in einen Autobus gesetzt und beobachtet, wie die anderen Fahrgäste mit ihren Handys umgingen, um es ihnen später nachzutun.

Das schaffst du nie, dazu bist du viel zu dumm.

Wie oft hatte er diese Worte als kleiner Junge aus Mickys Mund gehört? Mit der Zeit war er überzeugt gewesen, dass er recht hatte. Vielleicht war es wegen der beiden Löcher in seinem Kopf, aber es stimmte, dass er immer etwas länger brauchte, um hinter die Dinge zu kommen. Zum Glück gab es auch Tätigkeiten, die keine allzu große Intelligenz erforderten und die sogar jemand wie er ausführen konnte. Zwei konnte er ganz besonders gut.

Schwimmen und Ordnung machen.

Fucks Handy steckte in seiner Jackentasche. Immer wieder vergewisserte er sich, dass es noch da war, er wollte es auf keinen Fall verlieren. Es war zwar kaum möglich, das wusste er. Doch er wollte nichts riskieren. Vielleicht sollte er es hervorholen und ein wenig damit hantieren, bestimmt würden die anderen Fahrgäste nichts Seltsames daran finden. Endlich einmal wäre er genauso wie sie. Plötzlich erschien ihm diese Vorstellung begehrenswert. Doch dann fielen ihm die pinkfarbene Schutzhülle und der aufgedruckte Name des Mädchens mit der lila Haarsträhne ein, und er ließ den Gedanken schnell wieder fallen.

Er hatte beschlossen, das Handy nicht mit nach Hause zu nehmen. Zu unsicher, hatte er sich gesagt. Er musste unbedingt vermeiden, dass ihm die Polizei auf die Spur kam. Aber er wollte es auch von Micky fernhalten. Nachdem er lange über ein geeignetes Versteck nachgedacht hatte, war ihm ein Geistesblitz gekommen.

Es war bereits neunzehn Uhr, als er aus dem Autobus stieg. Den ganzen Nachmittag war er ziellos umhergefahren. Im Dämmerlicht ging er zu Fuß den Hügel hinauf. Um ihn herum herrschte absolute Stille. Er kam an Häusern vorbei, die er immer nur im Morgengrauen gesehen hatte, im Tiefschlaf, während er seine Schicht absolvierte. Jetzt waren sie hell erleuchtet, und hinter den Fenstern konnte er ihre Bewohner erkennen. Mütter, die das Abendessen für ihre Kinder zubereiteten, während die Väter sie nach dem Baden in weiche Handtücher hüllten oder ihnen bei den Schulaufgaben halfen.

Für einen Moment beneidete er diese Kinder, denn er selbst hatte nie so etwas erlebt. Doch für ihn war es jetzt zu spät.

Er lief ohne Hast, wie ein gewöhnlicher Passant, der sich zufällig in dem Viertel aufhielt, bis er zu dem einzigen Haus kam, das nicht erleuchtet war.

Die Nummer 23 wartete auf ihn.

Er sah das Fenster mit den zugezogenen Spitzenvorhängen, das er so oft beobachtet hatte. Die Hortensie auf dem Fensterbrett war fast vertrocknet, und auf dem Kissen daneben lag keine Katze mehr. Der Müllmann vergewisserte sich, dass ihn niemand sehen würde, kletterte über das Gartentor und überquerte rasch den Rasen. Er ging um das niedrige Gebäude herum, bis er zu dem kleinen Garten kam. Wie vermutet, hatte das Haus einen Hintereingang.

Er brach die Tür auf und schlüpfte hinein.

Der Raum, in dem er sich befand, diente als Waschküche. Er lauschte auf etwaige Geräusche aus dem Haus. Nichts, das ihn beunruhigt hätte. Die Stille war dicht wie eine zähe Flüssigkeit, jedes Möbelstück, jeder Gegenstand schien darin versunken. An einer Wand hing ein gerahmtes Foto von seiner Freundin Magda, die ihn anlächelte. Der Müllmann trat näher und nahm es ab. Er überprüfte die Küche mit der hellgelben Tapete, das Esszimmer mit dem Tisch und der Kredenz, den Salon mit Sofa, Sesseln, Fernseher, Porzellanfigürchen, Vasen mit Seidenblumen. Während er die Zimmer abschritt, nahm er auch die anderen Fotos der Hausbesitzerin von der Wand.

Eine Treppe führte ins obere Stockwerk.

Bad, Schrankzimmer, Kleider, Schuhe, Schminktisch. Er trat näher an die Kommode, nahm ein Parfümfläschchen in die Hand, schraubte den Verschluss auf. Der Duft der Frau aus dem »Blue« stieg ihm in die Nase. Dann wandte er sich zur offenen Schlafzimmertür um. Auf einem Sessel lagen fünf schlafende Katzen, auf dem Sitzkissen, auf Arm- und Rückenlehne. Ihre Körper waren ausgemergelt. Die silberfarbene Katze hob den Kopf und starrte ihn an. Auch die anderen öffneten die Augen.

Nach kurzer Zeit hatte der Müllmann mehrere Schüsselchen mit Trockenfutter und Wasser gefüllt und auf den Küchenboden gestellt. Gierig stürzten sich die Katzen auf das Fressen. Er beobachtete sie von der Türschwelle aus und fragte sich, warum er das tat. Als er als Kind allein zu Hause gewesen war, manchmal tagelang, hatte sich nie jemand dafür interessiert, ob er zu essen und zu trinken hatte. Was kümmerte ihn das Schicksal dieser Katzen? Was war los mit ihm? Er sagte sich, dass er sich auf diese Weise wenigstens nicht die Mühe machen musste, sie am Ende zu begraben. Doch er war nicht sicher, ob das wirklich der Grund war.

Als sich die Katzen satt und zufrieden wieder ins Schlafzimmer trollten, konnte er sich endlich Fucks Handy widmen.

Er setzte sich an den Esszimmertisch, das Mobiltelefon vor sich, um es genauer zu betrachten. An den Seiten befanden sich mehrere Knöpfe, wahrscheinlich um es ein- und auszuschalten. Zögernd drückte er auf den größten Knopf, doch nichts geschah. Nach einer Weile drückte er erneut. Diesmal glimmte der Bildschirm tatsächlich auf, und ein kleiner weißer Apfel, der an einer Stelle angebissen war, hob sich von dem dunklen Hintergrund ab.

Erst sah es so aus, als würde nichts weiter geschehen, doch dann erwachte das Gerät auf einmal zum Leben.

Ein Feuerwerk an Farben explodierte. Erst tauchte ein rosafarbener Totenkopf auf, über den sich weitere Bildchen legten, alle mit einer Aufschrift versehen. Die dritte Phase war die überraschendste: Ein kleines Quadrat nach dem anderen ploppte auf, begleitet von Summtönen und Piepen. Es war, als hätte das Handy eine Zwangspause einlegen müssen und würde jetzt, da es endlich wieder eingeschaltet war, alle Signale auf einmal aussenden.

Misstrauisch beäugte der Müllmann das Gerät. Er hatte keine Ahnung, was er tun sollte, er konnte nur hoffen, dass das Spektakel bald von allein aufhören würde.

Nach wenigen Sekunden hatte sich seine Hoffnung erfüllt. Doch noch immer wusste er nicht, was er tun sollte. Also beschloss er, weiter abzuwarten und in der Zwischenzeit die Worte unter den Bildchen zu lesen. Eine Art Blume mit bunten Blütenblättern, unter der »Fotos« stand, erregte seine Aufmerksamkeit. Er tippte mit dem Finger darauf. Sofort öffneten sich mehrere Rubriken. Er wählte eine aus, und eine Reihe von Fotos tauchte vor ihm auf.

Die meisten waren von Fuck. Da bist du ja, dachte der Müllmann. Er freute sich, sie wiederzusehen.

Auf einigen Fotos war das Mädchen mit der lila Haarsträhne allein zu sehen, sie schnitt lustige Grimassen oder hatte einen Gesichtsausdruck, den er nicht recht zu deuten wusste. Es sah aus, als würde sie die Bestätigung von jemandem suchen. Auf anderen Aufnahmen sah man sie zusammen mit einer gleichaltrigen Freundin, die eine Zahnspange trug. Es waren unbeschwerte, manchmal richtig freche Bilder. In der Schule oder in einem Lokal. Zu Fuß oder auf dem Mofa. Sie hatte immer verschiedene Sachen an, vor allem T-Shirts und zerrissene Jeans. Der Müllmann fand es seltsam, dass jemand mit so reichen Eltern kein Geld hatte, sich etwas Neues zu kaufen. Vielleicht war es eine Form von Protest, dachte er. Oder vielleicht versuchte sie auch, keine Aufmerksamkeit zu erregen, indem sie sich möglichst unauffällig kleidete, genau wie er.

Beim Durchgehen der Fotos stieß er auch auf welche, auf denen das Mädchen geschminkt war. Sie schien es wirklich darauf anzulegen, zu provozieren, dachte er. Es gefiel ihm nicht, dass sie sich so auftakelte, schließlich war sie noch ein Kind. Aber was ging es ihn an, sagte er sich zum wiederholten Mal. Andererseits hatte er vielleicht ein Recht dazu, sich einzumischen, immerhin hatte er ihr das Leben gerettet. Es waren viele Fotos, und es wurden immer mehr, je länger er den Daumen über den Bildschirm gleiten ließ. Es waren Hunderte.

Bei einem Foto hielt er inne: Fuck im Schlafanzug, auf einem rosa Himmelbett, wahrscheinlich in ihrem Zimmer, ungeschminkt und mit einem unschuldigen Gesichtsausdruck. Im Arm hielt sie einen weißen Teddybären.

Der Müllmann beschloss, es zu seinem Lieblingsfoto zu erwählen.

Weil er mit dem Gerät nicht umgehen konnte, drückte er aus Versehen eine falsche Taste, und eine melancholische Melodie ertönte. Plötzlich befand er sich in einer anderen Welt. In einer Sprache, die er nicht kannte, sang eine männliche Stimme ein sanftes, betörendes Lied. Obwohl er den Text nicht verstand, hatte er den Eindruck, er handelte von ihm.

Everyone cries …
Everyone tells each other all kinds of lies …
Everyone falls …

Er schloss die Augen und ließ sich von der Melodie davontragen. Es war das erste Mal, dass ihm das passierte. Normalerweise hasste er Musik.

Ihm wurde bewusst, dass er noch nie etwas Vergleichbares empfunden hatte. Alles war neu für ihn. Neu und merkwürdig. Sein Kopf drehte sich, ihm wurde schwindelig.

Erschrocken riss er die Augen auf. Was passierte da mit ihm? Was für Gefühle überfielen ihn da mit einem Mal, wie ein Unwetter, das von einem Moment auf den anderen losbrach?

Vor lauter Panik, von seinen Emotionen überwältigt zu werden, drückte er erneut auf den Knopf an der Seite und schaltete das Handy aus.

Das Foto vom Mädchen mit dem Teddybären verschwand. Die Musik verstummte. Alles wurde schwarz.

17

Mit der Dämmerung stieg eine Feuchtigkeit vom See auf, die die Kleider klamm werden ließ und einen klebrigen Film auf die Haut legte.

Zu Hause angekommen, hatte die Fliegenjägerin sofort ein Feuer im Kamin angezündet. In der sich allmählich ausbreitenden Wärme war das unangenehme Gefühl bald verschwunden.

Auf der Rückfahrt hatte sie kurz in einem kleinen Supermarkt Halt gemacht und Bier und eine Packung Wiener Würstchen gekauft. Sie hatte keine Lust zum Kochen und würde sie einfach kalt essen. Immerhin richtete sie sie auf einem Teller an, damit es mehr nach vollwertiger Mahlzeit aussah, und verzog sich mit ihnen und einer lauwarmen Dose Perlenbacher aufs Sofa. Sie hatte eine Decke über sich gebreitet, aber nicht einmal die Schuhe ausgezogen. Wie betäubt überließ sie sich dem Knacken des Brennholzes und dem Tanz der Funken.

Den Tag über hatte sie einer Mutter von fünf Kindern beigestanden, die sich endlich dazu entschlossen hatte, ihren Mann anzuzeigen, der sie regelmäßig mit dem Hosengürtel auf Beine und Gesäß schlug. Sie war mit ihr in die Notaufnahme gefahren, damit ein Arzt ihre jüngsten Verletzungen begutachten konnte, und hatte zugehört, wie die Frau zum ersten Mal in ihrem Leben mit erstaunlicher Gelassenheit einem Polizisten, der vom Alter her ihr Sohn hätte sein können, von den schrecklichen Gewalttaten in ihrer Ehe erzählte. Das Schockierendste an ihrer Geschichte war nicht die Grausamkeit oder Raffinesse ihres Peinigers, der sie nur an den Stellen grün und blau schlug, die sie leicht mit ihrer Kleidung bedecken konnte. Nein, es war die Tatsache, dass die fünf inzwischen fast erwachsenen Kinder die ganze Zeit über nicht den geringsten Verdacht geschöpft hatten. Acht Monate hatte die Jägerin die Frau bearbeitet, damit sie dieser Scheinheiligkeit ein Ende setzte. Jetzt war endlich Schluss damit.

In ihrer Tasche neben dem Sofa befand sich der Umschlag, den Pamela ihr in der Parkgarage des Krankenhauses in die Hand gedrückt hatte. Die Kopie der Unfallakte der kleinen Rottinger. Eine Pflichtübung der Ordnungshüter, die aber keine juristischen Folgen haben würde.

Die Jägerin hatte noch keine Zeit gehabt, sich die Dokumente anzusehen. Vielleicht hielt sie auch etwas davon ab.

Überleg mal, was passieren würde, wenn sich jemand mit deiner Vergangenheit da einmischt …

Pamela hatte recht. Der Gedanke, dass ihre Vergangenheit aus dem Gefängnis des Vergessens, in das sie sie eingesperrt hatte, wieder auftauchen könnte, erschreckte sie mehr als alles andere.

Das war auch der Grund, warum die Jägerin seinerzeit beschlossen hatte, zur Hüterin dieses Hauses zu werden.

Dennoch, sie musste herausfinden, was am See passiert war, es würde ihr sonst keine Ruhe lassen. Also stellte sie die Bierdose auf dem Boden ab und griff nach dem Umschlag. Mit den Zähnen riss sie die Lasche auf und nahm die Dokumente heraus.

Im Schein des Feuers begann sie, die Papiere zu überfliegen.

Es war ein nüchterner Bericht, allerdings durch die Schilderungen der Familie des Mädchens etwas ausgeschmückt. An besagtem Freitag hatte die Dreizehnjährige die Schule geschwänzt, um zum See zu fahren. Sie hatte den Bus genommen und war am Ufer auf Höhe der Isola Comacina ausgestiegen. Der Busfahrer konnte bezeugen, dass sie allein gewesen war. Der Bericht wies an dieser Stelle eine Lücke auf und setzte erst wieder ein, als sie unter unklaren Umständen ins Wasser gefallen war, »wahrscheinlich bei dem Versuch, ein Selfie zu machen«.

Pamela hatte erzählt, das Mädchen sei betrunken gewesen, was der ärztliche Befund bestätigte. Ihre Freundin hatte nicht übertrieben: Alles zielte darauf ab, den Vorfall wie ein pubertäres Missgeschick wirken zu lassen.

Mit wachsendem Interesse widmete sich die Jägerin dem Passus, in dem der Verlauf der Rettungsaktion geschildert wurde. Die Zeugen, die an den Strand geeilt waren, um sich vom Zustand des Mädchens zu überzeugen, beschrieben übereinstimmend, dass sie von Krämpfen geschüttelt wurde. Aus der Ferne hatten sie beobachtet, wie ein Mann sich ins Wasser geworfen hatte, um dem Mädchen zu helfen, obwohl er das Risiko gekannt haben musste, selbst von dem Sog in die Tiefe gezogen zu werden. Dem Unbekannten war es schließlich gelungen, die Ertrinkende an Land zu schleppen und sie zu reanimieren. Dann war er plötzlich verschwunden.

Die Fliegenjägerin fragte sich, wann und wie der rotlackierte Fingernagel, der sich irgendwo zwischen den Zeilen des Berichts verbarg, in den Mund des Mädchens geraten war. Es konnte geschehen sein, als sie nach Atem ringend von der Strömung bedrängt wurde. Die Wahrscheinlichkeit, dass dieser Lacksplitter ausgerechnet zu der vermeintlichen Selbstmörderin aus Nesso gehörte, war allerdings so gering, dass es geradezu lächerlich war. Es sei denn, es gab eine andere Erklärung dafür. Etwas, das ihnen allen bisher entgangen war, das sich aber irgendwo in diesem Bericht verbergen musste.

Seit Pamela ihr von dem Fall erzählt hatte, war ein Gedanke in ihr aufgekeimt. Immer deutlicher hatte er sich herauskristallisiert, doch mit Pamela darüber zu sprechen, war ausgeschlossen – sie hätte sie für verrückt erklärt. Er betraf den Retter des Mädchens, den vermeintlichen Helden der Geschichte. In Wirklichkeit war er die zwielichtigste Figur in der ganzen Affäre.

Geschichten laufen niemals geradlinig ab, sagte sie sich in Gedanken an ihre eigene. Nein, sie waren die reinsten Labyrinthe. Und manchmal stößt man auf Türen, die plötzlich in irgendwelche Parallelwelten oder geheimen Reiche führen.

Der geheimnisvolle Retter war womöglich der Schlüssel zu einer dieser Türen.

Warum entfernte sich jemand sang- und klanglos, nachdem er eine gute Tat vollbracht hatte? Und selbst wenn er etwas zu verbergen gehabt hätte: Warum hatte er dann überhaupt diesen wildfremden Menschen gerettet? Oder konnte es sein, dass der Mann das Mädchen kannte? Dass er für den Unfall verantwortlich war? Nein, sagte sich die Jägerin. Wenn es anders gewesen wäre, hätte die Familie Rottinger nicht versucht, das Ganze zu vertuschen, und die Carabinieri hätten nicht umhingekonnt, die Identität des Mannes zu ermitteln.

Sie nahm eins der Würstchen vom Teller und biss hinein, ohne von ihrer Lektüre aufzusehen. Jede Wahrheit hat ihre Schwachstelle, rief sie sich in Erinnerung. Das hatte sie in ihrem früheren Leben verinnerlicht. Abgesehen davon gab es da noch eine unbeantwortete Frage, die die Ermittler hätte stutzig machen müssen.

Was hatte der Mann dort am Seeufer zu suchen?

Das Ticken der alten Kuckucksuhr, die ihr Vater vor Jahren bei einem Anglerwettbewerb gewonnen hatte, bildete die Geräuschkulisse für ihre Überlegungen. Vor lauter Grübeln war ihr der Appetit vergangen. Sie schob den Teller mit den Würstchen beiseite.

Die Zeugen des Unfalls hatten alle einen stichhaltigen Grund, sich an jenem Freitagvormittag in der Nähe der Isola Comacina aufzuhalten. Einer war als Gärtner in einer nahe gelegenen Villa beschäftigt, drei Maurer renovierten ein Haus in der Nachbarschaft, und ein Postbote hatte gerade seine tägliche Runde abgeschlossen. Auch der anonyme Retter hätte sich zufällig dort aufhalten können, aber irgendetwas stimmte an der Geschichte nicht. Die Jägerin kannte den kleinen Strand, der jedes Wochenende von zahlreichen Tagesausflüglern und Familien heimgesucht wurde. Unter der Woche war es dort menschenleer. Weshalb also hatte der Unbekannte sich an dieser Uferstelle aufgehalten, welchen Grund hatte er für seine Anwesenheit gehabt?

Sie wusste von ihm, dass er ein hervorragender Schwimmer war und es geschafft hatte, das Wasser aus den Lungen des Mädchens herauszupressen.

Vielleicht war er jemand, der so etwas beruflich machte, ein Bademeister, Taucher oder auch Arzt oder Krankenpfleger. Jemand, der sich mit lebensrettenden Maßnahmen auskannte. Doch als sie die Akte auf der Suche nach einem Beweis für ihre Theorie noch einmal durchblätterte, musste sie sich korrigieren. Die ausgerenkte Schulter und die angebrochenen Rippen sprachen eindeutig dagegen. Einem Profi wäre so etwas nicht passiert.

In dem Bericht stand auch, das Mädchen habe Krämpfe gehabt und der Mann sei so geistesgegenwärtig gewesen, ihr etwas in den Mund zu stopfen, damit sie sich nicht in die Zunge biss.

Dieses Detail interessierte die Fliegenjägerin besonders. Es ging jedoch nicht aus dem Text hervor, um welchen Gegenstand es sich dabei handelte. Vielleicht etwas, das er am Strand gefunden hatte, ein Ast zum Beispiel. Oder ein Fetzen der Kleidung des Mädchens oder seiner eigenen, spekulierte sie ins Blaue hinein.

Eine plötzliche Nervosität stieg in ihr auf. Sie zerrte die Wolldecke von ihren Beinen, machte es sich im Schneidersitz bequem, und auf der Suche nach einem Anhaltspunkt breitete sie die Papiere vor sich auf dem Sofa aus.

Es befanden sich auch ein paar Fotos bei den Unterlagen. Die Carabinieri hatten die Converse-Sneaker der Dreizehnjährigen aufgenommen, ihre dunklen Jeans, das T-Shirt, den Rucksack. Und ein beigefarbenes Stofftaschentuch mit einem blassen Karomuster, das in einer durchsichtigen Plastikhülle steckte.

Aufmerksam studierte die Jägerin das Foto. Ein solches Taschentuch war mit Sicherheit kein typisches Accessoire für einen Teenager. Es passte viel eher zu einem Erwachsenen, einem Mann.

Das hatte er ihr in den Mund gestopft, fiel es ihr plötzlich wie Schuppen von den Augen. Und der rotlackierte Fingernagel hatte sich bereits in dem Tuch befunden. Die Argumentation war hieb- und stichfest, die Abfolge der Ereignisse mehr als logisch. Doch sie konnte sich noch nicht damit zufriedengeben, denn jetzt stand ihr der schwierigste Teil bevor: Sie musste das verdammte Taschentuch in die Hände bekommen.

Vielleicht fand sich darauf auch die DNA der Frau, deren Arm bei Nesso aus dem See gefischt worden war. Sie durfte sich allerdings keine zu großen Hoffnungen machen. Da es keine offizielle Ermittlung gab und auch keinen Beweis für eine Straftat, hatte man das Tuch sicherlich zusammen mit den anderen persönlichen Gegenständen des Mädchens an dessen Familie zurückgegeben. Inzwischen war es womöglich schon verschwunden, weggeworfen oder zerstört, genau wie der Fingernagel.

Erneut dachte die Fliegenjägerin an den geheimnisvollen Retter. Für irgendwelche Schlussfolgerungen war es noch zu früh, aber das seltsame Gesamtbild, das die Papiere ergaben, ließ eigentlich keine andere Möglichkeit zu. Und der beste Beweis dafür war der kalte Schauer, der ihr über den Rücken lief. Es mochte Paranoia sein, vielleicht aber auch nicht.

Etwas Schreckliches war geschehen. Etwas, das vielleicht erneut geschehen würde.

Ein weiteres Mal.

Halt den Mund, sagt sich der Junge. Halt den Mund und rede nicht. Er sagt es auch, weil er schmatzt und spuckt, wenn er spricht. Also schweigt er lieber.

»Was ist, warum redest du nicht?«, fragt Martina, während sie das Auto durch den dichten Verkehr steuert.

Sie hat ihn neben sich gesetzt und mit dem Gurt festgeschnallt. Für einen Moment sind sich ihre Gesichter sehr nah gekommen. Er hat ihren Atem auf der Haut gespürt. Martinas Atem riecht süß. Dieser kurze Moment war wunderschön, was er ihr aber nie sagen würde, weil er Angst hat, rot zu werden.

Die Freundin lässt sich von seinem Schweigen nicht entmutigen.

»Möchtest du Radio hören?«, fragt sie und dreht an einem Knopf.

Doch er fällt ihr in den Arm, hält ihre Hand fest. Er mag keine Musik. In den letzten sechs Monaten hat Vera jedes Mal, wenn Micky sie besuchen kam, eine Platte aufgelegt, damit die Nachbarn sie nicht hören konnten.

»Das ist eine Mutprobe«, hat die Mutter erklärt. »Micky will, dass du stark bist. Er will, dass du später mal ein richtiger Mann wirst, so wie er.«

Dem Jungen haben diese Mutproben gar nicht gefallen, sie haben ihm nur Angst gemacht. Manchmal hat er sogar den Schmeißfliegen nachgetrauert. Zum Glück ist Martina irgendwann gekommen und hat ihn weggebracht. Und jetzt, nach einem Monat im Krankenhaus, bringt sie ihn in ein Heim, wo auch andere Kinder sind. Doch er hat keine Zähne mehr. Und keine Haare. Sie werden nicht mehr nachwachsen. Er weiß jetzt schon, dass die Narben an seinem Kopf und auch der ganze Rest ein Problem sein werden.

»Martina, was ist meine Geschichte?«, fragt er und hält sich dabei die Hand vor den Mund.

Die junge Sozialarbeiterin dreht sich zu ihm um.

»Was meinst du?«, fragt sie und schaut wieder auf die Straße.

»Du hast zu Vera gesagt, dass keine Familie mich haben will, dass sie einen Rückzieher machen werden, wenn sie die ganze Geschichte hören ... Aber was ist denn das für eine Geschichte?«

Das Heim befindet sich in einem großen braunen Gebäude. Als sie ankommen, ist es schon Abend. Der Junge hat keinen Koffer, er besitzt nur die Kleider, die er auf dem Leib trägt. Aber Martina hat versprochen, dass sie ihm dort welche geben werden.

»Hier bist du in Sicherheit«, sagt sie, bevor sie geht.

Sie bezieht sich auf Micky, so viel hat er begriffen. Micky ist wieder mal abgehauen. Und als der Junge sich erkundigt hat, was mit Vera ist, hat Martina geantwortet, seine Mutter sei krank und befinde sich an einem Ort, wo sie wieder gesund werden kann.

»Pass auf«, sagt die Sozialarbeiterin. Sie hat sich vor ihm hingekniet, auf Augenhöhe, damit sie ihm besser ins Gesicht sehen kann. »Ich will dir nichts vormachen, die ersten Tage werden nicht einfach sein. Aber mit der Zeit wirst du dich eingewöhnen, und dann gefällt es dir hier bestimmt.«

Der Junge weiß nicht genau, wovon die Freundin spricht, er weiß nicht mal, ob er Angst haben soll. Martina tut etwas, das seine Mutter nie gemacht hat: Sie beugt sich vor und gibt ihm einen Kuss. Dann geht sie.

Mit diesem feuchten Abdruck auf der Stirn folgt er einer Nonne durch lange verlassene Flure. Es ist kalt, ein Geruch nach Brühe hängt in der Luft. Sie kommen in ein großes dunkles Zimmer mit vielen Betten. In jedem Bett liegt ein schlafendes Kind. Die Nonne zeigt ihm, wo er schlafen wird.

»Um sieben gibt es Frühstück«, erklärt sie und reicht ihm ein kleines Handtuch und ein Stück Seife. »Wasch dich gründlich und vergiss nicht zu beten«, schärft sie ihm ein.

Als die Nonne gegangen ist, zieht er seine Kleider aus, faltet sie und legt sie auf einen Stuhl. Dann kriecht er unter die Bettdecke. Er schließt die Augen und versucht zu schlafen.

Um ihn herum das nächtliche Schweigen seiner neuen Kameraden. Doch dieses Schweigen besteht aus vielen kleinen Geräuschen. Gleichmäßige Atemzüge. Quietschende Bettfedern, wenn sich jemand auf die andere Seite dreht. Seufzer, die lauter werden. Flüstern, das sich in neugieriges Raunen verwandelt. Nackte Füße, die tappend näher kommen. Jetzt stehen sie alle um sein Bett herum, sie wollen den Neuankömmling sehen. Seine Augen sind geschlossen, doch er kann ihre Anwesenheit spüren. Vor seinen Lidern huschen dunkle Schatten umher. Er hört sie kichern, während sie seine Glatze betrachten, die Reißverschlüsse kommentieren. Sie lachen ihn aus, sagen: »Er hat nicht ein Haar auf dem Kopf, er ist nackt wie ein Wurm.«

Ich bin kein Wurm, würde er am liebsten rufen. Ich bin ein Kind. Er tut weiter so, als schliefe er, hofft, dass sie bald genug haben werden, aber nein. Sie beginnen, ihn zu schütteln. Erst leicht, dann stärker. Jemand fängt an, ihn zu kneifen.

»Der Wurm ist fett«, spottet er. »Der Wurm ist tot.«

»Ich werde ihn wecken«, verkündet ein anderer und tut etwas, das der Junge erst nicht einordnen kann.

Ein heißer Strahl trifft ihn direkt ins Gesicht. Er erkennt den beißenden Geruch von Urin.

»Wach auf, du fetter Wurm!«, schreit der andere und schwenkt den Strahl hin und her.

Der Junge presst die Lider aufeinander, doch er beginnt zu weinen. Er kann die Tränen nicht zurückhalten. Und weinend begeht er den fatalen Fehler, die Lippen leicht zu öffnen.

»Schaut mal!«, ruft daraufhin jemand. »Er sieht aus wie ein Baby!«

Nun komm schon her, und mach den Mund auf ...

Das Gelächter um ihn herum ist wie ein Strudel, der den Jungen verschlingt. Aus den Beleidigungen werden Handgreiflichkeiten. Schläge auf den Hintern, Tritte in die Nieren. Einer der Angreifer beugt sich über ihn und fängt an, ihm aus voller Kraft ins Ohr zu brüllen.

Der Junge versucht, den unerträglichen Lärm auszuhalten, doch er hat das Gefühl, jeden Moment taub zu werden. Ruckartig dreht er sich um und starrt den anderen an. Er sieht seine Überraschung und dann, als er die Kiefer öffnet und eine böse, unmenschliche Grimasse zieht, das Aufglimmen von Panik in seinen Augen. Er verspürt eine unerwartete Befriedigung, während er mit dem Kopf vorschnellt und nach dem Gesicht des anderen schnappt. Eine Befriedigung, die kein Kind jemals empfinden sollte.

18

Der Wind fuhr in die Blätter und Zweige der großen Linde, kroch unter die Damasttischdecke, als wollte er mit ihr spielen. Das Mädchen mit der lila Haarsträhne reckte den Kopf und ließ sich von der Brise liebkosen. Kleinigkeiten, die sie vorher nie beachtet hatte. Aber jetzt, da sie in diesen verdammten Rollstuhl gezwungen war, hatte sie genug Zeit, ihnen Aufmerksamkeit zu schenken.

Am Morgen hatte ihr Vater den Hausangestellten aufgetragen, sie zum Frühstücken in den Garten zu bringen, unter die Pergola. Neben den Springbrunnen, aber weit genug weg vom See, hatte er ihnen eingeschärft, damit sie nicht an den Unfall, wie er es nannte, erinnert wurde. Er hatte es nicht mal für nötig erachtet, sie zu fragen, ob es ihr recht war. Also saß sie nun vor einem üppig gedeckten Tisch mit einem Korb Croissants, mehreren Sorten Marmelade, French Toast, Orangensaft und Rührei.

Ihr Vater bestimmte alles, ob in der Familie oder in der Firma, es interessierte ihn auch nicht, dass sie Eier nicht ausstehen konnte.

Auch dieses Frühstück war Teil seiner Agenda. Alles musste so schnell wie möglich wieder zur Normalität zurückkehren. Die Episode mit dem See gehörte ins Archiv, das Leben würde weitergehen wie immer, und der Schein wäre gewahrt, dachte sie spöttisch. Obwohl sie erst dreizehn Jahre alt war, hatte sie den Verhaltenskodex der Rottingers bereits verinnerlicht. Es gab für alles eine Benimmregel, selbst für die unwahrscheinlichsten Situationen. Daher war es auch nicht weiter verwunderlich, dass das, was ihr passiert war, den Familienalltag kaum gestört hatte. Sogar für das Problem »Tochter, die törichterweise fast ertrunken wäre« gab es klare Regeln zu befolgen.

Sie musste an die Hand denken, die sie am Arm gepackt hatte, als sie im dunklen Wasser trieb. Bei dem Gedanken an diesen Körperkontakt schüttelte es sie. Viel mehr als das erinnerte sie nicht.

Sie hatte das Frühstück nicht angerührt, der Appetit war ihr vergangen. Vielleicht lag es an dem moderigen Geschmack in ihrem Mund. Dem Geschmack des Sees. Als hätte sie einen Schlammfisch verschluckt. Er war noch lebendig in ihrem Bauch, sie konnte spüren, wie er sich bewegte. Egal, was sie aß, es hatte etwas Schleimiges, Muffiges an sich. Vielleicht lag es auch an den Medikamenten, dass alles so abgestanden schmeckte. Sie war überzeugt, dass sich in dem Orangensaft, der in dem Kristallglas vor ihr auf dem Tisch schimmerte, die Psycho-Tropfen befanden, die ihre Mutter ihr auf Anraten der Ärzte heimlich ins Essen mischte. Die Ärzte sagten, es sei ein Glück, dass sie sich kaum an den Unfall erinnerte, ihre Seele würde sich rasch von dem Schock erholen. Eine Sache konnte sie jedoch nicht vergessen. Sie hatte bisher mit niemandem darüber gesprochen, aus Angst, man würde ihr nicht glauben. Oder schlimmer noch: so tun, als ob.

Die lichtumflutete Gestalt, die sie vor sich gesehen hatte, als sie plötzlich wieder zu Bewusstsein gekommen war.

Um genau zu sein, eine dunkle Silhouette vor den Sonnenstrahlen, die zwischen den Bäumen an dem kleinen Strand hindurchflimmerten. Ein Riese ohne Gesicht, der nach einem stummen Blickwechsel im Nichts verschwunden war.

Auch sie wäre am liebsten so verschwunden. Stattdessen konnte sie sich nicht einmal mehr vom Fleck rühren.

Das Mädchen schaute auf das Bein, das ausgestreckt auf der Stütze des Rollstuhls ruhte: Die Schiene, die es schützen sollte, reichte bis knapp unters Knie. Ein eigens aus der Schweiz bestellter Orthopäde hatte sich vergewissert, dass der Knöchel wieder richtig zusammenwachsen würde, ohne dass eine zweite Operation erforderlich wäre. Doch das würde etwa einen Monat dauern und die anschließende Physiotherapie mindestens einen weiteren. Im Grunde hatte sie sich den Sommer komplett vermasselt. Aber vielleicht würde es sich auch als gut erweisen, dass sie so gehandicapt war.

Mit Sicherheit für ihre Eltern.

Obwohl sie allein in der Laube war, konnte sie spüren, wie der alte Gärtner beim Beschneiden eines Rosenstrauchs immer wieder zu ihr hinübersah, und auch die Hausangestellten versuchten die ganze Zeit, sie im Blick zu behalten, ohne dass es allzu sehr auffiel. Sie überwachten sie. Garantiert hatte die Mutter ihnen das aufgetragen. Aber wovor hatte sie Angst? Dass sie aus dem Rollstuhl aufspringen und zum Ufer humpeln würde, um sich gleich noch einmal in den See zu stürzen?

Um den Anschein zu erwecken, dass alles in Ordnung wäre und sie ihr weiterhin vertrauten, hatten ihre Eltern ihr ein neues iPhone gekauft, das neueste Modell. Es sollte das alte ersetzen, das ihrer Version der Geschichte nach mit ihr zusammen in den See gefallen war, als sie das berühmte Selfie geschossen hatte. Es nervte sie unglaublich, dass sie sie wie eine Idiotin dastehen ließen. Allerdings wollte auch niemand wissen, was wirklich passiert war.

Vielleicht wusste nicht einmal sie es.

Am Morgen des Vorfalls war sie mit einem seltsamen Gedanken im Kopf aufgewacht. Sie hätte nicht genau sagen können, was es war. Aber irgendetwas hatte sie dazu getrieben, eine Flasche Whisky aus der Hausbar im Arbeitszimmer zu entwenden, sie in ihren Schulrucksack zu stecken, einen Bus zu nehmen, den sie noch nie genommen hatte, und an einen Ort zu fahren, an dem sie noch nie gewesen war. An irgendeiner verlassenen Haltestelle war sie ausgestiegen, einfach so. Von der Straße aus hatte sie den verrotteten alten Steg gesehen, der unter der Uferbewachsung verborgen lag. Sie war den Abhang hinuntergeklettert und hatte sich einen Weg durch das Dickicht gebahnt, bis zum See. Dort hatte sie sich mit einem Kuli die Telefonnummer ihres Vaters auf Arme, Bauch und Waden geschrieben. Dann hatte sie den Whisky in sich hineingeschüttet, bis ihr die Kehle brannte. Die halb leere Flasche hatte sie zusammen mit dem iPhone in eine Plastiktüte gestopft, die sie in der Nähe gefunden hatte.

Der Rest der Geschichte lag im Dunkeln.

Manchmal verfluchte sie den geheimnisvollen Retter, der sie ans Ufer gezogen hatte. Doch dann wieder dankte sie ihm innerlich, dass er sie nicht hatte ertrinken lassen. Wie es dort wohl sein musste, in diesem Abgrund, in dieser unergründlichen Stille?

»Du hast ja noch gar nicht dein neues iPhone ausprobiert«, sagte ihre Mutter, die unbemerkt hinter sie getreten war.

Sie trug einen weißen Rock, der sich eng an ihre Hüften schmiegte, und eine Seidenbluse. Wie immer war sie wunderschön und elegant, und auch wenn alle behaupteten, dass sie ihr ähnlich sah, fühlte sich das Mädchen mit der lila Haarsträhne in ihrer Gegenwart hässlich und plump.

»Nicht mal ausgepackt hast du es«, sagte sie in vorwurfsvollem Tonfall.

»Ich mache das noch«, erwiderte die Tochter wenig überzeugend.

»Seltsam. Früher hast du das Ding permanent vor der Nase gehabt.«

Früher. Dieses Wort war die einzige Ausnahme von der Regel, die vorsah, den Unfall so lange totzuschweigen, bis er von selbst in Vergessenheit geriet. Sie konzentrierten sich alle auf das *Später*, fragten sich nicht einmal, warum sie kein Handy mehr haben wollte. *Nie mehr.*

»Wenn ihr mir unbedingt ein Geschenk machen wollt, möchte ich es mir selbst aussuchen«, sagte sie entschieden.

Die Mutter zuckte nicht mit der Wimper.

»Und, was wünschst du dir?«

»Krücken.«

»Der Orthopäde hat gesagt, dafür ist es noch zu früh.«

»Der Orthopäde hat gesagt, ich könnte damit anfangen, sobald ich mich fit genug fühle«, erwiderte sie, die Worte des Schweizers noch im Ohr. »Und ich fühle mich fit genug.«

Die Mutter hatte die Arme vor der Brust verschränkt und schaute sie fragend an.

»Warum?«

Genau darauf hatte das Mädchen abgezielt.

»Die Party.«

Es war *das* Ereignis zum Schuljahresende und sollte bei einer Klassenkameradin stattfinden, deren Familie eine Villa in Como besaß und zur dortigen High Society gehörte.

»Kommt nicht infrage«, entgegnete die Mutter.

Sie hatte mit dieser Antwort gerechnet. Aber sie *musste* dort hin. Nicht, weil es der Abend war, dem alle ihre Klassenkameraden entgegenfieberten. Das Fest selbst war ihr völlig egal.

Sie musste dort jemanden treffen.

Sonst würde sie wieder in diesem verdammten See landen, davon war sie fest überzeugt. Und sie wollte nicht ertrinken, nicht nachdem sie am eigenen Leib erfahren hatte, was es bedeutete, vom Wasser verschlungen zu werden, das einem die Kräfte nahm und die Luft.

»Du bist noch nicht so weit«, sagte die Mutter mit gespielter Entschlossenheit, um das Zittern in ihrer Stimme zu unterdrücken.

Sie hat Angst, dass wieder etwas Schreckliches passiert, dachte das Mädchen. Doch wenn sie ihre Mutter nicht als Verbündete gewinnen würde, wie sollte sie dann ihren Vater überreden können?

Plötzlich hatte sie einen Geistesblitz.

»Ihr habt doch überall erzählt, dass es mir wieder gut geht. Wenn ich aber nicht auf die Party gehe, werden sie sich fragen, warum ...«

Sie ließ den Satz absichtlich in der Luft hängen. Am Gesicht ihrer Mutter konnte sie ablesen, dass der gewünschte Effekt eingetreten war. Das Fragezeichen zwischen ihren Augenbrauen war überdeutlich zu erkennen. Die schlimmste Angst von Signora Rottinger war das Gerede der Leute. Allerdings nur das bestimmter Leute, nämlich der Reichen und Schönen.

»Das musst du mit deinem Vater besprechen«, sagte sie prompt.

Das Mädchen mit der lila Haarsträhne hatte ihr Ziel erreicht. Der Widerstand ihrer Mutter war gebrochen. Die scheinbar starke, in Wirklichkeit jedoch fragile Ehefrau des Ingenieurs Guido Rottinger. Von der sie alle dachten, sie hätte den Hitzkopf zur Vernunft gebracht. Die den Klatschmagazinen zufolge einen positiven Einfluss auf ihn ausübte. Dabei war sie vollkommen abhängig von ihm und ihren Antidepressiva.

Bevor die Mutter noch etwas hinzufügen konnte, erschien der Butler mit einem Flugblatt in der Hand.

Auf dem Flyer stand ein einziger Satz: *Der Ausweg bist du selbst!*

Mit der für ihn typischen Diskretion sprach der Mann so leise, dass nur Signora Rottinger ihn verstehen konnte, aber doch nicht leise genug, um ihrer Tochter gegenüber unhöflich zu wirken. Wenigstens einen Satz konnte das Mädchen aufschnappen.

»Ich habe die Frau im Arbeitszimmer Platz nehmen lassen.«

Die Mutter hatte also Besuch, umso besser. Tatsächlich wandte sie sich um und ging zum Haus zurück.

Die Unbekannte mit dem Flugblatt war dem Mädchen mit der lila Haarsträhne herzlich egal, aber dankenswerterweise hatte sie das Gespräch mit ihrer Mutter unterbrochen. Endlich konnte sie sich entspannen. Ohne einen weiteren Gedanken an das Medikament zu verschwenden, das man ihr in den Orangensaft gemischt hatte – vielleicht würde es ja ihre trüben Gedanken verscheuchen –, streckte sie die Hand nach dem Glas aus.

Sie schloss die Augen und ließ sich von der sanften Brise liebkosen. Doch gleich darauf riss sie sie wieder auf, als mit dem Rauschen des Windes noch ein anderes Geräusch an ihre Ohren drang.

Eine leise Melodie.

Schon glaubte sie, sich das Geräusch nur eingebildet zu haben, weil die Klänge wieder verstummten. Suchend schaute sie sich um. Auf der anderen Seite der Grundstücksmauer schien alles ruhig zu sein, niemand war zu sehen. Was war da los? Ein Scherz?

Mit einem Mal war die Melodie wieder da, eine melancholische Männerstimme, die ein Lied sang. Sie erkannte die Melodie, Sehnsucht stieg in ihr auf. Das Lied war wie eine Verheißung, eine Ankündigung von etwas, das bald geschehen würde. Und es kam vom See.

Everyday Life von Coldplay.

Das Stück hatte sie an dem Morgen auf dem iPhone gehört, als sie sich mit der Absicht zu sterben in den See gestürzt hatte.

19

So ein Haus hatte sie noch nie betreten. Sie hätte nicht gedacht, dass es so etwas tatsächlich gab, außer im Film.

Die Fliegenjägerin war mit dem Clio zu der Villa gefahren und hatte sich dort am Eingangstor gemeldet. Sie hatte keine Ahnung, ob man sie einlassen würde, und einfach geklingelt. Zu ihrer großen Überraschung wurde ihr nicht nur die Tür aufgemacht, sondern man bat sie sogar ins Innere des luxuriösen Gebäudes. Sobald sie nach Signora Rottinger fragte, würde sie bestimmt wieder hinauskomplimentiert, hatte sie angenommen. Doch nein, eine dienstfertige Hausangestellte wollte gleich »den Butler« rufen. Auch so etwas kannte sie bislang nur aus Krimis. Kurz darauf zeigte sich ein Mann in Anzug und Krawatte, mit tadellosem Auftreten. Ob er sich wohl wirklich als Butler bezeichnete?

Während sie sich diese idiotische Frage stellte, wurde ihr bewusst, dass sie noch nie daran gedacht hatte, sich Visitenkarten drucken zu lassen, daher reichte sie ihm einen ihrer Flyer, in der Hoffnung, dies würde genügen, sie vor der Hausherrin auszuweisen. Es genügte jedoch bereits ein Hinweis auf den Vorfall am See, und schon wurde sie von dem Mann durch einen langen Flur mit Marmorfliesen im Schachbrettmuster, an Büsten und antiken Möbeln vorbei zu dem Raum geführt, in dem sie sich jetzt befand.

Ein Arbeitszimmer mit einer riesigen Bibliothek.

Die Jägerin hatte sich in dem einzigen Teil des Raums positioniert, der nicht von wertvollen Teppichen bedeckt war. Aus einem unerfindlichen Grund mochte sie ihre Füße nicht daraufsetzen. Benommen von dem ganzen Prunk um sie herum, wurde ihr fast ein wenig schwindelig. Was für Leute waren das bloß, die in einem solchen Schloss wohnten, fragte sie sich.

Leute mit dem nötigen Kleingeld, hätte Pamela gesagt.

Waren die Rottingers wirklich so reich? Die Fliegenjägerin wusste, wie viel sie selbst auf dem Konto hatte: zweitausend Euro und ein paar Zerquetschte. Wussten die Rottingers, wie viel Geld sie hatten? Wie funktionierte das bei Leuten wie ihnen? Abgesehen davon, dass sie keine Probleme hatten, ihre Rechnungen zu bezahlen: Was für ein Verhältnis besaßen sie zum Geld? Sowenig sie sich vorstellen konnte, wie es sich anfühlte, Millionär zu sein, so wenig konnten sich vermutlich die Rottingers in die Lage von jemandem wie ihr versetzen.

Von derartigen Gedanken abgelenkt, vergaß sie ganz, sich eine Strategie für das Gespräch mit der Frau von Ingenieur Rottinger auszudenken. Sie wollte mit ihr reden und nicht mit ihrem Mann. Von Frau zu Frau funktionierte so etwas einfach besser, das wusste sie aus Erfahrung; sie fand immer irgendeine Gemeinsamkeit mit ihrem weiblichen Gegenüber, etwas, an das sie anknüpfen konnte. Männern hingegen war sie in der Regel unsympathisch, sie geriet meist schnell in Streit mit ihnen. Wahrscheinlich hielten sie sie für eine militante Feministin und hatten Angst, sie wollte sie kastrieren.

Durch das mindestens drei Meter hohe, bis zum Boden reichende Fenster sah sie den Butler, der mit ihrem Flyer in der Hand auf eine Pergola zusteuerte. Die Frau, die sie dort sah, in der perfekten Haltung einer griechischen Göttin, neben einem Mädchen im Rollstuhl, musste Signora Rottinger sein. Das Mädchen hatte lange schwarze Haare und eine lila Strähne, die ihr in die Stirn fiel. Mutter und Tochter waren in eine Diskussion verstrickt, was sie an den Gesten der Frau ablas, die sich gegen die Dreizehnjährige durchzusetzen versuchte. Der Butler unterbrach sie. Signora Rottinger schaute kurz auf den Flyer, wandte sich dann um und kam aufs Haus zu.

Während sie auf die Hausherrin wartete, ließ die Fliegenjägerin ihren Blick auf dem Mädchen verweilen. Hatte sie ihrem Retter ins Gesicht sehen können, als er sie aus dem Wasser zog? Und wenn ja, wäre sie imstande, ihn zu beschreiben? Sie hätte das Mädchen gerne danach gefragt. Doch vermutlich würde man sie nie und nimmer zu ihr lassen. Ihr würde wohl nichts anderes übrigbleiben, als so viele Indizien wie möglich zusammenzutragen und sie den Ermittlern vorzulegen, in der Hoffnung, sie davon zu überzeugen, endlich nach dem geheimnisvollen Mann zu suchen. Zumindest, um herauszufinden, um wen es sich handelte und warum er sich aus dem Staub gemacht hatte.

»Guten Morgen. Mir wurde gesagt, Sie wollten mich sprechen?«

Wie ertappt zuckte die Jägerin zusammen. Vielleicht hatte Signora Rottinger bemerkt, dass sie zu ihrer Tochter in der Gartenlaube hinübergestarrt hatte. Sie war in Begleitung des Butlers gekommen, der nun ein paar Schritte beiseitetrat und sie im Auge behielt.

Die Fliegenjägerin stellte sich vor.

»Entschuldigen Sie bitte, dass ich hier so einfach reinplatze«, fügte sie rasch hinzu, »ich wollte Sie nicht stören – nach all dem, was am See vorgefallen ist. Wobei ich natürlich sehr froh darüber bin, wie die Sache ausgegangen ist.«

»Was soll das?«, schnitt die Hausherrin ihr das Wort ab und gab ihr den Flyer zurück. »Meine Tochter hatte einen Unfall, Gewalt war nicht im Spiel.«

Die Jägerin fühlte sich in die Enge getrieben. Sie hält mich wohl für jemanden, der Geld will, dachte sie. Offenbar nutzten manche Leute solche Situationen schamlos aus.

»Das habe ich nie gesagt«, entgegnete sie hastig.

»Weshalb sind Sie dann gekommen?«

»Mich interessiert der Mann, der Ihre Tochter gerettet hat«, erklärte sie. »Ich stoße oft auf Menschen, die keine Skrupel kennen und zu allem fähig sind. Ich fand die Geschichte eines Mannes, der das eigene Leben riskiert, um ein anderes zu retten, und dann einfach spurlos verschwindet, zumindest …« Sie suchte nach Worten. »… zumindest einer eingehenderen Untersuchung würdig.«

Sie konnte nur hoffen, dass ihre vagen Worte Signora Rottinger überzeugen würden.

»Wenn dieser Mann lieber ungenannt bleiben möchte, müssen wir seine Entscheidung respektieren. Wir wollen die ganze Sache vergessen, das ist alles.«

Vor allem wollt ihr nicht mehr im Fokus der Öffentlichkeit stehen, dachte die Jägerin. Das war verständlich. Und genau darauf baute sie.

»Wissen Sie, die Dinge sind nicht immer, wie sie scheinen. Dieser Mann könnte ein Motiv gehabt haben, sich so zu verhalten«, wagte sie einen neuen Vorstoß. »Einen Grund, der nichts mit Ihrer Tochter zu tun hat, mit guten Vorsätzen oder guten Taten.«

Das war eine schwerwiegende Anschuldigung. Sie registrierte, wie die Frau sich auf die Lippen biss. Sicher hatten sie und ihr Mann sich diese Frage auch schon gestellt und ebenso die möglichen Konsequenzen der möglichen Antworten in Erwägung gezogen.

»Wie viel wollen Sie?«, fragte die Frau plötzlich.

Sie hat Angst, dachte die Jägerin. Sie ist nicht daran gewöhnt, ihre Emotionen zu zeigen, und versucht daher, sich besonders geschäftsmäßig zu geben. In dem Umfeld, in dem sie sich bewegt, sind Gefühle verpönt. Reiche sind wie die Gäste einer Party, die nie endet, sagte sie sich. Sie können nie aufhören, zu tanzen und zu lächeln.

»Ich will kein Geld, ich will nur, dass man mir dabei hilft, diesen Unbekannten ausfindig zu machen.«

Sie ließ durchblicken, dass sie mehr wusste, als sie zugab, und darauf verzichten würde, die Polizei hinzuzuziehen, zumindest einstweilen.

»Ich muss erst mit meinem Mann sprechen.«

Das hatte sie befürchtet. Sie konnte nicht warten, bis die beiden miteinander geredet hatten. Außerdem war Rottinger sicherlich weniger beeinflussbar als seine Frau.

»Das Taschentuch«, sagte sie unvermittelt. »Als Ihre Tochter Krämpfe bekam, hat er ihr sein Taschentuch zwischen die Zähne gesteckt, um zu verhindern, dass sie sich in die Zunge beißt. Bestimmt hat das Krankenhaus es Ihnen zusammen mit den Kleidungsstücken und persönlichen Gegenständen zurückgegeben. Wenn Sie es mir überlassen, verschwinde ich sofort wieder«, versprach sie.

Ein gleichwertiger Tausch. Kein Geld. Nur ein erbärmliches Taschentuch. Die Frau schien nachzudenken.

In dem Moment ertönte ein Räuspern. Der Butler, der vortrat, um etwas zu sagen.

»Ein Taschentuch war nicht dabei.«

Die Jägerin musterte ihn verwirrt. Sie war sich nicht sicher, ob er die Wahrheit sagte. Vermutlich wollte er nur Zeit schinden.

Der Mann wandte sich ihr zu, als hätte er ihre Gedanken erraten.

»Die Sachen aus dem Krankenhaus sind noch in den Tüten,

in denen sie uns übergeben wurden. Wenn Sie möchten, zeige ich sie Ihnen.«

Er warf einen Blick zur Hausherrin, um zu sehen, ob sie damit einverstanden war.

Als sie nickte, ging er voran.

Gemeinsam mit Signora Rottinger heftete sich die Jägerin an seine Fersen. Das Quietschen ihrer Sneaker auf dem Marmorboden bildete einen starken Kontrast zu dem eleganten Klackern der Absätze der Göttin neben ihr. Sie durchquerten mehrere herrschaftliche Zimmer und den Küchenbereich, der an den eines großen Restaurants erinnerte. Nachdem sie auch die Wirtschaftsräume hinter sich gelassen hatten, gelangten sie in eine Waschküche.

Die Tüten mit den persönlichen Gegenständen des Mädchens lagerten noch unangetastet in einem Regal. Die Jägerin begann, sie zu durchsuchen. Tatsächlich, das Taschentuch war nicht dabei.

»Das ist doch nicht möglich!«

Es war unerklärlich, aber sie konnte schlecht erwähnen, dass sie es auf den Fotos im Polizeibericht gesehen hatte. Sie hätten sich sofort gefragt, weshalb eine Zivilperson Zugang zu diesen Akten hatte, und dann wäre womöglich Pamela in Schwierigkeiten geraten.

»Im Sant'Anna-Hospital haben sie uns nur das hier mitgegeben«, bestätigte der Butler.

Sollte das Taschentuch ebenso verloren gegangen sein wie der rotlackierte Fingernagel? Das war doch eher unwahrscheinlich. Aber fürs Erste gab es keine andere Erklärung.

»Und gestatten Sie mir eine letzte Bemerkung«, fügte der Bedienstete hinzu. »Hätte dieser Mann etwas zu verbergen gehabt, wäre er doch sicher niemals so leichtsinnig gewesen, sein Taschentuch am Ufer zurückzulassen.«

Dieses Argument war kaum zu widerlegen, und endlich schien sich auch Signora Rottinger zu entspannen.

Die Jägerin versuchte, ihre Gedanken zu ergründen. Bestimmt so etwas wie: Von dieser unangenehmen kleinen Person, die sie ausgerechnet in solch einem Moment belästigt hatte, war jetzt Gott sei Dank nichts mehr zu befürchten. Dann fiel ihr der fragende Gesichtsausdruck der Frau auf. Sie kannte ihn nur zu gut, außerdem hatte Pamela sie gewarnt.

Überleg mal, was passieren würde, wenn sich jemand mit deiner Vergangenheit da einmischt …

»Warten Sie mal …«, sagte die Hausherrin prompt. »Ich kenne Sie: Sie sind doch …«

»Genau«, bestätigte die Fliegenjägerin ungerührt. »Ich bin die Mutter.«

Weiter sagte sie nichts. Sie entschuldigte sich für die Störung und verließ sofort das Haus.

Während sie bewusst langsam auf den Clio zuging, der auf dem Kiesweg vor der Villa parkte, ballte sie vor Wut die Fäuste. Sie hatte versagt. Schlimmer noch: Sie hatte sich erniedrigt. Falls die Rottingers den Carabinieri von ihrem Besuch berichteten, riskierte außerdem noch ihre beste Freundin, in die Sache hineingezogen zu werden.

Sie hatte die Autotür noch nicht aufgeschlossen, als sie plötzlich eine melancholische Melodie zu hören meinte, die der Wind zu ihr herübertrug. Sie wurde jedoch vom Klingeln ihres Handys übertönt. Die Fliegenjägerin musste gar nicht erst aufs Display schauen, sie wusste bereits, wer das R-Gespräch mit ihr führen wollte.

Perfektes Timing, dachte sie und drückte den Anruf weg.

20

Es war Donnerstag. Um elf Uhr morgens. Sie wusste, wo sie ihn finden würde. Obwohl sie sich seit Ewigkeiten nicht gesehen hatten, war die Jägerin überzeugt, dass sich seine Gewohnheiten nicht geändert hatten.

Kaum hatte sie die Schwelle des hübschen kleinen Cafés in der Altstadt von Como überschritten, sah sie ihn auch schon. Er saß an einem Tisch im hinteren Teil des Lokals, in der Nähe der Toiletten. Im Kommen und Gehen der Kunden, die auf einen Espresso und eine Brioche alla crema hereinschauten, fiel Professor Rinaldi gar nicht auf. Seelenruhig las er seine Zeitung, befeuchtete hin und wieder den Zeigefinger mit etwas Spucke und blätterte langsam weiter. Vor ihm stand eine Tasse Cappuccino. Niemand bekam mit, dass er in regelmäßigen Abständen einen Flachmann aus der Tasche seines braunen Sakkos zog und einen Schuss daraus in die Tasse gab.

Die Jägerin trat näher. Der Professor hob den Blick von den Schlagzeilen und schaute zu ihr auf.

»Guck mal, wer da kommt ...«, sagte er zur Begrüßung. »Sieht aus, als hättest du mich gesucht und gefunden.«

»Dein Stundenplan ist seit zwanzig Jahren derselbe. Jeden Donnerstag zwischen elf und zwölf hast du eine Pause«, erinnerte sie ihn. Sie zeigte auf den Stuhl vor seinem Tisch. »Darf ich?«

Der Professor machte eine einladende Geste. Als die Jägerin ihm gegenüber Platz nahm, bemerkte sie sofort seine Alkoholfahne.

»Scheint sich ja auch in der Hinsicht nichts geändert zu haben«, sagte sie spöttisch und deutete mit dem Kinn auf den Cappuccino. »Was sagen sie in der Schule dazu?«

»Solange der Unterricht und meine Schüler nicht darunter leiden, haben sie keinen Grund, sich zu beschweren«, erwiderte der Mann seelenruhig. »Ich fahre weder Auto, noch werde ich ausfällig. Ich füge niemandem irgendeinen Schaden zu.«

Wo er recht hatte, hatte er recht. Professor Rinaldi war der ehrlichste und integerste Mann, den sie kannte. Er unterrichtete Informatik am Technischen Gymnasium. Sobald er auch nur den geringsten Zweifel daran hegen würde, dass sein Verhalten seinen Schülern schaden könnte, würde er sofort die Kündigung einreichen.

»Keine Ahnung, warum, aber ich war mir sicher, dass wenigstens du die Kurve kriegen würdest«, sagte sie aufrichtig.

»Die beiden Besitzerinnen des Cafés waren mal meine Schülerinnen«, erklärte der Professor. »Bei der Eröffnung des Lokals habe ich ihnen geholfen, ein computergestütztes Lagersystem einzurichten, damit sie ihre Bestellungen besser im Griff haben. Und auch bei der Erstellung der Webseite. Im Gegenzug lassen sie mich hier in Ruhe meine Zeitung lesen. Solange es die Kunden nicht stört …«

Er ließ den Satz in der Luft hängen, als wollte er sagen, es ginge ihn sowieso nichts an. Nicht mehr.

Sie schaute zu, wie er sich den struppigen Bart kratzte, und fragte sich, wie lange er sich wohl schon nicht mehr rasiert hatte. Auch seine Haare waren ungepflegt und seine Schultern gesprenkelt von weißen Schuppen. Kurz dachte sie an die Zeit, als sie sich noch um ihn gekümmert hatte. Niemals hätte sie ihn so auf die Straße gehen lassen. Das Weiß um die blauen

Augen, in die sie sich vor Ewigkeiten verliebt hatte, war gelblich verfärbt. Zeichen für ein akutes Leberproblem, wusste die Jägerin.

»Ich hätte dir eine bessere Ehefrau sein müssen«, sagte sie schuldbewusst.

»Was soll das denn heißen? Ist jetzt etwa die Stunde der Wahrheit gekommen? Nein, nein, du solltest dich besser nicht in Schuldgefühlen suhlen, das bekommt dir nicht«, sagte er lachend und hob seine Tasse, um einen weiteren Schluck seines Cappuccino corretto zu sich zu nehmen.

Die Selbstzerstörung hatte vor fünf Jahren begonnen, ganz schleichend. Sie konnte sich nicht daran erinnern, ihn am Samstagabend in der Pizzeria je mehr als ein Bier trinken gesehen zu haben. Die Entdeckung seiner Sucht war aus heiterem Himmel gekommen, durch den Geruch seiner Kleidung, die sie in die Waschmaschine gesteckt hatte. Der Professor hatte rasch gelernt, seinen Alkoholismus zu verbergen. Er betrank sich nie. Seine tägliche Dosis war eine Flasche Hochprozentiges, über den ganzen Tag verteilt. Das Trinken war für ihn kein Laster, sondern eine Art Kompromiss. Professor Rinaldi versuchte, mithilfe des Alkohols einen konstanten Dämmerzustand aufrechtzuerhalten. Da er nicht die Kraft fand, seinem Leben ein Ende zu bereiten, war das seine Methode, mit seinen sechsundfünfzig Jahren einen weiteren Tag seines armseligen Daseins zu überstehen.

»Ich kann mir kaum vorstellen, dass du nur hergekommen bist, um meinen Lebensstil zu kritisieren ...«

Wie so oft hatte er recht. Sie war gekommen, um den ehrlichsten und integersten Mann, den sie kannte, um etwas Illegales zu bitten.

»Ich brauche jemanden, der ein Sicherheitssystem für mich knackt.«

Der Professor verzog keine Miene.

»Ich weiß, um was ich dich da bitte, aber es dient einem guten Zweck.«

Der Professor streckte ihr seine Hände mit gespreizten Fingern entgegen. Das Zittern war nicht zu übersehen.

»Früher flogen sie über die Tasten. Jetzt brauche ich weit mehr als nur ein Glas, um sie unter Kontrolle zu bringen. Aber dann bin ich nicht mehr klar genug im Kopf, um zu arbeiten.«

»Du bist der Einzige, der mir helfen kann, ich kenne sonst niemanden. Es ist sehr wichtig«, insistierte sie.

»Wichtiger als ich?«, entgegnete er mit einer Spur Härte in der Stimme.

Sie wusste nicht, was sie sagen sollte.

»Früher haben wir beide diese eine freie Stunde am Donnerstag dazu genutzt, nach Hause zu laufen und übereinander herzufallen.«

Ihr altes Zuhause, in dem nur noch er lebte. Die Jägerin hatte diese Momente nicht vergessen. Sie hatte sie nur in der Vergangenheit zurückgelassen.

»Und schau dir an, was aus uns geworden ist ...«, bemerkte der Mann bitter.

Als sie nichts erwiderte, sagte er brüsk: »Also, worum geht's?«

Die Jägerin zog ein gefaltetes Blatt Papier aus ihrer Jeansjacke und schob es über den Tisch.

»Es steht alles da drauf.«

Der Professor faltete das Blatt auseinander, überflog es und verstaute es in seinem Sakko.

»Es dürfte kein Problem sein, dir zu beschaffen, was du brauchst.«

»Danke.«

»Du warst so gut in deinem Job, ich habe nie verstanden, warum du aufgehört hast.«

Aber natürlich kannte er den Grund. Es war derselbe, aus dem sie ihren Ehemann verlassen hatte.

»Komisch, dass du ausgerechnet jetzt gekommen bist, um nach mir zu suchen«, sagte der Professor.

»Der Jahrestag«, erwiderte sie knapp.

»Früher mal haben wir unseren Hochzeitstag gefeiert, jetzt gibt es nur noch diesen Jahrestag …«

»Hast du auch einen Anruf bekommen?«, fragte die Jägerin, als sie merkte, dass er das Thema nicht unter den Tisch fallen lassen wollte.

Der Mann nickte.

»Und, bist du rangegangen?«

Der Professor schien verwundert.

»Natürlich bin ich rangegangen!«

»Und?«, fragte sie ungeduldig.

»Es ist fünf Jahre her, er hat das Recht auf eine zweite Chance.«

»Nach allem, was er getan hat?« Sie konnte es nicht fassen. »Du kennst meine Meinung: Er gehört dort hin. Ich werde ihm nicht helfen, da rauszukommen.«

»Auch Valentina wäre damit einverstanden …«

»Wag es ja nicht, jemals wieder so etwas zu sagen! Nicht in meiner Gegenwart.«

Wütend erhob sie sich, um zu gehen.

Der Professor senkte resigniert den Kopf.

»Mir fehlt mein altes Leben. Du fehlst mir … Auch wenn du das vielleicht nicht gern hörst. Eine Scheidung löscht die Vergangenheit nicht aus. Auch wenn zwei sich trennen, sind sie dazu verdammt, dieselben Erinnerungen zu teilen. Sie tun es nur an verschiedenen Orten.«

Die Fliegenjägerin schwieg. Es hatte keinen Sinn, sich zu quälen, es gab kein Zurück.

Der Professor verabschiedete sie mit einem wehmütigen Lächeln.

»Wie heißt es so schön: Bis dass der Tod uns scheidet ... nicht wahr?«

21

Sie hatte rasch gelernt, sich eigenständig mit dem Rollstuhl in der Villa zu bewegen. Vor allem, weil sie die Nase voll davon hatte, von den Hausangestellten herumgeschoben zu werden. Nie war sie ungestört. Wenigstens ein Stückchen Unabhängigkeit wollte sie sich auf diese Weise zurückerobern. Ob sie dabei gegen die verdammte Holztäfelung schrammte oder schwarze Striemen auf dem weißen Marmorboden hinterließ, war ihr völlig egal. Ab und zu stieß sie absichtlich mit dem Rollstuhl gegen ein Möbelstück und warf eine der kostbaren Porzellanfiguren um. Jedes Mal, wenn das passierte, kam jemand angerannt und kümmerte sich um den Schaden, fegte oder las die Scherben auf. Das war ihre Taktik, gegen die etablierte Ordnung und das Regime des Hauses aufzubegehren. Ihre Reaktion darauf, dass alle in der Villa von einem »Unfall« sprachen.

Tatsächlich war sie einfach nur wütend und wusste nicht mehr, wie sie die Zeit totschlagen sollte. Die Sabotageakte zogen nicht einmal den leisesten Vorwurf nach sich, da sie jedes Mal durch das sofortige Eingreifen des Dienstpersonals zunichtegemacht wurden.

An diesem Nachmittag hatte sie in ihrer Not beschlossen, sich zum Lesen in ihr Zimmer zu verkriechen. Aber als sie die Tür aufstieß, um den Rollstuhl über die Schwelle zu bugsieren, hielt sie erstaunt inne.

Auf dem Bett saß ihr Vater und wartete auf sie.

Er trug noch seinen grauen Anzug und eine blaue Krawatte, war also vorzeitig von der Arbeit nach Hause gekommen. Als Kind war sie fasziniert von ihm gewesen, wegen seiner Eleganz und weil er so gut roch, wenn er sie hochnahm und auf seinen Knien wippen ließ. Als sie älter wurde, war diese spezielle Zärtlichkeit zwischen Vater und Tochter allmählich verschwunden, was vermutlich sogar an ihr selbst lag. Und obwohl sie es nie offen zugegeben hätte – sie fehlte ihr.

»Wie geht's dir?«, fragte er sofort, wie immer mit einem liebenswürdigen Lächeln. Neben ihm lag ein länglicher weißer Karton mit einer roten Atlasschleife.

»Ganz hervorragend«, erwiderte sie voller Sarkasmus. Sie hasste sich selbst wegen dieses Tons.

»Du fragst dich sicher, weshalb ich hier bin«, fuhr er fort, ohne auf ihre schlechte Laune einzugehen.

»Weil Mama dir gesagt hat, dass ich heute Abend auf die Party gehen will«, sagte sie wie aus der Pistole geschossen.

Gleich wird er mir erzählen, wie schlecht das in meinem Zustand für mich wäre, dachte sie. Das Geschenk auf ihrem Bett war das Trostpflaster, aber sie kannte diese Taktik nur zu gut und würde, nein: *durfte* sich nicht davon blenden lassen.

Doch seine Antwort brachte sie aus dem Konzept.

»Ich sehe das genauso wie du. Du solltest auf jeden Fall hingehen.«

Hatte sie richtig gehört? Sie konnte nicht glauben, dass ihr Wunsch so leicht in Erfüllung gehen sollte. Bestimmt steckte etwas dahinter. Ein Trick, eine Täuschung.

»Aber du hältst ja sowieso zu Mama, stimmt's?«, schlug sie zurück.

»Von wegen«, antwortete ihr Vater und schüttelte den Kopf. »Du bist dreizehn Jahre alt, wir können dir nicht ewig vorschreiben, was du tun sollst und was nicht. Du solltest inzwischen selbst am besten wissen, was gut für dich ist.«

In den Augen ihrer Eltern war sie also plötzlich erwachsen geworden – das war geradezu lachhaft.

»Dann wird in dem Geschenkkarton vermutlich ein teures Abendkleid sein, nehme ich an …«, sagte sie herausfordernd.

Wieder ging ihr Vater nicht auf ihre freche Antwort ein, sondern zog die Schleife auf und hob den Deckel ab. Ein Paar Krücken, metallicrot.

»Die sind, glaube ich, nützlicher als ein teures Abendkleid. Ich habe sie von unseren Leuten in der Firma herstellen lassen, eine Sonderanfertigung aus Carbonfaser.«

So richtig freuen konnte sich das Mädchen nicht über das Geschenk. War er wirklich auf ihrer Seite? Du weißt nicht, wie sehr ich dich brauche, Papa, gerade jetzt, hätte sie ihm am liebsten gesagt. Deswegen habe ich deine Telefonnummer auf meine Haut geschrieben, bevor ich mich in den See gestürzt habe. Sie hätte ihm gerne erzählt, dass sie eigentlich gar nicht zu der Party gehen wollte, dass sie aber keine andere Wahl hatte. Und außerdem wäre sie am liebsten auf ihn zugelaufen und hätte ihm die Arme um den Hals geschlungen, wie früher als kleines Kind.

»Ich habe mich bei deinem Orthopäden erkundigt: Er meinte, wenn du zehn Schritte mit den Krücken schaffst, kannst du sie sofort benutzen.«

Der Satz traf sie wie eine kalte Dusche. Ihre Begeisterung war verpufft. Darauf lief es also hinaus, dachte sie. Ein Test. So war das immer mit ihrem Vater.

Er bemerkte ihre Reaktion und grinste.

»Okay, ich versuch's«, sagte sie fest entschlossen.

Das Treffen, zu dem es auf der Party kommen sollte, war wichtiger als alles andere, sie musste es schaffen.

»Schön.«

Ihr Vater stand auf und begann eine Art Parcours aufzubauen. Er rückte einen Stuhl beiseite, schlug den Teppich zurück, schob alle Möbel fort, die ein Hindernis darstellten. Schließlich nahm er den weißen Teddybären, ohne den sie als kleines Mädchen nicht hatte einschlafen können.

»Weißt du noch? Den habe ich dir aus New York mitgebracht, da warst du gerade zwei.«

Er hatte ihn bei FAO Schwarz gekauft, und unzählige Male hatte er ihr versprochen, sie einmal mit nach New York zu nehmen und dann mit ihr in das riesige Spielzeuggeschäft zu gehen. Es war nie dazu gekommen, und jetzt war es zu spät.

Der Teddy wurde etwa fünf Meter vom Rollstuhl entfernt platziert, als Ziel. Dann reichte der Vater ihr die Krücken.

Das Mädchen stellte die Räder fest und erhob sich aus dem Gefährt. Auf das gesunde Bein gestützt, griff sie nach den Krücken und klemmte sie sich unter die Achseln. Der Vater stand mit verschränkten Armen an der Wand, wie der Schiedsrichter dieser absurden Partie.

Sie sah dem Teddy fest in die grünen Glasaugen und machte den ersten Schritt.

Es war gar nicht so schwierig, wie sie gedacht hatte, aber ein Siegesjubel wäre verfrüht gewesen. Auch der zweite Schritt war einfach. Beim dritten wäre sie beinahe über eine der beiden Krücken gestolpert und hätte um ein Haar das Gleichgewicht verloren. Der vierte erfolgte hastig und war sehr kurz. Nur Mut, die Hälfte hast du fast geschafft, feuerte sie sich selbst an, als sie den fünften Schritt machte. Beim sechsten hatte sie das Gefühl, ihre Arme versagten. Sie ging in die Knie, fiel aber nicht hin. Beim siebten Schritt verspürte sie einen Stich in den gebrochenen Rippen und blieb stehen, weil ihr der Atem stockte. Kurz überlegte sie, ob sie aufgeben und die Krücken gegen die Wand schleudern sollte, besann sich dann aber. Der achte Schritt kostete sie eine unglaubliche Anstrengung, sie spürte, wie ihr die Schweißtropfen auf die Stirn traten. Beim neunten biss sie die Zähne zusammen und stieß einen wütenden Laut aus, weil ihr jetzt auch die ausgekugelte Schulter wehtat.

Der Teddy war zum Greifen nah, es fehlte nur noch der letzte Schritt.

Sie konnte sich nicht zu ihrem Vater umdrehen, um zu sehen, welche Gefühle sich auf seinem Gesicht widerspiegelten: diabolisches Vergnügen oder bange Hoffnung. Als sie den letzten Schritt hinter sich gebracht hatte, wäre sie vor Freude am liebsten in die Luft gesprungen. Doch sie hielt sich zurück. Sie wollte unbedingt wissen, wie ihr Herausforderer seine Niederlage verkraftete. Sie drehte sich um.

Wie üblich ließ Signor Rottinger sich nichts anmerken.

»Gratuliere«, sagte er nur trocken.

»Du selbst hast mir beigebracht, nie aufzugeben«, entgegnete sie.

Doch ihr Vater reagierte nicht auf das Kompliment. Er trat auf sie zu, hob den Teddy auf und tätschelte ihm den Bauch.

»Oscar wird dich zur Party bringen und draußen auf dich warten.«

Oscar war sein Fahrer und darüber hinaus sein Bodyguard und seine rechte Hand.

»Okay«, sagte das Mädchen.

Erschöpft setzte sie sich aufs Bett. Bevor er den Raum verließ, gab der Vater ihr den Teddy zurück.

»Wie gesagt, du musst selbst wissen, was gut für dich ist ... Aber vielleicht müssen wir uns einfach damit abfinden, dass du in vielen Dingen noch ein Kind bist.«

Kaum war er draußen, wurde das Mädchen mit der lila Haarsträhne von einem Wutanfall gepackt. Voller Zorn packte sie den Teddy beim Kopf und zerrte so lange daran, bis er abriss. Dann feuerte sie ihn in den Papierkorb und brach in Tränen aus.

22

Die Menschen hielten sich fern von ihrem Haus.

Die Kinder auf ihren Fahrrädern beschleunigten das Tempo, wenn sie daran vorbeifuhren, die Alten bekreuzigten sich. Eines Nachts hatte sie eine Gruppe Jugendlicher dabei erwischt, wie sie versuchten, ins Obergeschoss einzudringen, um dort eine Art Teufelsaustreibung mit Kruzifixen und Kerzen zu zelebrieren. Die Leute vom See nannten es »das Haus des Grauens«, denn so war es in einem Zeitungsartikel einmal bezeichnet worden. Zum Glück hatten ihre Eltern nicht lange genug gelebt, um mitansehen zu müssen, wie der Ort, an dem sie über fünfzig Jahre zusammen verbracht hatten, so sehr in Verruf geraten war.

Die Jägerin hingegen war gezwungen, jedes Mal, wenn sie sich in ihre Höhle zurückzog, daran zu denken.

Die Leute, die sie in ihrem früheren Leben gekannt hatte, konnten nicht verstehen, warum sie sich nach dem, was geschehen war, entschieden hatte, ausgerechnet dort hinzuziehen. Doch inzwischen waren fünf Jahre vergangen, und niemand stellte ihr mehr diese Frage. Die Freunde von früher hatten sich zurückgezogen. Es war ihnen kaum zu verübeln, vielleicht hätte sie an ihrer Stelle genauso gehandelt. Sie hatte Pamela, doch sie war erst *nachher* in ihr Leben getreten. Verständlich, niemand wollte mit jemandem zusammen sein, der sich mit dem Tod besudelt hatte, zumal wenn dieser Tod auf so unerklärlich schreckliche Weise erfolgt war. Noch immer haftete der Geruch des Blutes an ihr. Dieser Gestank hätte jeden abgestoßen, nur nicht die Schmeißfliegen.

Sie öffnete die Tür zum Souterrain. Ein wattierter Umschlag steckte im Briefkastenschlitz. Sie zog ihn heraus und schaltete das Licht ein, um zu sehen, um was es sich handelte.

Wie es schien, hatte ihr Ex-Mann Wort gehalten.

Sie legte den Umschlag auf den Schreibtisch und ging rasch ins Bad, da sie, seit sie sich ins Auto gesetzt hatte, um nach Hause zu fahren, dringend pinkeln musste. Fast den ganzen Tag war sie am See herumgefahren. Früher hatte ihr dieses ziellose Herumfahren geholfen, den Kopf freizubekommen. Während sie sich erleichterte, dachte sie, dass sie noch eine letzte Chance hatte, bevor sie die Sache mit dem Arm und dem rotlackierten Fingernagel wohl endgültig zu den Akten legen müsste.

Menschen, die unter einer Depression leiden, verlieren sich gern in Details.

Das behauptete zumindest ihr Therapeut, und er hatte recht, wenn er meinte, ihr Leben bestehe nur noch aus Obsessionen. Wahrscheinlich war dies der einzige Punkt, bei dem sie einer Meinung waren. Die Sitzungen brachten ihr überhaupt nichts, doch sie ging weiter hin, weil sie in der Therapie eine Art Alarmsystem sah, das sie warnen würde, wenn sie den Verstand verlor.

Ihre größte Angst war, verrückt zu werden.

Sie zog ihre Jeans hoch, drückte auf die Klosettspülung und wandte sich zur Tür. Als sie im Hinausgehen im Badezimmerspiegel einen Blick auf ihr Gesicht erhaschte, blieb sie stehen. Sie betrachtete es lange und fragte sich, wo ihre Weiblichkeit geblieben war, der Wunsch, sich zu pflegen und für jemanden schön zu machen. Es war nicht nur eine Frage des Alters – immerhin war sie erst dreiundfünfzig. Nein, da war etwas in ihrem Inneren, etwas Hässliches. Es war in sie eingedrungen und hatte sich ein warmes Nest in ihr gebaut, das es nicht mehr verlassen würde. Ihr Spiegelbild zeigte eine Kreuzung aus ihr selbst und diesem Parasiten, der sich an ihrem Schmerz labte. Sie musste an den Professor denken, an seinen Zustand. Auch er trug dieses hässliche Etwas in sich.

Bis dass der Tod euch scheidet ...

Sie knipste das Licht im Bad aus und schaltete kurz darauf ihren PC ein. Während sie darauf wartete, dass der Computer hochfuhr, öffnete sie den Umschlag ihres Ex-Mannes, in dem sich ein USB-Stick befand. Sie steckte ihn in den dafür vorgesehenen Anschluss.

Auf dem Stick war ein einziger Ordner mit mehreren Videodateien abgespeichert. Aufgenommen von den Überwachungskameras auf der Intensivstation des Sant'Anna-Hospitals, während der vier Tage, an denen die Tochter der Rottingers dort gelegen hatte.

Insgesamt sechsundneunzig Stunden.

Wenn es sein musste, würde sie die Videos komplett durchsehen. Doch sie war sich sicher, dass das, was sie suchte, einen bestimmten Zeitraum während des Krankenhausaufenthalts des Mädchens betraf: die Nächte. Denn dann war es normalerweise ruhig auf der Station. Eine ideale Voraussetzung für jemanden, der nicht gesehen werden wollte.

Sie entschied sich für die Aufzeichnungen zwischen dreiundzwanzig Uhr abends und fünf Uhr morgens. Sie würde mit dem ersten Tag beginnen, dem Freitag, als sich der Vorfall ereignet hatte.

Das Video-Abspielfenster ging auf. Der Monitor war in neun Felder geteilt, pro Videokamera ein Bildausschnitt. Sie hatten den Haupteingang und die Flure von oben im Weitwinkel aufgezeichnet, ebenso wie die Aufzugtüren. Wohl aus Datenschutzgründen, wie die Jägerin vermutete, waren die

Patientenzimmer ausgespart worden, sodass sie nicht sagen konnte, welches das Zimmer des Mädchens war.

Es war gerade mal neunzehn Uhr, doch sie hatte das Gefühl, schon einen ganzen langen Abend vor dem PC gesessen zu haben. Mit einem Auge auf dem Bildschirm ging sie in die Küche, um sich einen Espresso zu kochen. Kurz darauf kehrte sie mit einer großen Tasse, in die sie den ganzen Inhalt der Kaffeekanne geschüttet hatte, zu ihrem Schreibtisch zurück. Sie zündete sich eine Diana an.

Auf der Intensivstation schien alles wie in Zeitlupe zu geschehen. Das ruhige Kommen und Gehen der Ärzte und Pfleger und die gedämpfte Atmosphäre hatten eine hypnotisierende Wirkung auf sie. Mechanisch scannten ihre Augen auf der Suche nach etwas Außergewöhnlichem den Bildschirm ab, während ihre Gedanken abschweiften.

Nach der Begegnung mit dem Professor ging sie fest davon aus, dass die Vergangenheit sie heimsuchen würde. Das passierte jedes Mal, wenn sie vor einer der verschlossenen Türen in ihrem Inneren stand. Hin und wieder hörte sie es dann von drinnen gegen eine dieser Türen klopfen. Sie musste sich entscheiden, ob sie den Besucher ignorierte oder einließ. Normalerweise sahen diese ungebetenen Gäste aus wie Valentina, das Gesicht tränenüberströmt, Hände und Füße blutig, der Blick totenstarr.

Ja, ich bin die Mutter ...

Wenn sie an ihre Zukunft dachte, sah die Jägerin sich noch immer in einem von Geistern bewohnten Haus. Immer verbitterter. Immer einsamer. Das Schlimmste, was einem im Leben passieren konnte, war, in der Gegenwart festzustecken. Vor Schmerz verging für sie die Zeit nicht mehr. Das Leid hinderte sie daran, sich eine Veränderung, eine Erlösung oder auch nur ein anderes Aussehen vorzustellen.

Schau dir an, was aus uns geworden ist …

Wie recht der Professor hatte. Doch um in diesen Zustand abzurutschen, hatte es nicht etwa Jahre gedauert – nein, ein Tag hatte genügt. Ein einziger Tag. Ein verfluchter Tag. Es wäre besser gewesen, wenn es sich über einen längeren Zeitraum hingestreckt hätte. Dann hätte sie wenigstens nicht dieses unerträgliche Schuldgefühl verspürt, das sie seitdem verfolgte. Denn genau wegen dieser kurzen Zeitspanne wurde sie den schrecklichen Verdacht nicht los, dass sie es vielleicht hätte verhindern können. Neben einer Reihe anderer Ungereimtheiten.

Wenn ich nur wachsamer gewesen wäre … Hätte ich doch ein Signal erkannt, ein Zeichen wahrgenommen … Oder: Wäre ich nur etwas früher gekommen …

Es waren mentale Fallen, um die sie normalerweise einen riesigen Bogen machte, um sich nicht sinnlos im Kreis zu drehen und immer wieder zu demselben unnützen Schluss zu kommen.

Vielleicht hätte ich sie retten können.

Ihr Ex-Mann war zu nachgiebig gegenüber dem Mörder von Valentina.

Es ist fünf Jahre her, er hat das Recht auf eine zweite Chance.

Nein, keine zweite Chance. Vielleicht wollte der Professor nur vergessen, verdrängen, die Erinnerung auslöschen. Nicht auszuschließen, dass er sich sogar mit dem Monster arrangieren würde. Oder vielleicht versuchte er, mit dem Schmerz seinen Frieden zu schließen. Sie konnte ihm kaum einen Vorwurf daraus machen. Ein Kind zu verlieren war schon eine Tragödie, aber es auf die Art zu verlieren, wie es ihnen geschehen war, war das Schlimmste, was einem zustoßen konnte.

Daher glaubte die Jägerin auch, dass ihr Leid Teil der Strafe des Mörders war. Auch sie musste Buße tun, weil sie nicht wachsam genug gewesen war. Weil sie keine gute Mutter gewesen war.

Die Aufnahmen der Überwachungskameras waren die ganze Zeit unentwegt weitergelaufen. Es war einundzwanzig Uhr dreißig, und sie hatte noch längst nicht das gesamte Videomaterial gesichtet. Nach fast zweieinhalb Stunden andauernder Tortur hatte sich ihr Atem jedoch beruhigt, und ein unerwartetes Wohlgefühl breitete sich in ihr aus.

Die Stationsflure auf dem Bildschirm waren menschenleer. Nur ein Putzmann mit Kittel, OP-Maske und Haarnetz war zu sehen, der eine Bodenreinigungsmaschine betätigte. Die Langsamkeit seiner Bewegungen hatte etwas Einschläferndes, daher zündete sich die Jägerin, um wach zu bleiben, die x-te Zigarette an und griff zur Kaffeetasse. Doch die Tasse war leer. Sie würde sich einen neuen Espresso kochen müssen. Und das sie, die früher nie mehr als drei Kaffee pro Tag getrunken hatte, weil sie sonst sofort Herzklopfen bekam. Früher, als ihr Selbsterhaltungstrieb noch funktioniert und ihr Leben noch einen Sinn gehabt hatte.

Mit einem Mal verspürte sie ein heftiges Kribbeln im rechten Bein. Reflexhaft bewegte sie die Hand nach unten, um sich zu kratzen. Dabei streifte sie mit der glühenden Zigarettenspitze die Schreibtischkante. Um nicht von der herabfallenden heißen Asche getroffen zu werden, wich sie hastig zurück und stieß mit dem Ellbogen gegen die Kaffeetasse, die auf dem Fußboden zersprang.

»Scheiße«, fluchte sie und betrachtete den Schaden.

Lustlos begann sie, die Scherben aufzusammeln, um sie in den Abfallkorb unter dem Schreibtisch zu werfen. Sie stellte fest, dass sie noch immer die Zigarette zwischen den Fingern hielt, und zerquetschte sie wie ein lästiges Insekt in dem übervollen Aschenbecher neben dem Computer. Während sie die Asche von ihrem Pullover klopfte, streifte ihr Blick den Monitor.

Was war das? Sie erstarrte. Ein Detail hatte ihre Aufmerksamkeit erregt.

Als sie gerade nicht hingesehen hatte, war der Putzmann aus dem Bild verschwunden, doch die Bodenreinigungsmaschine stand nach wie vor mitten im Flur. Das Ungewöhnliche war, dass er sie nicht ausgeschaltet hatte: Noch immer schrubbten die Bürsten kreisförmig über den Boden.

Wo war der Mann geblieben?

Beklommen wartete sie darauf, dass er wiederkommen würde. Vielleicht holt er nur etwas, das er vergessen hat, überlegte sie. Etwas, das er für seine Arbeit braucht, einen Lappen oder ein Putzmittel. Doch so oder so war sein Verhalten merkwürdig. Wie hypnotisiert betrachtete die Jägerin die Maschine, die weiterhin stur dieselbe Stelle putzte: ein Roboter, der die Sinnlosigkeit seines Tuns nicht begreift, sondern es unaufhörlich fortsetzt, weil er entsprechend instruiert wurde.

Als sie die Hoffnung beinahe aufgegeben hatte, den Mann noch einmal auftauchen zu sehen, und kurz davor war, das Video zu beschleunigen oder zurückzuspulen, sah sie ihn aus einem der Zimmer kommen.

Was hatte er dort getan, und warum hatte es so lange gedauert? Und vor allem: Wer war der Patient, der in diesem Zimmer lag?

Tief in ihrem Herzen kannte die Jägerin die Antwort bereits. Auch wenn sie es nicht hätte beweisen können, war sie fest davon überzeugt, dass in dem Zimmer die Tochter der Rottingers lag. Und dass der Mann in dem Video, dessen Gesicht man wegen OP-Maske und Haarnetz nicht erkennen konnte, keineswegs ein Angestellter des Krankenhauses war, sondern der unbekannte Retter, der sich das Taschentuch zurückholen wollte, das er am Seeufer vergessen hatte. Und vielleicht gab es ja noch einen anderen Grund.

Eine ungute Vorahnung beschlich sie. Menschen, die unter einer Depression leiden, verlieren sich gern in Details, sagte sie sich. Daher konnte sie die Sache auch nicht auf sich beruhen lassen.

Jeder andere wäre hier nur von Vermutungen ausgegangen. Doch für sie war es ein Zeichen, dass sie sich auf dem richtigen Weg befand. Da draußen lief definitiv jemand herum, der etwas zu verbergen hatte. Ein falscher Held mit einem furchtbaren Geheimnis. Eine Schmeißfliege, die es zu jagen galt.

23

Die Villa galt nicht von ungefähr als eines der spektakulärsten Anwesen von Bellagio. Das Mädchen wusste es, weil ihre Mutter ständig schlecht über die Leute redete, die dort wohnten. Zu beiden Seiten der Allee steckten Fackeln, die dem Mercedes den Weg zur Party wiesen. Römische Feuerschalen vor den Fensterbänken blinkten wie tausend flammende Pupillen zum Himmel.

Das Mädchen mit der lila Haarsträhne trug ein kurzes schwarzes Gabardine-Kleid von Prada, das von einem schmalen Gürtel mit Lapislazuli-Schnalle zusammengehalten wurde, außerdem am unverletzten Bein einen Lederstiefel von Gucci, auf den kleine goldene Bienen gestickt waren. Natürlich durften auch die roten Krücken nicht fehlen. Sie hatte einen Reif ins zurückgegelte Haar gesteckt. Geschminkt war sie kaum, nur ihre Augen hatte sie mit schwarzem Eyeliner betont. Dass sie nicht hübsch war, war ihr durchaus bewusst. Sie litt darunter, behauptete aber, es sei ihr egal. Während die anderen Mädchen in ihrem Alter allmählich Kurven bekamen, sah sie noch immer aus wie ein Strich in der Landschaft. Sie war nicht mager, sie war zerbrechlich. Mit einem derartigen Körper wurde man nicht für voll genommen. Im Grunde hätte sie am liebsten die Zeit zurückgedreht. Weil alle Erwachsenen, die sie kannte, unglücklich waren. Und weil sich damals, als sie noch jünger war, die Eltern schützend vor sie gestellt hatten. Jetzt, mit ihren dreizehn Jahren, war sie ständig zwischen zwei gegensätzlichen Wünschen hin- und hergerissen: dem, erwachsen zu werden, und dem, wieder Kind zu sein. Erschwerend kam hinzu, dass sie nun ganz allein mit ihren Problemen zurechtkommen musste.

Der Wagen hielt wenige Meter vor einem roten Teppich, der zu einem großen Zelt auf dem Rasen führte. Durch die weiße Zeltwand hindurch sah man die Stroboskoplichter im Rhythmus der Musik zucken.

Der Fahrer wandte sich zu ihr um.

»Soll ich dir beim Aussteigen helfen?«, fragte er und schaute auf ihr geschientes Bein.

»Ich schaffe das schon alleine, danke, Oscar.«

»Ich warte hier«, sagte er. »Ruf mich an, wenn du mich brauchst.«

»In Ordnung«, sagte sie, obwohl sie kein Handy dabeihatte.

Er öffnete ihr die Wagentür, und sie holte tief Luft. Den ganzen Nachmittag hatte sie geübt, sich so geschickt wie möglich auf den Krücken zu bewegen. Sie hievte sich hoch und stakte auf das Zelt zu.

Die Party war bereits in vollem Gange. Wie erwartet, waren viele aus ihrer Klasse da. Aber auch etliche Schüler aus den höheren Jahrgangsstufen schienen gekommen zu sein. Während sie sich ihren Weg durch die Feiernden bahnte, spürte sie die Blicke auf sich ruhen. Was sie wohl dachten? Seit dem Vorfall am See war nicht mal eine Woche vergangen, und im Grunde war es unglaublich, dass sie bereits wieder auf eine Party ging. Ja, ich bin aus der Totenwelt zurückgekehrt, sagte sie sich. Und doch war sie abgesehen von ein paar Schürfwunden, den gebrochenen Rippen und der Beinschiene dieselbe wie früher.

»Wie geht es dir?«

Vor ihr stand Maia. Ihre beste Freundin hatte sich in ein Dior-Kleidchen gezwängt und umarmte sie in einer spontanen Gefühlsaufwallung.

»Mir geht's gut, keine Sorge«, beruhigte sie sie und unterdrückte den Schmerz in der Rippengegend.

»Mensch, ich habe mir vielleicht Sorgen gemacht!«

Maia hatte ein hübsches Gesicht, trug allerdings nicht nur eine feste Zahnspange, sondern war auch ziemlich drall. Was andere von ihr hielten, scherte sie jedoch nicht. Das Mädchen mit der lila Haarsträhne bewunderte sie, weil sie weiterhin hemmungslos Süßigkeiten und Junkfood in sich hineinstopfte. Maia stand eben zu ihrer Figur und erneuerte in regelmäßigen Abständen demonstrativ ihre Garderobe in den Mailänder Boutiquen zwischen Via Monte Napoleone und Via della Spiga.

»Ich habe nicht mit dir gerechnet heute Abend«, sagte die Freundin und trat einen Schritt zurück, um sie genauer zu betrachten und sich davon zu überzeugen, dass alles mit ihr in Ordnung war.

»Ich wollte einfach nicht mehr daran denken und euch alle wiedersehen.«

Das war eine Lüge, und während sie sie aussprach, hielt sie nach der Person Ausschau, um derentwillen sie gekommen war. Doch noch hatte sie sie nicht entdeckt.

»Wollten wir nicht in den Sommerferien nach Ibiza fahren, um den Wechsel in die Oberstufe zu feiern? Aber wie soll das gehen, mit diesem Teil da?«, fragte Maia mit dem für sie typischen Lispeln und deutete auf die Beinschiene.

Monatelang hatten sie diesen Urlaub geplant. Dann aber war ihr Kontakt praktisch abgebrochen, und das Mädchen mit der lila Haarsträhne war sich sicher, dass ihre Freundin nicht mehr mit ihr verreisen würde.

»Ich glaube, dieses Jahr muss ich zu meiner Oma in die Toskana. Das kotzt mich vielleicht an«, sagte Maia. Dann schaute sie sie durchdringend an. »Sag mal, was war eigentlich zuletzt los mit dir? Du bist abgetaucht, hast dich nicht mehr gemeldet … Was habe ich dir getan?«

»Du hast damit gar nichts zu tun«, erwiderte das Mädchen hastig.

Der Grund, weshalb sie sich zurückgezogen hatte, war in der Tat ein anderer, über den sie jedoch nicht sprechen wollte. Maia hätte es nicht verstanden. Es hatten sich so viele Dinge verändert. Zum Schlechteren. Das Mädchen mit der lila Haarsträhne sehnte sich danach, dass alles wieder so wäre wie früher. Sie wollte sich gerade bei ihrer Freundin für ihr Verhalten entschuldigen, als sie die Person bemerkte, nach der sie Ausschau gehalten hatte.

Braune halblange Haare, ein anziehendes Lächeln und leuchtend grüne Augen: Der Junge stand zusammen mit ein paar Freunden auf der anderen Seite vom Zelt. Er trug Jeans, ein Jerseyhemd und Mokassins und strahlte die ungezwungene Haltung von jemandem aus, der sich in dieser Welt zu behaupten weiß.

Das Herz des Mädchens begann heftig zu schlagen.

Maia folgte ihrem Blick.

»Der kleine Bastard ist tatsächlich gekommen. Mit seiner 125er-Yamaha, die ihm sein Daddy geschenkt hat.«

Der »kleine Bastard«, wie Maia ihn nannte, war Raffaele, ein Siebzehnjähriger, der in die Oberstufe des Gymnasiums ging. Eine Blonde mit Modelfigur kam auf ihn zu. Die beiden küssten sich auf den Mund, und er legte ihr die Hand auf den Po.

»Und die Prinzessin ist auch da«, bemerkte Maia. »Wie es wohl ist, mit einem Stück Scheiße zusammen zu sein?«

Maia hasste ihn, weil er sich einmal, als sie bei Weitem noch nicht das Selbstbewusstsein von heute besessen hatte, vor allen anderen über ihr Aussehen lustig gemacht hatte. Seitdem hatte das Mädchen mit der lila Haarsträhne ihn gemieden, da sie befürchtet hatte, er könne dasselbe auch mit ihr machen, weil sie so dünn und linkisch war.

Doch dann war etwas Eigenartiges passiert: Raffaele begann, sich für sie zu interessieren.

Dieses aufkeimende Interesse war einer der Gründe, weshalb sie sich von Maia ferngehalten hatte. Sie wollte nicht, dass er sie beide miteinander in Verbindung brachte. Jetzt fühlte sie sich schlecht deswegen. Aber sie hatte bereits beschlossen, alldem ein Ende zu setzen. Und zwar heute Abend.

Sie wartete auf eine Gelegenheit, Raffaele allein abzupassen, und tatsächlich, eine halbe Stunde später sah sie aus den Augenwinkeln, wie er in den Garten ging, um eine zu rauchen. Das ist der richtige Moment, dachte sie und ging hinterher.

Der Junge stand mit dem Rücken zu ihr, eine Hand in der Hosentasche, und schaute auf den Swimmingpool. Er sprach mit einem gleichaltrigen Freund, einem Typen mit kariertem Hemd. Sie wechselten aber nur ein paar Worte, dann ging der andere wieder.

Raffaele drehte sich um und sah sie an. Offensichtlich hatte er sie schon vorher bemerkt. Aber er sagte nichts, lächelte ihr nur zu und wies mit dem Kinn auf das Haus. Er ging vor, sie folgte ihm in einiger Entfernung auf den Krücken.

Sie sah ihn die gewundene Marmortreppe hochgehen und fragte sich, wie sie dort wohl hinaufkommen sollte. Nachdem sie sich mühsam in den ersten Stock gehievt hatte, entdeckte sie ihn am Ende des Korridors neben einer geschlossenen Tür, wo er auf sie wartete.

»Ich weiß, was dir passiert ist«, sagte er unvermittelt, als sie bei ihm angelangt war.

Sie hatte keine Lust, über den Vorfall am See zu sprechen. Sie war mit einer klaren Absicht gekommen, und da sie fürchtete, sonst den Mut zu verlieren, beschloss sie, lieber gleich Tacheles zu reden.

»Ich will Schluss machen«, sagte sie mit fester Stimme.

Raffaele sah sie überrascht an.

»Was meinst du damit?«

Das war nur gespielt, sie spürte es genau: Er wunderte sich überhaupt nicht.

»Genau das, was ich sage: Es ist aus.«

»Meinst du den Kuss von vorhin?«

Die Tatsache, dass er seine Freundin geküsst hatte, obwohl er schon tausend Mal versprochen hatte, sie zu verlassen, kümmerte sie nicht. Es gab andere Gründe für ihren Entschluss, und er hätte sie eigentlich kennen müssen.

»Deine Freundin ist mir scheißegal. Nein, ich will, dass wir mit dem aufhören, was da zwischen uns abläuft.«

Raffaele verschränkte die Arme.

»Ach, und das wäre?«, fragte er belustigt.

Sie schwieg und sah ihn fest an. Sie hatte sich geschworen, seinem Blick standzuhalten. Dann würde er endlich begreifen, wie ernst es ihr war.

Der Junge zeigte sich versöhnlicher. Seine Stimme wurde sanft, und er streichelte ihr die Wange.

»Komm schon, Kleines, ich möchte nicht mit dir streiten.«

Sie wandte den Kopf ab. Sie wollte sich nicht mehr von ihm berühren lassen.

»Was hast du denn? Bist du nicht mehr meine Kleine?«

Seine beleidigte Kinderstimme ging ihr auf die Nerven. Noch vor ein paar Wochen hätte sie nicht mal im Traum damit gerechnet, von ihm wahrgenommen zu werden, geschweige denn, ihm so nah zu kommen. Anfangs wollte sie es nicht glauben, doch dann stellte sie beglückt fest, dass es tatsächlich so war. Aber sie hatte sich nie gefragt, weshalb einer wie Raffaele, gut aussehend, begehrt, beliebt, sich plötzlich für eine völlig belanglose Person wie sie interessierte. Zu groß war ihre Angst, entdecken zu müssen, dass alles nur ein Traum war oder, schlimmer noch, eine Einbildung. Die trügerische Hoffnung, dass ein armes Dummchen wie sie plötzlich attraktiv war.

»Ich will, dass du die Fotos löschst«, sagte sie mit Nachdruck.

Der Junge lachte auf.

»Ich meine es ernst!«

In dem Moment bemerkte sie, wie er den Kopf leicht anhob und über ihre Schulter hinwegblickte. Sie drehte sich um und sah den Jungen im karierten Hemd, mit dem Raffaele kurz zuvor am Pool gesprochen hatte, die Treppe heraufkommen. Sie wusste sofort, was gleich passieren würde. Eine Welle von Mutlosigkeit überflutete sie, doch sie biss die Zähne zusammen, um nicht in Tränen auszubrechen.

»Du musst mir einen weiteren Liebesbeweis schenken, meine Kleine«, sagte der Bastard.

Seit Wochen ging das nun schon so. Anfangs hatte es sich um kleine, beinahe harmlose Gefälligkeiten gehandelt. Dann hatte er seine Ansprüche gesteigert und immer peinlichere Dinge von ihr gefordert. Sie hatte sich nie dagegen gewehrt, weil sie dachte, so etwas sei normal in einer Beziehung und er wolle ihr etwas beibringen, weil sie noch so unerfahren war. Nach einer Weile hatte sie jedoch begonnen, sich unwohl zu fühlen, ja, geradezu schmutzig. Das Absurdeste war, dass sie geglaubt hatte, mit ihr würde etwas nicht stimmen. Es war ihr

nie in den Sinn gekommen, dass sein Verhalten verabscheu-
ungswürdig war.

»Ich will das nicht«, sagte sie diesmal.

Er wirkte verärgert.

»Du kannst jetzt keinen Rückzieher mehr machen, Baby,
wie stehe ich denn sonst da? Er ist ein Freund von mir, ich
habe es ihm versprochen.«

Sie hatte geglaubt, ihr Zustand, die Beinschiene, die Krücken, würde Raffaele und den anderen entmutigen. Wie dumm
sie gewesen war.

»Ich will nicht«, wiederholte sie mit brüchiger Stimme.

Raffaele stellte sich so dicht vor sie, dass sie seinen Zigaret-
tenatem riechen konnte.

»Du gehst jetzt mit ihm da rein und machst, was du tun
musst, okay?«, befahl er und deutete auf die geschlossene Tür.
»Sonst wird bald ganz Como deine Fotos zu sehen kriegen.«

Das Mädchen konnte sich nicht vorstellen, dass es so weit
kommen würde.

»Mein Vater wird dich anzeigen«, drohte sie ihm.

»Dein Vater wird sich für dich schämen«, erwiderte er.

Das Mädchen mit der lila Haarsträhne spürte, wie ihr das
Blut in den Adern stockte. Ohne sich vom Fleck rühren zu
können, schaute sie zu, wie Raffaele den Gang entlangging
und dem anderen Jungen ein Zeichen gab, worauf der sich in
Bewegung setzte.

Als die beiden Freunde auf gleicher Höhe waren, sah sie den
Geldschein, der von einer Hand in die andere wanderte.

24

Sie hatte versucht, ihr Gehirn auszuschalten, mit den Gedanken ganz woanders zu sein und diesen fremden Jungen sich das nehmen zu lassen, was er haben wollte. Das Entscheidende war, dass er sich beeilte.

Als er fertig war und sich schnell wieder anzog, als wäre ihm das Vorgefallene unangenehm, tat er ihr paradoxerweise leid.

Sie blieb noch eine Weile auf dem Bett liegen, nachdem er das Zimmer verlassen hatte, und starrte an die Decke. Ihr Kleid war bis zum Bauchnabel hochgeschoben, der Slip lag neben den Krücken auf dem Fußboden. Ihr Unterleib brannte. Der Junge konnte noch nicht sehr erfahren sein, er hatte nicht mal darauf geachtet, ob sie bereit war, ihn in sich eindringen zu lassen. Während er wie ein Hund nach einem Wettlauf keuchte, hatte das Mädchen mit der lila Haarsträhne die Luft angehalten. Sie hatte sein Gewicht auf sich ertragen, auch wenn es ihren Oberkörper zusammenquetschte. Der Junge hatte sich rasch zurückgezogen und seinen halbherzigen Enthusiasmus auf ihrem Bauch ergossen. Sie spürte noch immer die warme Flüssigkeit, die von ihren Hüften tropfte.

Mit einem Zipfel der Tagesdecke wischte sie sich ab. Dann setzte sie sich auf. Ihr Kopf drehte sich. Sie zog ihr Kleid herunter und ihren Slip wieder an, strich sich die Haare glatt, griff nach den Krücken und verließ ebenfalls den Raum.

Die eine Hand am schmiedeeisernen Geländer, in der anderen die Krücken, schleppte sie sich die gewundene Marmortreppe hinunter. Jede Stufe ein zuckender Schmerz in ihrem Knöchel. Sie war fast unten angelangt, als Maia auf sie zugelaufen kam.

»Wo warst du denn so lange?«, fragte die Freundin besorgt. »Ich habe dich überall gesucht.«

Sie fühlte Übelkeit in sich aufsteigen.

»Weißt du, wo das Bad ist?«

Maia, die gemerkt hatte, dass mit ihr etwas nicht stimmte, veränderte ihren Gesichtsausdruck.

»Klar, hier entlang«, sagte sie betont sachlich.

Die Freundin führte sie zum Bad und schloss die Tür hinter ihnen ab. Das Mädchen betrachtete sich im Spiegel. Sie war blass, der Kajal lief ihr in langen Schlieren die Wangen herab, doch sie konnte sich nicht erinnern, geweint zu haben.

Sie drehte den Wasserhahn auf und lehnte sich gegen das Waschbecken, um wieder zu Atem zu kommen.

»Du hast doch nichts genommen, oder?«, fragte Maia.

»Nein«, versicherte sie.

Sie dachte daran, wie Raffaele sie einmal genötigt hatte, eine kleine rosafarbene Pille zu nehmen. »Nur so zum Spaß«, hatte er gesagt. Sie hatte nie verstanden, worin der »Spaß« bestanden haben sollte, denn hinterher konnte sie sich an nichts erinnern. Dafür hatte sie überall blaue Flecken. Er selbst kokste, so viel wusste sie.

»Könntest du mir einen Gefallen tun und Oscar für mich rufen? Ich will nach Hause ...«

Maia zögerte. Sie wollte sie in ihrem Zustand nicht alleine lassen.

»Bitte!«

»Okay«, sagte die Freundin und verließ das Bad.

Ein plötzlicher Brechreiz überkam das Mädchen. Rasch beugte sie sich über das Waschbecken, doch es kam nichts heraus. Sie musste aufstoßen, und aus den Tiefen ihrer Lunge stieg ein bekannter Geruch. Der See.

Ihr fiel der Mann ein, der sie aus dem Wasser gezogen hatte, ihr geheimnisvoller Held.

»Wo bist du?«, brüllte sie. »Warum bist du nicht da, wenn ich dich brauche, du Idiot? Warum hast du mich nicht ertrinken lassen, verdammte Scheiße?«

Während ihres verzweifelten Ausbruchs hatte sie sich für einen Moment zum Fenster umgedreht.

Erschrocken fuhr sie zusammen. Da war etwas hinter der Scheibe! Zwei Augen, die sie anstarrten.

Sie stieß einen Schrei aus, doch erstickte ihn sofort wieder mit der Hand. Fast wäre sie gestürzt, als sie sich vom Waschbecken löste und einen Schritt vor machte. Und noch einen und noch einen, bis sie direkt am Fenster stand. Sie drehte den Knauf und stieß die beiden Flügel auf.

Etwas Weißes fiel vom Fensterbrett auf den Boden, direkt vor ihre Füße. Das Mädchen mit der lila Haarsträhne wusste sofort, was es war, doch sie konnte es sich nicht erklären.

Auf dem Fußboden lag der Teddybär, den sie am Nachmittag in einem Anfall von Zorn verstümmelt und in den Müll geworfen hatte.

Jemand hatte ihm den Kopf wieder angenäht.

Als die Nonne kommt, um ihn zu rufen, frühstückt er gerade mit den anderen im Speisesaal. Doch um ihn herum sind alle Stühle leer. Die Nonne sagt ihm nur, dass jemand gekommen sei, um ihn abzuholen.

Nur besondere Kinder verlassen das Heim, denkt er, während er mit ihr in den Schlafsaal geht, um zu packen. Wie oft hat er diesen Satz schon gehört?

Der Junge hat keine Ahnung, wer ihn da abholen kommt, nach drei Jahren hat er es auch nicht mehr erwartet. Aufregung erfasst ihn, während er seine Sachen zusammensucht. Er hat nichts dagegen, das Heim zu verlassen. Weder hat er Freunde, von denen er sich verabschieden könnte, noch Erinnerungen, die ihn an diesen Ort binden. In all der Zeit, die er dort war, hat er gelernt, alleine zu sein. Seit der ersten Nacht in diesen Mauern. Einer Nacht voller Schreie und Blut. Einer Nacht der Rache.

Wenigstens eine Sache hat Micky wirklich gut gemacht: Er hat ihm beigebracht, ein Mann zu sein.

Seit damals hat es niemand mehr gewagt, ihm etwas anzutun, ihn wegen seiner Glatze oder der Reißverschlüsse an seinen Schläfen zu verspotten. Alle haben Respekt vor ihm. Alle machen einen großen Bogen um ihn, als wäre er ein herrenloser Hund, der jahrelang getreten wurde und gelernt hat zuzubeißen.

Als er alles eingepackt hat, bringt die Nonne ihn zum Büro

der Äbtissin. Die Tür geht auf, und der Junge sieht ein vertrautes Gesicht.

Martina hat ein paar graue Strähnen bekommen, aber ansonsten ist sie noch immer dieselbe. Sie lächelt.

»Hallo!«, sagt sie. »Wir müssen uns beeilen, um den Zug zu kriegen. Ich habe eine Familie für dich gefunden.«

Der Junge hat nicht mehr damit gerechnet, er hat die Hoffnung aufgegeben. Er hat gedacht, »seine Geschichte« ist eine Hürde, die unüberwindbar ist. Auch wenn er nie herausgefunden hat, welches seine Geschichte eigentlich ist, denn niemand hat sie ihm je erzählt.

Kurze Zeit später sitzen sie in einem Taxi Richtung Bahnhof. Der Taxifahrer beobachtet sie die ganze Zeit im Rückspiegel. Der Junge weiß, dass es wegen seines Aussehens ist. Die Sozialarbeiterin bemerkt es nicht und redet mit ihm, als hätten sie sich vor einer Woche zuletzt gesehen. Doch er spürt, dass sich etwas verändert hat.

»Warum hast du mich nie besucht?«, nuschelt er.

Sie erzählt ihm, dass sie einen Mann kennengelernt und geheiratet hat.

»Wir sind in eine andere Stadt gezogen, wegen seiner Arbeit«, erklärt sie. »Aber jetzt sind wir wieder hier. Ich habe meine alte Stelle wieder.«

Der Junge nimmt es ihr nicht übel. Letztlich hat Martina ihm immer gesagt, dass das Leben so ist, wie es ist. Niemand ist dazu verpflichtet, die Welt zu retten. Auch wenn da jemand ist, der sich verlassen fühlt. Der eine ist glücklich, der andere bezahlt den Preis dafür. So ist das nun mal, weder er noch Martina können etwas daran ändern.

»Und, wie hast du dich mit den anderen Kindern verstanden?«, fragt sie. »Hast du Freunde gefunden?«

Im ersten Moment hat der Junge gedacht, sie will über das

sprechen, was in der ersten Nacht passiert ist, doch Martina scheint nichts davon zu wissen, und er ist erleichtert. Er will sie nicht enttäuschen.

»Ja, viele Freunde«, lügt er daher und setzt schnell hinzu: »Vera ist nicht ein einziges Mal gekommen.«

Martina streichelt ihm über die Wange.

»Vera wird nie mehr kommen.«

Er weiß nicht, ob er darüber traurig sein soll. Vielleicht sollte er es, immerhin ist Vera seine Mutter. Er stellt sie sich an einem Ort vor, wo es warm ist, umschwirrt von den Schmeißfliegen, die sie so liebt. Aber die Wahrheit ist, dass er nichts mehr für sie empfindet. Er hat Angst, es Martina zu sagen, er fürchtet, dass sie es ihm übelnehmen könnte.

Seit einiger Zeit empfindet der Junge nichts mehr für andere.

Die Fahrt dauert mehrere Stunden. Er ist noch nie mit dem Zug gefahren. Als Martina merkt, wie die anderen Reisenden ihn anstarren, setzt sie ihm sofort die Mütze auf, die sie mitgebracht hat.

»Nicht abnehmen, okay?«

Ihr Ziel erreichen sie, als es schon Abend ist. Seine neue Familie lebt in einem Dorf im Gebirge, dem Apennin. Um zu dem Dorf zu kommen, muss man mit dem Auto weiterfahren. Vor dem Bahnhof wartet ein Mann auf sie, um sie abzuholen.

Der Junge hat verstanden, dass dies sein neuer Vater ist, aber er weiß nicht, ob er ihn auch so ansprechen kann. Er hat noch nie einen Vater gehabt. Abgesehen von Veras Schmeißfliegen, doch es wäre ihm nicht im Traum eingefallen, sie »Vater« zu nennen.

Sein neuer Vater ist groß, mit breiten Schultern und riesigen Händen. Ein seltsamer Schatten liegt über seinem Gesicht, von

Trauer und auch Skepsis. Der neue Vater mustert ihn. Der Junge mag es nicht, wenn ihn jemand so anschaut.

»Wir beide werden uns hier verabschieden«, eröffnet ihm Martina.

»Kommst du nicht mit?«, fragt der Junge, der nicht damit gerechnet hat, dass sie ihn so einfach stehen lassen wird.

»Ich muss nach Hause zu meinem Mann«, rechtfertigt sich die Sozialarbeiterin. »Aber hier wird es dir gut gehen.«

Der Junge weiß nicht, wer Martinas Mann ist, aber er denkt, dass er Glück hat, mit ihr zusammen zu sein. Er schaut hoch zu dem Mann, der gekommen ist, um ihn abzuholen.

»Gehen wir«, sagt dieser bloß.

Ohne zu wissen, warum, will der Junge nach seiner Hand greifen. Der Mann achtet jedoch nicht darauf. Gemeinsam gehen sie zum Auto.

Sein neues Zuhause liegt mitten im Wald. Die Tür geht auf, und eine Frau mit einer blauen Schürze empfängt ihn lächelnd. Ihre Haare sind ordentlich frisiert, sie sieht hübsch aus. Ein verheißungsvoller Duft nach Essen liegt in der Luft.

»Herzlich willkommen!«, sagt sie enthusiastisch. »Das ist jetzt dein neues Zuhause.«

Irgendetwas stimmt da nicht, denkt der Junge, nachdem er seine neuen Eltern eine Weile beobachtet hat. Sie versuchen, jung zu erscheinen, aber sie sind alt.

Auch das Haus ist seltsam. In jedem Zimmer steht ein Schaukelstuhl.

Seine neue Mutter scheint nicht auf sein Aussehen zu achten. Als würde sie seine Glatze, die fehlenden Augenbrauen, die Narben nicht bemerken. Vor allem fragt sie ihn nicht, was mit seinen Zähnen geschehen ist. Während des Essens spricht nur sie. Der neue Vater beugt den Kopf über den Teller, versunken in was auch immer für Gedanken. Der Junge fragt sich, ob die neue Mutter vielleicht eine Gegenleistung für so viel Freundlichkeit erwartet.

»Magst du Eis?«, fragt die Frau, während er sein köstliches Gemüsepüree verspeist.

»Ja, *Mama*«, sagt er im Glauben, dass es das ist, was sie hören möchte.

Bei dem Wort hebt der neue Vater den Kopf und hält im Kauen inne.

Für einen Moment, der ihm wie eine Ewigkeit erscheint, sagt die neue Mutter keinen Ton. Dann lächelt sie wieder.

»Vielleicht ist es besser, wenn wir das Eis morgen essen, du bist jetzt bestimmt müde von der langen Reise«, sagt sie schließlich freundlich, als wäre nichts gewesen.

Der neue Vater und die neue Mutter zeigen ihm sein Zimmer. Es befindet sich im Obergeschoss und ist sehr schön und groß. Alles ist nagelneu: die Möbel, die Bücher, die Spielsachen, die er nie zuvor besessen hat. Der Kleiderschrank ist leer, aber seine neue Mutter verspricht ihm, dass sie bald alles Notwendige in seiner Größe kaufen werden. Während sie noch auf der Türschwelle stehen, wendet sich der Junge beiläufig zu dem langen Korridor um. An dessen Ende entdeckt er ein weiteres Zimmer.

Im Halbdunkel erkennt er eine Tür mit Milchglasscheiben. Sie ist grün.

»Was ist los?«, fragt die neue Mutter, die seinen Stimmungswandel bemerkt hat.

Der Junge bringt kein Wort heraus, er ist wie gelähmt. Er meint, einen Schatten zu sehen, der sich hinter dem trüben Glas bewegt.

Nun ergreift der neue Vater das Wort, seine Stimme ist hart.

»Du darfst dieses Zimmer nie betreten, ist das klar?«

Die Lichter im Haus gehen aus, es ist Schlafenszeit. Der Junge befindet sich in seinem Zimmer, die neue Mutter hat ihm ein Glas Wasser gebracht und die Decke zurückgeschlagen. Er ist müde, aber er kann nicht schlafen. Stocksteif liegt er in seinem Bett, die Augen aufgerissen. Er hat Angst, dass etwas passiert, wenn er sie zumacht. In der Stille der Nacht hört er nur den Wind, der auf das Haus trifft und durch die Bäume im Wald fährt. Doch trotz des Getöses vernimmt er noch ein anderes Geräusch. Anfangs ist es ganz schwach, kaum hörbar. Dann wird es immer lauter.

Zwei langgezogene Töne, von unerträglicher Süße. Vertraute Klänge.

Der Junge weiß, dass das Pfeifen nicht aufhört, wenn er nicht gehorcht. Obwohl der neue Vater es verboten hat, beschließt er aufzustehen. Langsam schleicht er über den Korridor. Bis zu der grünen Tür mit den Milchglasscheiben. Er dreht den Schlüssel um und drückt die Klinke hinunter. Als er die Tür öffnet, schlägt ihm ein Geruch entgegen, den er schon viele Male gerochen hat.

Desinfektionsmittel. Krankenhaus.

Er betritt den Raum, versucht zu verstehen, wo er sich befindet. Im schwachen Mondlicht, das durch eine Dachluke fällt, leuchtet das Chromgestell eines von Apparaten umgebenen Betts. Ein Infusionsständer für den Tropf, ein Medikamentenwagen. Die Wände sind bunt gestrichen, überall liegt Spielzeug herum.

Das Zimmer gehört einem anderen Kind.

Ein leises Knarren. Mit einem Ruck dreht er sich um. Der Schaukelstuhl, er bewegt sich im Dunkeln. Jemand sitzt darin. Und raucht.

»Hast du bemerkt, wie der Mann dich angeschaut hat, als er dich am Bahnhof abgeholt hat?«, fragt Micky und stößt eine

Rauchwolke aus. »Er hat nicht mit der Wimper gezuckt, als er gesehen hat, wie hässlich du bist.«

»Die Frau auch nicht«, erwidert der Junge. »Vielleicht ist es ihnen egal.«

Micky stößt ein heiseres Lachen aus.

»Es ist ihnen in der Tat egal.«

»Was heißt das?«

»Das heißt, es macht keinen Unterschied, ob du es bist oder ein anderer.«

Der Junge versteht nicht.

Micky erklärt es ihm.

»Sie hatten einen Sohn. Der Sohn ist tot. Du bist hier, um ihn zu ersetzen. Braves Äffchen.«

Erneut schaut sich der Junge im Zimmer um. Es stimmt nicht, was Micky sagt. Wenn sie ihn ausgesucht haben, dann hat es seinen Grund.

»Hätten sie nicht ein anderes Kind machen können, statt mich zu nehmen?«

»Der Junge ist schon vor langer Zeit gestorben, jetzt ist es zu spät für sie.«

»Sie geben alten Leuten keine Kinder«, erwidert er, überzeugt, dass sie für ihn eine Ausnahme gemacht haben. Weil er etwas Besonderes ist.

»Du bist Ausschuss, Jungchen«, sagt Micky. »Du bist nur hier, weil sie nichts anderes gekriegt haben.«

Der Junge will ihm nicht glauben, aber er weiß, dass es so ist.

»Mit deiner Geschichte. Was hast du denn erwartet?«

Auch Micky scheint seine Geschichte zu kennen. Vielleicht kann er ihm etwas darüber erzählen.

»Was ist meine Geschichte?«

Der andere nimmt einen langen Zug von seiner Zigarette.

»Willst du es wirklich wissen?«

»Ja, bitte.«

Micky denkt einen Moment nach.

»Na gut, Jungchen. Aber ab jetzt machst du nur noch, was ich dir sage.«

25

Die Katzen liefen ihm entgegen und strichen um seine Beine. Der Müllmann schloss die Hintertür der Hausnummer 23 und lauschte wie immer, ob er der einzige Gast im Haus war. Er hatte eine Papiertüte mit ein paar Tramezzini und eine kleine Flasche stilles Wasser aus einem Automaten dabei.

Nach der Arbeit war er sofort hergekommen, ohne bei sich vorbeizufahren. Er wollte Micky nicht begegnen und ihm Rede und Antwort stehen. Ganz ehrlich, was hatte Micky denn eigentlich für ihn getan in all den Jahren? Der Müllmann hatte ihn versorgt, sich um ihn gekümmert. Er war ihm ein treuer Kumpel gewesen. Jeden seiner Wünsche hatte er erfüllt, auch die abstoßendsten. Aber Micky hatte nicht Wort gehalten.

Er hatte ihm seine Geschichte nicht erzählt.

Daher sah der Müllmann auch keinen Grund, sich dafür zu rechtfertigen, dass er die letzten vierundzwanzig Stunden in Gegenwart des Mädchens mit der lila Haarsträhne verbracht hatte.

Er hatte sie von der Anhöhe oberhalb der Villa aus beobachtet, beim Frühstück im Garten, ganz allein in ihrem Rollstuhl. Er hatte ihr zugesehen, wie sie mit geschlossenen Augen den Kopf in den Nacken gelegt hatte, und es ihr nachgemacht. Wie schön es war, sich vom Wind streicheln zu lassen. Zum Dank für diese Entdeckung hatte er sie ihren Lieblingssong hören lassen, vom Handy, das er auf dem Steg gefunden hatte.

Er wollte ihr dadurch zu verstehen geben, dass er in ihrer Nähe war. Dass sie keine Angst zu haben brauchte.

Dann hatte er sich Mickys Fiorino ausgeliehen und war ihr auf die Party gefolgt, um ihr den Teddybären zurückzugeben, den er seltsamerweise ohne Kopf im Müll gefunden hatte. Er hatte ihn sogar wieder angenäht für sie. Durch die Windschutzscheibe hatte er beobachtet, wie sie aus dem dunklen Auto ausgestiegen und auf ein großes hell erleuchtetes Zelt zugegangen war, aus dem Musik dröhnte.

Fuck war wunderschön.

Er hatte sich heimlich auf das Grundstück geschlichen, um sie zu beobachten und mehr über sie zu erfahren. Wer ihre Freunde waren, wie sie sich in Anwesenheit von anderen verhielt, ob sie glücklich oder traurig war. Er hatte sie mit einer Gleichaltrigen reden und dann einem älteren Jungen mit halblangem Haar ins Haus folgen sehen. Dem Müllmann gefielen die Haare des Jungen, er hätte gerne selbst solche gehabt. Die beiden waren in den ersten Stock hinaufgegangen. Um sie nicht aus den Augen zu verlieren, war er an einer Regenrinne hochgeklettert. Von einem Sims aus hatte er die beiden belauschen können, es war eine erregte Debatte, bei der es irgendwie um Fotos ging. Dann war ein anderer Junge in einem karierten Hemd aufgetaucht, und Fuck war mit ihm in ein Schlafzimmer gegangen. Der Müllmann fand es nicht richtig, bei dem, was da passierte, zuzuschauen. Ihm war unwohl, er empfand Abscheu und Enttäuschung. Als sie wieder herausgekommen war, hatte er bemerkt, dass es ihr nicht gut ging. Sie hatte sich sofort ins Badezimmer verzogen.

Er setzte sich an den Küchentisch und holte die Papiertüte hervor. Gedankenverloren wickelte er das erste Tramezzino aus der Frischhaltefolie aus und biss hinein. Immer wieder musste er an die Szene denken, deren Zeuge er geworden war.

Während er sie durch das Badezimmerfenster beobachtete, hatte Fuck plötzlich vor dem Spiegel losgebrüllt. Ein völlig unerwarteter Ausbruch. Zuerst hatte der Müllmann gar nicht begriffen, dass sie böse auf ihn war, doch dann hatte er inmitten all der Beleidigungen und Flüche einen Satz aufgeschnappt, der ihn umgehauen hatte.

Wo bist du? Warum bist du nicht da, wenn ich dich brauche?

Das Mädchen brauchte ihn? Damit hätte er im Leben nicht gerechnet, dieser Gedanke wäre ihm beim besten Willen nicht gekommen.

Plötzlich war der Müllmann ganz nervös geworden. Da er nicht wusste, was er tun sollte, hatte er den Teddy einfach aufs Fensterbrett gesetzt und sich aus dem Staub gemacht.

Der Müllmann nahm noch einen Bissen von seinem Tramezzino und kaute langsam darauf herum. Etwas war anders als vorher. Ja, er kam nicht umhin sich einzugestehen, dass sich etwas verändert hatte. *Er* hatte sich verändert.

Daher hatte er nach der Party auch nicht nach Hause fahren können – Micky hätte sofort gemerkt, dass da etwas faul war. Micky konnte Gedanken lesen. Also war der Müllmann zum Haus mit der Nummer 23 zurückgekehrt und bis zum Dienstbeginn wach geblieben. Den ganzen Tag über hatte er an das denken müssen, was am Abend zuvor passiert war. Etwas Derartiges war ihm noch nie widerfahren. Normalerweise brauchten ihn die Leute nicht. Sein einziger Nutzen bestand darin, sie von dem zu befreien, was sie nicht mehr haben wollten. Davon abgesehen hätte er auch gar nicht gewusst, was er sonst für sie hätte tun sollen.

Das Nachmittagslicht drang in staubigen goldenen Streifen durch die geschlossenen Jalousien. Der Müllmann stellte fest, dass er keinen Hunger mehr hatte. Er wischte die restlichen

Krümel vom Tisch auf den Boden, damit die Katzen sich darum kümmern konnten. Nachdem er einen Schluck Wasser getrunken hatte, zog er Fucks Handy aus seiner Hosentasche und schaltete es ein.

Erst erschien wieder der angebissene Apfel, dann ploppten lauter Quadrate auf und schlossen sich wieder. Er konnte gar nicht alles aufnehmen, so schnell ging es, aber es interessierte ihn auch nicht. Nein, er wollte etwas anderes herausfinden.

Er überlegte, was er alles über Fuck wusste. Das Mädchen mit der lila Haarsträhne hatte versucht, sich etwas anzutun. Vor ihrem Sprung in den See hatte sie jedoch das Handy auf den Steg gelegt, wie um zu signalisieren, dass das Gerät Aufschluss über ihre Tat geben könnte. Dann war sie auf die Party gegangen und hatte dort eine Auseinandersetzung mit einem älteren Jungen gehabt. Um danach mit einem Freund dieses Jungen in einem Schlafzimmer zu verschwinden. Anschließend war es ihr schlecht gegangen.

All diese Aktionen schienen nicht freiwillig gewesen zu sein, so viel stand fest. Als würden sie ihr von einer dunklen Macht diktiert. Als hätte auch sie einen Micky, der ihr Befehle erteilte. Fuck will das gar nicht, was sie getan hat, sagte er sich immer wieder, sie ist dazu gezwungen worden. Doch dem Müllmann war kein gewalttätiges Verhalten ihr gegenüber aufgefallen, keine Drohung. Er dachte nach. Aber manchmal braucht es das gar nicht, sagte er sich dann. Ihm fiel ein, was Fuck zu dem Jungen mit den halblangen Haaren gesagt hatte.

Ich will, dass du die Fotos löschst!

Welche Fotos meinte sie? Befanden sie sich vielleicht auf dem Handy? Inzwischen war er mit einigen Funktionen des Geräts vertraut, und so rief er erneut die Alben auf, in denen Fuck ihre Aufnahmen gesammelt hatte. Er sah die Bilder alle durch, fand aber nichts Neues oder Auffälliges. Doch als er sich die einzelnen Ordner, in die sie unterteilt waren, noch einmal genauer anschaute, blieb sein Blick an dem letzten Symbol hängen.

Ein kleiner Papierkorb.

Der Müllmann wusste genau, dass man im Müll manchmal die unvorstellbarsten Antworten fand. Abfälle lügen nicht, das war seine feste Überzeugung. Mit angehaltenem Atem drückte er auf das Symbol.

Was er da sah, erschreckte ihn zutiefst.

Männerhände, die Fucks zerbrechlichen Mädchenkörper betasteten. Zungen, die sich in ihren Mund schoben. Handlungen, die er nicht einmal im Traum begehen würde. Alles Dinge, die nicht zu einem so jungen Mädchen passten. Seine Kehle war wie zugeschnürt.

Er sprang auf und begann, immer wütender in der Küche auf und ab zu gehen. Er hasste das Mädchen. Sie hatte ihn betrogen – warum tat sie ihm das an? Vor lauter Zorn wollte er schon blindlings auf ein Schränkchen einschlagen, als ihn etwas innehalten ließ. Er musste an Fucks Blick auf den Fotos denken. Eine Anklage lag darin, er sah es nun ganz deutlich vor seinem inneren Auge. Und dann auch auf den Bildern selbst, als er sich das Handy erneut vornahm. Aber die Anklage war nicht gegen ihn gerichtet.

Wieder stieg die Wut in ihm auf, zusammen mit einem tiefen Mitgefühl. Ohne dass der Müllmann es bemerkte, lief ihm eine Träne über die Wange.

26

Die Jägerin hatte lange nachgedacht, bis sie zu einer Lösung gekommen war. Sie musste zurückgehen, noch einmal beim Anfang beginnen.

Beim Arm von Nesso.

Wenn es ihr gelang, die Verbindung zwischen der Frau ohne Gesicht und dem geheimnisvollen Retter der kleinen Rottinger herzustellen, würde sie die Identität des Unbekannten entschlüsseln und verstehen, was er zu verbergen hatte. Sie brauchte nur einen einzigen Kontaktpunkt zwischen den beiden, dann wäre sie in der Lage, die ganze Geschichte zu rekonstruieren.

Es war ein nebliger Abend gegen neun Uhr. Niemand schien in dieser winterlichen Atmosphäre Lust zu haben, sich draußen aufzuhalten. Der Clio stand auf dem Parkplatz vor dem Eingang des Justizpalastes von Como. Von ihrem Auto aus hatte die Jägerin den Eingang des Gebäudes im Blick.

Sie wartete auf Silvi, den Gerichtsmediziner, der mit dem Fall der vermeintlichen Selbstmörderin von Nesso betraut war.

In der Zwischenzeit ließ sie die Fakten Revue passieren, die der Arzt nach der Abschlussuntersuchung der sterblichen Überreste aufgelistet hatte. Mitteleuropäerin, zwischen sechzig und fünfundsechzig. Dem Zustand des Gewebes und der Risswunden zufolge musste sie zwei oder drei Tage im Wasser gelegen haben. Silvi hatte gesagt, die »Abtrennung« sei auf Höhe der rechten Schulter erfolgt, und die Art der Wunde lasse nicht darauf schließen, dass sie durch ein Schneideinstrument erfolgt war.

Die Jägerin war jedoch nach wie vor davon überzeugt, dass dieser Umstand einen Mord nicht ausschloss.

»Ungeklärte Todesursache durch Gewalteinwirkung«, wiederholte sie leise das Resümee des Gerichtsmediziners.

Ihr Handy klingelte.

»Wo bist du? Ich war bei dir zu Hause, aber du warst nicht da.«

In Pamelas Stimme lag wie immer eine Spur von Vorwurf, auch wenn es keinen Grund dafür gab.

»Ich musste was erledigen.«

Sie hätte ihr von den Videos aus dem Krankenhaus und ihrer Entdeckung berichten sollen, doch dann hätte sie ihr auch erklären müssen, wie sie an das Material herangekommen war. Und sie hätte ihren Besuch bei den Rottingers erwähnen müssen. Zu heikel, um davon am Telefon zu sprechen. Vor allem wollte sie ihr nicht sagen, wo sie sich gerade aufhielt.

»Was ist los, hast du dich wieder mit Giorgia gestritten?«, wechselte sie das Thema.

»Die dumme Nuss hat sich wieder eingekriegt«, erwiderte die Freundin. »Aber ich habe recherchiert, worum du mich gebeten hast.«

»Was denn?«

»Das Arschloch mit dem Porsche.«

Sie hatte das Mädchen mit den Mixed Pickles in der Tiefkühltruhe und ihr Erlebnis im Discounter vollkommen vergessen.

»Und, was hast du rausgefunden?«, fragte sie schuldbewusst.

»Du hattest recht, er scheint gerne einen auf Macker zu machen. Er ist zwar nicht vorbestraft, aber es liegen einige Anzeigen wegen Misshandlung von seinen Ex-Freundinnen gegen ihn vor. Und stell dir vor: Sie wurden alle zurückgezogen.«

Er hat sich ihr Schweigen erkauft, dachte die Jägerin. Oder die Frauen hatten es geschafft, sich von ihm zu lösen, und es danach nicht mehr für nötig gehalten, juristisch gegen ihn vorzugehen. Auch wenn sie auf diese Weise ihre Nachfolgerinnen der gleichen Gefahr aussetzten. Doch die Jägerin konnte ihnen nicht verübeln, dass sie sich den beschämenden Gang vor Gericht ersparen wollten. Oft genug wurden solche Frauen an den Pranger gestellt, als wären sie die Komplizin des Gewalttäters und nicht sein Opfer.

»Was hast du jetzt vor?«, fragte Pamela. »Wirst du ihm die übliche Lektion verpassen?«

»Genau, die übliche Lektion«, bestätigte die Jägerin.

Schon bald würde das Porsche-Arschloch die Strafe bekommen, die es verdiente.

Sie beendete das Telefonat und schaute auf die Uhr. Seltsam, dass Silvi so lange brauchte.

Als hätte der Gerichtsmediziner ihre Gedanken erraten, sah sie in dem Moment seine schlaksige Gestalt die Treppe des Justizpalastes herunterkommen. Der Arzt trug einen Trenchcoat und schleppte eine offenbar schwer beladene Ledertasche mit sich herum. Er sah aus wie ein Grashalm, der vom Wind geschüttelt wurde.

Die Jägerin startete den Motor und hupte ein paar Mal, um seine Aufmerksamkeit zu erregen. Silvi blieb wie angewurzelt stehen und schaute sich fragend um. Als er sie entdeckte, brauchte er einen Moment, um sie einzuordnen.

»Was willst du?«, rief er grantig wie immer und trat näher.

Die Jägerin ließ das Autofenster herunter.

»Fünfzehn Minuten deiner kostbaren Zeit«, sagte sie ironisch.

»Ich habe eine vierstündige Anhörung hinter mir, ich bin völlig erledigt und will nur noch nach Hause.«

Der Mann wandte sich zum Gehen.

»Die Tochter der Rottingers hatte einen rotlackierten Fingernagel im Mund, als man sie halb tot aus dem See gezogen hat …«, rief sie ihm hinterher.

Silvi blieb stehen. Die Jägerin nahm an, dass er sofort die Verbindung zu dem Arm von Nesso gezogen hatte und nun überlegte, wie er sich verhalten sollte.

Tatsächlich drehte er sich auf dem Absatz um und kam noch einmal auf den Clio zu. Erstaunt, ihn so schnell überzeugt zu haben, befreite die Jägerin rasch den Beifahrersitz von Flugblättern und zerknüllten Diana-Zigarettenpäckchen, damit er neben ihr Platz nehmen konnte.

»Scheißwetter«, sagte Silvi und kroch zu ihr in den warmen Wagen. Die schwere Tasche stellte er auf seinem Schoß ab. »Also, was ist das für ein Quatsch mit dem Fingernagel?«

Die Jägerin begann mit der Geschichte vom Taschentuch, in dem sich der Fingernagel befunden hatte, und schloss mit den Worten, dass das potenzielle organische Beweisstück nun für immer verloren sei, weil es im Krankenhausmüll gelandet war.

Statt sie als Spinnerin abzutun, schien der Gerichtsmediziner ernsthaft über ihren Bericht nachzudenken. Kurz darauf sah sie, wie ihn ein Frösteln durchlief.

»Dieser verdammte Frühling, der einfach nicht kommen will.«

»Lenk nicht vom Thema ab«, wies sie ihn zurecht.

Wütend funkelte er sie von der Seite an.

»Was soll das, machst du dich über mich lustig?«

»Ich habe unsere Art des Umgangs immer sehr geschätzt«, gestand sie. »Das meine ich ernst. Du bist der Einzige, der mir nie auf die Mitleidstour gekommen ist.«

»Geh mir nicht auf die Nerven«, entgegnete er, als wollte er seinem Ruf als alter Griesgram gerecht werden.

Doch vielleicht wollte er nur nicht an die Umstände erinnern, unter denen sie sich fünf Jahre zuvor kennengelernt hatten.

»Ehrlich gesagt, habe ich gedacht, ich müsste dich auf Knien bitten, mit mir über diesen Arm zu reden«, fuhr die Fliegenjägerin fort.

Offenbar hatte sie einen wunden Punkt getroffen, denn der Mann verfiel wieder in Schweigen.

»Du hast die Autopsie gemacht, oder?«

»Vor vier Tagen«, erwiderte Silvi einsilbig.

»Und?«, ermutigte sie ihn zum Weitersprechen.

Da war etwas, das ihn beschäftigte. Nervös knetete der Arzt die Tasche zwischen seinen Händen.

»Glaubst du immer noch, dass es Selbstmord war?«

Seinem Gesichtsausdruck entnahm sie, dass er sich dessen nicht mehr sicher war.

»Na gut«, sagte der Gerichtsmediziner schließlich, »na gut …« Er holte tief Luft und begann zu sprechen. »Was seine geologische Beschaffenheit betrifft, ist der Comer See die perfekte Müllkippe: Würde ich etwas verschwinden lassen wollen, egal was, ich würde keine Sekunde zögern, es im See zu versenken. Da unten findest du alles Mögliche: Autowracks mit weiß der Teufel was für Dingen im Kofferraum, Kisten, Truhen. Angeblich befindet sich am Grund des Sees sogar ein Geldtransporter, der nach einem Raubüberfall dort gelandet ist, zusammen mit drei Skeletten, die jetzt über einen Haufen Goldbarren wachen.« Er lächelte, doch er war sichtlich nervös. Mit ernster Stimme fuhr er fort: »Wegen der Strömungen saugt der See alles in sich auf und gibt es selten zurück. Und wenn er es doch einmal tut, ist damit eine Botschaft verknüpft.«

»Worauf willst du hinaus?«

»Seiner ruhigen Oberfläche nach zu urteilen, würde man nie auf die Idee kommen, aber tief unten im Comer See gibt es ein Moor. Es heißt doch, wer im Moor gräbt, holt immer was heraus ... Die Menschen hier aus der Gegend wissen seit jeher, dass da jede Menge Geheimnisse begraben sind.«

Die Jägerin begriff, dass Silvi Angst hatte, ihr zu enthüllen, was er entdeckt hatte.

»Ich bin nicht wie die anderen«, sagte sie, um ihm Mut zu machen. Sie hatte ihr Geheimnis nicht begraben.

Der Mann schaute ihr ins Gesicht.

»Ich habe nie verstanden, warum du hier geblieben bist ...«

»Du kannst dich vor dem See nicht verstecken«, erwiderte sie. »Wo immer du hingehst, er wird dich finden.«

Der Arzt ließ ihre Worte auf sich wirken.

»Einverstanden«, sagte er. »Aber du musst es mit eigenen Augen sehen.«

27

Sie betraten die Leichenhalle. Ihre Schritte hallten in dem leeren Raum mit den Kühlzellen wider.

»Hier, für dich«, sagte Silvi und reichte ihr Kittel, Überziehschuhe, Gesichtsmaske und Latexhandschuhe, sodass sie ebenso ausgestattet war wie er.

Der Gerichtsmediziner zog eines der wabenartig angeordneten Stahlschubfächer auf. Aus dem Inneren stieg eine eisige Wolke auf, die sich rasch verflüchtigte. Dann entnahm er dem Fach den kleinen Behälter, den die Fliegenjägerin bereits ein paar Tage zuvor in Nesso gesehen hatte. Er enthielt den Arm, den die Carabinieri aus dem See gefischt hatten.

Silvi stellte den Behälter auf einen der Seziertische. Mit einem Fußschalter knipste er die OP-Leuchte darüber an. Bevor er den Metallcontainer öffnete, drehte er sich zu ihr um.

»Als ich mit der Autopsie begonnen habe, dachte ich, es würde wie üblich ablaufen: die klassische Feststellung einer ungeklärten Todesursache und dazu eine dürre Beschreibung der sterblichen Überreste für das Archiv der Staatsanwaltschaft.«

»Und dann?«

»Und dann sind mir zwei Besonderheiten aufgefallen ...«

Silvi öffnete den Behälter und entnahm ihm den gekühlten Arm, um ihn vorsichtig auf die Stahlfläche zu legen.

Die Jägerin erkannte ihn sofort wieder. Auf der Mole hatte sie den Arzt gebeten, ihr den Arm zu zeigen, damit sie sich von der unbekannten Toten verabschieden konnte. Doch jetzt in dieser anderen Situation überlief sie plötzlich ein Schauer.

Gerichtsmediziner vergaßen manchmal, dass der Rest der Menschheit von einem derart engen Kontakt mit dem Tod überfordert war, dachte sie.

Tatsächlich fuhr Silvi ungerührt fort: »Wie wir wissen, weist der Arm Verletzungen auf, bedingt durch die Strömung und den Anprall gegen Fels oder Gestein. Wenn du aber genauer hinschaust, siehst du noch etwas anderes ...«

Er deutete mit seinem behandschuhten kleinen Finger genau auf die Stelle. Die Jägerin nahm einen tiefen Atemzug und beugte sich vor.

In der Beuge des Ellbogens befanden sich zwei übereinanderliegende Halbkreise, wie kleine Halbmonde. Im Unterschied zu den anderen Verletzungen war diese Wunde völlig ebenmäßig.

»Was ist das?«, fragte sie überrascht.

»Bissspuren.«

Er hatte das Wort in düsterem, beinahe gespenstischem Ton ausgesprochen. Der Jägerin graute vor dem Fortgang der Geschichte.

»Der ausgeübte Druck sowie die Maße der Wundstelle lassen keinen anderen Schluss zu«, sagte Silvi. »Allerdings passt ein Detail nicht dazu: Es fehlen die Abdrücke der einzelnen Zähne.«

»Vielleicht war es ein Fisch«, warf die Jägerin ein.

»Im Comer See gibt es keine Fische, die einen derartigen Abdruck hinterlassen könnten«, sagte Silvi überzeugt.

»Was war es dann? Oder ... wer?«

Silvi machte ein nachdenkliches Gesicht.

»Ich habe keine Ahnung«, sagte er schließlich.

Die Jägerin seufzte.

»Mit den Carabinieri hast du nicht darüber gesprochen, oder?«

»Doch, ich habe es in meinem Bericht erwähnt«, verteidigte sich Silvi. »Aber mach dir keine Hoffnungen. Es wird keine Anklage erhoben werden, die Hypothese vom Selbstmord ist nach wie vor unumstritten.«

»Weshalb zeigst du es mir dann?«

»Weil ich mir dachte, du könntest vielleicht die Identität der Frau herausbekommen. Möglicherweise wurde sie tatsächlich Opfer eines gewalttätigen Ehemannes oder Partners, der sich jetzt ins Fäustchen lacht.« Er machte eine Pause. »Seit ein paar Nächten kann ich nicht mehr richtig schlafen.«

»Du hast vorhin von zwei Besonderheiten gesprochen. Was ist die zweite?«

»Bist du bereit für eine Überraschung?«

Die Jägerin fand schon die Bisswunde auf dem Arm ziemlich seltsam. Was kam da wohl jetzt noch?

Silvi ging zu einem Tisch mit diversen medizinischen Gerätschaften. Sie fürchtete schon, er könnte mit einem Skalpell oder einer kleinen Motorsäge wiederkehren, doch es war nur eine kleine Handlampe.

»Die Haut eines Menschen ist wie ein unbeschriebenes Blatt«, erklärte der Gerichtsmediziner. »Manchmal ist aber eine unsichtbare Botschaft darauf verzeichnet. Und es ist unsere Aufgabe, sie zu entschlüsseln. Daher verwenden wir ultraviolettes Licht, um Abdrücke oder organisches Material auf dem Leichnam zu erkennen. Aber was ich hier gefunden habe, ist dann doch ziemlich speziell ...«

Er knipste die Handlampe an und streckte den Fuß aus, um die OP-Leuchte auszuschalten. Bis auf den violetten Lichtkegel wurde es völlig dunkel. Silvi führte die Lampe dicht an den Arm heran und ließ sie bis zur Hand des Opfers wandern.

Auf dem Handrücken tauchte eine blässliche Schrift auf. Wie ein Tattoo mit unsichtbarer Tinte.

Dancing Blue – free drink.

28

Mit sechzehn Jahren war ihre Mutter bereits ein gefragtes Fotomodell.

Sie war für Armani gelaufen und hatte die halbe Welt bereist, von einer Modenschau zum nächsten Fotoshooting. Sie war noch sehr jung gewesen, doch alle in der Szene hatten ihr eine glanzvolle Zukunft vorhergesagt. Mit ihrem markanten Gesicht, das zugleich herb und rätselhaft war, würde sie ein Zeichen setzen, hieß es. Mit achtzehn Jahren hatte die zukünftige Signora Rottinger jedoch begriffen, dass aus ihr niemals ein Topmodel werden würde. Ihr fehlte einfach das gewisse Etwas, das manche Menschen von den anderen unterscheidet. Daher stand ihr auch nicht mehr als eine Durchschnittskarriere bevor, und sie würde bestenfalls als hübscher Kleiderständer die Partys reicher alter Männer schmücken. Echte Topmodels hatten das Privileg, früh zu Bett gehen zu können, während die anderen gezwungen waren, sich noch auf der Amüsiermeile zu zeigen. Und dieses Privileg würde sie niemals besitzen.

Wenn sie eine sorglose Zukunft haben wollte, das wusste sie als nüchterne Realistin genau, dann musste sie sich, ehe ihre Schönheit verblüht sein würde, einen Ehemann angeln, der ihr einen angemessenen Lebensstil bot, als Gegenleistung für den Körper, den sie ihm schenkte. Vielleicht hätte die Mutter des Mädchens mit der lila Haarsträhne sich sogar mit einem untersetzten Dreißigjährigen zufriedengegeben, mit auffälliger Roségold-Rolex am Handgelenk und Zigarre zwischen den

Zähnen, der sich nur mithilfe von Papas Moneten aus dem Schlamassel befreien konnte, in den er sich ständig selbst hineinritt. Stattdessen hatte sie das Glück gehabt, sich in den vielversprechenden Sprössling einer bekannten Industriellenfamilie zu verlieben, der seinerseits sofort für sie entflammt war.

Ingenieur Rottinger sprach sechs Sprachen. Als ganz junger Mann war er ein begeisterter Extremsportler gewesen, hatte Surf- und Ruderregatten gewonnen und sogar um ein Haar an der Olympiade teilgenommen. Er hatte die besten internationalen Schulen und Universitäten besucht und dann in Stanford seinen Abschluss gemacht. Mit vierzig Jahren war er nicht nur der Chef einer Holding mit hundert Millionen Euro Jahresumsatz, sondern saß auch einer Wohltätigkeitsstiftung vor, die Schulen und Krankenhäuser in den ärmsten Gegenden der Welt baute.

Der Legende zufolge, die ihr seit frühester Kindheit immer wieder erzählt wurde, hatten ihre Eltern sich während eines Sturms auf dem Indischen Ozean kennengelernt. Ihr Vater hatte seine künftige Ehefrau und deren Clique, als sie mit einem Katamaran Schiffbruch erlitten, auf sein Boot gerettet. Seit dem Tag waren sie eines der am meisten beneideten Pärchen des örtlichen Jetsets.

Und in diesem perfekten Bild war nach zwei Jahren sie erschienen, das Mädchen mit der lila Haarsträhne.

Es blieben noch drei Jahre bis zu ihrem sechzehnten Geburtstag, doch sie konnte sich kaum vorstellen, dass sie in dieser Zeit so würde wie ihre Mutter im selben Alter. Sie ging von der Überlegung aus, dass reiche hässliche Männer normalerweise wunderschöne junge Frauen heiraten und aus einer solchen Verbindung meist etwas Unausgewogenes entsteht, weder Fisch noch Fleisch. Das beste Beispiel dafür war ihre Freundin Maia, die Tochter eines buckligen Adeligen und einer Filmdiva.

Im Falle ihrer Eltern hätte die Genetik eigentlich mitspielen müssen, zu ihren Gunsten. Doch die Mendel'schen Gesetze schienen sich einen Spaß daraus gemacht zu haben, die wenigen Makel dieser beiden Halbgötter in ihrer einzigen Tochter zu vereinen.

Sie hatte die dünnen Beine ihres Vaters geerbt, die im Verhältnis zu ihrem Rumpf wie die eines Vögelchens wirkten. Und auch ihre Hände waren gemessen an den restlichen Proportionen zu groß. Von der Mutter hatte sie die Segelohren bekommen, die deren Friseur jedoch geschickt zu verbergen wusste. Und die Adlernase, die ihrer Mutter etwas Herrschaftlich-Arabisches verlieh, sah bei ihr wie ein aufgesetzter Höcker aus.

Hinzu kam, dass sie kein besonderes Talent besaß. Sie war eine Null im Sport und in der Schule, egal wie sehr sie sich auch anstrengte. Sie besaß weder ausgeprägte Interessen, noch konnte sie irgendetwas wirklich gut. Ihre einzige Begabung lag darin, ihre Eltern zu provozieren, weil sie nicht das Vorzeigekind war, das sie sich erhofft hatten. Ständig las sie Enttäuschung von ihren Gesichtern ab oder hörte sie aus ihren Worten.

Mit ihren dreizehn Jahren war sie sich zunehmend sicher, ihnen niemals das Wasser reichen zu können.

Vielleicht war das der Grund, weshalb sie sich von Raffaele hatte umgarnen lassen. Ein Mal war ihr etwas gelungen, das niemand von ihr erwartet hätte. Sie hatte sich der Illusion hingegeben, dass er tatsächlich in sie verliebt war. Ausgehend von der einfachen Frage »Warum kann so etwas nicht auch mir passieren?«, hatte sie an ein Märchen geglaubt, ohne sich Gedanken über Hintergründe oder Folgen zu machen. Sie war überzeugt, dass seine Forderungen ihr gegenüber normal waren und er nur deshalb solch ein Geheimnis um ihre Beziehung machte, weil *die anderen* die Reinheit ihrer Liebe sowieso nicht verstehen und alles tun würden, sie zu unterbinden.

Ihr erstes Mal hatte sie Raffaele zu verdanken. Doch irgendwann hatte sie sich gefragt, warum er so versessen darauf war, dass sie auch mit seinen Freunden schlief. Anfangs war sie sich begehrenswert vorgekommen, weil so viele mit ihr zusammen sein wollten. Aber mit der Zeit hatte ihr Unbehagen beständig zugenommen und vor allem ihr Ohnmachtsgefühl angesichts dieses perversen Strudels, aus dem sie nicht mehr herausfand, dieses Erwachsenenspiels, während sie doch eigentlich noch ein Kind war.

Sie hatte einen Ausweg in den Tiefen des Sees gesucht. Doch dort hatte sie nur die Angst vor dem Tod gefunden.

Als sie bei der Party Zeugin der Geldübergabe zwischen Raffaele und dem Jungen im karierten Hemd geworden war, hatte sie endlich verstanden, was ablief. Sie fühlte sich nicht dadurch verletzt, dass er sie verkaufte. Abgesehen davon, dass jemand wie Raffaele sicher kein Geld brauchte. Sie taten es nur aus Jux, Bezahlen gehörte einfach dazu. Doch in Wirklichkeit kauften sie nicht sie – sie erkauften sich die Möglichkeit, die Tochter vom reichen Rottinger zu vögeln. Und dabei spielte es keine Rolle, ob sie hübsch oder hässlich war. Das Einzige, was sie wollten, war das perfekte Bild zu beflecken, ihr schleimiges Sekret auf das Familienfoto zu spritzen.

Das war es, was schmerzte.

Das Mädchen mit der lila Haarsträhne fühlte nicht nur sich selbst durch den Dreck gezogen, sondern die ganze Familie.

Nach der Party zu Hause angelangt, hatte sie die Krücken in die Ecke geworfen und sich in ihrem Zimmer eingeschlossen. Sie war nicht mehr herausgekommen, auch nicht zum Essen. Als Vorwand hatte sie vorgebracht, ihre Tage und somit heftige Unterleibsschmerzen zu haben. Weil auch ihre Mutter unter Menstruationsbeschwerden litt, hatten die Eltern ihr geglaubt. Der eigentliche Grund für ihre Blutungen hing jedoch mit der Unbeholfenheit eines unerfahrenen Teenagers zusammen, der, nachdem er sich befriedigt hatte, einfach abgehauen war, ohne ihr auch nur seinen Namen zu nennen. Der einzige Trost für das Mädchen lag darin, dass er sich als Erwachsener vielleicht eines Tages für seine Tat schämen würde. Selbst als guter Ehemann und Familienvater würde ihm für immer der Makel eines Mistkerls anhaften. Eines Vergewaltigers.

Das Mädchen mit der lila Haarsträhne hatte sich noch aus einem anderen Grund in ihrem Zimmer eingeschlossen. Es hatte mit dem Lied von Coldplay zu tun, das der Wind zu ihr hingetragen hatte, und mit dem Teddybären, der aus dem Nichts auf dem Fensterbrett des Badezimmers ihrer Klassenkameradin aufgetaucht war. Wer auch immer ihm den Kopf wieder angenäht und ihn aus der Hölle für Stofftiere zurückgeholt hatte, dieser Jemand wusste sehr viel über sie. Mehr, als sie selbst jemals irgendwem anvertraut hätte.

Es war ein schöner Nachmittag, doch sie hatte die Fensterläden geschlossen. Im Dunkeln saß sie auf ihrem Bett und wiegte den Oberkörper hin und her. Die ganze Zeit dachte sie darüber nach, wer ihr wohl diese stummen Botschaften schickte. Inzwischen war sie davon überzeugt, dass es sich nicht um einen Scherz handelte. Der Einzige, der ihr in den Sinn kam, war der Unbekannte, der sie gerettet hatte und dann verschwunden war. Das Lichtwesen, das sie für einen Moment am Strand gesehen hatte.

Vielleicht war es ja ein Engel.

Nur Engel begingen gute Taten, ohne eine Gegenleistung zu erwarten. Vielleicht war es wirklich so, immerhin war er genau in dem Moment gekommen, als sie am meisten Trost gebraucht hatte.

Ja, jetzt, wo sie darüber nachdachte, war sie ganz sicher: Sie hatte seine Anwesenheit schon einmal gespürt, in der ersten Nacht im Krankenhaus, noch halb in Narkose wegen der OP am Knöchel. Jemand war durch ihr Zimmer gegangen, hatte ihre Bettdecke angehoben und das Bein freigelegt, auf das sie, für den Fall ihres Todes, die Telefonnummer ihres Vaters geschrieben hatte.

Das war nicht nur ein Traum. Der Engel hatte sie tatsächlich besucht.

Trotzdem, das Ganze war sehr merkwürdig. Und es gab niemanden, dem sie sich hätte anvertrauen können. Was auch immer passierte, sie konnte nicht darüber reden.

Aber wenn ihr ein Schutzengel geschickt worden war, dann bedeutete das doch, dass man da oben wusste, was sie getan hatte, und sie nicht dafür verurteilte. Wenn es sich hingegen um einen Menschen aus Fleisch und Blut handelte, bestand vielleicht sogar die Hoffnung, dass er diesen Albtraum beenden würde.

Das Mädchen mit der lila Haarsträhne hatte das Gefühl, eine geheimnisvolle unsichtbare Macht sorge für Gerechtigkeit in ihrem Leben. Und am Ende würde alles gut werden. Zugleich wusste sie, dass sie sich nichts vormachen durfte. Die nächste bittere Enttäuschung konnte hinter jeder Ecke lauern.

Sie brauchte einen Beweis.

Die Art und Weise, wie der Teddybär, nachdem sie ihn verstümmelt und weggeworfen hatte, zu ihr zurückgekommen war, hatte sie auf eine Idee gebracht, wie sie sich mit dem geheimnisvollen Engel in Verbindung setzen konnte. Am Morgen hatte sie eine kurze Nachricht geschrieben und den Briefumschlag mit buntem Glitter beklebt, um die Aufmerksamkeit auf ihn zu lenken. Statt ihn in den Briefkasten zu werfen, hatte sie ihn in den Papierkorb unter ihrem Schreibtisch gelegt. Dann hatte sie gewartet, bis die Hausangestellte kam, um ihn auszuleeren.

Sie konnte nur hoffen, dass der Trick funktionierte.

Ein Blick auf die Armbanduhr sagte ihr, dass es fast vier Uhr war. Sie griff nach ihren Krücken und verließ das Zimmer, um ihre Mutter zu suchen.

Sie fand sie im Esszimmer, wo sie dem Butler und der Haushälterin erklärte, wie der Tisch für das Dinner gedeckt werden sollte, das sie für einen der nächsten Abende plante. Elegante Soireen für Freunde und Bekannte zu organisieren war die einzige Beschäftigung von Signora Rottinger. Was das betraf, überließ ihr Mann alle Entscheidungen ihr. Für ihn war nur von Bedeutung, dass der Termin in seinem Kalender stand. Das Mädchen mit der lila Haarsträhne hatte allerdings den Verdacht, dass das nächste mondäne Zusammentreffen einem ganz konkreten Zweck diente. Die Gäste sollten die Gelegenheit erhalten, sich selbst davon zu überzeugen, dass nach dem Unfall am See alles in bester Ordnung war. Nur so würde das Gerede aufhören.

Da die Mutter beschäftigter als sonst mit der Organisation dieses wichtigen gesellschaftlichen Ereignisses schien, würde es nicht allzu schwierig sein, grünes Licht für ihr Vorhaben zu bekommen, freute sich das Mädchen.

»Mama?«, unterbrach sie deren Gespräch mit den Hausangestellten.

Überrascht drehte die Mutter sich zu ihr um.

»Du hier? Wie fühlst du dich?«, fragte sie zerstreut.

»Besser, danke«, erwiderte das Mädchen knapp. Bevor Signora Rottinger weiter über englisches Porzellan und silbernes

Besteck fachsimpeln konnte, sagte sie: »Kannst du Oscar bitten, mich nach Como reinzufahren?«

Diesmal widmete die Mutter ihr mehr Aufmerksamkeit und schaute sie misstrauisch an.

»Ich wollte mir was Neues zum Anziehen kaufen, für den großen Abend«, fuhr die Tochter mit gespieltem Enthusiasmus fort.

Signora Rottinger ließ sich Zeit mit der Antwort. Dem Mädchen mit der lila Haarsträhne kam es vor wie eine halbe Ewigkeit.

»Na gut, aber sieh zu, dass es nicht zu spät wird«, sagte sie schließlich kühl. Es war offensichtlich, dass sie ihrer Tochter die Ausrede nicht abnahm. »Ich werde Oscar bitten, dich nicht aus den Augen zu lassen.«

Das Mädchen versuchte, sich die Erleichterung nicht anmerken zu lassen, innerlich jubilierte sie jedoch. Jetzt konnte sie nur noch darauf setzen, dass der Rest ihres Plans genauso gut aufgehen würde.

29

Der mitten im Zentrum gelegene Klamottenladen war in einem riesigen Gebäude aus dem frühen zwanzigsten Jahrhundert untergebracht. Den Altbau hatte man völlig entkernt, nur die Fassade war stehen geblieben, jetzt allerdings von einem Netz aus LED-Leuchten überzogen. Ein Schwarm von Jugendlichen hatte sich vor dem Geschäft versammelt.

Das Mädchen mit der lila Haarsträhne ließ sich direkt am Eingang absetzen.

»Ich parke und bin gleich wieder hier«, sagte Oscar, als sie sich auf ihren Krücken aus dem Mercedes hievte. »Du wartest auf mich«, befahl er ihr, da er seinerseits genaue Anweisungen erhalten hatte.

Eigentlich, dachte das Mädchen, hatte die Sache mit dem Knöchel doch ein Gutes: Würde sie sich normal bewegen können, hätte ihr Wachhund sie gezwungen, ständig an seiner Seite zu bleiben.

Als der Fahrer außer Sicht war, betrat sie den Laden. Sie holte tief Luft. Dichter Nebel, von Laserstrahlen zerschnitten, empfing sie. Ein DJ begleitete die Performance eines Trap-Künstlers. Die zum Verkauf stehenden Kleidungsstücke hingen an normalen Ständern, für Schuhe und Accessoires gab es spezielle Leuchtvitrinen.

Das Mädchen mit der lila Haarsträhne fragte sich, ob es eine gute Idee war, sich ausgerechnet hier mit ihrem Schutzengel zu treffen. Aber vielleicht hatte er ihre Nachricht gar nicht erhalten. Oder sie nicht verstanden, sie hatte schließlich nur die Ladenadresse und eine ungefähre Uhrzeit genannt. Sie kam sich vor wie ein Schiffbrüchiger, der in größter Not einen Hilferuf per Flaschenpost absetzt.

In genau einer solchen verzweifelten Lage befand sie sich.

In der Hoffnung auf ein Zeichen streifte sie ziellos durch das Geschäft. Sie stieß auf eine Gruppe gleichaltriger Mädchen, die sich prächtig amüsierten und ständig loskicherten, während sie gemeinsam Kleider aussuchten. Das Mädchen mit der lila Haarsträhne musste an die Nachmittage denken, die sie selbst mit ihren Freundinnen in dem Laden verbracht hatte, an die Gespräche über Jungs, die harmlosen Lästereien, die Lebensfreude. Wie sie diese Leichtigkeit vermisste.

Sie sah, dass Oscar den Laden betreten hatte und ungeduldig nach ihr Ausschau hielt. Unwillig trat er zur Seite, wenn ihm jemand entgegenkam. Bevor der Fahrer sie erspähen konnte, griff sie wahllos nach einem Kleidungsstück und ging damit zur Anprobe.

Sie entschied sich für die letzte Kabine am Ende eines langen Ganges und schloss sich darin ein.

Als sie die Krücken abgestellt und sich auf die Holzbank gesetzt hatte, betrachtete sie sich im Spiegel. Sie erschrak. Es war ihr vorher nie aufgefallen: Zum ersten Mal bemerkte sie die Ähnlichkeit mit ihrer Mutter. Nicht vom Aussehen her, sie war nicht über Nacht plötzlich so schön geworden wie sie. Es war eher so, als könnte sie plötzlich in die Zukunft blicken und die frustrierte Frau sehen, die sie einmal werden würde. Sie fühlte sich wie eine Gefangene in dem beengten Raum. Die Musik drang gedämpft und nur in Schüben herein.

In einem der ruhigeren Momente meinte sie plötzlich, ein Geräusch gehört zu haben.

Jemand hatte geklopft.

»Besetzt!«, rief sie genervt.

Doch es klopfte erneut.

»Verdammt, hier ist besetzt!«

Beim dritten Klopfen riss sie die Tür auf, bestimmt stand Oscar davor.

Doch da war niemand.

Sofort verriegelte sie die Kabinentür wieder. Noch bevor sie sich erklären konnte, was vor sich ging, verriet ihr ein neuerliches Klopfen, drei Schläge in langsamer Abfolge, dass derjenige, der ihre Aufmerksamkeit erregen wollte, sich in der Kabine nebenan befand.

Sie legte beide Hände an die verspiegelte Wand und presste das Ohr dagegen. Ihr Herz schlug wie wild, ihr Atem ging schneller und hinterließ einen stumpfen Fleck auf der kalten glänzenden Oberfläche. Doch dahinter hörte sie nichts mehr.

Schließlich klopfte auch sie. Dreimal.

Auf der anderen Seite antwortete jemand.

Sie führte den seltsamen und geheimnisvollen Dialog fort und klopfte viermal. Auch ihr Gegenüber klopfte viermal.

So ging es weiter, in einer Geheimsprache, deren Regeln keiner von ihnen kannte, deren Bedeutung aber beiden klar war. Dass das, was sie sich erzählten, nicht in Worte übersetzt werden konnte, spielte keine Rolle. Was zählte, war die Tatsache, dass sie miteinander in Kontakt getreten waren.

»Mich gibt es wirklich. Und ich bin deinetwegen hier.« Das war die Botschaft.

Doch dem Mädchen mit der lila Haarsträhne reichte das nicht. Sie brach den eben erst geschlossenen Pakt und sprach ihn an.

»Sag etwas!«, flüsterte sie. »Bitte …!«

Sie meinte, eine Stimme vernommen zu haben, aber offenbar hatte sie sich verhört. Also klopfte sie noch einmal. Keine Antwort.

Von plötzlicher Furcht gepackt, griff sie nach den Krücken und trat auf den Flur hinaus. Die benachbarte Kabine war leer, als wäre nie jemand darin gewesen.

Ich kann mir das unmöglich eingebildet haben, sagte sie sich.

Dann sah sie den Notausgang am Ende des Ganges. Die Tür war angelehnt. Hatte ihr Schutzengel sie benutzt, um zu verschwinden? Um vor ihr zu fliehen? Der Gedanke tat ihr weh.

Sie drehte sich um und schlug die entgegengesetzte Richtung ein. Nichts wie weg hier, dachte sie. Jeder Schritt verursachte einen stechenden Schmerz in ihrem Knöchel. Tränen stiegen ihr in die Augen; sie hasste sich dafür, dass sie so wehleidig war. Die durch den Vocoder verfremdete Stimme des Sängers schallte aus den Lautsprechern.

Ein Wort übertönte den Lärm. Ihr Name. Jemand rief nach ihr.

Blitzartig drehte sie sich um und sah Maia auf sich zukommen, ein breites Zahnspangenlächeln auf dem Gesicht. Schnell fuhr sie sich mit der Hand über die Wangen, um ihre Tränen abzuwischen.

»Ich habe nicht damit gerechnet, dich hier zu treffen! Wie geht es dir? Neulich sahst du ziemlich fertig aus«, rief ihre Freundin, ohne auf ihren aktuellen Zustand einzugehen.

»Wie war's noch auf der Party? Hattet ihr euren Spaß?«, versuchte das Mädchen mit der lila Haarsträhne von sich abzulenken.

»Um Mitternacht wurde eine riesige Torte angeliefert. Wir dachten erst, sie wäre echt, aber drinnen war ein Clown versteckt, der mit einer Art Bazooka alle Gäste mit Schlagsahne vollgesprüht hat.« Maia lachte. »Ein wahres Abendkleidmassaker!«

»Das war bestimmt sehr lustig«, erwiderte das Mädchen lahm.

»Ich zeige dir mal die Fotos«, sagte Maia und zückte ihr Handy.

Das Mädchen mit der lila Haarsträhne musste an das neue iPhone denken, das noch verpackt auf dem Tisch in ihrem Zimmer lag. Ihre Mutter hatte recht: Früher war sie genau wie Maia gewesen und hatte keine Sekunde ohne ihr Handy ausgehalten, jede Erinnerung funktionierte nur über diesen Filter. Was den Vorteil hatte, dass die Wirklichkeit erst mit einer gewissen Verzögerung eintrat, man konnte sich also darauf vorbereiten. Jetzt hingegen war alles so brutal, so gegenwärtig.

»Schick sie mir doch einfach«, sagte sie nur. »Ich muss jetzt nämlich los, Oscar sucht schon nach mir.«

Sie war bereits dabei zu gehen, als jemand aus Versehen gegen ihre Krücken stieß. Maia konnte sie gerade noch auffangen, bevor sie das Gleichgewicht verlor.

»Wie kommst du nur mit diesen Stelzen zurecht?«, fragte sie. »Ich würde mich lieber in den See stürzen, als mit solchen Teilen rumzulaufen.«

Typisch Maia, sie hatte immer einen guten Spruch auf Lager. Das Mädchen mit der lila Haarsträhne musste lachen, biss sich dann aber auf die Lippen, damit ihr Lachen nicht in Weinen umkippte. Sie hätte der Freundin gerne gesagt, wie sehr sie sie in den letzten Monaten vermisst hatte.

Maia begriff instinktiv, dass sie die richtige Saite bei ihr angeschlagen hatte.

»Du weißt, dass ich immer für dich da bin, egal, was ist, ja?«

Das wusste sie. Aber das Geheimnis, das sie bewahren musste, war selbst für sie eine Nummer zu groß.

Da sie nur auf Schweigen stieß, wechselte Maia das Thema.

»Weißt du noch, als wir acht Jahre alt waren und meinem bescheuerten Cousin weisgemacht haben, wir wären beide in ihn verliebt?«

»Klar weiß ich das noch.«

»Und weißt du auch noch, wie wir mal aus Versehen den Yorkshire deiner Tante angezündet haben, als wir ihn föhnen wollten?«

»Er ist davongeschossen wie eine Rakete, der arme Kerl! Und wir mit der Wasserflasche hinter ihm her...«

Wie auf Kommando prusteten sie beide los. Das Mädchen mit der lila Haarsträhne vergaß ihre Enttäuschung, dem Schutzengel nicht begegnet zu sein. Stattdessen war sie unendlich erleichtert, Maia getroffen zu haben, die sie mit ihren Geschichten aus alten Zeiten nur daran erinnern wollte, wie lange sie sich schon kannten und dass eine solche Freundschaft einiges aushalten konnte. Selbst das schlimmste Geständnis.

»Wenn ich so weit bin, sag ich es dir«, versprach sie spontan.

Maia nickte, als wüsste sie genau, wovon sie sprach.

»Ich muss auch los«, verkündete sie. »Ich habe gleich Klavierstunde, und meine Mutter scheißt mich so was von zusammen, wenn ich auch nur eine Sekunde zu spät dran bin.«

Sie war süß, selbst wenn sie ordinär wurde.

Schon im Gehen wandte sich die Freundin noch einmal zu ihr um.

»Tancredi kennst du doch auch, oder?«, fragte sie.

Das Mädchen mit der lila Haarsträhne überlegte kurz und schüttelte dann den Kopf.

»Nein, ich glaube nicht.«

»Wirklich nicht? Er war auch auf der Party – der Typ in dem grauenhaften Karohemd.«

Ihr brach der Schweiß aus. Warum erzählte Maia ihr das? Das konnte doch nichts Gutes bedeuten.

»Letzte Nacht haben sie ihn überfallen, als er gerade mit dem Roller nach Hause fahren wollte. Sie haben ihn halb tot geprügelt, nur wegen seiner scheiß Rolex.«

Das Mädchen mit der lila Haarsträhne spürte, wie ihre Knie weich wurden. Sie fühlte sich plötzlich schuldig, als ihr ein schrecklicher Gedanke durch den Kopf schoss.

Engel taten so etwas nicht.

30

Die Jägerin stellte ihr Auto auf dem leeren Parkplatz ab. Es war fünf Uhr nachmittags, und sie hatte eine ganze Stunde gebraucht, um das »Dancing Blue« zu finden. Die Leuchtreklame war ausgeschaltet, und das Lokal sah aus wie eine Lagerhalle, die sich als Nachtclub ausgab.

Sie stieg aus dem Auto und ging auf den Eingang zu, vor dem jedoch die Rollläden heruntergelassen waren. Eine Reihe blau gestrichener Fensterscheiben zog sich einmal rund um das Gebäude. Sie versuchte, durch ein Loch in der abgeblätterten Farbe ins Innere zu sehen. Niemand schien da zu sein.

Vielleicht war einer der Notausgänge nicht verschlossen, überlegte sie und ging von Tür zu Tür, um die Klinken auszuprobieren. Beim dritten Versuch hatte sie Glück.

Sie kam in einen Gang, in dem sich die Kasse und die Garderobe befanden, und trat durch den roten Samtvorhang ins Lokal. Vor ihr lag eine große Tanzfläche aus Industriebeton. Um sie herum, auf einem abgewetzten Teppichboden, der nach Alkohol und Zigaretten stank, waren mehrere Tischchen und Sofas arrangiert.

Kein sehr attraktiver Ort, dachte die Jägerin, zumindest nicht tagsüber. Vielleicht halfen ja die Musik und das Discolicht, ihn abends nach mehr aussehen zu lassen.

»Ist da jemand?«, fragte sie in die Stille hinein.

Sie erhielt keine Antwort. Kurz darauf hörte sie ein Klirren von Gläsern.

Hinter dem Tresen entdeckte sie eine schmale offen stehende Tür. Sie beschloss nachzusehen und fand sich in einem Lagerraum wieder. Ein Mann im Unterhemd mit einem Leoparden-Tattoo auf dem rechten Arm war dabei, Kisten mit Leergut und Bierfässer hin und her zu räumen.

»Hallo!«, rief sie, um sich bemerkbar zu machen.

Der Mann schaute auf, ohne seine Arbeit zu unterbrechen.

»Wir haben geschlossen.«

Die Jägerin ignorierte die Auskunft und trat näher.

»Entschuldigen Sie die Störung. Ich nehme an, Sie arbeiten hier?«

»Ich bin für die Bar zuständig«, erwiderte der andere. »Falls Sie den Besitzer sprechen wollen: Mario kommt normalerweise nicht vor sieben.«

»Ich wollte nur wissen, ob eure Kunden einen Stempel für ein Freigetränk bekommen, wenn sie das ›Blue‹ betreten«, sagte sie und zeigte auf ihren Handrücken.

»Ja, einen UV-Abdruck«, entgegnete der Barkeeper. »Das war die Idee von Marios Frau: Man kann ihn nur bei Discolicht sehen und ganz leicht wieder abwaschen.«

Zum Glück nicht, dachte die Jägerin.

»Warum wollen Sie das wissen?«, fragte der Barkeeper misstrauisch.

»Ich habe mich nur gefragt, ob ihr das immer macht oder nur zu besonderen Anlässen?«, fragte sie.

»Immer donnerstags, zu unserer Mottoparty.«

Laut Auskunft des Gerichtsmediziners war die Tote aus Nesso an einem Donnerstag in den See geworfen worden. Die Jägerin versuchte, sich ihre Aufregung nicht anmerken zu lassen.

»Ich nehme an, ihr organisiert das regelmäßig jede Woche …?«

»Ja, klar, das ist unser umsatzstärkster Abend, die Leute tanzen zu Livemusik und bekommen den ersten Drink gratis.«

»Ist Ihnen am Donnerstag vor zwei Wochen zufällig etwas aufgefallen, das anders war als sonst?«

Der Mann richtete sich auf. Mit dem Unterarm wischte er sich den Schweiß von der Stirn und musterte sie.

»Sind Sie von der Polizei?«

Die Jägerin zog eines ihrer Flugblätter aus der Jackentasche und reichte es ihm.

»Ich versuche rauszufinden, ob einer der Frauen, die an dem besagten Abend hier waren, etwas angetan wurde«, sagte sie voller Hoffnung auf seine Kooperationsbereitschaft.

Als der andere nicht sofort antwortete, schwand ihr Optimismus jedoch wieder.

»Ich will keinen Ärger«, sagte der Mann schließlich.

»Niemand will Ihnen Ärger bereiten«, versicherte sie.

»Ich bin erst seit Kurzem wieder draußen, auf Bewährung«, rechtfertigte er sich.

Die Jägerin konnte nur allzu gut verstehen, dass seine Knasterfahrung ihn vorsichtig gemacht hatte.

»Okay, dann komme ich heute Abend um sieben wieder, um mit Mario zu sprechen.«

Sie war schon halb zur Tür hinaus, als sie aus den Augenwinkeln sah, dass der Barkeeper noch immer auf das Flugblatt starrte.

»Sie sind …«

»Ja, ich bin die Mutter«, erklärte sie zum x-ten Mal.

»Und jetzt machen Sie so was?«, fragte er und wedelte überrascht mit dem Flugblatt.

Sie wusste, dass es im Gefängnis eine Art Ehrenkodex gab, dem zufolge jemand, der sich an Kindern und Frauen vergriff, keinen Respekt verdiente. Obwohl sie Valentinas Tod nur extrem ungern für ihre Zwecke benutzte, war sie doch auf die Hilfe dieses Mannes angewiesen. Sie nickte.

Der Barkeeper seufzte tief. Dann schaute er ihr ins Gesicht.

»Schießen Sie los, was wollen Sie wissen?«

»Am Donnerstag vor zwei Wochen muss eine Frau zwischen sechzig und fünfundsechzig hier gewesen sein ...«

»Können Sie sie beschreiben?«

»Leider nein, aber es kann gut sein, dass sie mit jemandem hier war. Ist Ihnen vielleicht ein Gast aufgefallen, der zu viel getrunken oder sonst wie über die Stränge geschlagen hat? Hat eventuell jemand rumgepöbelt?«

Der Barkeeper schüttelte den Kopf.

»Hierher kommen normalerweise nur Leute ab einem gewissen Alter.« Schnell fügte er hinzu: »Nichts für ungut.«

Die Jägerin war ganz sicher noch nicht in »einem gewissen Alter«, doch sie zog es vor, das Thema nicht zu vertiefen.

»Kein Problem.«

»Mario sagt, unsere Kundschaft ist eigentlich immer dieselbe: Sie kennen sich alle untereinander und sind alle eher ruhig. Manchmal gibt er auch eine Runde aus, weil ein Freund von ihm da ist, der den Herrschaften ein Kochtopf-Set oder Ähnliches andrehen will ...« Der Mann grinste kurz. Dann wurde er wieder ernst. »Aber jetzt, wo ich drüber nachdenke ... Ja, das könnte tatsächlich am Donnerstag vor zwei Wochen gewesen sein ...«

»Was denn?«, fragte die Jägerin atemlos.

»Da war so ein Typ ... Groß, stämmig, dunkle Klamotten, blaugetönte Brille. Komische blonde Haare, wie an den Kopf geklebt.«

Die Jägerin hatte ihr Notizbuch hervorgezogen und schrieb eifrig mit. Vielleicht würde der Barkeeper ja noch mehr erzählen, was für sie von Belang wäre. Von der Statur her schien der seltsame Gast durchaus Ähnlichkeit mit dem Putzmann zu haben, den sie auf den Aufnahmen der Überwachungskamera des Krankenhauses gesehen hatte. Doch das war natürlich nur eine Vermutung.

»War der Mann schon öfter hier?«

»Keine Ahnung – wie gesagt, ich arbeite noch nicht lange hier.«

»Wieso ist er Ihnen aufgefallen?«

»Weil er deutlich jünger war als die anderen. Ich habe mich gefragt, was zum Teufel hat der hier bei den ganzen Alten zu suchen.« Er machte eine entschuldigende Geste. »Nichts für ungut …«

Diesmal reagierte die Jägerin gar nicht erst, ihre Aufmerksamkeit richtete sich ganz auf seinen Bericht.

»Erinnern Sie sich, ob er sich mit jemandem unterhalten hat?«

»Jaja, er hat sogar eine ganze Weile mit einer unserer Stammkundinnen geredet.«

»Hatten Sie den Eindruck, dass die beiden sich schon länger kannten? Oder würden Sie sagen, die haben sich erst an dem Abend kennengelernt?«

»Sorry, das kann ich Ihnen wirklich nicht sagen … Aber ich habe gesehen, dass sie zusammen weggegangen sind.«

Die Jägerin hatte das Gefühl, eine Flutwelle würde sich in ihrem Magen auftürmen.

»Wissen Sie zufällig, wie die Frau heißt?«

»Magda«, erwiderte der Barkeeper. »Magda Colombo.«

31

Nachdem sie eine schlaflose Nacht verbracht hatte, die nie zu enden schien, stand das Mädchen mit der lila Haarsträhne gegen sechs Uhr auf und ging nach unten.

Wie erwartet, war ihr Vater bereits wach.

Bevor er zur Arbeit ging, saß er immer am Schreibtisch und las diverse Zeitungen. Sein kleines Morgenritual wurde durch eine Tasse Kaffee auf einem Silbertablett vervollständigt, natürlich ohne Zucker.

Sie klopfte nicht an, sondern wartete darauf, dass er sie bemerkte.

»Schatz!«, rief er überrascht. »Was treibt dich denn so früh aus dem Bett?«

»Kann ich dich sprechen?«, fragte sie und trat auf den Schreibtisch zu.

»Ich muss nachher den Flieger nehmen«, sagte er, um zu unterstreichen, dass er wenig Zeit hatte. Dann setzte er die Brille ab und schaute sie ernst an: »Aber du hast sicher etwas auf dem Herzen. Was gibt es?«

»Ich habe noch mal über den Mann nachgedacht, der mich aus dem See geholt hat ...«

Ihr Vater sagte nichts. Er wartete ab, worauf sie hinauswollte.

»... und ich dachte, dass es vielleicht gut wäre, ihm eine Belohnung zu geben.«

Der Ingenieur lächelte.

»Das hätte ich ja getan, wenn er sich zu erkennen gegeben hätte.«

»Und weshalb versuchst du nicht, ihn ausfindig zu machen?«

Ihr Vater lehnte sich zurück.

»Du meinst, ich sollte ihm öffentlich Geld anbieten, damit er aus der Deckung kommt?«

Ja, verdammt, genau darum geht es, dachte das Mädchen.

»Ist dir klar, wie viele Trittbrettfahrer wir damit anlocken würden? Alle möglichen Scharlatane und Betrüger, ganz zu schweigen von den Journalisten.«

Das Mädchen mit der lila Haarsträhne hätte ihm gerne gesagt, dass sie inzwischen weniger Angst vor ihnen hatte als vor dem Unbekannten, dem sie ihre Rettung verdankte. Vielleicht hatte sie sich in ihm getäuscht, vielleicht war er gar kein Engel. Vielleicht war er sogar gefährlich. Und sie hatte ihn gedankenlos zu nahe an sich und ihre Familie herankommen lassen. Aber das konnte sie ihrem Vater unmöglich sagen, sonst hätte sie ihm auch den ganzen Rest erzählen müssen. Und Ingenieur Rottinger, der so davon überzeugt war, sein Leben und das aller anderen unter Kontrolle zu haben, hätte die Konfrontation mit der Wahrheit nicht verkraftet.

»Also eher ein Nein, denke ich, oder?«

Verärgert über ihre Sturheit, schüttelte der Vater den Kopf.

»Lass die Erwachsenen diese Dinge entscheiden, ja, Schatz?«, sagte er mit kaum verhohlener Herablassung.

Dann wandte er sich wieder seinen Zeitungen zu. Für ihn war das Gespräch beendet.

Das Mädchen mit der lila Haarsträhne rührte sich nicht vom Fleck. Ihr wurde bewusst, dass sie, wenn sie gewollt hätte, das Leben ihres Vaters mit einem einzigen Satz zunichtemachen konnte, indem sie ihm die Illusion raubte, Macht zu besitzen. Sie hätte nur ganz offen mit ihm zu sprechen brauchen, wie es eine Tochter immer mit demjenigen tun sollte, der sie in die Welt gesetzt hat.

Stattdessen sagte sie: »Ich war drei. Ich habe gerade mein Mittagsschläfchen gemacht, und du hast mich geweckt. Du hast mich ins Auto gepackt und bist mit mir zum Aussichtspunkt am Belvedere gefahren. Dort sind wir stundenlang im Auto sitzen geblieben, ohne auszusteigen.« Sie machte eine Pause. »Vielleicht denkst du, ich wäre zu klein gewesen, um mich daran zu erinnern, aber ich weiß es noch genau.«

»Wir haben auf den Sonnenuntergang gewartet«, sagte ihr Vater.

»Ja, aber ich habe gesehen, dass du geweint hast ... Warum hast du geweint, Papa?«

Sie wartete darauf, dass der Satz seine Wirkung entfaltete. Sie hatte nie mit ihm darüber gesprochen, bestimmt gab es einen Grund für sein Verhalten. Vielleicht war ihr Vater nicht immer der harte Typ gewesen, der er heute zu sein vorgab. Vielleicht gab es auch in ihm ein Quäntchen Verletzlichkeit, das ihn in ihren Augen endlich menschlich gemacht hätte. Wäre dem so gewesen, das Mädchen mit der lila Haarsträhne hätte sich ihm sofort anvertraut. Endlich hätte sich ein neuer Raum zwischen ihnen eröffnet, in dem sie ihm alles hätte sagen können, das Schöne wie das Schreckliche.

»Da irrst du dich«, erwiderte der Mann kühl. »Du warst noch sehr klein, das hast du falsch in Erinnerung.«

»Ich habe mich gefragt, wie du wohl reagiert hättest, wenn ich vor zwei Wochen wirklich gestorben wäre«, sagte sie, um ihre Enttäuschung zu verhehlen.

»Ich wäre am Boden zerstört gewesen«, gab er zu.

Das Mädchen mit der lila Haarsträhne war sich nicht sicher, ob er es wirklich ernst meinte. Sie stützte sich auf ihre Krücken und wollte den Raum verlassen, um wieder ins Bett zu gehen, als sie hörte, wie ihr Vater sich räusperte.

»Sei so lieb und trage die Cartier-Uhr, die deine Großmutter dir zu Weihnachten geschenkt hat, lieber eine Weile nicht.«

Sie starrte ihn an. Worauf wollte er hinaus?

»Du hast doch sicher von dem Jungen gehört, den sie zusammengeschlagen und ihm anschließend die Uhr gestohlen haben? Er war kaum älter als du.«

Tancredi, natürlich. Es war ihre Schuld. Sie hatte den Engel um ein Zeichen gebeten. Und der Engel hatte ihr eins gesandt.

Ihr Vater hielt ihr die Seite der Zeitung hin, die er gerade las.

»Die Carabinieri haben die Beute schon gefunden.«

Für einen kurzen Moment blieb ihr das Herz stehen bei dem Gedanken, sie hätten womöglich den Unbekannten vom See verhaftet.

»Allem Anschein nach handelt es sich bei den Dieben um eine Bande Jugendlicher aus einem Roma-Lager.«

Sie atmete tief aus. Wie konnte sie nur einen solchen Frevel begehen? Sie hatte den einzigen Menschen, der es gut mit ihr meinte, eines Verbrechens bezichtigt.

Der Engel war unschuldig.

Ich bin dir gar nicht so unähnlich, Papa, dachte sie. Vielleicht bin auch ich nicht in der Lage, andere Menschen wirklich zu verstehen.

32

Anfangs hatte er gedacht, er würde die schöne goldene Uhr behalten, um sie dem Mädchen mit der lila Haarsträhne zu schenken. Er hätte sie in der Umkleidekabine in dem lauten Klamottengeschäft lassen können, so wie er es mit dem Teddybären bei der Party gemacht hatte, um sich aus sicherer Entfernung an ihrem Staunen zu freuen. Aber als Fuck ihn dann durch die Wand hindurch angesprochen hatte, waren dem Müllmann Zweifel gekommen.

Dieses Geschenk war ein zu großes Risiko. Nicht für ihn selbst, sondern für seinen Schützling, denn mit Sicherheit würden die Carabinieri nach demjenigen fahnden, der den Jungen im karierten Hemd überfallen hatte.

Er wollte nicht, dass Fuck seinetwegen in Schwierigkeiten geriet.

Deshalb war er weggelaufen. Und weil er die Uhr irgendwie loswerden musste, war er auf die Idee gekommen, sie auf dem Tisch einer Espressobar liegen zu lassen, in der sich häufig eine für ihre Raubzüge bekannte Roma-Clique traf. Anschließend hatte er anonym bei der Polizei angerufen, um sie auf ihre Fährte zu setzen.

Ob Fuck ahnte, was er für sie getan hatte?

Ihre Ehre zu rächen war das Erfüllendste, was er je getan hatte. Er hätte nie gedacht, dass er einmal jemanden beschützen würde. Bisher hatte er sich nur um seine eigene Sicherheit gesorgt, immer überzeugt, er sei der Schwächste von allen. Seine neue Rolle als Rächer begann ihm richtig zu gefallen.

Ein paar Nächte zuvor hatte er sich auf die Suche nach dem Jungen im karierten Hemd gemacht. Er war sich sicher, ihn in einer dieser Kneipen anzutreffen, in denen die jungen Leute bis tief in die Nacht herumlungerten. Oft genug hatte er den Dreck wegräumen müssen, den sie draußen auf der Straße hinterlassen hatten. Nachdem er den Jungen in einer Gruppe von Gleichaltrigen entdeckt hatte, musste er nur noch warten. Gegen ein Uhr hatte er sich von seinen Freunden verabschiedet und war zu seinem in der Nähe geparkten Roller gegangen. Der Müllmann war ihm gefolgt. Kaum waren sie unbeobachtet gewesen, hatte der Junge gar nicht mehr gewusst, wie ihm geschah, schon hatte ihn der erste Faustschlag mitten im Gesicht getroffen. Die folgenden Fausthiebe waren ein Geschenk von Fuck gewesen. Gerechtigkeit, ja, ihm ging es um Gerechtigkeit. Eine nie gekannte Ruhe hatte sich anschließend in ihm ausgebreitet. So fühlt man sich also, wenn man eine gute Tat vollbracht hat, hatte er gedacht.

Während er wie jeden Morgen in aller Herrgottsfrühe hinter dem Steuer seines Kleintransporters saß, dämmerte dem Müllmann, dass Gutes zu tun vielleicht seine eigentliche Berufung war. Micky hatte unrecht, er war kein böses Kind gewesen. Nein, die Welt hatte sich ihm gegenüber schlecht verhalten.

Vielleicht war jetzt der Moment gekommen, da er seinen Frieden mit ihr machen konnte.

Entgegen seiner Regel, zur Vermeidung unnötiger Risiken strikt die Routine einzuhalten, hatte er eigenmächtig die Route geändert, die man ihm für diese Woche zugewiesen hatte. Er wollte kurz bei der Hausnummer 23 Halt machen, um die Fotos auf Fucks Handy anzuschauen, das er in einer Nische auf dem Dachboden versteckt hatte. Vielleicht würde er auch das melancholische Lied noch einmal anhören, das ihm so gut gefiel.

Ja, das hatte er sich wirklich verdient.

In der von Bäumen gesäumten Straße angekommen, parkte er den Wagen etwa fünfzig Meter von dem Haus mit den Spitzengardinen und den Dachzinnen entfernt. Er setzte seine Dienstkappe auf und ging auf die Nummer 23 zu. Die Morgenluft war frisch, und er fühlte sich selten beschwingt. Wieder wollte er das Haus durch die Hintertür betreten. Doch statt über das eiserne Gitter zu klettern, blieb er stehen. Hinter den Fenstern schien sich etwas zu bewegen. Vielleicht eine der Katzen. Aber vielleicht auch nicht.

Er wartete.

Nein, er hatte sich nicht geirrt, da war jemand im Haus seiner alten Freundin Magda. Während er langsam den Rückzug antrat, konnte der Müllmann einen Blick auf die Silhouette hinter den Spitzengardinen erhaschen. Auch die fremde Person besaß offenbar keinen Hausschlüssel, denn das Gartentor war noch verschlossen. Sie musste durch die Hintertür ins Haus gekommen sein. Wie er selbst, sagte sich der Müllmann.

Also war auch die etwa fünfzigjährige Frau mit dem Kurzhaarschnitt ein Eindringling.

Die Tür fällt hinter ihm ins Schloss, niemand hat bemerkt, dass er nach Hause gekommen ist.

Der Junge schaut sich um, er versucht herauszufinden, wo die neue Mutter und der neue Vater sind. Es ist fast Abendessenszeit, er ist den ganzen Tag mit dem Fahrrad, das sie ihm nach seiner Versetzung in die zweite Klasse der Mittelschule geschenkt haben, in der Gegend herumgefahren. Er weiß nicht, ob sie ihn deswegen ausschimpfen werden. Die kurzen Hosen, das T-Shirt und die Turnschuhe, in denen er das Haus morgens verlassen hat, sind schmutzig und verstaubt, er selbst ist nassgeschwitzt.

Vorsichtig geht er durch den Flur bis zur Küche. Von der Türschwelle aus sieht er seine neue Mutter, die eine Auflaufform in den Ofen schiebt. Er nutzt die Gelegenheit, dass sie ihm den Rücken zukehrt, und läuft rasch in Richtung Bad. Dabei wirft er einen Blick ins Wohnzimmer, wo sein neuer Vater auf dem Sofa vor dem Fernseher sitzt. Auf seinem Gesicht tanzen bunte Schatten, während er sich auf die Nachrichtensendung konzentriert.

Der Junge schlüpft ins Bad. Bevor er das Licht einschaltet, schließt er die Tür ab.

Er keucht. Und keucht. Und keucht. Nur sein schwerer Atem ist zu hören. Er weiß nicht, was gleich geschehen wird, ob es ihm gelingt zu lügen oder ob er sofort einknicken wird. Die ganze Zeit, während er unterwegs war, hat er nach einer

Geschichte gesucht, die er erzählen kann, doch ihm ist keine eingefallen.

Die Worte würden ohnehin nichts ausrichten, denn die Wahrheit steht ihm ins Gesicht geschrieben.

Er geht zum Waschbecken, stützt sich mit beiden Armen auf den Keramikrand. Sein Kopf ist gesenkt, noch hat er nicht den Mut, in den Spiegel zu schauen. Kleine salzige Tropfen rinnen ihm über die Stirn und brennen in seinen Augen. Er fängt sie mit den Fingern ab und reibt sie auf das feuchte T-Shirt, das an seiner Brust klebt. Sie hebt und senkt sich keuchend, als hätte er einen Langstreckenlauf hinter sich. Seine Augen wandern den von der Sonne geröteten Hals hinauf. Hin- und hergerissen zwischen Freude und Angst begegnen sie endlich dem Blick im Spiegel.

Seinem Blick.

Und auch ein Lächeln erscheint im Spiegel. Das Lächeln seiner neuen Zähne. Das Lächeln von jemandem, der weiß, dass er etwas Unrechtes getan hat.

Sie werden es herausfinden, sagt er sich. Wenn sie mich sehen, merken sie es sofort. Er weiß es. Aber es ist ihm nicht wichtig. Er denkt nicht über die Konsequenzen nach. Seine Erregung wegen dem, was heute Morgen passiert ist, hält noch zu sehr an.

Es ist Herbst, aber man könnte meinen, es wäre Sommer. Am Abend zuvor hat seine neue Mutter seinem neuen Vater das Versprechen abgenommen, dass sie an diesem Sonntag etwas Gemeinsames unternehmen, nur Vater und Sohn. Pilze sammeln oder Drosseln jagen. Beim Aufwachen entdeckt er die frische Wäsche, die seine neue Mutter ihm rausgelegt hat. Sie riecht nach Waschpulver. Die neue Mutter hat ihm ein Frühstück zubereitet, Brot mit Zucker und ein Glas Milch. Der Junge hat gesagt, dass er sich auf den Ausflug mit dem neuen Vater freut. Aber sie hat ihm gestanden, dass der neue Vater die Verabredung vergessen und ganz früh das Haus verlassen hat.

Der neue Vater verbringt nie Zeit mit ihm, er geht ihm aus dem Weg, wo er nur kann. Er sagt kaum etwas. Er schließt sich in seiner Werkstatt ein, wo er Schaukelstühle baut, Vogelhäuser, Gartenzwerge mit roter Mütze, Wassermühlen und Wetterfahnen. Das ist sein Hobby. Er verlässt die Werkstatt nur, um zu essen oder auf dem Sofa fernzusehen. Die neue Mutter ist hingegen freundlich, sie lächelt immer. Auch wenn sie schläft, lächelt sie. Der Junge hat lange vor ihrem Bett gestanden, nachts, und sie betrachtet.

An diesem Sonntag weiß der Junge nicht, was er mit seiner Zeit anfangen soll.

Schließlich denkt er, bei so einem schönen Wetter könnte er gut eine Fahrradtour machen. Er pumpt die Reifen auf, schraubt die Klingel am Lenkrad fest und sitzt fast schon auf dem Sattel, als er plötzlich das Pfeifen hört.

Zwei langgezogene Töne, immer wieder, um seine Aufmerksamkeit zu erregen.

Da er weiß, dass ihm nichts anderes bleibt, als zu gehorchen, lässt der Junge alles stehen und liegen und geht in das Zimmer des anderen Sohnes. Dort wartet Micky auf ihn. Er sitzt wie immer im Schaukelstuhl. Micky erteilt ihm einen seltsamen Auftrag. Er erklärt ihm genau, was er tun soll. Der Junge versteht den Sinn dahinter nicht, doch er traut sich nicht zu fragen.

Kurz darauf setzt er sich auf sein Fahrrad und fährt los.

Der Rollsplitt, der unter den Reifen wegspritzt, die Kette, die bei jedem Tritt in die Pedale klirrt, das Gefühl von Freiheit, das einen nur überkommt, wenn man allein ist. Fast hat er Mickys Auftrag vergessen. Dann, nach einer steilen Auffahrt, biegt er in einen Weg ein, an dessen Ende sich die Tanksäule für Traktoren und andere Landmaschinen befindet.

Auf einem Mäuerchen sitzt ein kleiner Junge, er ist höchstens drei Jahre alt und spielt mit einem kleinen Blechpanzer.

Er steigt von seinem Fahrrad ab und tritt näher. Ein Kind in dem Alter, denkt er, sollte man nicht alleine draußen sitzen lassen ...

In seinem Versteck im Bad kann er, wenn er sich Mühe gibt, noch immer den Benzingeruch von der Tanksäule an seinen Fingern riechen. Durch die verschlossene Tür hört er den Fernseher, vor dem der neue Vater auf dem Sofa sitzt, die Stimme des Nachrichtensprechers, Satzfetzen. Etwas Schlimmes sei passiert, sagt der Sprecher. Etwas Schreckliches, Unaussprechliches. Er begreift plötzlich, dass der Mann im Fernsehen von ihm spricht. Der Junge ist überrascht, geradezu schockiert. Er zittert am ganzen Körper, das hat er nicht erwartet. Man wird ihn bestrafen, das weiß er schon jetzt. In der kargen Chronik der Geschehnisse tauchen seltsame Begriffe auf: »verschwunden«, »Suchtruppps«, »Befürchtung, dass ihm etwas zugestoßen sein könnte«. Ein Wort lässt ihn besonders aufhorchen.

Monster.

Er hat gedacht, dass es Monster nur in Märchen und Schauergeschichten gibt.

»Monster«, wiederholt er flüsternd. Ganz sanft lässt er die Buchstaben über seine Lippen gleiten.

Sie denken, es war ein Erwachsener, sagt er sich. Er muss lachen. Vielleicht hat er sie tatsächlich hinters Licht geführt. Vielleicht kann er sogar die neue Mutter täuschen. Aber bestimmt nicht den neuen Vater. Er wird sofort Bescheid wissen, da ist er sich sicher. Das war ihm schon klar, als sie sich zum ersten Mal begegnet sind, zusammen mit Martina, am Bahnhof. Ein einziger Blick, und der Mann hat gesehen, dass seine

Frau und er einen riesigen Fehler gemacht haben. Doch da war es schon zu spät, da gab es kein Zurück mehr.

Auch das Kind von der Tanksäule hat ihm vertraut. Das Versprechen, ihm ein paar neugeborene Kätzchen zu zeigen, hat genügt, der Kleine ist sofort mitgegangen. Er hat ihn zu dem verlassenen Haus gebracht, hinter dem Hügel. In dem Haus gibt es einen tiefen Brunnen. So tief, dass jedes Geräusch verschluckt wird, selbst wenn man einen schweren Stein hineinfallen lässt. »Die Kätzchen sind da unten«, hat er gesagt. Das Kind von der Tanksäule hat nicht mal geweint, sondern ihn nur angeschaut. Das Staunen in seinen Augen wird er wohl nie mehr vergessen.

Es klopft an die Badezimmertür.

»Essen ist fertig«, sagt die neue Mutter.

Er antwortet nicht, dreht nur den Wasserhahn auf und tut, als würde er sich waschen.

»Ihr werdet ihn niemals finden«, sagt er in den Raum hinein.

Dann steckt er die Hand in die Tasche seiner Shorts. Er holt den kleinen Blechpanzer hervor, betrachtet ihn. Er wird ihn Micky geben, vielleicht kann er einen Anhänger daraus machen, für einen Schlüssel oder so. Micky wird garantiert stolz auf ihn sein – nicht so wie der neue Vater, der ihn immer ansieht, als hätte der liebe Gott bei seiner Schöpfung einen schlechten Tag gehabt.

Auch Vera hat ihn immer so angesehen.

Als er sich fertig gewaschen hat, verlässt der Junge das Bad und geht, ohne zu wissen, was ihm bevorsteht, in die Küche. Er setzt sich an den Tisch vor eine riesige Portion Makkaroniauflauf. Noch hat er den neuen Eltern nicht ins Gesicht geschaut. Bevor er mit der Gabel in die Nudeln sticht, fasst er sich ein Herz und hebt den Blick.

Nichts. Nichts passiert.

Sie essen, als wäre alles in bester Ordnung. Nur das Klimpern des Bestecks, das gegen die Teller stößt, ist zu hören. Und das Ticken der Wanduhr.

Er ist glücklich und hat plötzlich gewaltigen Hunger.

33

»Der Comer See ist der stillste Ort der Welt«, sagte die Beamtin, während sie sie durch die labyrinthartigen Gänge des Einwohnermeldeamts führte. »Das habe ich vor ein paar Jahren mal in einem Artikel gelesen. Seitdem geht es mir nicht mehr aus dem Kopf.«

»Wieso?«, fragte die Fliegenjägerin. »Was hat Sie an dem Satz so beeindruckt?«

»Die Tatsache, dass in Como und Umgebung ein Haufen Häuser leer stehen, weil die Leute, die dort gewohnt haben, gestorben sind und keine Erben hinterlassen haben.«

Die Jägerin dachte an das Haus, in dem sie selbst wohnte und das einmal ihren Eltern gehört hatte. Was würde nach ihrem Tod damit werden?

»Manchmal sterben die Leute ganz plötzlich in ihren eigenen vier Wänden, und jahrelang merkt es niemand«, fuhr die freundliche ältere Dame fort. Sie war kaum größer als ein Kind und trug eine Brille mit einem roten Gestell. »Inzwischen gibt es eine Methode, mit der man schneller feststellen kann, ob jemand gestorben ist.«

»Und zwar?«

»Die Rechnungen der Stadtwerke«, antwortete die Frau vergnügt. »Nach einiger Zeit werden Strom und Gas wegen der fehlenden Zahlungen abgestellt. Man muss dann lediglich bei den entsprechenden Dienstleistern anrufen und erspart sich jede Menge Schererereien.«

»Und wenn jemand einen Dauerauftrag hat?«

Die Frau blieb stehen und schaute sie an.

»Einmal wurde ein Witwer gefunden, schon halb verwest, die Fernbedienung noch in der Hand: Er hatte sechs Jahre vor dem laufenden Fernseher gesessen ... und nicht ein einziges Mal umgeschaltet!«

Sie lachte und ging weiter.

Nach ihrem Besuch bei Magda Colombo hatte die Jägerin beschlossen, sich ans Einwohnermeldeamt zu wenden.

Zwei Tage lang hatte sie zu den verschiedensten Uhrzeiten an Magdas Tür geklingelt, ohne Erfolg. Voller Besorgnis war sie schließlich über das Gartentor geklettert, um festzustellen, dass die Hintertür nicht abgeschlossen war. Womöglich war sie mit Gewalt geöffnet worden, das konnte sie jedoch nicht mit Sicherheit sagen. Obwohl es sich um eine Straftat handelte und gegen jeglichen Anstand verstieß, war sie durch das verlassene Haus gestreift, in der Hoffnung, einen Hinweis darauf zu finden, dass Magda noch lebte. Sie war nur auf fünf wohlgenährte Katzen gestoßen, die offensichtlich regelmäßig gefüttert wurden. Von einer Verwandten? Einer Nachbarin? Einen Ehemann oder festen Partner schien es nicht zu geben.

Magda Colombo lebte allein.

Die Jägerin wusste nicht, was sie tun sollte. Jedenfalls hatte sie keine Lust, sich eine Anzeige wegen Hausfriedensbruchs einzuhandeln, daher hatte sie sich schnell wieder aus dem Staub gemacht. Zuvor hatte sie aber noch ein paar blonde Haare aus einer Bürste auf einem Schminktisch gezupft. Die hatte sie schon zu Silvi gebracht und ihn gebeten, die DNA mit der des Arms aus Nesso zu vergleichen. Der Gerichtsmediziner hatte sie darauf hingewiesen, dass es mindestens eine Woche dauern würde, bis das Ergebnis da wäre – die Mitarbeiter des Labors seien komplett überarbeitet.

Der Grund, weshalb sie schließlich in den Katakomben des Einwohnermeldeamts gelandet war, lag in einer Feststellung, die sie bei ihrem heimlichen Erkundungsgang durch das Haus mit der Nummer 23 gemacht hatte.

Es gab dort nicht ein einziges Foto der Bewohnerin.

Das kam ihr seltsam vor. Sie wollte unbedingt wissen, wie die Frau aussah.

Um die Datenschutzbestimmungen zu umgehen, hatte sie der Beamtin die schlichte Wahrheit gesagt: dass sie befürchtete, Magda Colombo könne etwas zugestoßen sein, und dass sie ein Foto von ihr brauche, um es bei ihrer Suche herumzuzeigen. Sie appellierte an die weibliche Solidarität, und die Frau hatte sofort erwidert, in Anbetracht ihrer Amtsjahre sei eine kleine Abweichung vom Protokoll ja wohl einmal möglich.

Sie kamen zu einem Schreibtisch in einer Nische ganz hinten im Archiv. Eine auf dem Tisch ausgelegte Partie Solitär, eine Thermoskanne und eine Schachtel mit Geleefrüchten ließen darauf schließen, dass die Beamtin sich dort gerne einmal eine kleine Auszeit gönnte. Auch ein betagter PC stand auf dem Tisch. Die Beamtin setzte sich vor den Bildschirm und schaltete das Gerät ein.

»Mal sehen, ob uns dieser alte Kasten hier eine Antwort liefert«, sagte sie und begann, überraschend flott auf den Tasten zu klappern.

Bereits bei der Eingabe des Namens und der Adresse tauchte die gewünschte Akte auf. Das beigefügte Passbild zeigte eine gepflegte Frau, das Gesicht eingerahmt von einer voluminösen platinblonden Frisur, dazu große modische Ohrringe und viel Make-up.

»Sie müsste da etwa in meinem Alter sein«, wandte die Jägerin ein. Für die Ermittlungen wäre ein aktuelleres Bild von Vorteil, dachte sie.

»Als sie ihren Ausweis verlängert hat, reichte Signora Colombo ein Foto ein, auf dem sie wesentlich jünger aussah«, erklärte die Beamtin mit einem Augenzwinkern. »Manche Leute haben eben Probleme mit dem Älterwerden.«

Beim Anblick der Fotografie auf dem Bildschirm fragte sich die Jägerin, ob das wirklich die Frau war, deren Arm bei Nesso gefunden worden war. Die Vorstellung, der Rest von Magda Colombo könnte noch immer in einem vierhundert Meter tiefen Graben mitten im See liegen, jagte ihr einen Schauer über den Rücken.

»Möchten Sie trotzdem eine Kopie davon, meine Liebe?«, fragte die Beamtin.

»Ja, gerne.«

Die Frau legte ein Blatt in den Farbdrucker ein.

»Wenn Personen als vermisst gemeldet worden sind, teilt die Polizei uns das mit«, sagte sie dann, ohne dass die Jägerin sie darauf angesprochen hätte.

Die schaute sie fragend an.

»Ich dachte mir, Sie würden sicher wissen wollen, was passiert, wenn Signora Colombo nicht wieder auftaucht.«

»Nämlich?«, fragte sie.

»Es müssen zehn Jahre vergangen sein, bevor das Gericht sie für mutmaßlich tot erklärt. In der Zwischenzeit hängt die verschwundene Person rechtlich zwischen Leben und Tod. Sie landet bei uns in einer besonderen Kartei, dem ›Buch der Gespenster‹, wie wir es nennen.«

Die Jägerin musste an die vielen leerstehenden Häuser an den Ufern des Comer Sees denken. Von den Lebenden verlassen, aber noch heimgesucht von den Toten, die früher dort wohnten. Wie das Haus, in dem sie lebte. Dann tauchte ein anderes Bild vor ihr auf. Der seltsame Biss auf dem Arm von Nesso.

»Wäre es möglich, in der Vermisstenkartei zu recherchieren?«, hörte sie sich sagen, ohne genau zu wissen, was sie sich davon erhoffte. Vielleicht wusste sie es auch, wollte es nur noch nicht wahrhaben.

»Natürlich«, erwiderte die Beamtin und nahm ihre Brille ab, um sie mit einem kleinen Tuch zu putzen. »Wonach suchen wir?«

Die Jägerin hielt den Atem an. Mit gepresster Stimme sagte sie: »Frauen etwa im Alter von Magda Colombo. Blond. Alleinstehend.«

Während die Beamtin die Suchparameter eingab, hoffte die Jägerin inständig, mit ihrer Annahme falschzuliegen. Nicht auszudenken, wenn sich ein Schema hinter alldem verbarg.

Doch nach und nach füllte sich der Bildschirm mit Frauengesichtern. Sie hatten weit mehr gemeinsam als nur die Tatsache, dass sie sich innerhalb des letzten Jahrzehnts in Luft aufgelöst hatten.

»Unglaublich«, flüsterte die Beamtin. »Sie sehen aus wie …«

Die Fliegenjägerin vervollständigte den Satz für sie.

»… Schwestern.«

34

Von einem warmen Wind getrieben, zogen riesige dunkle Gewitterwolken über den See und legten sich schwer über die nachmittägliche Landschaft. Rote Blitze, fein wie Kapillaren, zuckten zwischen ihnen auf.

Die Fliegenjägerin parkte den Clio vor dem Haus, als die ersten Regentropfen zu fallen begannen. Sie hielt sich die Tasche über den Kopf und lief zur Treppe, die zum Kellereingang führte.

Gerade noch rechtzeitig, bevor das Unwetter richtig losbrach, schloss sie die Tür hinter sich. Innerhalb von wenigen Sekunden öffneten sich die Schleusen und ließen die Wassermassen auf die Erde niederprasseln. Begleitet von dem heftigen Trommeln, das kaum von den Mauern des Hauses gedämpft wurde, steuerte die Jägerin ihr Sofa an. Während der Himmel in majestätischem Poltern seinem Wüten freien Lauf ließ, streckte sie alle viere von sich und rollte sich wie ein nasser Hund in die Wolldecke. Mit aufgerissenen Augen begann sie zu zittern. Doch nicht das Gewitter ängstigte sie, sondern das, was sie in dem verstaubten Büro des Einwohnermeldeamts entdeckt hatte.

Eine Wahrheit, die sie noch nicht beweisen konnte.

Dort draußen war jemand, der auffällige blonde Frauen umbrachte. Neun in den letzten zehn Jahren, um genau zu sein. Vielleicht waren es auch mehr, von denen man aber nichts wusste, weil niemand sie als vermisst gemeldet hatte.

Nach dem Modus operandi bestimmter Mörder suchte er sie aufgrund ihrer Ähnlichkeit aus. Und bisher war ihr Alter aufsteigend gewesen: von fünfundfünfzig bis fünfundsechzig. Wahrscheinlich alterten die Opfer gemeinsam mit ihm. Die Jägerin war überzeugt, dass seine Wahl nicht zufällig auf diese Frauen gefallen war und dass er davon profitierte, jünger als sie zu sein, wie es auch der Barkeeper aus dem »Blue« bestätigt hatte. Wo waren diese Frauen jetzt? Die Antwort gab der Arm von Nesso.

In den Tiefen des Sees.

Doch eine Tatsache erschreckte sie mehr als alles andere: In diesen ganzen Jahren hatte nie jemand irgendetwas bemerkt. Ich bin die Einzige, die davon weiß, sagte sie sich. Was sie allerdings in keine vorteilhafte Position brachte. Sie würden ihr nicht glauben. Und selbst wenn sie sich Pamela anvertraute: Was konnte die Freundin anderes tun, als ihren Vorgesetzten davon zu berichten? Noch dazu kam die Information von jemandem »mit ihrer Vergangenheit« und würde also nur mit Misstrauen aufgenommen werden. Die Jägerin befand sich am Rande eines Abgrunds, ein Gefühl, das sie inzwischen nur allzu gut kannte.

Sie dachte an das Obergeschoss ihres Hauses.

Sie sind ...

Ja, ich bin die Mutter.

Seit Valentinas tragischem Tod hatte sie sich zur Aufgabe gemacht, andere Frauen vor einer Gefahr zu bewahren, derer sich diese oft nicht bewusst waren. Die ganze Zeit über war sie die Angst nicht losgeworden, früher oder später wieder auf ein solches unsichtbares Monster wie vor fünf Jahren zu stoßen. Und jetzt, wo ihr schlimmster Albtraum wahr zu werden drohte, musste sie erkennen, dass sie nicht in der Lage war, die Herausforderung zu meistern.

Zu schwierig, zu schmerzvoll für eine kleine Frau wie mich, dachte sie. Ich schaffe das einfach nicht.

Allmählich beruhigte sich das Unwetter, der Regen prasselte nicht mehr so stark, und der Donner war nur noch ein leises Grummeln am Himmel. Die Fliegenjägerin konnte wieder ihren eigenen Herzschlag hören. In dem warmen Kokon, den sie sich gebaut hatte, ergriff sie eine plötzliche Müdigkeit. Ihr Atem wurde regelmäßig, ihre Augenlider wurden schwer. Am liebsten wollte sie alles vergessen, und fast schien es, als würde ihr das gelingen. Die Schatten der Vergangenheit in ihrem Inneren hatten sich zurückgezogen, die der Gegenwart aufgehört, sie zu bedrohen. Sie hatte ihren Frieden wiedergefunden.

In dem Moment hörte sie Schritte über sich.

Sie riss die Augen auf, brachte aber nicht die Kraft auf, sich zu rühren. All ihre Konzentration richtete sich auf das Hören. Vielleicht hatte sie sich vertan, und es war nur eine akustische Täuschung, redete sie sich ein. Doch die anhaltenden gleichmäßigen Tritte über ihrem Kopf sagten ihr, dass sie sich nicht geirrt hatte.

Langsam setzte sie sich auf. Die Decke rutschte ihr von den Beinen, eine schneidende Kälte überfiel sie. Sie sah ihren Atem vor sich in kleinen Wolken aufsteigen, während ihr Körper von einem heftigen Zittern geschüttelt wurde.

Das ist bestimmt wieder einer von diesen jungen Schnüfflern, dachte sie. Oder ein Obdachloser, der Zuflucht vor dem Regen gesucht hat.

Doch weder die eine noch die andere Hypothese war wirklich überzeugend. Sie erwog weitere Alternativen, aber letztlich war klar, dass ihr nur zwei Möglichkeiten blieben: Entweder sie wartete, bis der Eindringling von alleine wieder verschwand, oder sie verjagte ihn eigenhändig. Vor ihrem Besuch beim Einwohnermeldeamt hätte sie keine Sekunde gezögert, den Eindringling, der diesen Ort zu entweihen wagte, hochkant aus dem Haus zu werfen. Doch jetzt, mit diesen neuen Erkenntnissen, fiel ihr die Entscheidung schwer. Schließlich griff sie nach dem Handy, um Hilfe herbeizutelefonieren. Doch die Verbindung war gestört, scheinbar hatte es Sturmschäden an der Relaisstation gegeben. Sie hätte immer noch mit dem Clio die Flucht ergreifen können, aber eine dunkle Vorahnung sagte ihr, dass sich bereits jemand an ihrem Auto zu schaffen gemacht hatte.

Monster lassen sich nicht gerne überrumpeln, dachte sie.

Unterdessen bewegten sich die Schritte weiter über ihrem Kopf. Das ruhige Auf und Ab von jemandem, der keine Angst hatte, entdeckt zu werden.

Sie wandte sich zu der schmalen Treppe um, die ins obere Stockwerk führte. An ihrem Ende befand sich eine Tür, die schon seit Langem nicht mehr geöffnet worden war.

Die Fliegenjägerin begriff, dass sie keine andere Wahl hatte. Um eine Antwort zu erhalten, musste sie wieder Vertrauen zu diesem Haus fassen.

35

Erst drehte sie den Schlüssel im Schloss um, dann schob sie die Tür auf, die leicht am Boden schabte. Sie zwängte sich durch den schmalen Spalt und blickte sich um.

Der Korridor. Der weinrote Teppichboden mit dem Rombenmuster. Die grüne Tapete mit den schmalen beigen Streifen. Die Veduten vom Comer See.

Die Fliegenjägerin hatte ihr Handy dabei, in der Hoffnung, dass es bald wieder funktionieren würde. Aber auch den Schürhaken vom Kamin aus dem Souterrain. Das Klappmesser wäre nutzlos gewesen, da sie einen Nahkampf nicht bestehen würde.

Während sie sich vorantastete und angestrengt lauschte, ob der Eindringling sich durch ein Knarren verriet, meinte sie, die Pendeluhr zu hören, die ihr Vater nach der Hochzeit gekauft hatte und auf die ihre Mutter immer so stolz gewesen war. Die Uhr war schon vor Jahren stehen geblieben, doch ihr Ticken war in die Atmosphäre eingegangen. Dieses Geräusch hatte ihre Kindheit und Jugend und einen großen Teil ihres Erwachsenenlebens begleitet. Dann hatte sie beschlossen, die Zeit in diesem Haus anzuhalten, nach jenem Ereignis, zu dem es viele Jahre nach dem Tod ihrer Eltern gekommen war. Kein Mensch hatte seither mehr einen Fuß in diese Räume gesetzt. Das Leben war verbannt worden, während der Tod noch immer in diesen Mauern wohnte.

Die Jägerin ging weiter, wohl wissend, dass am Ende des Korridors womöglich jemand auf sie wartete.

Wer es auch sein mochte, er war durch das Wohnzimmerfenster eingestiegen, das nun offen stand. Die Vorhänge, die ihre Mutter als junge Braut genäht hatte, flatterten im Luftzug, und der schräg einfallende Regen prasselte ungehindert auf den Fußboden unterhalb des Fensterbretts. Der große steinerne Kamin, die Angeltrophäen und die gerahmten Familienfotos. Die wie der Rest des Mobiliars mit weißen Tüchern verhängte Polstergarnitur.

Langsam ging sie weiter.

In der Küche hatte der Schimmel eine Wand und einen Teil des Büfetts befallen: Ein weißlich grüner Flaum kroch vom Boden fast bis hinauf zur Decke. In der Spüle gluckerte eine schwarze Flüssigkeit, die wegen des Gewitters aus den Rohren aufgestiegen war.

Noch konnte die Jägerin den ungebetenen Gast nirgendwo ausmachen. Doch jetzt war sie absolut sicher, dass sich irgendwo in der Wohnung jemand verbarg.

Aus dem Badezimmer drang der Gestank nach fauligem Abwasser. Sogar auf dem Spiegel hatte sich eine weißliche Kalkschicht gebildet: Als sie daran vorbeiging, verwandelte sich ihr Spiegelbild in ein Gespenst.

Das Zimmer ihrer Eltern war von dem unerbittlichen Walten der Zeit verschont geblieben. Abgesehen von einer Staubschicht war alles wie früher. Die Puppe aus Porzellan saß mitten auf dem Bett. Der mächtige Schrank aus Eichenholz, der ihr als Kind großen Respekt eingeflößt hatte. Die Kommode mit der Aussteuer. Eine Glocke mit einer flehend die Arme ausbreitenden Madonna. Die Nachttische, einer mit einem Glas und einem Wecker darauf, der andere mit dem Neuen Testament und einer kleinen Vase für Schlüsselblumen oder Margeriten.

Es fehlte nur noch ein Zimmer auf dieser wundersamen Reise durch das Haus des Schreckens. Ihr eigenes. Das, in dem sie bis kurz vor ihrer Heirat mit Professor Rinaldi geschlafen hatte, der einzigen Liebe ihres Lebens.

Diese Tür war im Unterschied zu den anderen nur angelehnt. Sie wusste, was sie hinter dieser letzten Barriere erwarten würde.

Nichts als eine Matratze mit einem großen dunklen Fleck in der Mitte: Valentinas Blut, das den dicken Stoff und die Polsterung vollständig durchtränkt hatte und bis auf den Boden geströmt war.

Alles Übrige hatte die Jägerin entfernt. Die Poster mit den Sängern, die sie als Jugendliche verehrt hatte, die Nippesfigürchen, ihr gerahmtes Abschlusszeugnis und die anderen Diplome – sämtliche Erinnerungen, die sich angesammelt hatten, seit sie als Zwanzigjährige jene Arbeit aufgenommen hatte, die sie nun nicht mehr ausübte.

Nur das Bett war noch da, im Hort des Hasses. Sie hatte es nicht fertiggebracht, es wegzuschaffen. Es wäre nicht richtig gewesen.

Ob es sich der Eindringling ausgerechnet dort bequem gemacht hatte? Gleich würde sie es erfahren.

Ihre eine Hand umfasste den Schürhaken fester, mit der anderen wollte sie gerade die Tür aufdrücken, als das Handy in ihrer Hosentasche zu klingeln begann.

Die Verbindung funktionierte also wieder.

Sie zog das Handy hervor, um es auszuschalten, doch es rutschte ihr aus der Hand und fiel zu Boden. »Unbekannter Anrufer« stand auf dem Display.

Was für einen beeindruckenden Sinn fürs richtige Timing das Schicksal doch hatte, dachte sie und bückte sich, um das Handy aufzuheben. In dem Moment wurde sie mit voller Wucht von einem schweren Gegenstand am Hinterkopf getroffen und stürzte vornüber.

»R-Gespräch zu Lasten des angerufenen Teilnehmers. Autorisierungsnummer 200 607«, verkündete eine weibliche Computerstimme, während sich das Dunkel um sie herum verdichtete. »Wenn Sie den Anruf entgegennehmen wollen, drücken Sie die 9.«

Fünf Jahre zuvor

Die Automatiktüren des Krankenhauses öffnen sich vor ihr wie ein Vorhang. Ein Teil von ihr weiß genau, dass, einmal diese Grenze überschritten, nichts mehr so sein wird wie zuvor. Doch der Zweifel ist manchmal besser als die Wahrheit. Und nach der Nachricht des Professors weiß sie nicht, was sie erwartet.

Es ist acht Uhr abends, an einem gewöhnlichen Tag. Am dunklen Himmel leuchtet es irgendwo in der Ferne auf. Man kann den Regen schon riechen, aber noch ist kein Tropfen gefallen. Vor und im Sant'Anna herrscht hektische Betriebsamkeit.

Sie geht an einer Gruppe Polizeibeamter und Pfleger vorbei, die sie ignorieren. Um sich zu orientieren, lässt sie ihren Blick schweifen. Ihr Mann hat sie entdeckt, sie sieht ihn auf sich zukommen. Er umarmt sie und drückt sie an sich.

»Was ist los?«, fragt sie. Noch ist sie sicher, die Wahrheit wissen zu wollen, genug Kraft zu haben, sie zu ertragen oder ihr sogar zu trotzen, was auch immer es sein mag. »Überall Polizei«, sagt sie. »Ich wäre schon längst hier gewesen, aber sie haben mich nicht durchgelassen.«

»Die Kinder«, sagt er. Nur diese beiden Worte. *Die Kinder.*

»Was ist mit den Kindern?« Mit weit aufgerissenen Augen sucht sie nach einer Antwort in seinem Blick. »Geht es ihnen gut?«

Ihr Mann zieht sie beiseite.

»Die Kinder waren heute Nachmittag im Haus deiner Eltern«, erzählt er. »Sie wollten sich dort zurückziehen.«

Sie selbst hat ihnen zu verstehen gegeben, dass sie sich dort treffen könnten. Beide hatten noch keinen Führerschein, und bei all den Verrückten, Wahnsinnigen und Spannern da draußen musste man kein unnötiges Risiko eingehen, wenn doch ein leeres Haus zur Verfügung stand. In der Hinsicht war sie eine moderne, aufgeklärte Mutter. Ihre eigene Mutter zum Beispiel hätte sich nie so verhalten.

»Ich weiß nicht, wie das passieren konnte ...«, stammelt der Professor.

Sie versteht immer noch nicht, was genau passiert ist. Sie denkt, vielleicht ein Unfall oder ein Missgeschick. In dem Moment kommt eine junge Frau in der Uniform der Carabinieri auf sie zu.

»Pamela De Giorgio«, stellt sie sich vor. »Da ich Sie hier beide zusammen treffe, möchte ich Ihnen ein paar Fragen stellen.«

Doch sie ist noch immer verwirrt, es geht ihr alles viel zu schnell. Sie fasst ihren Mann bei den Schultern.

»Du hast meine Frage noch nicht beantwortet: Wie geht es den Kindern?«

Er senkt den Blick.

»Valentina ist oben, sie wird gerade operiert ... Aber sie hat sehr viel Blut verloren.«

»Und Diego?«

Der Professor starrt sie an.

»Sie suchen nach ihm.«

36

Er war seltsam beunruhigt, als er sich daranmachte, die drei Sicherheitsschlösser zu öffnen, die seine Wohnungstür verriegelten. Der Müllmann hatte seit Tagen keinen Fuß mehr in das Apartment gesetzt. Er hatte das Haus mit der Nummer 23 zu seinem neuen Wohnsitz erkoren, aber er war sich nicht sicher, ob er wirklich dorthin zurückkehren sollte. Besser, er fand einen Weg, Fucks Handy aus dem Versteck auf dem Dachboden zu holen. Er konnte es nicht dort lassen.

Den Schlüssel mit dem kleinen Blechpanzer in der Hand, stand er zunächst im Flur der Mietskaserne und wusste nicht, was er tun sollte. Die Frau, die er gesehen hatte, ging ihm nicht aus dem Sinn. Vielleicht würde ihn ja eine weitere böse Überraschung erwarten, wenn er seine Wohnung betrat.

Nachdem er die fremde Frau im Haus seiner alten Freundin Magda hatte herumschleichen sehen, war er zu seinem Kleintransporter zurückgekehrt. Aus dem sicheren Wagen heraus hatte er die Unbekannte aus dem Haus treten sehen. Auch sie war über das Gartentor geklettert. Er hatte sie den ganzen Tag lang verfolgt, immer mit dem nötigen Abstand, und sich gefragt, wer sie war und wonach sie suchte. Bis zu ihrem Haus war er ihr gefolgt.

Eine einsam gelegene kleine Villa nicht weit vom See.

In dem Moment war ein Gewitter ausgebrochen. Er hatte beschlossen, es auszunutzen und der Frau eine hübsche Überraschung zu bereiten. Als sie in einer Art Kellerloch verschwunden war, hatte er erst ihr Auto stillgelegt und war dann ins Obergeschoss des Hauses eingedrungen. Es schien nicht bewohnt zu sein, wie er bei seinen Erkundungen festgestellt hatte.

In den verlassenen Räumlichkeiten war er absichtlich nicht leise aufgetreten, damit sie unter ihm seine Anwesenheit bemerkte. Er wollte sich gerade ins Untergeschoss begeben, als sie plötzlich nach oben gekommen war.

Schnell hatte er sich versteckt und darauf gewartet, dass die Frau das letzte Zimmer mit der angelehnten Tür erreichte, um ihr mit dem Stock, mit dem er die Müllsäcke in den Transporter stopfte, eins überzuziehen. Ihr Handy hatte genau im richtigen Moment geklingelt und sie abgelenkt. Sie war bereits ohnmächtig, und er wollte ihr gerade das geben, was sie verdiente, als plötzlich die Zimmertür vor ihm wie von alleine aufgegangen war. Und er hatte das Blut auf der Matratze gesehen. Worauf er beschlossen hatte, die Unbekannte auf den Rücken zu drehen, um ihr ins Gesicht zu schauen.

Als er begriffen hatte, wer die Frau war und wo er sich befand, hatte er innegehalten. Er konnte ihr nicht ein zweites Mal wehtun. Deshalb war er weggelaufen und hatte sie bewusstlos zurückgelassen, ohne zu wissen, ob sie überleben würde.

Und jetzt war er wieder zu Hause. Endlich überwand er seine Beklemmungen und öffnete die Sicherheitsschlösser an der Wohnungstür. Er wurde vom üblichen dumpfen Schweigen und dem dämmrigen Licht empfangen, das durch die mit Plastikfolie abgeklebten Fenster drang. Er wartete, er hatte nicht den Mut, zur grünen Tür zu schauen.

»Wo warst du so lange?«, fragte Micky.

»Unterwegs«, log er, obwohl er wusste, dass der andere ihm nicht glauben würde.

»Ich habe nach dir gepfiffen, aber du hast nicht reagiert«, warf Micky ihm vor, doch er schien nicht verärgert zu sein.

»Tut mir leid.«

»Okay, jetzt bist du ja da. Ich habe dir was zu sagen.«

Er hatte keine Ahnung, was das sein konnte, er wusste nicht mal, ob er Angst haben sollte. Ihm blieb nichts anderes übrig, als ihm zuzuhören.

»Ich habe in den letzten Tagen viel über uns beide nachgedacht: Es ist schon eine Weile her, dass wir etwas zusammen gemacht haben.«

Endlich begriff er: Micky hatte eine neue Aufgabe für ihn.

»Wir sind nicht vorbereitet«, warf er ein, was der Wahrheit entsprach. »Ich habe noch keine neue Auserwählte, keine Recherchen gemacht ...«

»Du musst nicht immer diesen widerlichen Müll mit nach Hause bringen«, unterbrach ihn Micky. »Diesmal machen wir es wie früher, weißt du noch?«

Und wie er es noch wusste! Damals hatte Micky sich mit irgendwelchen Prostituierten begnügt, die er für ihn auf der Straße aufgelesen und an einen abgelegenen Ort gebracht hatte. Und er hatte anschließend für Ordnung sorgen müssen.

»Das ist zu riskant«, sagte er. »Wie oft haben sie uns fast erwischt.«

»Nutten leben nun mal gefährlich, das wissen auch die Bullen.«

Er hatte keine Ahnung, wie er ihn davon abbringen sollte. Egal, wie viele stichhaltige Argumente ihm einfallen würden, Micky würde auf jeden Fall das letzte Wort behalten. Wenn er sich einmal etwas in den Kopf gesetzt hatte, gab es kein Zurück mehr.

»Okay«, sagte er daher. »Ich beginne sofort mit den Vorbereitungen.«

Micky lachte zufrieden.

»Sehr gut, Kollege, du bist einfach der Beste.«

37

Jahrelang hatte der Müllmann sich gefragt, warum er zur Welt gekommen war.

Die Frage quälte ihn seit Kindertagen. Und zwar nicht erst, seit seine Mutter versucht hatte, ihn in einem trüben Schwimmbecken zu ertränken. Warum gibt es mich, wenn niemand mich will? Wozu bin ich gut? Lange Zeit hatte er darauf keine Antwort gefunden. Ob andere Menschen etwas Ähnliches empfanden?

Er war aus Versehen zur Welt gekommen, und man hatte ihn weggeworfen wie Müll.

Der Müll war der Beweis für die Unvollkommenheit der Schöpfung. Und da die meisten Menschen nur äußerst ungern an ihre Schwächen erinnert werden, bestand seine Aufgabe darin, jede Spur davon aus ihrem Blickfeld zu entfernen.

Dann aber hatte er begriffen, dass alles auf der Welt seinen Sinn hat. Selbst Abfälle besaßen einen Wert. Sie dienten dazu, einem wie ihm eine Arbeit zu beschaffen, konnten aber auch recycelt werden, Energie erzeugen oder als Rohmaterialien zu neuen Objekten verarbeitet und so wieder in den Lebenszyklus der Dinge eingegliedert werden.

Jahrelang hatte der Müllmann damit verbracht herauszufinden, wo sein eigentlicher Wert lag. Zum Schluss hatte er ihn dort gefunden, wo niemand nachzuschauen wagte.

Ganz unten, im Abgrund, so hatte er festgestellt, besaß selbst einer wie er einen Nutzen.

Zunächst hatte er mit Entsetzen auf diese Entdeckung reagiert. Doch dann hatte er begriffen. Und die eigene Rolle akzeptiert. Es kann keine Gerechtigkeit ohne Ungerechtigkeit geben, sagte er sich. So wie es ohne Tod kein Leben gibt. Außerdem hatte er eine Bestimmung, das hatte er Micky zu verdanken.

Aus diesem Grund konnte er ein weiteres Mal durch die grüne Tür gehen und sich dem Vorbereitungsritual widmen.

Zuerst nahm er ein langes Bad. Wegen seiner Haarlosigkeit brauchte er sich weder zu rasieren noch andere Haare zu entfernen. Trotzdem trug er nach dem Waschen eine Epilationscreme auf und rubbelte die toten Zellen mit einem Rosshaarhandschuh ab. Da in diesen Hautpartikeln seine wahre Identität verborgen lag, sollte er sie besser nicht in der Gegend verstreuen. Um Micky zu werden, musste er sie beseitigen. Ein schöner Gedanke, dass es sich letztlich dabei um eine umweltschonende Maßnahme handelte. Dann schnitt er sich die Finger- und Zehennägel und feilte sie anschließend so kurz wie möglich. Er streifte die aschblonde Perücke über seinen blanken Schädel und richtete ihren Sitz genau auf seine Gesichtsachse aus. Mithilfe einer dünnen Schicht Selbstbräuner sorgte er für einen frischen Teint. Zum Schluss setzte er die blauen Kontaktlinsen ein und stippte sich die Sonnenbrille mit den getönten Gläsern auf die Nase. Nachdem er die pinkfarbene Krawatte umgebunden und den Lederblazer angezogen hatte, widmete er sich den Accessoires. Die vergoldete Armbanduhr. Das silberne Feuerzeug und ein Päckchen Marlboro light. Die Geldbörse aus braunem Leder.

Er zog die Stiefeletten an und stellte sich in die Mitte des Zimmers.

Ohne sich zu rühren, blieb er so stehen, bis die Dunkelheit von außen durchs Fenster drang und den Raum völlig verschlang. Als er sich bereit fühlte, steckte er die Hand in die Hosentasche. Da war sein Talisman, der kleine Blechpanzer, den er als Schlüsselanhänger verwendete. Jetzt blieb nur noch eines zu tun.

Er räusperte sich.

»Sehr erfreut – Micky«, sagte er mit lauter Stimme.

Die Verwandlung war gelungen.

38

Sie war nicht zum Abendessen nach unten gekommen, sondern im Schlafanzug in ihrem Zimmer geblieben, mit der Ausrede, ihre Geschichtshausaufgaben noch erledigen und später essen zu wollen. In weniger als einem Monat würde sie die Prüfungen für die mittlere Reife machen müssen. Wenn sie einfach nur behauptet hätte, keinen Hunger zu haben, hätte sie Verdacht erregt, das wusste sie genau.

Waren die letzten Wochen für das Mädchen mit der lila Haarsträhne bereits schwierig gewesen, so waren die letzten Tage die reinste Hölle.

Im Internet hatte sie irgendwann einmal gelesen, dass sich bei Menschen, die kurz vor dem Tod gestanden hatten, danach alles zum Besseren wendete. Als ob das Leben hin und wieder einen Schubs bräuchte, um wieder zu funktionieren, wie eine Uhr, die man regelmäßig aufziehen muss. Früher hatte das Mädchen mit der lila Haarsträhne stundenlang Webseiten dieser Art besucht und dort andere Mädchen mit gefärbten Haarsträhnen aus den entlegensten Ecken der Welt kennengelernt. So stellte sie sich ihre virtuellen Freundinnen zumindest vor, mit denen sie sich darüber austauschte, wie man Speisereste in der Serviette verstecken konnte, ohne dass die anderen am Esstisch es mitbekamen, wann genau man kotzen musste, um den Fett- und Kalorienanteil der gerade erst verspeisten Mahlzeit so niedrig wie möglich zu halten, oder wo man sich am besten ritzte, ohne dass auffällige Narben zurückblieben.

Aus dem Grund kontrollierte ihre Mutter seit damals penibel, was sie aß, bestand darauf, dabei zu sein, wenn sie sich zum Duschen auszog, und zwang sie, regelmäßig auf die Waage zu gehen.

Vor der Geschichte mit dem See hatte das Mädchen jede dieser Kontrollen problemlos überstanden, sodass ihre Eltern schon gedacht hatten, das Schlimmste läge hinter ihnen. In gewisser Weise war das gar nicht verkehrt, denn anfangs hatte Raffaele ihr noch Grund genug gegeben, glücklich zu sein, sodass sie kein Bedürfnis hatte, sich zu verletzen. Doch als sie allmählich begriffen hatte, wie es wirklich um seine Liebe zu ihr stand, hatte die Entwicklung rasant an Fahrt aufgenommen und an dem Morgen ihren Höhepunkt gefunden, als sie sich vom Steg gestürzt hatte. Es war klar, dass ihre Eltern jetzt einen Rückfall befürchteten.

Ausgestreckt lag sie in der Dunkelheit auf ihrem Bett und starrte an die Zimmerdecke, den wieder zum Leben erwachten Teddybären, weil ein seltsames Schattenwesen ihm den Kopf angenäht hatte, eng an die Brust gedrückt.

Das Mädchen mit der lila Haarsträhne fühlte sich schuldig.

Gegenüber ihren Eltern, weil sie ihrer Liebe nicht würdig war. Und gegenüber dem unbekannten Retter, weil sie dabei war, auch die zweite Chance zu vertun, die er ihr geschenkt hatte.

Sie fragte sich, was ihr Schutzengel wohl für ein Gesicht hatte und ob sie ihn je treffen würde.

Sie stellte ihn sich dunkelhaarig vor, mit grünen Augen und einem netten Lächeln. Ein Naturliebhaber und Tierfreund, selbst von Spielzeugtieren. Und er war deutlich älter als sie, ein Erwachsener, weshalb er sie nicht so lieben konnte, wie er es gewollt hätte. Das war auch der Grund, warum er sich nie zeigte.

Plötzlich fiel ein Lichtstrahl von außen in ihr Zimmer, auf die Wand hinter ihr. Das Mädchen setzte sich auf und drehte sich zum Fenster. Wieder blitzte es hell auf. Sie krabbelte vom Bett und stellte sich hinter den Vorhang, um rauszuschauen. In der abendlichen Dunkelheit war nichts zu sehen. Doch kurz darauf war der Lichtstrahl wieder da und zielte auf ihren Balkon. Die Botschaft war klar: Jemand wollte sie dazu bringen, in den Garten hinunterzugehen. Sie dachte an den merkwürdigen Code aus der Umkleidekabine. Ihr Herz machte einen Sprung.

Auf ihrem gesunden Bein hüpfte sie ins Bad, wusch sich schnell das Gesicht und legte etwas Make-up auf. Zurück im Zimmer, nahm sie ein Sweatshirt aus dem Schrank und streifte es sich über den Kopf.

Sie war bereit.

Trotz der Krücken, die ihre Beweglichkeit einschränkten, gelang es ihr, das Haus unbemerkt durch den Dienstboteneingang zu verlassen und den von hohen Ligusterhecken gesäumten Kiesweg zu nehmen. Ihr Ziel war das »Labyrinth«, in dem sie als Kind immer mit ihren Cousins Verstecken gespielt hatte. Doch wie sollte sie ihrem Besucher klarmachen, dass sie dort war?

In dem Moment hörte sie Schritte hinter sich und drehte sich um. Eine Taschenlampe leuchtete ihr direkt ins Gesicht und blendete sie. Mit dem Arm schirmte sie ihre Augen ab und versuchte gleichzeitig zu erkennen, wer auf sie zukam.

»Warum gehst du nicht an dein Scheißhandy?«

Raffaeles harscher Ton war unverkennbar.

»Ich habe das iPhone nicht mehr«, erwiderte sie, bemüht, sich ihre Enttäuschung nicht anmerken zu lassen. »Es ist im See gelandet, als ich reingefallen bin.«

Der Junge packte sie so fest am Arm, dass sie fast das Gleichgewicht verlor.

»Hör auf, mich zu verarschen«, sagte er drohend. »Seit Tagen kriegst du meine Nachrichten und antwortest einfach nicht.«

Ein gefährliches Schimmern lag in seinen Augen. Das Mädchen wusste, dass das nichts Gutes zu bedeuten hatte. Genauso wusste sie, dass er etwas von ihr wollte, wenn er sich extra die Mühe gemacht hatte, zu ihr zu kommen.

»Ich werde nicht tun, was du von mir willst.«

»Oh doch, das wirst du«, erwiderte der andere selbstgefällig. »Sonst wird euer Familienalbum um ein paar hübsche Fotos reicher.«

Das Mädchen mit der lila Haarsträhne betete zum Himmel, dass ihr Schutzengel auftauchen möge. Doch nichts geschah.

»Was soll ich tun?«, fragte sie und fing an zu weinen.

»Mittwochabend wirst du es erfahren.«

»Und was soll ich meinen Eltern erzählen?«

»Mir doch egal. Lass dir was einfallen.« Er musterte sie scharf, packte sie am Kinn und drückte ihr einen Kuss auf die Lippen. »Und sieh zu, dass du dich hübsch machst.«

39

Sie erwachte in einer Pfütze aus Erbrochenem und Blut. Ihr war schrecklich schwindelig. Mühsam hievte sie sich hoch. Mit wackeligen Beinen stand sie da und stützte sich am Türrahmen ab. Einatmen, ausatmen. Ihr war kalt, draußen war es schon dunkel. Noch immer hielt sie das Handy umklammert. Der letzte Anruf war noch auf dem Display zu sehen.

Wenn Sie den Anruf entgegennehmen wollen, drücken Sie die 9 ...

Die Computerstimme hallte in ihrem Kopf wider. Der Jahrestag – er fiel genau in diese Zeit. Sie tastete sich an der Wand entlang bis zur Tür zum Souterrain. Dann ging sie mit zitternden Knien die Treppe hinunter.

Unten angekommen, steuerte sie das Badezimmer an.

Die Frau, die im Spiegel auftauchte, war nicht sie selbst. Über die linke Gesichtshälfte zogen sich Streifen geronnenen Bluts, von der Nase zum Mund und bis zum Ohr. Auch das Weiß um ihre Iris war blutunterlaufen, und dunkle Ringe zogen sich um ihre Augen. Bestimmt waren das Symptome eines Schädeltraumas, dessen wahre Ausmaße sie erst in ein paar Stunden feststellen würde.

Sie drehte das kalte Wasser auf.

Im Moment wollte sie gar nicht wissen, weshalb der Angreifer sie am Leben gelassen hatte, statt sie gleich umzubringen, was an sich logisch gewesen wäre. Wahrscheinlich hatte er gedacht, sie würde sowieso sterben, sagte sie sich.

Sie spuckte ins Waschbecken, ließ Wasser in die hohlen Hände laufen und wusch sich energisch das Gesicht. Noch tropfnass, riss sie die Tür des Arzneischränkchens auf und kramte zwischen den Schachteln und Tuben nach Schmerztabletten. Ohne das Haltbarkeitsdatum zu überprüfen, schluckte sie gleich mehrere auf einmal. In ihrem Zustand hätte sie sofort ins Krankenhaus gehen sollen, doch darauf hatte sie nicht die geringste Lust. Sie würde Eiswürfel aus dem Gefrierfach holen, sie in ein Tuch wickeln und sich aufs Sofa legen, das Eispäckchen schön auf die Stirn gepresst, in der Hoffnung, dass das Universum aufhören möge, sich gegen sie zu verschwören. Aber gerade als sie die Tür des Schränkchens wieder zuklappen wollte, fiel ihr Blick auf einen alten Lippenstift, der seit ewigen Zeiten dort herumstehen musste.

Wie versteinert starrte sie ihn an.

Obwohl sie sich um Frauen kümmerte, die Gewalt erlitten, war ihr die Erfahrung, von einem Mann geschlagen zu werden, bislang erspart geblieben. Jetzt wusste sie: Es war tausend Mal schlimmer, als sie es sich vorgestellt hatte. Neben dem körperlichen Schmerz war da noch etwas anderes, das viel tiefer ging und viel verletzender war.

Erniedrigung.

Mit einem Mal begriff sie, dass kein Mann jemals das Leid würde nachempfinden können, das eine Frau neben ihrer Verletzlichkeit auch ihre Minderwertigkeit spüren ließ. Es war nicht nur die Folge eines ungerechten Kampfes. Nein, dachte sie wie elektrisiert, hinter der Brutalität verbarg sich ein unerträgliches Überlegenheitsgefühl. Er hat mich nicht geschlagen, weil er stärker ist als ich, er hat mich geschlagen, weil er glaubt, das Recht dazu zu haben.

... R-Gespräch zu Lasten des angerufenen Teilnehmers. Autorisierungsnummer 200 607 ...

Jedes Jahr um diese Zeit versuchte Diego verzweifelt, sich vom Gefängnis aus mit ihr in Verbindung zu setzen. Die Jägerin kannte seine Absicht: Er wollte sie erneut um Vergebung für Valentinas Tod bitten. Aber sie glaubte ihm nicht. Er tat es nur, um dadurch eine Haftverkürzung zu erreichen. Sie und der Professor waren befugt, darüber zu entscheiden, ob er noch länger einsitzen musste. Doch wie es schien, war ihr Ex-Mann nicht mehr ganz so überzeugt wie sie, dass dies mehr als gerecht war.

Es ist jetzt fünf Jahre her, er hat das Recht auf eine zweite Chance.

Eine dumpfe Wut verscheuchte ihre Übelkeit. Sie konnte nicht einfach hinnehmen, dass es erneut passierte. Es lag in ihrer Verantwortung zu verhindern, dass eine weitere Frau zum Opfer wurde.

Mit zitternden Fingern griff die Fliegenjägerin nach dem Lippenstift und begann, sich sorgfältig zu schminken. Sie entdeckte außerdem noch eine angebrochene Tube Make-up, mit dem sie ihre Tränensäcke kaschierte, außerdem Lidschatten, einen Kajalstift und sogar Mascara. Sie zupfte rasch ihre Kurzhaarfrisur zurecht, verließ das Bad und trat zum Kleiderschrank, wo sie alles beiseiteschob, was in erster Linie bequem war. Als sie die Hoffnung schon fahren lassen wollte, tauchte wie durch ein Wunder ein knielanges schwarzes Kleid auf. Sie erinnerte sich, wann sie es das letzte Mal getragen hatte: bei Valentinas Beerdigung. Das nennt man wohl Wink des Schicksals, dachte sie. Doch das Schwierigste kam jetzt erst. Denn als sie es über den Kopf zog, bemerkte sie, wie sehr sie in den vergangenen fünf Jahren zugenommen hatte. Abgesehen von ihrem Bauch, der sie wie eine prähistorische Fruchtbarkeitsgöttin aussehen ließ, waren auch ihre Hüften in die Breite gegangen und ihr Hintern seltsam unförmig geworden.

Die hochhackigen Pumps verstärkten trotz der Tabletten ihr Schwindelgefühl wieder, außerdem verspürte sie ein unangenehmes Ziehen in den Schienbeinen, da sie schon ewig keine Absatzschuhe mehr getragen hatte. Mit unsicheren Schritten stöckelte sie zu ihrem Handy hinüber, dessen Akku inzwischen fast leer war, und suchte im Internet nach Ü60-Partys in der Nähe.

Schon nach kurzer Zeit wurde sie fündig: In der Piano-Bar »Gloria« fand ein Tanzabend statt.

Natürlich hatte sie keinerlei Gewissheit, dass der Mann, den sie jagte, sich ausgerechnet heute Nacht auf die Suche nach seinem nächsten Opfer machte und dann auch noch im »Gloria«. Vielleicht sollte sie lieber zu Hause bleiben und abwarten, bis die Folgen des Schlags auf den Hinterkopf nachgelassen hatten.

Er ist wütend, dachte sie. Deshalb ist er gekommen. Aber immerhin war sie nicht in den Tiefen des Comer Sees gelandet. Sie war eben nicht sein Typ. Dafür hatte sie weder das richtige Alter, noch war sie blond. Was bedeutete, er würde sich auf eine andere stürzen.

Ja, heute Abend ist es wieder so weit.

Sie verließ das Haus und stieg in ihren Clio. Bestimmt hatte der Angreifer am Nachmittag an ihrem Auto herumgeschraubt, um sie am Wegfahren zu hindern. In dem Fall würde sie eben ein Taxi rufen. Doch nein, der Motor sprang gleich beim ersten Versuch an.

Umso besser, sagte sie sich.

Sie warf einen Kontrollblick in den Rückspiegel. Da das Make-up die Gewaltspuren auf ihrem Gesicht nicht völlig verdeckte, nahm sie eine große Sonnenbrille mit dunklen Gläsern aus dem Handschuhfach und setzte sie auf.

Verfügbar, verlockend, verwirrend. Die perfekte Fliegenfalle.

40

Mit den Jahren hatte das »Gloria« mehrere Leben erfahren. Es war Nachtbar, Disco, Striplokal und Swingerclub gewesen. Rote Samtvorhänge, flauschiger Teppich, Kristallwandleuchten, Sofas und Sitzkissen. Über dem Ganzen lag der süßliche Duft, den die Dämpfe der Nebelmaschine verströmten.

Micky stieß die Flügel einer Bullaugentür auf, die gleich hinter ihm wieder zuschwang. Als Erstes fiel sein Blick auf den Sänger mitten auf der Tanzfläche vor einem großen Flügel, hinter dem sich ein Keyboard verbarg. Um ihn herum bewegten sich tanzend vier Pärchen.

Was wurde ihm denn heute geboten? Ein paar Grüppchen und die üblichen Singles, Männer und Frauen. Seltsamerweise waren Letztere in der Überzahl, was nur bedeuten konnte, dass darunter auch Prostituierte waren.

Er wandte sich zu der langen Theke, von einem Messinggeländer umgeben. Etwa ein Dutzend gepolsterter Barhocker standen vor ihr aufgereiht. Er wählte den äußersten, von dem aus er den besten Blick über das Lokal hatte, und bestellte ein Glas Sprite. Im Zweifelsfall konnte man das Getränk auch für einen Gin Tonic halten. Dann schaute er sich die anwesenden Frauen an. Eine von ihnen würde seine neue Auserwählte werden. Doch wie immer würde nicht er sie auswählen. Sondern sie ihn.

Da er diesmal alles dem Zufall überlassen würde, musste er sehr vorsichtig sein und durfte keine Fehler begehen.

Der Müllmann wusste genau, dass es riskant war, ohne gründliche Vorbereitung auf die Pirsch zu gehen. Normalerweise wollte Micky im Vorhinein alles über die Auserwählte wissen, um in jeder Situation die Kontrolle zu behalten. Doch er sah nicht ein, nach der Pfeife dieses Undankbaren zu tanzen, der von einem Tag auf den anderen einfach verschwunden war, ohne ihm einen Ton zu sagen. Er hatte Lust, ihn dafür büßen zu lassen, und vielleicht würde er es sogar tatsächlich tun. Aber jetzt wollte er sich erst mal amüsieren.

Er merkte, dass er beobachtet wurde. Eine Frau am anderen Ende des Raumes, die ihn mit ihren Blicken eingefangen hatte und nun mit langsamen, sinnlichen Schritten näher kam, einen Cocktail in der Hand. Sie war weder blond, noch hatte sie lange Haare, und trotz der dunklen Sonnenbrille erkannte er sie sofort. Ihm stockte der Atem.

»Hallo«, sagte sie, setzte sich auf den Barhocker neben ihn und stellte ihr Cocktailglas auf dem Tresen ab. »Suchst du Gesellschaft?«

Er starrte sie an, ohne zu wissen, was er tun sollte.

Die Frau brach in heiseres Gelächter aus.

»Was ist – sprichst du meine Sprache nicht?«

»Aber sicher«, sagte er schließlich voller Angst, sich zu verraten.

»Wartest du auf jemanden?«

Er überlegte kurz.

»Ich warte auf dich.«

Sie lachte wieder und streckte die Hand aus.

»Vera.«

Er drückte sie.

»Micky.«

Keine Reaktion. Sie war ein völlig anderer Mensch, ganz anders als die Frau, die sie bei ihrer letzten Begegnung gewesen war, vor langer, langer Zeit. Wo war ihre blonde Mähne geblieben, ihre Filmstarfrisur? Die Schönheit, die ihn damals so betört hatte, war verwelkt, der ebenmäßige Teint hatte sich in ein dichtes Netz von Falten verwandelt. Spuren von Make-up klebten in ihren Augenwinkeln, ihre Haut war gelblich. Außerdem hatte er sie größer in Erinnerung.

»Und, wer bist du in Wirklichkeit, *Micky*?«

Sie hat mich nicht erkannt, sagte er sich. Sie hat nicht den geringsten Schimmer, wer ich bin. Allein die Tatsache, dass sie mit ihm flirtete, als ob nichts gewesen wäre, sprach dafür. Er beschloss, sein legendäres Lächeln hervorzuzaubern.

»Ich bin, wer immer du willst.«

»Ich nehme an, du bist nicht verheiratet, so frech wie du mir den Hof machst ...«

»Stimmt«, bestätigte er. »Keine Gattin, keine Kids.«

»Wer weiß, warum ich dir das nicht abnehme ...«, sagte die Frau und nahm einen Schluck von ihrem Getränk.

»Und du?«, fragte er. »Keine Familie?«

Diesmal hatte ihr Lachen etwas Ordinäres.

»Verdammt – nein!«, rief sie aus. Dann beugte sie sich vor und flüsterte ihm ins Ohr: »Hast du dein Auto hier draußen stehen?«

»Ja.«

Sie nahm seine Hand und legte sie auf ihre Brust.

»Warum suchen wir uns dann nicht ein hübsches ruhiges Plätzchen?«

Er zögerte.

»Wenn wir sofort gehen, kann ich dir einen Sonderpreis machen ... Und du mit mir alles, was du willst.«

Sie zwinkerte ihm zu und biss sich kokett auf die Unterlippe.

41

Etwa zehn Meter trennten sie von dem Paar, das auf den Ausgang zustrebte. Wegen ihrer geschwollenen Augen und der dunklen Sonnenbrille konnte sie die Gesichter nur undeutlich erkennen. Trotzdem versuchte sie, sich ihr Aussehen einzuprägen.

Die Fliegenjägerin konnte es nicht fassen, dass sie gleich im ersten Anlauf einen Volltreffer gelandet hatte.

Sie hatte den Mann vor zwanzig Minuten hereinkommen sehen. Groß gewachsen, kräftig, wie der Putzmann auf den Videos aus dem Sant'Anna-Hospital. Schwarz gekleidet, mit blaugetönten Brillengläsern, so wie ihn der Barkeeper aus dem »Blue« beschrieben hatte, dazu die »komischen blonden Haare, wie an den Kopf geklebt«. Die Jägerin musste sofort an eine Perücke denken.

Vor allem aber fiel ihr eines auf: Der Unbekannte war viel zu jung für diese Art von Etablissement.

Ihr Blick war ihm bis zum Tresen gefolgt, an dessen äußerstem Ende er Platz genommen hatte. Von dort aus konnte er bequem den ganzen Raum überblicken. Sie hatte ihn lediglich ein Sprite bestellen sehen, und auch das hatte ihn verraten. Ein Abstinenzler kommt nicht ins »Gloria«, hatte sie sich gesagt. Dieser Mann wollte einen klaren Kopf bewahren.

Schon kurze Zeit später hatte sich eine Frau um die sechzig auf den Hocker neben ihm gesetzt. Gleich gibt er ihr einen

Korb, sagte sie sich. Sie passte überhaupt nicht in sein Beuteschema.

Sie war nicht blond.

Zu ihrer großen Überraschung ließ sich der Unbekannte jedoch in ein Gespräch verwickeln, und kurz darauf gingen sie gemeinsam zum Ausgang.

Die Jägerin erhob sich von dem in einer Nische stehenden Sofa, von wo aus sie die Szene beobachtet hatte, und folgte dem seltsamen Paar im Abstand von einigen Metern. Nachdem die beiden das Tanzlokal verlassen hatten, verschwanden sie in einer verlassenen Gasse. Da das Klappern ihrer hohen Absätze sie womöglich verraten hätte, zog die Jägerin die Pumps aus und schlich ihnen barfuß hinterher.

Die Frau hatte sich bei dem Mann untergehakt. Sie schlenderten so innig vertraut wie zwei Verliebte. Vor einem alten Fiat Fiorino blieben sie stehen. Der Unbekannte ließ seine Begleiterin einsteigen, dann umrundete er den Wagen und setzte sich ans Steuer. Die Jägerin nutzte die Gelegenheit und huschte zu ihrem Clio. Sie würde sie beschatten.

Der Fiorino verließ die Ortschaft und bog in eine dunkle kurvenreiche Straße ein, die am Seeufer entlangführte.

Die Jägerin folgte ihnen in einer Entfernung von etwa hundert Metern – ausreichend, um nicht bemerkt zu werden, aber zu groß, um das Nummernschild entziffern zu können. Sie war unbewaffnet, nicht mal das Klappmesser hatte sie bei sich. Vor allem aber ging der Akku ihres Handys zur Neige. Für einen letzten Anruf würde er aber wahrscheinlich noch reichen. Ohne groß zu überlegen, wählte sie Pamelas Nummer.

»Was ist denn los, verdammt?«, meldete sich ihre Freundin verärgert.

»Hör zu, ich habe nicht viel Zeit, außerdem ist mein Handy fast leer.« Und der Empfang war schlecht. »Ich glaube, ich habe den Mann gefunden, der die Tote von Nesso auf dem Gewissen hat.«

»Was?«, stammelte Pamela. »Was sagst du da?«

»Er war heute Abend im ›Gloria‹, wo er eine Frau abgeschleppt hat. Ich verfolge die beiden gerade im Auto.«

»Wie bitte? Wie kommst du darauf, dass ausgerechnet dieser Mann ein Mörder ist?«

»Er ist es, vertrau mir.«

»Du spinnst.«

»Im Gegenteil, ich habe genügend Indizien, um dir zu beweisen, dass ich mich nicht irre.«

Pamela misstraute ihr, was kein Wunder war. Dennoch machte sie sich Sorgen.

»Wo bist du jetzt?«

»Auf der Küstenstraße, der Bastard fährt in Richtung Nesso.«

»Du verfolgst ihn tatsächlich mit dem Auto?« Pamelas erschrockener Unterton erforderte keine Antwort. »Okay, ich komme. Aber mach keine Dummheiten!«

»Rufst du keine Verstärkung?« Dass die Freundin alleine kommen wollte, überraschte sie. »Dieser Dreckskerl ist gefährlich.«

»Ich weiß nicht, was du gerade vorhast, aber ich glaube, man muss sich eher vor dir in Acht nehmen.«

Sie legte auf, und schon wenige Sekunden später gab das Handy den Geist auf. Die Jägerin warf es auf den Beifahrersitz, um mit beiden Händen am Steuer eine enge Kurve zu nehmen. Das Heck des Clio scherte aus, aber es gelang ihr, in der Spur zu bleiben. Allerdings war sie durch dieses Manöver zu dicht an den Fiorino herangekommen: Der Mann konnte sie jetzt deutlich im Rückspiegel erkennen.

Die Jägerin wollte ihr Tempo drosseln. Doch als sie auf die Bremse trat, reagierte der Clio nicht.

Sie probierte es erneut. Wieder passierte nichts.

Im Gegenteil, der Wagen nahm immer mehr an Fahrt auf, er raste jetzt geradezu den Hügel hinab. Von Panik ergriffen, riss sie an der Handbremse, um auf die Weise die Geschwindigkeit zu verringern. Vergeblich.

Keine Frage, das Auto war außer Kontrolle geraten.

Das Letzte, was die Fliegenjägerin mitbekam, war, wie es an der nächsten Biegung die Bodenhaftung verlor und mit erhobener Schnauze aus der Kurve flog.

42

»Kannst du bitte kurz anhalten?«

Micky tat, was sie von ihm verlangte, und hielt an der nächsten Parkbucht. Ihre Handtasche an die Brust gepresst stieg Vera aus dem Fiorino. Sie schwankte. Nach ein paar Metern blieb sie stehen, um Luft zu holen. Er beobachtete sie durch die geöffnete Autotür. Offenbar ging es ihr nicht gut.

»Alle diese Kurven ... Vielleicht habe ich auch zu viel getrunken«, sagte sie.

Früher hat der Alkohol sie aggressiv gemacht, dachte Micky, sie in ein wildes Tier verwandelt. Jetzt schien sie ihre ganze Kraft verloren zu haben. Für einen Moment verabscheute er sie, doch dieses Wrack da war nicht mehr *seine* Vera.

Die Frau nahm die dunkle Sonnenbrille ab und ließ sie zu Boden fallen. Mit unsicheren Schritten ging sie auf einen Pfad zu, der ins Unterholz führte.

Er beschloss, ihr zu folgen.

Vera ging weiter und weiter, wie an jenem Tag, als sie dem Schwimmbecken und ihrem ertrinkenden Sohn den Rücken gekehrt hatte.

Micky hielt sich auf Distanz. Die Scheinwerfer des Fiorino hinter ihnen waren noch eingeschaltet. Doch je weiter sie sich entfernten, desto schwächer wurden sie. Bald war es so dunkel und der Wald so dicht, dass er sie aus den Augen verlor. Nicht einmal Veras Schritte hörte er mehr.

Plötzlich öffneten sich die Bäume vor ihm, und er fand sich auf einer mondbeschienenen Lichtung wieder.

Er entdeckte sie neben einem Mäuerchen, von dem aus man einen atemberaubenden Blick auf den See hatte. Eine riesige schwarzglänzende Öllache, still und glatt. Das sachte Rauschen der Blätter, durch die der Wind fuhr, klang wie Applaus.

Das Leben hatte Vera ziemlich übel mitgespielt, dachte er, als er sie dort stehen sah. Er hatte schon gemerkt, dass sie unter gelegentlichen Aussetzern litt. Bestimmt waren diese Erinnerungslöcher einer frühen Form von Demenz geschuldet. Der Müllmann hätte mit Sicherheit die unverhoffte Begegnung und ihren Zustand ausgenutzt, um sie nach »seiner Geschichte« zu befragen. Schade, dass er nicht da war.

Langsam ging Micky auf sie zu.

»Weißt du noch, wie ich den Kopf deines sechsjährigen Sohnes in eine Stahlzwinge gespannt habe? Was ihm zwei hübsche Löcher rechts und links am Schädel eingebracht hat? Oder als ich ihm mit einer Zange, jedes Mal wenn er mir nicht gehorcht hat, einen Zahn ausgerissen habe? Weißt du noch, Vera?« Er verlangsamte seinen Schritt noch mehr, nahm sich alle Zeit der Welt. »Und du warst dabei und hast nichts getan, um mich davon abzuhalten.« Jetzt war er nur noch wenige Meter von der Brüstung entfernt. »Sie haben deinen Sohn fortgebracht, aber dann ist er zurückgekommen, um nach dir zu suchen, weißt du das? Ich bin bei ihm geblieben, ich habe es nicht übers Herz gebracht, ihn alleine zu lassen ... Ich bin seine Familie, er hat sonst niemanden.«

Er bemerkte, dass Vera die Augen geschlossen hatte. Sie atmete tief ein und aus. Als sie ihn wieder ansah, wirkte sie vollkommen unbeeindruckt. Er war sich nicht sicher, ob sie seine Worte überhaupt mitbekommen hatte.

»Weißt du ... Ich kann dir nicht erklären, warum, aber das ist heute ein seltsamer Abend«, sagte sie ruhig. »Ich habe an meinen Geburtstag gedacht ... Denkst du manchmal an deinen Geburtstag?«

Er wusste nicht, worauf sie hinauswollte, und schwieg.

»Es heißt, dass der Tag, an dem du geboren wirst, der wichtigste in deinem Leben ist. Eben weil du an dem Tag auf die Welt kommst, nicht wahr? Und dann feierst du ihn jedes Jahr, und alle sind nett zu dir und schenken dir sogar was. Aber das weißt du natürlich noch nicht sofort, sie sagen es dir, wenn du älter bist, dass dieser Tag so wichtig für dich ist.« Ihr Gesicht verdüsterte sich. »Ich weiß nicht, wann mein Geburtstag ist, ich habe es nie gewusst. In meine Geburtsurkunde haben sie irgendeinen Tag eingetragen. Und weißt du, warum? Weil meine Mutter es mir nicht sagen wollte. Als kleines Mädchen habe ich sie gefragt: ›Bitte Mama, sag mir, an welchem Tag ich geboren bin, alle Kinder haben einen Geburtstag, ich will das auch.‹ Aber sie – nichts.« Vera nahm ein Päckchen Zigaretten und ein Feuerzeug aus ihrer Handtasche. Sie versuchte, sich eine Zigarette anzuzünden, doch eine plötzliche Windböe blies die Flamme immer wieder aus. Nach mehreren vergeblichen Versuchen gab sie es auf. »Warum erzähle ich dir das? Ich kenne dich doch erst seit fünf Minuten.«

Sie lachte, aber ihre raue Stimme klang alles andere als vergnügt.

Micky war nur noch einen Schritt von ihr entfernt. Im Mondlicht wirkte Veras Hals wie aus Elfenbein. Er hätte bloß die Hand ausstrecken müssen, um ihn zu berühren.

Unversehens drehte die Frau sich zu ihm um und streichelte ihm übers Gesicht.

»Ich kannte mal jemanden, der Micky hieß«, sagte sie traurig und melancholisch zugleich. »Aber wie sah er noch mal aus? Ich kann mich gar nicht mehr erinnern, war er groß oder klein?«

Ja, knüpfte er in Gedanken an ihre Überlegungen an, der Geburtstag ist der wichtigste Tag im Leben. Ich wurde von einem stinkenden Schwimmbecken geboren, meine ersten Atemzüge habe ich in einer Art Jauchegrube getan. Das dunkle Loch in der Erde war mein Mutterkuchen, die schlammige Brühe mein Fruchtwasser.

Er trat noch näher auf sie zu und umfasste ihre Hüften.

Vera hob die Arme, um ihm die Sonnenbrille abzunehmen. Verunsichert musterte sie sein Gesicht.

Er ließ es zu.

Verstörung malte sich auf ihren Zügen ab, als sie versuchte, hinter die blauen Kontaktlinsen zu blicken. Sie sah aus wie jemand, der in einen Brunnen ohne Boden geschaut hatte, in die tiefsten Niederungen menschlicher Triebe. Und nun gab es kein Zurück mehr, das wusste sie.

»Wer bist du«, fragte sie zögernd.

Er lächelte sie an.

»Ich bin der Abgrund.«

Heute ist sein vierzehnter Geburtstag.

Seine neue Mutter hat eine Bananencremetorte gebacken und seinen neuen Vater gebeten, ihm in seiner Werkstatt etwas aus Holz zu bauen, um das Ereignis zu feiern. Sie werden ein kleines Fest veranstalten. Die neue Mutter hat auch von einer Überraschung gesprochen, ohne ihm jedoch mehr zu verraten.

Seit er aufgewacht ist, kann er an nichts anderes mehr denken. Er hat nicht die geringste Idee, was es denn sein könnte.

Dieser Geburtstag ist ein ganz besonderer. Vor einer Woche ist er nachts aufgewacht, und seine Schlafanzughose war nass. Er hat einen Riesenschrecken bekommen und sich Sorgen gemacht. Hat er etwa ins Bett gepinkelt, so wie früher, als er noch bei Vera wohnte oder im Heim war?

Als er versuchte, mit dem neuen Vater darüber zu sprechen, hat ihn das noch mehr verwirrt.

»Das ist so bei Männern.«

Nur dieser eine Satz, nichts weiter. Der neue Vater hat sich in seiner Werkstatt eingeschlossen und das Thema nicht mehr erwähnt.

Doch er konnte nicht aufhören, darüber nachzudenken. Weil der neue Vater das Wort »Männer« benutzt hat, weiß er nun immerhin, dass er ab jetzt kein Kind mehr ist, was ihn gefreut hat.

Im Wohnzimmer ist der Tisch gedeckt, die Bananencremetorte steht in der Mitte. Seine neue Mutter hat das gute Geschirr mit dem Silberbesteck aufgelegt. Und eine Karaffe mit Orangensaft und eine Flasche Pfefferminzsprudel dazugestellt.

Der neue Vater sitzt wie immer vor dem Fernseher. Er scheint sich weder für ihn noch für seinen Geburtstag zu interessieren. Die neue Mutter sitzt im Schaukelstuhl neben dem Kamin, sie strickt an einem Pullover für ihn. Sie warten auf jemanden, aber er weiß nicht, auf wen.

Es klingelt an der Tür.

Die neue Mutter legt ihr Strickzeug zur Seite, um dem Besucher aufzumachen. Kurz darauf kommt Martina zur Tür herein, mit einem Geschenk in der Hand. Sie ist die Überraschung.

Seit ihrem letzten Treffen sind Jahre vergangen. Er freut sich über das Wiedersehen.

»Na, wie geht es meinem Lieblingsjungen?«, fragt die Sozialarbeiterin.

»Mir geht es gut«, sagt er. »Ich bin jetzt ein Mann.«

Martina lächelt und streichelt ihm übers Gesicht.

»Das stimmt, mein Lieber, das bist du jetzt wohl.«

Die neue Mutter hilft ihr aus dem Mantel, und er sieht etwas, womit er nicht gerechnet hätte. Seine Freundin hat einen riesigen Bauch.

»Welcher Monat?«, fragt die neue Mutter.

»Wir haben es fast geschafft«, erwidert Martina.

»Und was wird es?«

»Wir wollen uns überraschen lassen.«

Sie fährt sich mit der Hand über den Bauch, und er begreift, dass sich darin ein Kind befindet, das bald auf die Welt kommen wird. Eine plötzliche Traurigkeit überkommt ihn. Er weiß nicht, warum, sie ist einfach da.

Sie zünden die Kerzen auf der Torte an. Er bläst sie auf einen Schlag aus. Die neue Mutter und Martina applaudieren ihm, der neue Vater beobachtet die Szene von Weitem. Er zwingt sich zu einem Lächeln, doch er ist nicht glücklich.

Dann kommt der Moment der Geschenkübergabe. Der neue Vater hat eine Kiste aus Holz gebaut.

»Das ist eine Schatztruhe«, erklärt die neue Mutter. »Du kannst deine liebsten Erinnerungsstücke da reintun.«

In den Deckel sind die Worte eingraviert: *Herzlichen Glückwunsch zum 14. Geburtstag, Mama und Papa.*

Als die Reihe an Martinas Geschenk ist, wickelt er es sogleich aus, obwohl es ihn in Wirklichkeit überhaupt nicht interessiert.

»Das ist ein Walkman«, sagt die Freundin. »Damit kann man Musik hören. CDs.«

»Danke«, sagt er, nimmt die beiden Geschenke an sich und läuft die Treppe hinauf.

Oben angekommen überlegt er es sich anders. Statt in sein Zimmer geht er in das des toten Sohnes, hinter der grünen Tür.

»Sie hat dich vergessen, Jungchen«, sagt Micky und grinst ihm ins Gesicht. »Oder vielmehr, sie hat dich ersetzt.«

»Das ist nicht wahr«, widerspricht er. »Außerdem bin ich kein Jungchen mehr. Ich bin jetzt ein Mann.«

Micky bricht in schallendes Gelächter aus.

»Warum lachst du?«, fragt er wütend.

Micky hört gar nicht mehr auf zu lachen. Das macht ihn nur noch wütender. Damit der andere endlich aufhört zu lachen, nimmt er seine Geschenke und schleudert sie mit voller Wucht zu Boden, wo sie kaputtgehen. Mickys Gelächter wird immer lauter.

»Ich werde Martina heiraten«, sagt er bestimmt.

»Um sie heiraten zu können, hättest du mal lieber dein Ding in sie reingesteckt. Jetzt ist es zu spät, das hat jetzt ein anderer getan.«

Er kann Micky, seinen Anblick, sein Gefrotzel, nicht länger ertragen und wendet sich ab, um wieder nach unten zu gehen. Vor der Wohnzimmertür bleibt er stehen. Von dort aus kann er Martina und die neue Mutter miteinander reden hören. Sie haben von seinem erregten Zustand nichts mitbekommen, umso besser.

Er wartet noch einen Moment und geht dann ins Wohnzimmer zurück.

»Wo warst du?«, fragt Martina.

Ihr Lächeln ist so freundlich wie immer. Sie sitzt im Schaukelstuhl, auf dem Platz der neuen Mutter, spielt mit einem roten Wollknäuel und schaukelt sanft hin und her.

Er geht auf sie zu, ohne etwas zu sagen.

»Wollen wir ein bisschen Musik hören? Ich habe jede Menge CDs im Auto und könnte dir zeigen, wie der Walkman funktioniert.«

»Später«, sagt er und tritt noch näher.

Er will sie fragen, ob sie seine Frau werden und für immer mit ihm zusammenbleiben will. Aber er findet nicht die richtigen Worte.

Um sie heiraten zu können, hättest du mal lieber dein Ding in sie reingesteckt.

»Was hast du, Lieber?«, fragt Martina.

Er beugt sich über sie.

»Ah, ich verstehe – du willst eine Umarmung!«

Die Freundin streckt die Arme aus, und er lässt sich von ihr drücken. Wie gut sie riecht, denkt er.

Dann löst er sich von ihr, richtet den Oberkörper wieder auf und tritt einen Schritt zurück. Er sieht, wie das Lächeln auf Martinas Lippen langsam erstirbt. In ihren Augen liegt unendliche Traurigkeit. Sie senkt den Blick und starrt auf die Stricknadel, die aus ihrem Bauch ragt. Die neue Mutter stößt einen

Schrei aus. Zum ersten Mal wendet sich auch der neue Vater vom Fernseher ab, um zu schauen, was da los ist. Sie alle sind gelähmt vor Entsetzen.

Ihm ist klar, dass er nicht länger dortbleiben kann. Er läuft zur Tür und stürzt aus dem Haus.

43

Guido Rottinger hatte niemals Kinder haben wollen. Das Mädchen mit der lila Haarsträhne war durch Zufall darauf gekommen. Irgendwann hatte sie ein wenig in den persönlichen Dingen ihrer Mutter herumgestöbert, als ihr einige Briefe in die Hände gefallen waren, die sich die Eltern vor ihrer Geburt geschrieben hatten. Sie hatte mit kitschigen Liebesgeständnissen gerechnet, stattdessen ging es immer nur um ein Thema.

Ihre Mutter beschwor ihren Vater, seine Meinung zu ändern und sie wenigstens ein Kind haben zu lassen.

Am Ende hat sie sich durchgesetzt, dachte das Mädchen mit der lila Haarsträhne mit bitterem Sarkasmus. Aber zugleich tat ihr der Gedanke weh, dass ihr Vater ihre Geburt lediglich als notwendiges Übel betrachtet hatte.

Ich habe mich gefragt, wie du wohl reagiert hättest, wenn ich vor zwei Wochen wirklich gestorben wäre.

Ich wäre am Boden zerstört gewesen.

Sie hätte ihm seine Worte so gerne geglaubt, doch sie konnte es einfach nicht.

In den Briefen legte ihr Vater seiner Frau detailliert die Gründe für seine Entscheidung dar. Er würde dieses Kind hassen, lautete eines seiner Argumente. Zu guter Letzt hatte er dann doch zugestimmt, unter einer Bedingung: Es durfte kein Sohn werden. Dreimal hatte ihre Mutter nach einer DNA-Analyse heimlich abgetrieben, bis schließlich sie zur Welt gekommen war. Nur weil sie ein Mädchen war, hatte ihr Vater sie am Ende akzeptiert.

Das Leben des Guido Rottinger war vorbestimmt.

Als Ältester von drei Söhnen sollte er eines Tages die Leitung des Firmenimperiums übernehmen, das sein tüchtiger Großvater erschaffen und sein bedeutender Vater ihm vererbt hatte. Sein Schicksal war in dem Moment festgeschrieben, als er seinen ersten Schrei ausstieß. Es zu verändern oder den Geschehnissen anzupassen, war aussichtslos. Andere hatten über den Gang seines Lebens entschieden, Punktum. Im Gegenzug würde er niemals Hunger leiden oder Ungewissheiten entgegensehen, er durfte sich Privilegien erfreuen, von denen die meisten Menschen nur träumen konnten.

Doch der entscheidende Aspekt war: Er würde das alles vererben.

Guido Rottinger hatte zwar nicht die Kraft, gegen sein Schicksal zu rebellieren, aber er konnte immerhin verhindern, dass seinem Sohn dasselbe widerfuhr. Eine Tochter zu haben, bedeutete für ihn, das Macho-Regime zu untergraben, das seine Existenz vergiftet, seine Träume erstickt und seine Talente unterdrückt hatte.

Doch das Mädchen mit der lila Haarsträhne wusste, dass sie sich davon nicht täuschen lassen durfte. Es handelte sich hierbei nicht um einen Akt väterlicher Großmut, nein, der Ingenieur war wie immer nur auf seine ganz persönlichen Interessen bedacht. Damit sein eigen Fleisch und Blut ihn nicht so hassen würde, wie er selbst seinen Vater hasste, ohne es ihm aufgrund seines Status jemals gestehen zu können.

Vielleicht, dachte das Mädchen mit der lila Haarsträhne, war die Tatsache, dass seine einzige Tochter eine Hure geworden war, die gerechte Strafe dafür, dass ihr Vater Gottes Pläne durchkreuzen wollte. Sie verdankte ihr Leben drei unschuldigen Embryos, die vor ihr gezeugt worden waren. Eigentlich dürfte es mich gar nicht geben, sagte sie sich immer wieder. Wo waren diese drei Kinder jetzt? Was hatten sie getan, um nie das Licht der Welt erblicken zu dürfen? Warum war sie statt ihrer am Leben?

Mittwochabend wirst du es erfahren.

Während sie am Schreibtisch in ihrem Zimmer saß, musste sie immer wieder an ihre letzte Begegnung mit Raffaele denken, aber auch an die schrecklichen Dinge, zu denen er sie gezwungen hatte. Sie wusste nicht, was noch alles auf sie zukam. Was sie diesmal für ihn würde tun müssen. Und vor allem, mit wem. Sie versuchte sich in Anbetracht der anstehenden Prüfungen wieder auf ihre Bücher zu konzentrieren, doch es gelang ihr nicht. Der einzige Ausweg war immer ein und derselbe.

Schluss machen. Ins Nichts zurückkehren, aus dem sie gerissen worden war, um den Platz dreier ungeborener Söhne einzunehmen.

Im Unterschied zu den anderen Dingen des Lebens, die leichter werden, je öfter man sie tut, stellt man beim zweiten Versuch fest, wie qualvoll das Sterben ist. Und ein Hungerstreik kam auch nicht infrage, da ja morgen schon Mittwoch war.

Vielleicht könnte ich mit Maia darüber sprechen, sagte sie sich. Aber was die Freundin ihr raten würde, wusste sie bereits. Nein, bevor sie es ihren Eltern erzählte, würde sie lieber abhauen. Doch mit den Krücken und dem gebrochenen Knöchel würde sie nicht weit kommen. Sie saß fest.

Sie sah zum Bett hinüber, wo der Teddy mit dem wiederangenähten Kopf saß.

Nachdem Raffaele sie vor ein paar Tagen abends im Garten erneut gezwungen hatte, sich zu erniedrigen, glaubte sie nicht einmal mehr an die Existenz eines Schutzengels, der aus der Ferne über sie wachte. Und ohne ihn war es schwierig, aus dieser Situation herauszufinden.

Wie sie es auch drehte und wendete, es gab nur eine Lösung.

Sie stand auf, hinkte zur Tür und dann die Treppe hinunter. Auf der letzten Stufe vergewisserte sie sich, dass niemand sie beobachtete. Dann betrat sie das Arbeitszimmer.

Ihr Vater war auf Geschäftsreise. Ihre Mutter machte Besorgungen. Die Bediensteten, die ein Auge auf sie haben sollten, würden erst in einer Viertelstunde in ihr Zimmer schauen.

Sie konnte sich also Zeit lassen.

Geräuschlos machte sie die Tür hinter sich zu. Das Zimmer war in ein angenehmes Halbdunkel getaucht. Es roch nach dem Aftershave ihres Vaters: Sandelholz, Tabak, Muskatnuss. Die exklusive Duftnote ließ er sich eigens in einer kleinen Parfümerie beim Palais Royal in Paris zusammenstellen.

Das Mädchen ging auf das Bücherregal zu, in dessen Mitte ein *Sacco* von Alberto Burri hing, eine Collage, die ihre Eltern bei einem Galeristen in Mailand gekauft hatten. Sie berührte den unteren Rand des Bilderrahmens, bis sie auf einen Knopf stieß. Sie drückte darauf. Das Kunstwerk fuhr ein Stück heraus. Sie nahm es ab. Dahinter lag ein kleiner Tresor. Das Mädchen mit der lila Haarsträhne kannte die Ziffernkombination. Es war das bestgehütete Familiengeheimnis. Nachdem sie das Geburtsdatum ihrer Mutter eingegeben hatte, sprang die kleine Tür automatisch auf.

Sie zog das schwarze Samtfutteral aus dem Tresor, nahm es mit zum Schreibtisch und setzte sich in den Drehstuhl, den Rücken zur Tür gewandt. Das Morgenlicht drang durch die Fensterläden und fiel genau auf das Futteral in ihrem Schoß. Das Mädchen fuhr mit der Hand hinein und nahm den Revolver heraus. Er war nicht geladen. Aber die Munition befand sich lose in dem kleinen Säckchen. Mit zitternden Händen steckte sie sie in die Öffnungen der Trommel.

Es ist nur zur Probe, redete sie sich zur Beruhigung ein. Nur zur Probe.

Doch sie war sich dessen nicht sicher. Was, wenn sie doch den Mut aufbrachte und abdrückte? Wie an jenem Morgen am See, als sie am Ende des Stegs den unwiderstehlichen Sog des eisigen Wassers gespürt hatte.

Als sie die Waffe geladen hatte, atmete sie tief durch und öffnete den Mund. Sie entsicherte den Revolver und steckte sich den Lauf zwischen die Zähne, bis sie das kalte Eisen am Gaumen spürte. Wenn sie Glück hatte, dauerte das Ganze nicht mehr als den Bruchteil einer Sekunde.

Das Herz schlug ihr bis zum Hals, ihre Hände zitterten. Sie überlegte, was wohl ihr letzter Gedanke auf Erden sein sollte. Es war lächerlich, sich vorzustellen, was man denken sollte, aber sie wollte nicht mit dem verkehrten Gedanken oder Bild im Kopf aus dem Leben scheiden.

Warum gehst du nicht an dein Scheißhandy?

Sie musste an Raffaeles schneidenden Tonfall bei ihrem letzten Treffen im Garten denken. Sie war immer noch wütend auf ihn. Leck mich doch, dachte sie. Du wirst schon sehen, was du davon hast, wenn du morgen mit leeren Händen dastehst …

Sie erinnerte sich auch an die Antwort, die sie Raffaele gegeben hatte.

Ich habe das iPhone nicht mehr! Es ist im See gelandet, als ich reingefallen bin.

Raffaele hatte sie brutal am Arm gepackt und sie angeschrien.

Hör auf, mich zu verarschen! Seit Tagen kriegst du meine Nachrichten und antwortest einfach nicht.

In dem Moment fiel ihr ein, dass sie alle Sperren aufgehoben hatte, bevor sie das iPhone zusammen mit der Whiskyflasche in die Plastiktüte gesteckt hatte. Der Finder sollte das Handy problemlos einschalten, ihre Identität herausfinden und es ihrer Familie zurückgeben können. Ihre Eltern hätten über kurz oder lang die Fotos entdeckt und den Grund für ihre Tat begriffen. Anschließend hatte sie das Telefon aber wieder ausgeschaltet, das wusste sie genau.

Seit Tagen kriegst du meine Nachrichten und antwortest einfach nicht …

Die Waffe in ihrer Hand wog immer schwerer. Langsam zog sie sie aus dem Mund. Kein Zweifel, jemand musste ihr Handy am Steg gefunden haben.

Jemand hatte es wieder eingeschaltet.

44

Der Müllmann hatte den ganzen Tag geweint, nachdem Micky ihm von Vera erzählt hatte.

»Da, wo sie jetzt ist, geht es ihr gut«, hatte er gesagt. »Sie wird nie mehr leiden müssen.«

»Und was passiert nun weiter?«, hatte er wissen wollen. »Hören wir jetzt auf?«

Ihm war klar geworden, dass Micky, immer wenn er ihm eine neue Aufgabe erteilte, eigentlich nach Vera suchte. Das Alter der Auserwählten musste dem der Mutter so nah wie möglich kommen. Sie alterten gemeinsam mit ihr.

Micky hatte sich nicht auf eine Antwort festlegen wollen.

»Wir werden sehen«, hatte er gesagt.

Der Müllmann hatte gedacht, dass Micky ihn nun vielleicht nicht mehr brauchte, dass er zu nichts mehr nütze war, außer zum Mülleinsammeln. Früher hätte er darunter gelitten, aber jetzt hoffte er bloß, dass Micky verschwand. Vielleicht sollte er ihm sagen, dass auch er eine unerwartete Begegnung gehabt hatte.

Vielleicht wäre der Schreck ja groß genug, wenn er die Fliegenjägerin erwähnte.

Seine Hauptsorge galt aber im Moment Fuck. Er wollte wissen, wie es ihr ging, und vor allem wollte er sie wiedersehen. Zuerst musste er jedoch das Handy holen, das er in dem Haus mit der Nummer 23 versteckt hatte.

Ohne Rücksicht darauf, dass die Fliegenjägerin womöglich Anzeige bei der Polizei erstattet hatte, drang er am frühen Nachmittag, als das Viertel still vor sich hin dämmerte und man nur hier und da einen Rasenmäher hörte, in das Haus ein. Wie immer kamen sofort die Katzen angelaufen. Nichts hatte sich verändert. Doch er hatte keine Zeit, ihnen zu fressen zu geben, er musste sich beeilen. Er eilte die Treppe zum Speicher hoch. Im Zwielicht sah er die Nische auf dem Dachboden, wo er das Handy versteckt hatte. Er nahm es heraus und betrachtete es. Obwohl er wusste, wie gefährlich es war, länger als nötig zu bleiben, konnte er der Versuchung nicht widerstehen, es einzuschalten. Während er darauf wartete, dass das Gerät hochfuhr und die üblichen Quadrate auftauchten, über die er auf schnellstem Wege zu Fucks Fotos gelangte, wuchs die Vorfreude in ihm. Er war aufgeregt wie ein kleines Kind.

In dem Moment gab das iPhone ein beunruhigendes Signal von sich.

Erst war der Müllmann vollkommen ratlos, dann begriff er.

Jemand versuchte, Fuck auf dem Handy zu erreichen.

45

Jemand hatte den Anruf entgegengenommen.

Es hatte eine Weile gedauert, bis der Unbekannte am anderen Ende der Leitung sich dazu entschieden hatte, lange Sekunden, in denen die Melodie von *Stranger Things* ertönte, der Klingelton ihres alten iPhones. Doch dann war er rangegangen. Und jetzt schwieg er.

Das Mädchen mit der lila Haarsträhne saß auf dem Fußboden in ihrem Zimmer, sie hatte endlich das neue Handy aus der Verpackung geholt, das ihre Eltern ihr als Ersatz für das vermeintlich im See versunkene geschenkt hatten.

»Du bist das, oder?«, fragte sie. »Du bist der, der mich gerettet hat ...«

Auf der anderen Seite war nur ein Atmen zu hören.

»Du hast mir den Teddy zurückgebracht und seinen Kopf wieder angenäht ...«

Immer noch Schweigen.

»Und du warst in der Umkleidekabine neben mir, in dem Klamottengeschäft ... Wenigstens das kannst du mir doch sagen, oder?«

Keine Antwort.

Es war frustrierend, doch das Mädchen mit der lila Haarsträhne nahm all seinen Mut zusammen.

»Ich habe hässliche Dinge getan«, sagte sie in einem Atemzug. »Dinge, für die ich mich schäme ... Und ich will sie nicht noch einmal tun. Aber er zwingt mich dazu.« Sie musste weinen und schluchzte. »Ich weiß nicht, warum ich dir das sage, aber wem sonst könnte ich es erzählen? Ich kenne dich nicht mal, ich weiß nicht, was du für ein Gesicht hast, aber ich brauche deine Hilfe … Du musst mir noch mal helfen …« Die Tränen strömten ihr jetzt über das Gesicht. »Morgen kommt Raffaele mich abholen, um mich irgendwohin zu bringen. Ich weiß nicht, wohin, ich weiß nur, dass ich nicht will.«

Sie hoffte inständig, dass ihr geheimnisvoller Gesprächspartner ihre letzten Worte verstanden hatte, dass er ihr irgendein Zeichen gab.

Doch kurz darauf brach die Verbindung ab.

46

Das Fenster war gekippt, doch die Fliege sah den Ausgang einfach nicht. Immer wieder knallte sie gegen die Scheibe. Seit zehn Minuten dauerte das Spektakel jetzt schon an, doch der Jägerin blieb nichts anderes übrig, als der Fliege von ihrem Bett aus zuzusehen und sich genauso ohnmächtig wie sie zu fühlen.

Es war das zweite Mal, dass sie im Krankenhaus lag. Beim ersten Mal hatte sie ein Kind bekommen. Beide Male war Professor Rinaldi an ihrer Seite.

»Die gute Nachricht ist, dass dein Clio jetzt endlich Schrott ist und du keine Ausrede mehr hast, die Karre zu behalten«, sagte ihr Ex-Mann, während er ihre wenigen im Zimmer verstreuten Habseligkeiten einsammelte, da ihre Entlassung kurz bevorstand.

Sie erinnerte sich an den Aufprall gegen die Bäume, den Geruch nach Wald, die Welt, die auf dem Kopf stand. Was danach geschah, blieb im Dunkeln. Sie entsann sich weder, dass Pamela sie gefunden und den Notdienst gerufen hatte, noch, dass die Freundin bei ihr geblieben war, als der Krankenwagen sie ins Sant'Anna-Hospital gebracht hatte. Und doch musste sie die ganze Zeit bei Bewusstsein gewesen sein und die Fragen der Sanitäter beantwortet haben.

Sie war mit einem gebrochenen Arm und ein paar Schürfwunden davongekommen, aber es hätte auch sehr viel schlimmer enden können.

Die Ärzte und die Polizei gingen davon aus, dass der Unfall dem Schädeltrauma zuzuschreiben war, das sie wegen des Schlags auf den Hinterkopf erlitten hatte. Niemand wollte ihr allerdings glauben, dass ein gefährlicher Mörder in ihr Haus eingedrungen war. Sie hielten ihn für einen Einbrecher, der, als sie ihn entdeckt hatte, einfach zugeschlagen hatte, um unerkannt zu entkommen. Mörder töten, sie schlagen nicht bewusstlos, war ihre unumstößliche Meinung.

»Die Bremsen waren manipuliert«, protestierte sie erschöpft.

»Das hast du schon mal gesagt, aber das Auto ist jetzt nur noch ein Haufen Schrott, die Versicherung wird sich darum kümmern.«

Rinaldis derangiertes Aussehen ließ die Jägerin darauf schließen, dass er an diesem Tag noch nicht einen Tropfen Alkohol getrunken hatte. Wie allen Alkoholikern ging es auch ihm besser, wenn er trank: Seine Gesichtszüge waren entspannter, seine Hände zitterten nicht. Der Alkohol betäubte den selbst verursachten Schmerz. Auch wenn der Professor sicher bald wieder zur Flasche greifen würde: Im Moment war er um ihretwillen nüchtern, und das konnte sie nur gutheißen.

Keiner von beiden hatte das tragische Ereignis erwähnt, das sie mit diesem Ort verband.

Während ihr Ex-Mann die Kleidungsstücke aus ihrer Reisetasche zog, in denen sie das Krankenhaus in einer Stunde verlassen würde, dachte die Jägerin, dass sie gerne sein Hemd gebügelt hätte. Während ihrer Ehe hatten sie sich die Hausarbeit geteilt, nur das Bügeln nicht. Sie, die eine echte Katastrophe beim Bügeln gewesen war, hatte es erst mühsam lernen müssen. Und obwohl sie es hasste, dass manche Leute eine Frau danach beurteilten, wie gut das Hemd ihres Ehemanns gebü-

gelt war, wollte sie doch, dass der Professor anständig gekleidet in seine Schule ging.

Die Zimmertür stand offen, doch jemand klopfte trotzdem
von außen an.

Die Jägerin wandte sich um und sah Pamela den Kopf zur
Tür hereinstecken. Ein freundliches Lächeln lag auf ihrem Ge-
sicht, was sie sofort irritierte, denn normalerweise war die
Freundin dauerhaft auf hundertachtzig.

»Wie geht's dir heute?«, fragte sie zuckersüß.

»Besser, danke«, erwiderte Rinaldi an ihrer Stelle.

»Also stimmt es, dass sie heute entlassen wird ...?«

Die Fliegenjägerin sah, dass Pamela ihre Uniform trug, was
bedeutete, dass sie nicht lange bleiben würde.

»Was willst du?«, fauchte sie.

Die andere hob entschuldigend die Arme.

»Ich sehe, du hast immer noch einen Brass auf mich.«

»Ja, weil du mir einfach nicht glauben willst!«, erwiderte
sie aufgebracht. »Obwohl ich dir alle möglichen Beweise ge-
liefert habe, damit du endlich kapierst, mit wem wir es hier zu
tun haben.«

Pamela zog einen Stuhl heran und setzte sich neben das
Bett.

»Ich komme gerade von der Gerichtsmedizin«, sagte sie.
»Nach dem, was dir passiert ist, hat Silvi einen DNA-Abgleich
zwischen den Haaren von Magda Colombo und dem Arm von
Nesso gemacht.«

»Und?«, fragte sie zögernd.

»Keinerlei Übereinstimmung.«

Die Antwort ließ sie erstarren.

»Wie kann das sein?«

»Ganz einfach: Die Haare, die du aus der Bürste gezogen
hast, gehören zu einer blonden Perücke.«

Sie hatte nicht damit gerechnet, dass die Frau eine Perücke trug.

»Ihr könntet doch in das Haus zurückgehen und eine andere Probe besorgen«, schlug sie vor.

»Und aus welchem nachvollziehbaren Grund?«

»Aus dem einfachen Grund, dass Magda Colombo etwas Schreckliches zugestoßen sein könnte«, empörte sie sich.

»Bei deiner nächsten illegalen Hausdurchsuchung solltest du dich besser an die Zahnbürste halten«, empfahl Pamela ihr ironisch.

»Und was ist mit den neun blonden Frauen, die in den letzten Jahren in der Gegend um Como verschwunden sind? Habe ich mir die etwa auch eingebildet?«

Pamela riss der Geduldsfaden.

»Wenn wir jetzt beim Einwohnermeldeamt eine ähnliche Anfrage starten würden, mit den Suchkriterien ›männlich, brünett, circa vierzig Jahre alt‹, würden auch zig Treffer dabei rumkommen.«

»Und wie erklärst du dir den Biss auf dem Arm von Nesso?«

»Ich erkläre ihn mir gar nicht, aber so oder so ist das noch lange kein Beweis für einen Mord.«

Der Professor hatte dem Streitgespräch wortlos zugehört. Die Versuche der Jägerin, ihn per Blickkontakt zu animieren, sie zu unterstützen, ignorierte er. Also wandte sie sich wieder der Freundin zu und packte sie am Handgelenk.

»Hör zu, Pamela«, sagte sie fast flehentlich, »es gibt zwei Kategorien von Mördern: die Organisierten und die Planlosen. Die Organisierten überlegen sich jeden einzelnen Schritt, bevor sie zuschlagen. Sie sind gut in die Gesellschaft integriert, haben einen Job, zahlen Steuern und kennen das Gesetz. Sie sind Sadisten, aber denken, sie hätten eine Art Bestimmung. Sie sind sehr vorsichtig und hinterlassen keine Spuren, die sie verraten könnten ... Die Planlosen hingegen handeln aus einem Impuls heraus. Sie wählen ihre Opfer nicht vorher aus, sondern überlassen alles dem Zufall. Sie leben am Rande der Gesellschaft, oft haben sie weder Freunde noch Familie. Sie sind gefühllos und töten aus reiner Lust. Sie zu finden ist schwierig, denn selbst wenn sie Fehler machen, sind sie unkalkulierbar ...« Sie stellte fest, dass sie Pamelas volle Aufmerksamkeit besaß, und ließ ihr Handgelenk los. »Der Mann, den ich im ›Gloria‹ gesehen habe, sucht blonde Frauen, ist aber mit einer Dunkelhaarigen weggegangen. Er kann problemlos Leichen verschwinden lassen, hat aber den Fingernagel übersehen, der im Mund der Rottinger-Tochter gelandet ist. Er ist ein Einzelgänger, versteht es aber, einen Draht zu seinen Opfern herzustellen, um sie für sich einzunehmen. Er empfindet keinerlei Mitgefühl, hat aber das Mädchen vor dem Ertrinken gerettet.«

»Der Typ scheint mir ziemlich widersprüchlich veranlagt«, bemerkte die Freundin skeptisch. »In welche der beiden Kategorien gehört er denn deiner Meinung nach?«

»In beide«, erwiderte die Jägerin trocken. »Deshalb ist er das Schlimmste, was uns passieren konnte.«

Pamela schwieg, und auch der Professor schien ihre Worte erst einmal verdauen zu müssen.

»Die Wut dieses Mannes ist sehr alt. Er ist in einer feindseligen Umgebung aufgewachsen, hat Gewalt erfahren und jede erdenkliche Form von Misshandlung. Aber er hat trotzdem überlebt: weil er gelernt hat, sich anzupassen.« Die Jägerin machte eine Pause. »Seine Rache richtet sich nicht nur gegen die Welt, die sein Leid ignoriert, die ihn nicht gerettet hat, als er ein wehrloses Kind war – wir dürfen auf keinen Fall den Fehler machen, das zu denken. Nein, er hat ein klares Motiv, das ihn dazu bringt zu töten. Und es ist das gleiche, das dich zu einer Gesetzeshüterin, Rinaldi zu einem Lehrer und mich zu einer Fliegenjägerin macht ... Er hält es für richtig, weil es in seiner Natur liegt.«

Pamela ließ sich gegen die Stuhllehne sinken, Erstaunen spiegelte sich auf ihrem Gesicht.

»Woher weißt du das alles? Wo hast du das her? Und warum?«, stammelte sie.

Die Jägerin schaute zu ihrem Ex-Mann. Anders als die Freundin kannte der Professor die Antwort.

»Nach Valentinas Tod wollte sie die Dinge begreifen lernen«, sagte er, ohne den Gedanken auszusprechen, dass sie vermutlich das Pech gehabt hatten, genau in dem Moment an eines jener unverdächtigen Monster geraten zu sein, als dessen Karriere als Serienmörder begann. Denn einige der Charakterzüge, die die Jägerin aufgeführt hatte, passten einfach perfekt zu Diegos Profil.

Mit Tränen in den Augen trat Rinaldi auf seine Frau zu.

»Wir hätten sie beschützen müssen«, sagte er leise und strich ihr sanft über die Stirn. »Am Ende war es auch unsere Schuld.«

»Ich werde versuchen, noch mal mit dem Leutnant zu reden«, beschloss Pamela. »Aber ich kann nichts versprechen ... Und du musst mir schwören, dass deine unautorisierten Ermittlungen hier und jetzt ein Ende haben. Wenn da draußen wirklich so ein Monster rumläuft, wird es nicht zögern, dich noch einmal anzugreifen.«

Die Fliegenjägerin musste zugeben, dass sie fürs Erste genug hatte.

Pamela stand auf, um zu gehen.

»Du könntest dich dieser anderen Sache widmen«, sagte sie augenzwinkernd. »Der Typ mit dem weißen Porsche. Du erinnerst dich, wir haben da noch eine Rechnung offen ...«

Rinaldi schaute sie fragend an.

»Frauenkram«, sagte sie schnell.

Dann gab sie der Jägerin einen Kuss auf die Wange und verließ das Krankenzimmer.

Als sie allein waren, wollte Rinaldi ihr das Kissen unter dem eingegipsten Arm richten, doch die Fliegenjägerin hielt ihn davon ab.

»Ich will ihn treffen«, sagte sie ohne weitere Erklärung. »Bringst du mich zu ihm?«

Wortlos schaute Rinaldi sie an. Dann nickte er.

47

Zum Zeitpunkt des grausamen Verbrechens war Valentinas Mörder noch minderjährig, sodass er die ersten beiden Jahre der insgesamt achtjährigen Haftstrafe in einem Erziehungsheim für straffällige Jugendliche verbracht hatte. An seinem achtzehnten Geburtstag war er in eine Justizvollzugsanstalt überführt worden.

Zum ersten Mal seit Langem hatte der Professor sich wieder hinters Steuer gesetzt und die Autofahrt zum Gefängnis von Opera, einer Kleinstadt bei Mailand, auf sich genommen. Neben ihm auf dem Beifahrersitz saß die Fliegenjägerin, ein Foto von Valentina in den Händen. Sie schaute es nicht an, doch sie hatte das Gefühl, sich daran festhalten zu müssen. Wie sie jetzt wohl aussehen würde, wenn sie die mörderische Wut überlebt hätte, fragte sie sich. Bestimmt wäre sie eine wundervolle Frau geworden. Vielleicht hatte sie Diego nach dem Urteilsspruch deshalb nicht mehr sehen wollen, selbst auf den Fotos nicht, die ab und zu in den Revolverblättern auftauchten, wenn es einem Paparazzo gelungen war, den Strafgefangenen bei ihrem Sozialdienst außerhalb der Gefängnismauern aufzulauern. Daher wusste sie nicht, ob er sich in den letzten fünf Jahren verändert hatte. Würde sie ihn auf den ersten Blick erkennen? Und wie würde ihr Wiedersehen ablaufen? Würde er sie von seiner Reue überzeugen können oder wieder nur enttäuschen? Das Einzige, was sie mit Gewissheit wusste, war, dass ihr Besuch einem bestimmten Zweck diente und sie sich auf keinen Fall um den Finger wickeln lassen würde.

Das Gefängnis war ein grauer Monolith mitten im Nirgendwo. Kurz vor dem Tor sagte die Jägerin unvermittelt: »Ich würde lieber alleine gehen.«

»Bist du sicher?«

»Ja«, beruhigte sie ihn.

»Vergiss nie, wen du vor dir hast!« Ihr Ex-Mann schaute ihr ernst ins Gesicht.

Sein Satz sagte ihr zweierlei: erstens, dass Rinaldi schon dort gewesen war. Und zweitens, dass er, anders als von ihr vermutet, Diego nicht verziehen hatte. Der Professor wusste ganz genau, was für ein Mensch sich da hinter Gittern befand.

Sie ließ ihn auf dem sonnenbeschienenen Vorplatz zurück und meldete sich beim Einlass.

Nachdem sie alle Formalitäten hinter sich gebracht und die Sicherheitsschleusen passiert hatte, nahm sie im Besucherraum Platz. Statt von Wänden war der Raum von mindestens fünf Zentimeter dicken Glasscheiben umgeben. Die Einrichtung bestand aus einem Stahltisch und zwei im Boden verankerten Stühlen.

An ihren Gipsarm geklammert wie eine Ertrinkende an ein Stück Treibgut, wartete sie etwa eine Viertelstunde lang. Schließlich sah sie durch die sich öffnende Glastür zwei Vollzugsbeamte näher kommen, die einen schlaksigen jungen Mann mit Seitenscheitel und Streberbrille herbeiführten. Sie ließen ihn auf dem Stuhl ihr gegenüber Platz nehmen. Seine Handschellen befestigten sie an einer Kette, die von einem Ring auf der Tischplatte abging. Die ganze Zeit über vermied Diego, ihr ins Gesicht zu schauen. Als sie fertig waren, ließen die Beamten sie allein und schlossen die schwere Tür hinter sich zu.

Die Jägerin musterte ihn schweigend. Er war ein gutes Stück gewachsen, seit sie ihn zum letzten Mal gesehen hatte. Aus dem Jungen war ein Mann geworden. Doch sie entdeckte auch noch ein paar Pickel auf seinen Wangen. Den spärlichen Bartwuchs. Die kindliche Angewohnheit, an den Fingernägeln zu kauen.

»Hallo, Diego«, begrüßte sie ihn.

»Hallo, Mama.«

Es war lange her, dass die Fliegenjägerin so genannt worden war. Ein Schock, sie hatte nicht damit gerechnet. Sie riss sich zusammen.

»Ich werde meine Zustimmung zu einer anderen Form des Strafvollzugs nicht geben. Dein Vater und ich haben in dem Prozess gegen dich ausgesagt, weil wir davon überzeugt waren, dass das hier dein Platz ist. Zumindest während der Haftdauer. Danach wird man sehen.«

»Warum bist du dann gekommen?«, fragte ihr Gegenüber sanft, fast kindlich.

»Um deine Version der Geschichte zu hören.«

»Du kennst sie. Mein Geständnis steht in den Akten.«

»Das ist die Version, die du den anderen erzählt hast, ich will die Wahrheit wissen.«

Ohne aufzusehen, schüttelte der Junge den Kopf.

»Glaubst du etwa, ich hätte nicht die Wahrheit gesagt? Dass sie mich zu dem Geständnis gezwungen haben?«

Er lachte belustigt auf.

Sie wusste, dass die Aussage ihres Sohnes während des Prozesses der Wahrheit entsprach. Leider. Doch sie wollte seine persönliche Sicht der Dinge wissen, die intimen Details, die normalerweise vor Gericht nicht zur Sprache kommen.

»Natürlich nicht. Du bist hier, weil du es nicht anders verdient hast.«

Der Junge holte tief Luft. Endlich schaute er ihr in die Augen.

»Valentina hat fürs Abi gelernt. Ich habe sie angerufen, um zu fragen, ob wir uns nicht im Haus der Großeltern treffen sollen, du weißt ja, wir haben dort immer zusammen geschlafen. Mir war schon länger klar, dass es zwischen uns nicht mehr stimmt. Irgendwie hatten wir uns auseinandergelebt, aber ich wusste nicht, warum. Erst wollte sie nicht kommen, aber als ich nicht lockerließ, hat sie schließlich nachgegeben. Ich war vor ihr da und habe im Haus auf sie gewartet.«

»Du hattest das Messer dabei«, erinnerte sie ihn brüsk, die zahlreichen Stichwunden vor Augen.

»Ja, hatte ich. Aber ich kann dir nicht sagen, warum ich es mitgenommen habe, keine Ahnung, ich schwöre es dir. Vielleicht wollte ich sie nur erschrecken, ihr zeigen, dass ich zu allem bereit war, um sie nicht zu verlieren.«

»Und dann?«

»Als ich ihren Roller in der Einfahrt gehört habe, bin ich runter zur Tür, um ihr aufzumachen. Da stand sie – mein Gott, war sie schön …«

»Und dann?«, fragte sie erneut.

»Ich wollte mit ihr in dein altes Zimmer gehen, um Sex mit ihr zu haben und das wiederzufinden, was wir verloren hatten. Unsere Magie … Aber sie hat mich nur angesehen und gesagt, dass sie einen anderen kennengelernt hat und schon mit ihm zusammen war.«

Die Jägerin spürte, wie die Wut in ihr hochkochte, und beugte sich vor.

»Und dann, was hast du dann getan?«, fragte sie mit zusammengebissenen Zähnen.

»Ich habe sie an den Haaren gepackt und in das Zimmer geschleift. Dort habe ich ihr die Kleider vom Leib gerissen und sie aufs Bett geworfen. Sie hat geweint, mich angefleht, versucht, sich zu wehren.«

»Und du hast sie vergewaltigt«, brachte sie es brutal auf den Punkt.

»Ich wollte, aber ich konnte nicht«, gab er, ohne zu zögern, zu. »Irgendwie habe ich mich wie kastriert gefühlt, deshalb habe ich das Messer rausgeholt.«

Die Jägerin war wie betäubt. Diese Worte kamen aus dem Mund des Kindes, das sie im Leib getragen hatte. Das sie gestillt, großgezogen, aufs Leben vorbereitet hatte, in dem festen Glauben, stets das Beste für ihren kleinen süßen Jungen zu tun. Nicht ahnend, dass er eines Tages zu einer solch bestialischen Tat fähig sein würde.

»Warum hast du sie umgebracht?«

»Weil ich schwach war und sie das ausgenutzt hat, um mich zu verletzen und zu demütigen.«

Egal, wie alt sie sind, dachte die Fliegenjägerin voller Abscheu, sie versuchen immer den Frauen die Schuld dafür zu geben, dass sie gewalttätig werden.

»Warum, verdammt noch mal?«, brüllte sie ihn an.

»Weil ich der Stärkere war und wollte, dass sie leidet«, gestand er schließlich.

Diego fing an zu weinen. Sein Gesicht war nass von Tränen, sein Brustkorb hob und senkte sich vor lauter Schluchzen. Er erinnerte sie an einen wehrlosen Welpen. Ihr Mutterinstinkt wollte, dass sie ihn in die Arme nahm und tröstete. Sie wusste, dass sie diesem Impuls auf keinen Fall nachgeben durfte, genauso wie sie wusste, dass sie es auch niemals tun würde. Und trotzdem war das Bedürfnis da.

»Du bist die größte Niederlage meines Lebens«, sagte sie, während ihr das Herz zersprang.

»Es ist nicht deine Schuld. Und auch nicht die von Papa«,

sagte ihr Sohn. »Ich glaube, ich war schon als Kind so. Als hätte ich von Anfang an eine Verabredung mit dem Tod gehabt, anders kann ich es nicht erklären. Und mir war klar, dass ich ihm früher oder später begegnen würde.«

Um ein Haar wäre sie darauf hereingefallen, als sich plötzlich ein Schatten aus den Tiefen ihres Unterbewusstseins löste: der Unbekannte vom See, ein mörderisches Monstrum, der sich in die Fluten gestürzt hatte, um ein ihm unbekanntes Mädchen zu retten.

»Zu behaupten, du bist nun mal so und kannst nichts dagegen tun, ist keine Entschuldigung. Im Gegenteil, das macht es nur noch schlimmer«, erwiderte sie ruhig. »Du hättest Valentina auch retten können, statt sie zu töten.«

Der Junge verstand nicht, worauf sie hinauswollte.

»Retten – wovor?«

Voller Trauer blickte sie ihn an.

»Vor dir.«

Kurz darauf kamen die Vollzugsbeamten, um ihn zurück in seine Zelle zu bringen. Mit dem Schmerz einer Mutter, die zusehen muss, wie der Sarg ihres viel zu früh verstorbenen Sohnes davongetragen wird, schaute die Fliegenjägerin ihm nach. Auch Valentinas Eltern hatten furchtbar unter dem unsagbaren Verlust gelitten, dachte sie, doch anders als die Hinterbliebenen des Mädchens hatte sie ihr Leid verdient.

Eine Sicherheitstür nach der anderen öffnete und schloss sich wieder, bis sie erneut auf dem Gefängnisparkplatz stand. Ein Gefühl der Leere breitete sich in ihr aus. Was sollte nun aus ihrem Leben werden? Sie hatte ihre Kraft zur Verzweiflung und auch ihren Schmerz erschöpft.

Sie sah den Professor auf sich zukommen. Er sagte kein Wort, sondern nahm sie nur in die Arme und weinte mit ihr.

Auch wenn sie beide wussten, dass sie nie mehr ein Paar werden würden, waren sie in dem Moment wieder die zwei Jugendlichen, die sich vor vielen Jahren ineinander verliebt und aus Liebe einen Sohn gezeugt hatten.

Eine Familie, für einen kurzen Augenblick.

48

Die Stille des Abgrunds. Die unendliche Ruhe des Sees. Ihr Körper treibt im eisigen Wasser, schaukelt mit dem Strom. Sie hat die Augen geöffnet, schaut umher. Das Schweigen hüllt sie ein und beschützt sie. Nichts und niemand kann ihr mehr etwas tun ...

Immer wieder stellte sich das Mädchen mit der lila Haarsträhne sich selbst in jenem Zustand der Unerschütterlichkeit vor. Zugleich zählte sie die Tage, die sie noch von dem Unvermeidlichen trennten.

Am Morgen war sie beim Orthopäden gewesen. Da die Heilung ihres Knöchels rasch voranschritt, hatte er ihr die Krücken weggenommen und eine leichtere Schiene angelegt, mit der sie besser laufen konnte.

Doch angesichts dessen, was sie am Abend erwartete, war das keine gute Wendung.

Sie hatte ihren alten Jogginganzug aus dem Schrank geholt und die Haare zum Pferdeschwanz gebunden, weil sie zum Waschen keine Zeit hatte. Statt zu duschen, hatte sie sich mit einem billigen Parfüm eingesprüht. Raffaele hatte ihr eingeschärft, sich »besonders hübsch« zu machen. Vielleicht würde der unbekannte Junge, an den er sie diesmal verkauft hatte, sich ja angewidert zurückziehen, wenn sie so unattraktiv daherkam. Doch je näher ihre Verabredung rückte, desto geringer wurde ihre Zuversicht. Bestimmt würde Raffaele ihr Verhalten als unverzeihlichen Affront betrachten.

Um von ihren Eltern die Erlaubnis zu erhalten, unter der Woche noch abends um neun Uhr auszugehen, hatte sie ihrer Mutter erzählt, der »coolste Typ«, den sie je getroffen hatte, würde sie abholen. Was leider sogar der Wahrheit entsprach. Doch Signora Rottinger schien sich keine Sekunde gefragt zu haben, warum sich so jemand ausgerechnet für ihre Tochter interessierte. Wahrscheinlich hatte sie nur gehofft, der Junge würde zumindest einen schwachen Abglanz ihrer Schönheit bei ihrer Tochter entdecken, damit diese sie nicht eines Tages hasste, nur weil sie ihre Reize nicht geerbt hatte.

Raffaele stand pünktlich um neun Uhr vor der Einfahrt zur Villa, neben ihm das Motorrad, das sein Vater ihm geschenkt hatte. Er musterte das Mädchen mit der lila Haarsträhne von Kopf bis Fuß. Doch statt sie wegen ihres schlampigen Aufzugs zu tadeln, brach er in Gelächter aus.

»Wenigstens bist du die verdammten Krücken los«, lautete sein einziger Kommentar.

Er reichte ihr den zweiten Helm und nickte Signora Rottinger zu, die im Türrahmen stand, um ihnen zum Abschied zu winken. Der perfekte Spross einer der besseren Familien von Como.

Das Mädchen presste sich gegen seinen Rücken, während sie mit atemberaubender Geschwindigkeit davonrasten. Sie spürte die Wärme seines Körpers im Bauch. Für einen Moment schloss sie die Augen und stellte sich vor, sie wäre wirklich Raffaeles Freundin. Wie schön es hätte sein können, wenn die Dinge anders wären. In Wirklichkeit war alles nur beschissen.

Plötzlich war ihr schlecht, und sie riss die Augen auf. Sofort wurde sie von den entgegenkommenden Autos geblendet. Um dem hellen Scheinwerferlicht zu entgehen, wich sie mit dem Oberkörper abrupt zur Seite, sodass das Motorrad ins Schlingern kam.

»He, was soll die Scheiße?«, brüllte der Junge, als er die Maschine wieder in die Spur gebracht hatte. »Willst du uns umbringen?«

»Ja«, hätte sie am liebsten geantwortet. Stattdessen sagte sie: »Entschuldige.«

Nach etwa einer halben Stunde Fahrt fast ausschließlich am See entlang bogen sie in eine dunkle Gasse ein, die den Hügel hinaufführte. Am Ende der Straße befand sich ein Gebäude aus den Siebzigerjahren, das die Aufschrift »Hotel« trug.

Das Mädchen mit der lila Haarsträhne stieg vom Motorrad ab und schaute sich um. Das Hotel war baufällig und verwahrlost. Oder vielleicht war sie auch einfach nur zu jung, um an einem solchen Ort zu sein.

»Sie werden uns niemals ein Zimmer geben. Ich bin noch keine achtzehn.«

»Lass das mal meine Sorge sein«, fuhr Raffaele sie an und löste den Rucksack, den er am Tank festgeschnallt hatte. »Halt einfach den Mund und komm mit.«

Sie betraten die Hotelhalle. Die Inneneinrichtung aus dunklem Holz war beinah noch abstoßender als die Fassade. Es roch nach Schimmel und Deospray. Der Junge signalisierte ihr zu warten, während er zum Empfang hinüberging. Sie sah, wie er mit dem Portier sprach und ihm einen Zwanzig-Euro-Schein zuschob. Der kleine, in eine blaue Uniformjacke gezwängte Mann musterte sie so geringschätzig, dass sie verlegen den Blick senkte. Kurz darauf kehrte ihr Peiniger mit einem Schlüssel in der Hand zurück.

Sie nahmen die Treppe bis zum Zimmer 209.

Raffaele stieß die Tür auf und ließ sie eintreten. Als er das Licht einschaltete, fand sie sich in einer klaustrophobischen Umgebung wieder. Das Zimmer war höchstens zehn Quadratmeter groß und fast komplett von einem Doppelbett ausgefüllt. Ein altmodischer Röhrenfernseher hing an der Wand. Darunter stand eine winzige Minibar, die infernalisch brummte. Aus dem schmalen Bad drang Uringestank. Der braune Bettüberwurf war ebenso speckig wie die Gardine vor dem einzigen Fenster mit der halb heruntergelassenen Jalousie.

»Was stehst du da wie eine Schlampe?«, schnauzte Raffaele und öffnete den Rucksack.

Sie fragte sich, was sie wohl erwartete. Dann sah sie, was er auf dem Bett ausbreitete: Dessous, halterlose Strümpfe, durchsichtiger Slip und ein BH, den sie niemals würde ausfüllen können. Deshalb war ihm ihre Aufmachung egal gewesen, dachte das Mädchen.

Er reichte ihr ein Kosmetiktäschchen.

»Geh ins Bad und mach dich zurecht«, forderte er sie auf. »Und dann zieh dir die Sachen hier an.«

Sie griff nach seiner Hand.

»Warte.«

»Was ist?«

Sie hätte ihm drohen können, ihm sagen, dass ihr Schutzengel kommen und sie retten würde. Dass er sie rächen würde. Doch nach dem stummen Telefonat glaubte sie an gar nichts mehr. Und als sie ihre alte Telefonnummer ein weiteres Mal gewählt hatte, war das Klingeln ins Leere gegangen.

»Nichts«, erwiderte sie, nahm das Täschchen und sammelte die Wäsche ein.

»Übrigens«, sagte Raffaele, bevor sich die Badezimmertür hinter ihr schloss, »die Person, die gleich kommt, hat eine Menge Schotter für dich hingelegt.«

Dachte das Arschloch etwa, dass sie sich davon geschmeichelt fühlte? Das Mädchen mit der lila Haarsträhne verspürte nur noch Ekel. Auch sich selbst gegenüber.

»Ist mir völlig egal, an welchen deiner Freunde du mich

diesmal verkauft hast. Hauptsache, er ist so schnell fertig wie die anderen.«

Raffaele lachte bloß, und sie drehte den Schlüssel im Schloss herum.

Während sie Lippenstift auflegte, hörte sie, wie jemand ins Zimmer kam. Das musste »die Person« sein. Eine merkwürdige Bezeichnung. Warum hatte Raffaele sie benutzt?

Sie konnte hören, wie der geheimnisvolle Besucher sich auszog. Das leise Quietschen der Matratzenfedern sagte ihr, dass er es sich nun auf dem Bett bequem gemacht hatte und auf sie wartete.

Sie löschte das Licht im Bad. Die Stirn gegen die Tür gepresst, nahm sie all ihren Mut zusammen. Schließlich öffnete sie die Tür.

Das Zimmer lag im Dunkeln, nur durch die Lamellen der Jalousie drang etwas Licht. Um sich zu orientieren, blieb sie für einen Moment auf der Schwelle stehen. Als ihre Augen sich an den spärlichen Schein gewöhnt hatten, sah sie, wer auf sie wartete.

Es war kein Junge. Es war ein erwachsener Mann mit einem riesigen Bauch und einer deutlich erkennbaren Erektion.

»Komm her, lass dich mal anschauen.« Sein freundlicher Ton triefte vor Schmierigkeit. »Nur keine Angst.«

Sie machte einen Schritt und blieb am Fußende des Bettes stehen, mit dem Rücken zur Zimmertür.

»Du bist sehr schön, weißt du das?«, sagte der Mann und schluckte.

Nein, ich bin nicht schön, erwiderte sie im Stillen. Ich bin ein Kind, und du bist ein Monster. Sie merkte nicht, wie ihr die Tränen über die Wangen rannen.

»Warum weinst du denn?«, fragte der Mann gespielt mitfühlend. »Wir beide werden uns jetzt ein bisschen amüsieren.«

Als sie nicht aufhören konnte zu weinen, brüllte er plötzlich los: »Hör endlich auf damit! Du machst alles kaputt, verdammt!«

Sie versuchte, ihre Tränen zu unterdrücken, doch es wollte und wollte ihr nicht gelingen.

Der Atem des Mannes wurde schwer.

»Warum legst du dich nicht ein wenig zu mir?«, sagte er keuchend und rückte ein Stück zur Seite.

Sie wollte gerade tun, was er gesagt hatte, als sie hörte, wie hinter ihr die Tür aufging.

Der Ausdruck auf dem Gesicht des Mannes ging innerhalb von Sekunden von Erregung in Erstaunen und dann in nacktes Entsetzen über.

Das Mädchen mit der lila Haarsträhne spürte jemanden direkt hinter sich stehen.

»Dreh dich nicht um«, befahl eine Stimme, die sie nicht einordnen konnte.

Sie gehorchte. Ein Umhang oder vielleicht ein Mantel wurde über ihre Schultern gelegt, um ihre Blöße zu bedecken. Das Mädchen wagte einen kurzen Blick aus den Augenwinkeln nach unten. Nein, es war eine graue Windjacke.

»Und jetzt raus hier!«

So schnell sie mit ihrer Beinschiene konnte, humpelte sie zu der angelehnten Tür hinüber und riss sie auf. Vor ihr auf dem Fußboden lag Raffaele und rührte sich nicht. Sein Gesicht war nur noch eine einzige blutige Masse.

Der Mann auf dem Bett in ihrem Rücken wimmerte.

»Wer bist du?«, stammelte er, ohne eine Antwort zu erhalten.

Das Mädchen mit der lila Haarsträhne wollte nichts sehnlicher, als diesen grauenhaften Ort zu verlassen und durch den langen Flur hinaus in die Freiheit zu entfliehen. Doch die Versuchung, ihrem Schutzengel wenigstens einmal ins Gesicht zu sehen, war einfach zu groß.

Sie drehte den Kopf leicht zur Seite, und für einen Moment, der ihr unendlich erschien, sah sie eine riesige schemenhafte Gestalt, die sich mit der Hand in den Mund griff und eine Reihe weißer Zähne herausnahm.

Das Lächeln, das ihr Schutzengel ihr schenkte, entblößte seine blanken Kieferknochen, die wie zwei Sichelklingen spitz nach unten zuliefen.

Während die Tür langsam hinter ihr ins Schloss fiel, sah das Mädchen ihn den Rachen noch weiter aufsperren und sich auf den ahnungslosen Sünder stürzen.

Sie verspürte weder Hass noch Mitleid. Sie wollte nur noch weg.

49

Als er um zwei Uhr morgens vor seiner Wohnungstür stand, stellte er fest, dass er seine Schlüssel nicht dabeihatte. In dem Wohnblock war es vollkommen ruhig, alle schliefen. Seine Kleidung war blutbespritzt. Offenbar hatte er seine Schlüssel verloren, es gab keine andere Erklärung. Die Jacke, erinnerte er sich. Er hatte sie in die Tasche der Windjacke gesteckt, die er um Fucks Schultern gelegt hatte. Ein kleiner Blechpanzer und ein paar Schlüssel können sie unmöglich auf meine Spur bringen, versuchte er sich selbst zu beruhigen. Abgesehen davon, dass das Mädchen mit der lila Haarsträhne das nie zugelassen hätte.

Sie ist meine Freundin.

Unter dem Reserverad des Fiorino waren noch Ersatzschlüssel versteckt, fiel ihm ein. Auf jeden Fall würde er sofort nach der Arbeit zur Vorsicht alle Schlösser austauschen. Aber jetzt wollte er erst duschen, frische Sachen anziehen und dann so schnell wie möglich wieder verschwinden, damit Micky nichts mitbekam.

Doch als er die Ersatzschlüssel geholt hatte und endlich in seiner Wohnung stand, empfing ihn bereits Mickys Stimme.

»Na, was versteckst du da vor mir, Jungchen?«, ertönte es von hinter der grünen Tür.

»Nichts«, entgegnete der Müllmann.

»Versuch's gar nicht erst, Jungchen. Du weißt, das zieht nicht bei mir.«

»Ich habe nichts zu verbergen«, bekräftigte er, doch er wusste selbst, wie wenig überzeugend er klang.

»Was hast du denn da in der Hosentasche?«

Der Müllmann senkte den Blick. Tatsächlich, aus seiner Hosentasche lugte Fucks Handy hervor. Er hatte es mit ins Hotel genommen, aber dann vergessen. Und nicht einmal richtig versteckt. Ein unverzeihlicher Fehler.

»Wie willst du mir das erklären?«, fragte Micky mit provozierendem Unterton.

Er wusste nicht, was er antworten sollte.

»Du denkst, ich sehe nichts, merke nichts ... Stimmt doch, oder, Jungchen?«, sagte der andere anklagend. »Du denkst, der alte Micky ist ein Dummkopf.«

»Nein, denke ich nicht«, beeilte er sich zu erwidern.

»Und wie du das denkst!«, brüllte die Stimme. »Du meinst wohl, der alte Micky lässt sich von einem Rotzlöffel wie dir verarschen, was?«

»Nein, denke ich nicht«, wiederholte er mit gesenktem Kopf.

»Jetzt leg sofort das Scheißhandy auf den Tisch!«, forderte der andere ihn auf.

Er gehorchte.

»Und sag mir, was hast du mit dem verfluchten Telefon gemacht?«

»Ich habe mir Fotos angeschaut«, gestand er leise.

»Was? Ich habe dich nicht gehört, Jungchen, sprich lauter!«

»Fotos«, entgegnete er. »Ich habe mir Fotos angeschaut.«

»Du hast dir Fotos von einem kleinen Mädchen angeschaut, habe ich das richtig verstanden? Du bist wohl unter die Perversen gegangen, was?«

»Nein, bin ich nicht«, verteidigte er sich. Auf keinen Fall wollte er mit dem Mann aus dem Hotel in einen Topf geworfen werden. »Sie ist meine Freundin.«

Halb melancholisch, halb verächtlich sagte Micky: »Du hast keine Freunde, Jungchen.«

Der Müllmann hoffte inständig, dass diese Quälerei endlich aufhörte, dass Micky ihn bestrafen und dann gehen lassen würde.

»Verzeih mir«, sagte er, um die Diskussion zu beenden. »Ich habe einen Fehler gemacht. Ich verdiene eine Lektion.«

»Und wie du die verdienst!«, stimmte der andere zu. »Mach die Schublade auf!«

Er wusste nicht, was Micky im Sinn hatte, doch es war ratsam, ihm nicht zu widersprechen.

»Siehst du den Schraubenzieher da?«

Der Müllmann sah den Schraubenzieher in der Schublade des Küchentischs liegen, aber er verstand nicht, worauf der andere hinauswollte.

»Was soll ich tun?«, fragte er eilfertig.

»Weißt du, wie man Spanner bestraft?«

Nein, wusste er nicht. Und er hatte Angst, danach zu fragen.

Mickys Stimme senkte sich zu einem bösen Flüstern herab.

»Du brauchst keine zwei Augen, Junge. Eins ist vollkommen ausreichend.«

Der Müllmann schluckte. Ihm wurde heiß.

»Was ist? Traust du dich etwa nicht?«

»Nein ... Das heißt, doch«, stammelte er.

Zögernd nahm er das Werkzeug in die Hand.

»Was habe ich dir in all den Jahren beigebracht?«

»Angst haben nützt nichts. Die Angst wird mir nicht helfen«, wiederholte er.

»Und was noch?«

»Dass es zu meinem Besten ist, nur zu meinem Besten.«

»Also, worauf wartest du noch?«

Er wusste nicht, ob er es über sich bringen würde.

»Du bist immer noch der alte Hosenscheißer, du widerst mich an!«

Er nahm den Schraubenzieher in beide Hände und hielt ihn vor sein Gesicht, direkt vor das linke Auge. Mit gesenktem Blick sah er die Spitze näher kommen. Ein leichter Druck aufs Jochbein, ein Tropfen Blut. Sein Atem ging schneller, er suchte in sich die Entschlossenheit zuzustoßen und zwang sich zugleich, nicht zu zittern. Doch es war so verdammt schwer.

»Es gibt nur uns beide, Jungchen«, fuhr Micky fort. »Mach dir nichts vor, du hast niemanden auf der Welt außer mir.«

Den Schraubenzieher nur einen Millimeter von seinem Augapfel entfernt, dachte der Müllmann, dass das nicht stimmte. Da war Fuck. Sie hatte es ihm sogar bewiesen, indem sie ihn ein zweites Mal um Hilfe gebeten hatte.

Eine unbekannte Wut stieg in ihm auf, und mit einem mächtigen Schrei, der alle Luft in seinen Lungen verschlang, riss er das Werkzeug von seinem Gesicht und schleuderte es gegen die grüne Tür.

»Nach all dem, was ich für dich getan habe … Undankbarer«, schnaubte Micky verächtlich.

Etwa eine Minute lang starrte der Müllmann heftig atmend ins Leere. Dann zog er rasch die blutbefleckten Kleider aus und schlüpfte in seinen Arbeitsoverall. Er hatte genug von all diesen Befehlen. Fucks Handy ließ er auf dem Küchentisch liegen, weil er wusste, dass sie wieder anrufen würde. Diesmal würde er mit ihr reden.

Er griff nach den Ersatzschlüsseln und war schon fast zur Tür hinaus, als er ein letztes Mal Mickys Stimme vernahm.

»Du wirst wiederkommen, Jungchen, das weißt du genau … Ohne mich bist du ein Nichts.«

50

Nur mit der grauen Windjacke und der schrecklichen Reizwäsche bekleidet war sie aus dem Hotel gerannt. Barfuß, mit den Nerven am Ende, war sie irgendwie zur Uferstraße gelangt, ohne zu wissen, was sie tun sollte. Die Autos waren hupend an ihr vorbeigerast oder im letzten Moment ausgewichen, um sie nicht zu überfahren. Schließlich hatte ein mitleidiger Autofahrer angehalten und angeboten, sie mitzunehmen. Zu Hause angekommen, hatte das Mädchen mit der lila Haarsträhne Vater und Mutter geweckt und war weinend in ihren Armen zusammengebrochen. Sie hatte ihnen alles erzählt und lediglich verschwiegen, dass wieder der geheimnisvolle Schutzengel sie gerettet hatte.

»Und du hast dich ganz allein befreien können?«, hatte ihre Mutter ungläubig gefragt.

»Morgen früh rufe ich sofort unseren Anwalt an«, hatte ihr Vater gesagt, bevor sie sich verraten konnte. »Die Geschichte hat noch eine Fortsetzung, das wird er mir bezahlen.«

Sie hatte ihn noch nie so wildentschlossen erlebt, seine Familie zu verteidigen. Anders als erwartet, waren die Eltern ihr mit großem Verständnis begegnet und hatten ihr nicht eine Sekunde ihre Unterstützung und bedingungslose Liebe verweigert, die sie so dringend brauchte.

Die Mutter hatte ihr ein heißes Bad bereitet.

»Du hättest mit mir reden sollen«, sagte sie, während sie ihr half, sich zu waschen.

Die Knie an die Brust gezogen saß sie in der Wanne und ließ sich von den sanften Berührungen des Schwamms liebkosen.

»Ich hätte dir helfen können«, sagte die Mutter ohne jeden Vorwurf in der Stimme.

Das Mädchen mit der lila Haarsträhne hatte nicht den Mut, etwas zu erwidern. Sie schloss die Augen. Die Hand der Mutter versank im Wasser, um mit einem Plätschern wieder aufzutauchen, das in der Stille der Lavendeldämpfe verhallte.

»Wird er es wirklich tun?«, fragte sie schüchtern.

»Was?«

»Papa ... Wird er ihn dafür bezahlen lassen?«

»Ich kenne deinen Vater gut genug, um dir versprechen zu können, dass er deine Peiniger nicht davonkommen lässt.«

Irgendwie fühlte sie sich getröstet durch diese Aussage.

»Ist dir so was auch schon mal passiert?«, hörte sie sich fragen, obwohl sie Angst vor der Antwort hatte, egal, wie sie ausfallen würde.

Die Mutter zögerte einen Moment.

»Ja«, sagte sie dann. »In meiner Zeit als Model sollte ich ... Dinge tun, die ich nicht tun wollte.«

»Und?«

»Meistens ist es mir gelungen, ihnen aus dem Weg zu gehen.«

Das Geständnis der Mutter linderte ein wenig ihr Schuldgefühl. Vielleicht kannte nicht einmal ihr Vater diese Wahrheit, und zum ersten Mal fühlte sie sich mit ihrer Mutter völlig im Einklang. In dem verständnisinnigen Schweigen, das sich zwischen ihnen ausbreitete, ließ das Mädchen mit der lila Haarsträhne zu, dass die Mutter ihren Schmerz wegwusch und ihr anschließend half, den nach Waschmittel duftenden Schlafanzug anzuziehen.

Bevor sie einschlief, setzte sich Signora Rottinger noch zu ihr auf die Bettkante, wie damals, als sie ein kleines Mädchen war. Sie strich ihr die Haare aus der Stirn.

»Du hast uns doch alles erzählt, oder?«

Sie biss sich auf die Unterlippe, kurz davor, ihrer Mutter auch den Teil der Geschichte zu erzählen, den sie bisher verschwiegen hatte. Aber dann dachte sie an das zahnlose Gebiss, das sich in der Dunkelheit des Hotelzimmers in eine scharfe Klinge verwandelt hatte, an den Schutzengel, der zum dämonischen Rächer geworden war.

»Ja«, log sie, »ich habe euch alles erzählt.«

Die Mutter nickte zufrieden. Ihr Blick fiel auf die graue Windjacke, die über dem Stuhl hing.

»Wir müssen sie dem netten Herrn zurückgeben, der dich nach Hause gebracht hat«, sagte sie.

Das Mädchen mit der lila Haarsträhne erwiderte nichts.

Die Mutter gab ihr einen Kuss auf die Stirn und ging aus dem Zimmer. Die Tür ließ sie angelehnt, damit das Licht aus dem Flur hereinfallen konnte. Während sie den sich entfernenden Schritten lauschte, wurde das Mädchen mit der lila Haarsträhne von Erschöpfung überwältigt. Aber vielleicht war es auch nur ein Gefühl der Versöhnung.

Eine Panikattacke kurz vor Sonnenaufgang riss sie aus dem Schlaf. In der Hoffnung, dass die Angst genauso schnell verschwinden würde, wie sie gekommen war, verkroch sie sich unter der Bettdecke. Doch das Gefühl der Bedrohung wollte nicht weichen.

Durch einen Spalt zwischen Decke und Matratze sah sie die graue Windjacke, die ihr der Schutzengel über die Schultern gelegt hatte. Ihre Rüstung. Sie streckte den Arm aus und zog sie in ihre Höhle hinein. Die Jacke fest an sich gedrückt, spürte sie etwas Kantiges unter dem Stoff. Sie betastete die

Jacke. Ein Schlüsselbund, mit einem kleinen Blechpanzer als Anhänger.

Sie starrte auf die Schlüssel. Welche Türen sie wohl öffnen mochten, fragte sie sich. Dann schlief sie ein.

Ein schmerzhaftes Pochen im Knöchel weckte sie. Sie schlug die Augen auf und stellte fest, dass es helllichter Tag war. Bestimmt war es längst Mittagszeit. Da sie ohnehin auf die Toilette musste, beschloss sie, sich anzuziehen und nach unten zu gehen. Sie verspürte auch ein leichtes Hungergefühl.

Unten waren nur die Bediensteten. Sie folgte einer Hausangestellten, die ein Tablett trug, nach draußen und sah ihre Eltern mit dem Anwalt der Familie auf der Terrasse sitzen und zu Mittag essen. Auf ihn, seinen engsten Vertrauten, hatte der Vater sich in der Nacht berufen, als er geschworen hatte, jeden zu bestrafen, der ihr wehgetan hatte.

Aus ihrem Versteck hinter dem Wohnzimmervorhang konnte das Mädchen das Gespräch belauschen. Sie wollte wissen, wie sie mit ihren Peinigern verfahren würden.

»Mir machen vor allem die Fotos Sorgen«, sagte der Anwalt. »Wenn wir Strafanzeige stellen, können wir ihre Existenz unmöglich verschweigen. Und dann werden sich alle wie die Geier darauf stürzen, vor allem die Presse.«

»Wir wissen nicht mal, ob es diese Fotos wirklich gibt«, warf ihre Mutter ein.

»Aber wenn es sie gibt, kann auch jemand über sie verfügen ... Glaubt ihr etwa, derjenige, der eure Tochter als Babynutte verkauft hat, hätte Skrupel, das Gleiche mit ein paar Fotos zu tun?«

»Babynutte« – der Ausdruck verletzte sie.

»Hör zu, Guido«, sagte der Anwalt direkt an ihren Vater gewandt, der die ganze Zeit geschwiegen hatte. »Du kannst dir keinen Skandal erlauben. Im Gegenteil, du solltest mir das

Mandat erteilen, diese lästige Angelegenheit so schnell wie möglich aus der Welt zu schaffen.«

Der Anwalt sprach von Geld, wusste das Mädchen. Ingenieur Rottinger sollte sich das Schweigen dieser Bastarde erkaufen. Doch genauso sicher war sie, dass ihr Vater diesen Vorschlag nicht akzeptieren würde.

»Wenn du es jetzt nicht tust, was ist dann, wenn deine Tochter mal älter ist?«, fuhr er fort. »Willst du, dass sie ihr Leben lang unter einem Fehler leiden muss, den sie mit dreizehn begangen hat?«

»Das wird nicht passieren«, widersprach ihre Mutter. »Und notfalls bringen wir sie von hier weg.«

Der Vater massierte sich das Kinn und atmete tief aus.

»Wir werden nicht an die Öffentlichkeit gehen.«

Der Satz traf das Mädchen wie ein Faustschlag in die Magengrube. Wo waren die guten Vorsätze der letzten Nacht geblieben? Seine unerwartet entschiedenen Worte »Das werden sie bezahlen müssen« klangen ihr noch im Ohr. Sie hätte nie gedacht, dass er sich so leicht herumkriegen lassen würde. Vielleicht hatte er einfach Angst um seine Familie, das konnte sie verstehen. Trotzdem wäre sie am liebsten aus ihrem Versteck hervorgestürmt und hätte diesen verdammten Anwalt angebrüllt, dass für sie jede Art von Skandal in Ordnung wäre, Hauptsache, die Schuldigen kämen nicht davon. Dass es ihr vollkommen egal sei, was die Leute von ihr denken, weil ihr Papa sie alle zum Schweigen bringen würde.

Doch dann sagte ihr Vater etwas, das sie brutal in die Realität zurückholte.

»Das kann ich mir nicht leisten.«

Wieder einmal dachte er also nur an sich. Und seine Tochter hatte sich damit abzufinden. Sie konnte nur hoffen, dass wenigstens ihre Mutter sich entschieden dagegenstellen würde.

»Das heißt dann wohl, wir werden sie in ein Internat in der Schweiz schicken müssen«, fügte sich Signora Rottinger jedoch.

Raffaele hatte vorausgesagt, dass ihre Eltern sich für sie schämen würden. Er hatte recht behalten. Sie wandte sich ab von diesem unwürdigen Spektakel, Tränen der Wut liefen ihr übers Gesicht.

Oben in ihrem Zimmer knallte sie die Tür hinter sich zu. Sie warf sich aufs Bett, presste das Gesicht in die Kissen und stieß einen verzweifelten Schrei aus. Als sie keine Luft mehr bekam, hob sie den Kopf. Ihr Blick fiel auf die graue Windjacke und den kleinen Blechpanzer mit dem Schlüsselbund, neben dem weißen Teddybären auf der Kommode. Wo war bloß ihr Schutzengel, fragte sie sich.

In dem Moment hatte sie eine Eingebung.

Das neue iPhone lag auf ihrem Schreibtisch. Sämtliche Daten hatte sie in der Cloud gesichert. Doch das alte iPhone hatte sie nie deaktiviert. Was bedeutete, dass auch die Funktion »Mein iPhone suchen« noch aktiv sein musste.

Sie suchte in den Einstellungen nach der Funktion, mit der man verloren gegangene Apple-Geräte aufspüren kann. Ihr altes iPhone musste eingeschaltet sein, denn sofort zeigte sich auf dem Display des neuen Handys eine Karte mit einem blinkenden Punkt in der Mitte. Kurz überlegte sie, bei ihrer alten Telefonnummer anzurufen, vielleicht würde sie ja diesmal eine Antwort erhalten.

Doch dann hatte sie eine bessere Idee.

51

Es war ewig her, dass sie zuletzt den Bus genommen hatte. Doch selbst wenn es der Clio noch tun würde, mit ihrem Gipsarm hätte sie auf keinen Fall Auto fahren können. Es war ein heißer Sommertag Anfang Juni, aber der Bus war klimatisiert, sodass es sich gut aushalten ließ. Die Fliegenjägerin hatte sich für einen Fensterplatz in einer der mittleren Reihen entschieden und genoss den Ausblick auf den See.

Sie war auf dem Weg nach Como. Der Immobilienmakler hatte einen Termin gleich nach der Mittagspause vorgeschlagen. Sie war fest entschlossen, das Haus ihrer Eltern zu verkaufen. Sie wusste, dass sie nicht viel dafür bekommen würde, heruntergekommen wie es war. Zudem hatte seine tragische Geschichte die Runde gemacht. Aber womöglich würde mit neuen Besitzern, einer jungen Familie mit Kindern vielleicht, der Fluch ja verschwinden. Die Jägerin konnte es nur hoffen.

Da der Bus immer wieder an der Uferstraße hielt, um Leute zusteigen zu lassen, dauerte die Fahrt länger als erwartet. Immerhin blieb es um ihren Platz herum relativ leer, sodass sie nichts dagegen hatte, dort zu sitzen und sich die Sonne aufs Gesicht scheinen zu lassen.

Nach einer Weile sah sie durch das Fenster die Isola Comacina auftauchen.

Ihr fiel ein, dass an diesem Ort die Tochter der Rottingers vor dem Ertrinken gerettet worden war. Nach dem Besuch bei Diego hatte sie sich geschworen, sich nicht mehr mit der Sache zu befassen, daher holte sie ihr Handy aus der Tasche, um sich abzulenken. Der Bus würde jeden Moment an der Haltestelle, die neben dem kleinen Strand lag, vorbeifahren, und sie konnte die Geschichte danach getrost wieder vergessen.

Doch ihr alter Jagdinstinkt wollte einfach keine Ruhe geben. Sosehr sie sich auch auf ihr Handy zu konzentrieren versuchte, es gelang ihr nicht, sich in ihre Mails zu vertiefen oder im Netz abzutauchen. Ihre Aufmerksamkeit war woanders. Kurz bevor der Bus um eine Kurve fuhr, begriff sie, dass jeder Widerstand zwecklos war. Rasch stand sie von ihrem Platz auf und hob den Arm. Der Busfahrer, der seine Fahrgäste im Rückspiegel im Blick hatte, konnte gar nicht anders, als sie zu bemerken.

»Entschuldigung«, sagte sie, »ich möchte bitte aussteigen.«

Kaum hatte sie den Fuß auf den glühenden Asphalt gesetzt, fühlte sie sich besser. Der Autobus fuhr an und ließ sie alleine auf der Uferstraße zurück. Während sich das Brummen des Motors entfernte, schaute sie sich um.

Da war eine kleine Parkbucht, in der im Moment aber kein Auto stand. Von dort führte ein Pfad die Böschung hinunter zum See. Sie redete sich ein, dass ein bisschen frische Luft ihr guttun würde, zumal sie für ihren Termin sowieso zu früh dran war. Tatsächlich wollte sie den Ort sehen, an dem der Unbekannte mit den widersprüchlichen Eigenschaften zum ersten Mal aufgetaucht war und seine Unsichtbarkeit geopfert hatte, um ein wildfremdes Mädchen zu retten.

Auf dem Weg zum See bemerkte sie zwischen den Büschen und Bäumen die Picknicktische für die Wochenendausflügler. Doch der Vorfall hatte sich an einem Werktag ereignet, sodass zumindest theoretisch niemand dort gewesen war.

Die Fliegenjägerin setzte sich auf eine Bank neben einer Zypresse und betrachtete den Strand, an dem das Mädchen wiederbelebt worden war. Auf diesem schmalen Kiesstreifen waren ein blutjunges Mädchen und ein grausamer Serienmörder aufeinandergetroffen. Sie stellte sich vor, was der Mann wohl an jenem Morgen gesehen hatte.

Ein Körper, der im Wasser treibt, fortgerissen von der Strömung. Vielleicht hat die Ertrinkende noch genug Kraft, um nach Hilfe zu rufen. Er begreift, dass er innerhalb weniger Sekunden eine Entscheidung treffen muss. Ohne zu zögern, stürzt er sich in den See, im vollen Bewusstsein des Risikos, selbst von den gefährlichen Strudeln unter der scheinbar ruhigen Oberfläche in die Tiefe gezogen zu werden.

Warum hat er sich ins Wasser gestürzt, fragte sie sich. Was hat ihn dazu gebracht? Er war allein, es hätte ihm egal sein können, er musste seine kostbare Anonymität nicht aufs Spiel setzen.

Sie dachte an die Zeugen, die dem Mädchen nach der Flucht des vermeintlichen Helden zu Hilfe geeilt waren. Ein Gärtner, der in einer nah gelegenen Villa arbeitete, drei Maurer von einer Baustelle um die Ecke und ein Briefträger, der gerade seine tägliche Runde hinter sich hatte. Das wusste sie aus dem Bericht, den Pamela ihr im Vertrauen überlassen hatte. Keiner von ihnen hatte dem Unbekannten ins Gesicht gesehen. Die fünf Zeugen hatten alle einen Grund für ihre Anwesenheit, nur der geheimnisvolle Retter nicht.

Aber stimmte das wirklich?

Was hatte er an jenem Morgen an dem kleinen Strand zu suchen gehabt, nachdem er die arme Magda Colombo getötet und zerstückelt hatte? Du hast die Leiche etliche Kilometer von hier im See versenkt: Was hat dich hierher verschlagen?

Er lief noch immer frei herum, konnte jeden Moment erneut zuschlagen. Auch wenn ihr niemand glauben wollte – *sie wusste es*. Doch bisher hatte sie sich lediglich gefragt, wo er sich versteckt hielt, statt nach dem Grund zu suchen, weshalb er sich an dem besagten Freitag ausgerechnet an dem Uferstück gegenüber der Isola Comacina befunden hatte.

Eine Brise erhob sich und zerzauste die Baumwipfel. Der Duft nach Lindenblüten wehte zu ihr herüber. Die Jägerin schloss die Augen, um sich ganz der Natur hinzugeben, ihren Gerüchen und Geräuschen. Es war wie ein Konzert: das Plätschern der Wellen, das Rauschen der Blätter, das Flattern der Vögel.

Und doch war da ein Misston, der die Harmonie störte.

Die Fliegenjägerin versuchte sich darauf zu konzentrieren. Woher kam dieser falsche Klang? Als wäre eines der Instrumente im Orchester in einer anderen Tonhöhe gestimmt. Sie öffnete die Augen, um nach dem Störenfried Ausschau zu halten.

Ganz in der Nähe des Tisches, an dem sie saß, befand sich ein hölzerner Abfalleimer. Das Geräusch kam von dort.

Für einen Moment tauchte vor ihr das Bild einer Reinigungskraft mit einer großen Maschine auf Rädern auf, die den Fußboden in einem Krankenhaus schrubbte. Das einzige Mal, dass das unsichtbare Monster sich gezeigt hatte, war es in die Rolle von jemandem geschlüpft, der den Dreck anderer Leute beseitigte.

Gefangen von ihren Überlegungen stand sie auf, um sich den Abfalleimer näher anzusehen. Es gab eine ganze Reihe solcher Behälter entlang des Ufers, stellte sie fest. Als sie sich über den Müllkorb beugte, bemerkte sie die grüne Plastiktüte, die darin steckte. Im Moment war sie leer, was das vom Wind verursachte Rascheln erklärte.

Das konnte nur eins bedeuten: Irgendjemand ersetzte die vollen Tüten regelmäßig durch neue.

52

Sie hatte anderthalb Stunden gebraucht, um das Neubaugebiet am Stadtrand von Como zu erreichen. Und noch eine weitere halbe Stunde, bis sie den Ort gefunden hatte, von dem das Signal ihres alten iPhones kam: einem Wohnblock, der zu einer Ansammlung von Hochhäusern gehörte, mit einem Platz in der Mitte, auf dem Kinder Fußball spielten und Erwachsene bei Latino-Rhythmen Bier tranken, rauchten und sich miteinander unterhielten. Das Mädchen mit der lila Haarsträhne fühlte sich sofort wohl in dieser multikulturellen Partystimmung. Während sie sich ihren Weg durch die Menge bahnte, sah sie überall in freundliche Gesichter, die sie mit einem Lächeln willkommen hießen.

Sie hatte ein enganliegendes knallblaues Minikleid angezogen, das sie vor einiger Zeit gekauft, aber tief in ihrem Schrank vergraben hatte, überzeugt, es bei ihrer Figur nicht tragen zu können. Doch jetzt, mit ihrem neuen Selbstvertrauen, fühlte sie sich genau richtig in dem Kleid, außerdem war sie sicher, dass ihr Schutzengel sie so akzeptieren würde, wie sie war. An dem gesunden Fuß trug sie eine Gummistiefelette und eine Burlington-Socke. In letzter Sekunde hatte sie sich zu Hause vor dem Spiegel noch für die graue Windjacke entschieden, obwohl sie ihr viel zu groß war. Doch es gab ihr Sicherheit, ein Kleidungsstück ihres Schutzengels zu tragen, sie fühlte sich dadurch beschützt. Ihre Hände hatte sie in den Jackentaschen vergraben. Mit der einen umklammerte sie den Schlüsselbund, mit der anderen das Handy. Hin und wieder zog sie es hervor, um zu überprüfen, ob sie sich noch auf dem richtigen Weg befand.

Das fragliche Haus war das in der Mitte, mit einem großen Wassertank auf dem Dach.

Sie war schon im Treppenhaus auf dem Weg zum Aufzug, als sie feststellte, dass ihr das Handy nicht die Etage verraten würde, da das Signal sich nur in der Horizontalen bewegte. Das hatte sie nicht bedacht. Ein echtes Problem. Sie beschloss, ihren Schutzengel anzurufen und ihm zu gestehen, dass sie sich unten in seinem Haus befand. Diesmal würde er nicht vor ihr weglaufen können. Doch wieder ging niemand an ihr altes iPhone.

Dann würde sie es eben die ganze Zeit klingeln lassen und der Melodie von *Stranger Things* folgen, bis sie ihr Ziel erreicht hatte. Perfekt, das war *die* Idee.

Mit dem Telefon in der Hand klapperte sie trotz der Schiene an ihrem Bein die Stockwerke einzeln ab. Jedes Mal, wenn die Leitung zusammenbrach, wählte sie die Nummer erneut. In der siebten Etage machte sie schließlich ein schwaches Signal aus, das vom Ende eines langen Flures kam.

Völlig aus der Puste erreichte sie die Wohnungstür, die mit drei großen Schlössern gesichert war.

Sie hörte die Melodie hinter dem Schutzwall. Der Moment der Wahrheit war gekommen, ihr Herz wummerte vor Aufregung.

Sie holte tief Luft und klopfte. Keine Reaktion. Sie versuchte es noch einmal und betete, dass ihr Schutzengel zu Hause war und nur nicht ans Telefon gehen wollte.

Doch er schien tatsächlich nicht da zu sein.

Enttäuscht stöhnte sie auf.

So kurz vor dem Ziel aufzugeben kam aber nicht infrage. Mit dem Rücken gegen die Tür gestemmt ließ sie sich zu

Boden gleiten. Dann würde sie eben dort sitzen bleiben und auf ihn warten. Sie holte ein Kaugummi aus ihrer Tasche und steckte es sich in den Mund. Doch nachdem sie eine Weile mit ihrem Handy gespielt hatte, wurde sie von unerträglicher Langeweile gepackt. Die Zeit wollte einfach nicht vergehen. Sie schaute auf die Uhr: Jetzt war es vier. Alle fünf Minuten kontrollierte sie erneut die Zeit auf ihrem Handy. Lange würde sie es nicht mehr aushalten, das stand fest.

Plötzlich hatte sie eine Idee. Sie zog den Schlüsselbund mit dem kleinen Blechpanzer aus der Tasche der grauen Jacke und wog ihn in der Hand.

Wenn sie in die Wohnung ging und sich ihr altes Handy zurückholte, wäre sie noch lange keine Einbrecherin. Sie könnte ihrem Schutzengel einen Zettel hinterlassen und sich für alles, was er für sie getan hatte, bedanken. Sogar ein echtes Treffen könnte sie ihm vorschlagen. Schade, dass sie den Teddybären nicht dabeihatte, um ihn als Zeichen der Verbundenheit dazulassen.

Ja, das war ein guter Einfall. Sie rappelte sich auf und begann, nacheinander die Schlösser aufzuschließen.

Als sie in der Wohnung stand und die Tür hinter ihr ins Schloss fiel, brauchte sie einen Moment, um sich an das Halbdunkel zu gewöhnen. Das einzige Fenster war mit Plastikfolie abgeklebt und ließ kaum Licht hinein. Sie schaute sich um. Der Raum, in dem sie sich befand, war eine Art Wohnzimmer mit Kochnische. Alles sehr ordentlich. Mit Ausnahme der blutbefleckten Kleidungsstücke auf dem Boden. Bei ihrem Anblick musste sie an den Mann im Hotel denken, der sie vergewaltigen wollte. Vor allem an seinen panischen Gesichtsausdruck.

Wer bist du?

Erstaunt stellte sie fest, dass es ihr egal war, was mit ihm passiert sein mochte. Ihr Schutzengel hatte für Gerechtigkeit gesorgt. Und wenn er dabei Gewalt angewendet hatte, so war ihm das von einer höheren Macht zugestanden worden.

Aus den Augenwinkeln registrierte sie die grüne Tür zu ihrer Rechten, während sie sich weiter im Zimmer umsah: Schlafsofa, Schrank, Tisch mit geblümter Decke, darauf ihr Handy.

Als sie das Telefon in die Hand nahm und einen Blick auf das Display warf, bemerkte sie den schmalen roten Streifen auf dem Akku-Symbol. Sie war also gerade noch rechtzeitig gekommen.

Eine offen stehende Schublade, die unter der Tischdecke hervorragte, erregte ihre Aufmerksamkeit. Sie hob einen Zipfel des Tuchs an und schaute hinein: Gummihandschuhe, Schere, allerlei Krimskrams. Und eine Kladde mit einem Stift zwischen den Seiten.

Sie begann, in dem Heft zu blättern. Die Seiten waren gefüllt mit seltsamen Aufzeichnungen. Als sie versuchte, die krakelige Schrift mit den zahlreichen Rechtschreibfehlern zu entziffern, erkannte sie, dass es sich um lange Listen von Gegenständen handelte, von Lebensmitteln und sonstigen Produkten, die man im Alltag brauchte und danach wegwarf.

Sie legte die Kladde wieder an ihren Platz und öffnete den Schrank. Die Kleidungsstücke in der linken Hälfte waren alle gleich: dunkelgraue T-Shirts, helle Jeans, weiße oder blaue Hemden, schwarze Schnürschuhe. Auch eine schwarze Plastikschürze lag gefaltet in einem der Regalfächer, darauf eine leere Umhängetasche. In der rechten Schrankhälfte hingen ein dunkler Lederblazer und ein geblümtes Hemd, um den Kleiderbügel war eine schmale pinkfarbene Krawatte geknotet. Auf dem Brett darunter befanden sich ein Paar Stiefeletten, ein Gürtel mit Silberschnalle, eine vergoldete Uhr, ein Ring mit einem Türkisstein und eine getönte Brille. In einer Ecke waren etliche Kladden wie die aus der Schublade vom Küchentisch gestapelt.

Mindestens dreißig, schätzte sie.

Als sie nach einem der Hefte greifen wollte, bemerkte sie auf dem oberen Brett einen größeren Gegenstand, über dem ein Handtuch lag. Das Mädchen mit der lila Haarsträhne stellte sich auf die Zehenspitzen, bekam einen Zipfel zu fassen und zog das Handtuch herunter.

Ein Kopf!

Erschreckt wich sie zurück, strauchelte und landete mit dem Hintern zuerst auf dem Boden. Schließlich wagte sie einen zweiten Blick und erkannte, dass es sich nur um einen Styroporkopf mit einer aschblonden Perücke handelte.

Wie konnte sie nur so dumm sein, schalt sie sich. Sie wollte gerade aufstehen, als sie direkt vor der grünen Tür einen Schraubenzieher liegen sah.

Der tiefen Kerbe im Laminat zufolge musste jemand ihn mit voller Wucht gegen die Tür geschleudert haben. Sie stand auf und drückte die Klinke herunter. Doch das Zimmer war abgeschlossen.

Seltsam, dachte sie. Vielleicht passte ja einer der Schlüssel aus dem Bund mit dem kleinen Blechpanzer.

Sie hatte Glück. Beim dritten Versuch schnappte das Schloss auf.

53

Sie stieß die grüne Tür auf. Ein muffiger Geruch schlug ihr aus der Finsternis entgegen. Abgestandenes Wasser, Chlor. Wahrscheinlich waren die Rollläden permanent heruntergelassen, sodass die Luft nicht zirkulieren konnte. Doch es roch auch noch nach etwas anderem, etwas Herbem. Vielleicht ein Herrenparfüm oder Rasierwasser, dachte sie.

Fast eine Aufforderung einzutreten.

Das Mädchen mit der lila Haarsträhne fühlte sich wie elektrisiert. Sie machte einen Schritt vor und tastete nach dem Lichtschalter an der Wand neben der Tür.

Das schwache Licht der Deckenlampe erleuchtete den Raum. Doch das, was sich zeigte, ergab nicht viel Sinn: Das Zimmer war komplett leer.

Sie fragte sich, warum sämtliche Möbel in dem anderen Raum standen und dieser hier offenbar gar nicht benutzt wurde. Zögernd ging sie weiter und drehte sich suchend einmal um sich selbst. Sie wollte verstehen, was es mit dieser merkwürdigen Aufteilung der Wohnung auf sich hatte.

Je länger sie in dem Raum verweilte, desto größer wurde ihre Unruhe, fast wurde ihr schwindelig. Sie hätte nicht sagen können, weshalb, aber sie fühlte sich bedroht. Ohne jeden Anlass brach sie in Tränen aus. Das Licht über ihrem Kopf begann zu flackern, als hätte die Lampe einen Wackelkontakt. Ein Luftzug von woher auch immer jagte ihr einen Schauer über den Rücken.

Sie kam sich vor wie in einem schlechten Film, als sich plötzlich ein Schatten aus der Dunkelheit löste und sie eine leichte Berührung an der Wange spürte. Was war das, eine Halluzination?

Nein, das bildet sie sich nicht ein. Da war etwas in diesem Zimmer, zusammen mit ihr. Etwas Böses.

Während sie noch versuchte, sich ihre Eindrücke zu erklären, einen logischen Grund für diese seltsamen Phänomene zu finden, sagte eine Stimme in ihrem Rücken: »Du solltest nicht hier sein ...«

54

Zu Tode erschrocken drehte sie sich um. Die Stimme gehörte einem großen stämmigen Mann. Seine Haut war blass und aufgequollen, er trug einen grünen Overall und ein Basecap, unter dem verfilzte braunrote Haare hervorschauten, wie die einer Puppe. Eine Perücke, dachte das Mädchen mit der lila Haarsträhne. Hinter den dicken Brillengläsern starrten sie zwei kleine dunkle Augen an, die nur aus der Pupille zu bestehen schienen.

Das konnte nicht ihr Schutzengel sein, sagte sie sich, nicht dieser Mann.

Mit schweren Schritten trat er näher.

»Fuck«, sagte er in drängendem Tonfall. »Du musst sofort gehen, Fuck.«

Sie war verwirrt. Was wollte er von ihr? Warum fluchte er so merkwürdig?

Dann fiel ihr ein, was auf der Hülle ihres alten Handys stand. Dachte der Mann etwa, dass »Fuck« ihr Name war? Wie absurd.

Sie wusste nicht, was sie tun sollte, sie hatte einfach nur große Angst.

»Ich gehe sofort«, versicherte sie ihm.

Doch als sie auf die Tür zueilte, stellte der Mann sich ihr den Weg.

»Nein, das wird nicht passieren«, sagte er entschieden.

Warum hatte er plötzlich seine Meinung geändert, wunderte sich das Mädchen. Er hatte doch gesagt, sie sollte seine Wohnung sofort verlassen.

»Sie wird nichts verraten.« Er packte sie bei den Schultern und schüttelte sie. »Stimmt's, Fuck, du wirst nichts verraten, oder? Habe ich recht?«

»Nein, ich werde nichts verraten ...«

»Sie hat nichts damit zu tun, du musst sie gehen lassen.«

Das Mädchen begriff: Der Mann redete gar nicht mit ihr. Er schien sich an jemand anderen zu wenden, den sie nicht sehen konnte, dessen Anwesenheit aber auch sie selbst erst vor wenigen Minuten in dem Raum hinter der grünen Tür gespürt hatte.

»Nein«, versicherte sie ihm noch einmal, »ich werde ganz bestimmt niemandem etwas verraten.« Inzwischen war sie genauso alarmiert wie er.

»Mach schon, Jungchen, bring es hinter dich!«, sagte der Mann auf einmal erbost.

Er hatte mehr als nur seinen Tonfall verändert, wurde dem Mädchen bewusst.

Jemand anders war an seine Stelle getreten, eine andere Stimme hatte sich über seine gelegt.

Bevor sie eine Erklärung dafür finden konnte, zog der Mann sie plötzlich an sich und hielt sie in seinen Armen fest.

»Nein, du wirst ihr nichts tun!«, rief er beinahe flehentlich. »Das erlaube ich nicht.«

Sie wusste nicht, was sie tun sollte. Die Not des Mannes schien echt zu sein, doch zugleich wurde seine Umklammerung immer fester.

»Bitte, lass mich los, du tust mir weh«, versuchte sie, ihn darauf aufmerksam zu machen.

»Du Schwein!«, rief der andere unter Tränen und presste sie immer enger an sich. »Du mieses Schwein!«

Sie fühlte sich genauso wie im See, als sie kurz davor war, zu ertrinken. Ich ersticke, dachte sie mit wachsender Panik, ich muss mich aus dieser Umklammerung befreien.

Doch je mehr sie sich herauszuwinden versuchte, desto fester hielt er sie.

»Mach mit mir, was du willst«, schrie der Mann verzweifelt und machte eine halbe Drehung, »aber lass sie in Ruhe. Nimm mich, nur mich!«

Das Mädchen verdrehte die Augen, sie war kurz davor, das Bewusstsein zu verlieren, doch der Mann hielt sie noch immer fest in seinen Armen, hob sie vom Boden hoch und drehte sich weiter mit ihr in diesem seltsamen Tanz. Die Umrisse verschwammen vor ihren Augen, sie bekam keine Luft mehr, konnte weder sprechen noch sich wehren.

Plötzlich ein Poltern. Schritte. Jemand brüllte: »Lass sie sofort los!«

Der Mann ignorierte den Befehl und drehte sich weiter mit ihr im Kreis.

»Lass sie sofort los!«, brüllte die Frau noch einmal.

Doch das hörte das Mädchen mit der lila Haarsträhne schon nicht mehr. Und auch nicht den Schuss.

Es begann zu regnen.

Wie erstarrt blieb der Engel stehen. Dann breitete er seine Flügel aus.

Sie stürzte zu Boden und schlug mit der Schläfe auf dem nassen Fußboden auf. Der Schmerz riss sie aus ihrer Bewusstlosigkeit. Sie registrierte, dass sie noch immer nicht atmete, und zwang sich, Luft zu holen, damit ihre Lungen arbeiten konnten und sie nicht erstickte.

Ganz langsam, wie in Zeitlupe, nahm die Welt für sie wieder Konturen an. Durch einen dichten Nebel aus feinen Wassertropfen sah sie eine Frau in Uniform auf sich zukommen, eine Pistole in der Hand. Der Mann lag auf dem Rücken, eine rotglänzende Flüssigkeit sprudelte aus einem Loch in seiner Kehle. Das Mädchen kroch zu ihm und versuchte, mit beiden Händen die Fontäne zu stoppen, die sich mit dem von der Decke herabstürzenden Wasser vermischte.

»Bleib zurück, der Mann ist gefährlich!«, rief die Frau in der Carabinieri-Uniform ihr zu.

Sie hörte sie kaum in dem anschwellenden Alarmgeheul, aber es war ihr egal. Was da gerade passierte, war vollkommen absurd, ein einziges großes Unrecht.

Ihr versteht das nicht, er hätte mir nie etwas angetan, er beschützt mich doch!

Ihr Schutzengel hatte begriffen, was sie für ihn tat, und lächelte ihr zu. Er schnappte nach Luft, als würde er ertrinken.

»Als kleiner Junge«, keuchte er mit dem letzten Rest Sauerstoff, der ihm geblieben war, »wäre ich fast in einem Schwimmbecken ertrunken. Vielleicht wäre das besser gewesen.«

»Aber wenn du damals gestorben wärst, hättest du mich nicht retten können«, entgegnete das Mädchen mit der lila Haarsträhne schluchzend.

Dann riss jemand sie von ihm fort, um sie nach draußen zu bringen. Von der Decke stürzte der Regen herab, und ihre Blicke hielten einander fest, bis es nicht mehr ging.

55

Pamela wirkte seltsam glücklich hinter ihrem Lenkrad. Die Fliegenjägerin hatte sie noch nie mit so einem entspannten Gesichtsausdruck gesehen.

»Sag mal, muss ich mir Sorgen machen?«, fragte sie. »Irgendwas ist doch mit dir los ...«

»Nein, wieso?«, erwiderte die Freundin.

»Das sieht doch ein Blinder mit Krückstock. Du willst es mir nur nicht erzählen.«

Wieder dieses merkwürdige Lächeln. Das war eindeutig der Beweis.

»Also, was ist?«

»Nichts ...« Pamela wandte ihr das Gesicht zu. »Außer, dass Giorgia und ich heiraten.«

Damit hätte sie nun wirklich nicht gerechnet.

»Und das sagst du mir einfach so?«

»Vor drei Tagen hat sie mir einen Antrag gemacht. Wir haben es schon unseren Familien erzählt.«

»Das nenne ich mal eine gute Nachricht«, sagte sie. »Endlich hast du dich dazu durchgerungen, eine anständige Frau aus ihr zu machen.«

Sie musste über sich selber lachen, so abgedroschen und sexistisch klangen ihre Worte. Sie freute sich für Pamela, auch wenn sie insgeheim befürchtete, dass Giorgia nicht die Richtige für sie war. Aber das würde sie ihr natürlich nicht auf die Nase binden.

Sie stand in der Schuld der Freundin. Und die Freundin in ihrer.

Nachdem sie am Ufer vor der Isola Comacina die Entdeckung gemacht hatte, dass der geheimnisvolle Unbekannte bei der Städtischen Müllabfuhr arbeiten musste, hatte sie sofort Pamela angerufen und sie gebeten, bei der dortigen Verwaltung zu erfragen, wer an dem besagten Freitag, als die Rottinger-Tochter gerettet wurde, Dienst an dem kleinen Strand hatte. Die Recherche hatte einen Namen und eine Anschrift ergeben. Bei der routinemäßigen Hauskontrolle war Pamela Zeugin einer ebenso schrecklichen wie surrealen Szene geworden.

Der Mann hatte das Mädchen mit der lila Haarsträhne zu ersticken versucht, indem er sie mit beiden Armen so fest umklammert hielt, dass sie keine Luft mehr bekam.

Seiner Natur entspricht das Töten, nicht das Retten, hatte sich die Jägerin gesagt.

Pamela hatte geschossen. Durch den Schuss wurde die alte Brandschutzanlage in Gang gesetzt, die mit dem Wassertank auf dem Dach verbunden war. Der Mann war gestorben, weil der Querschläger seine Halsschlagader verletzt hatte.

In dieser Geschichte gibt es ein ewig wiederkehrendes Element, dachte die Jägerin: das Wasser.

Sie erinnerte sich, wie alles angefangen hatte. Und jetzt sah es so aus, als ob der See auch im Finale eine Rolle für sich beanspruchte.

Das Mädchen war zu seinen Eltern gebracht worden. Die Rottingers hatten sie in eine Spezialklinik einliefern lassen, um ihr zu helfen, ihr Trauma zu überwinden. Die Jägerin betete, dass es ihr gelang.

Doch der Fall war noch nicht restlos aufgeklärt.

Ihre These, dass es sich bei dem Unbekannten um einen

brutalen Serienmörder handelte, war zunächst auf Eis gelegt worden. Man hatte nichts Gravierendes feststellen können, das auf sein Konto ging. Auch eine Verbindung zu den mutmaßlichen Gewaltopfern aus dem Melderegister konnte ihm nicht nachgewiesen werden. Trotzdem blieb das Rätsel um die Identität des Mannes ungelöst.

Er war aus dem Nichts gekommen.

Um seine Anstellung zu erhalten, hatte er falsche Papiere vorgelegt. Ebenso bei der Eröffnung seines Bankkontos, dem Kauf eines Autos und dem Mietvertrag. Darüber hinaus konnte sich niemand erklären, wieso er gelegentlich das Bedürfnis verspürt hatte, als ein anderer verkleidet gewisse Lokale aufzusuchen. Sicherheitshalber hatte die Fliegenjägerin sich von ihrer Freundin nicht sein wahres Aussehen beschreiben lassen – sie wollte vermeiden, ihm in einem ihrer Albträume zu begegnen.

Man hatte ihn anonym bestatten lassen.

Da die Jägerin seinen wahren Namen nicht kannte, hatte sie ihn in Gedanken »der Müllmann« getauft.

»Was ist?«, riss Pamela sie aus ihren Überlegungen.

»Nichts«, erwiderte sie und brachte ihren eingegipsten Arm in eine bequemere Haltung.

Kurz darauf machten sie vor einer der edelsten Boutiquen von ganz Como Halt. Die Jägerin wollte gerade aussteigen, als Pamela sie zurückhielt.

»Warte ... Ich wollte dir noch was geben.«

Sie hielt ihr ein Päckchen mit einer roten Schleife hin. Verwundert blickte die Jägerin auf das Geschenk. Ohne ein Wort zu sagen, wickelte sie es aus. In dem Päckchen befand sich ein Schlüsselanhänger in Form eines kleinen Blechpanzers.

»Der hat dem Unbekannten gehört«, erklärte die Freundin. »Sie hätten ihn mit seinen restlichen Sachen weggeworfen, aber ich dachte, ich gebe ihn lieber dir.«

»Warum?«

»Weil ich ohne dich nie rechtzeitig dort gewesen wäre.«

Die Fliegenjägerin starrte auf das alte Spielzeug. Wie es wohl in das Leben dieses Mannes gekommen war, fragte sie sich. Sie wusste, dass sie die Geschichte dahinter niemals erfahren würde.

»Und, bist du bereit für die Lektion?«, fragte Pamela.

Die Jägerin nickte.

»Ja, ich bin bereit.«

Sie schob den Schlüsselanhänger in ihre Tasche, stieg aus dem Auto und ging auf die Boutique zu.

Kaum hatte sie den Laden betreten, kam ihr schon eine Verkäuferin entgegen.

»Herzlich willkommen, wie kann ich Ihnen helfen?«

»Ich möchte mit der Besitzerin sprechen.«

Die junge Frau schaute sie verstört an, als würde sie sich fragen, warum sie selbst den Ansprüchen der Kundin nicht genügte. Doch dann besann sie sich und verschwand im hinteren Teil der Boutique.

Kurz darauf stand eine elegante, auffällig attraktive Dame mittleren Alters vor der Jägerin.

»Sie wollten mich sprechen?«, sagte sie lächelnd.

Die Fliegenjägerin wartete einen Moment.

»Erkennen Sie mich nicht?«, fragte sie dann.

»Sollte ich?«, fragte die andere amüsiert zurück. »Sind wir uns schon einmal begegnet?«

»Ich sehe Sie heute zum ersten Mal«, erwiderte die Jägerin wahrheitsgemäß.

»Entschuldigen Sie, aber das verstehe ich nicht …« Die Situation war der Boutiquebesitzerin ganz offensichtlich unangenehm. »Warum sollte ich Sie dann erkennen?«

»Schauen Sie mich genau an, nur keine Scheu.«

Die Frau dachte womöglich, es handele sich um einen üblen Scherz, denn ihr Gesicht verdüsterte sich. Doch dann begriff sie.

»Sie sind …«

Der Satz, den sie alle sagten. Sie gab die übliche Antwort.

»Ja, ich bin die Mutter.«

Ihre wachsende Verunsicherung war der Frau deutlich anzusehen.

»Sie haben meinen Sohn drei Tage nach seiner Flucht geschnappt«, begann die Jägerin. »Er wollte sich am Mailänder Hauptbahnhof ein Brötchen von dem Kleingeld kaufen, das er sich erbettelt hatte. Erst hat er alles abgestritten. Obwohl an seinen Kleidern noch das Blut des toten Mädchens klebte, hat er versucht, die Schuld einem Unbekannten in die Schuhe zu schieben, der angeblich durchs Fenster ins Haus eingedrungen ist und Valentina erstochen hat.« Sie wertete es als gutes Zeichen, dass die Frau sie noch nicht unterbrochen hatte, und fuhr fort. »Mein Mann und ich sind sofort zum Präsidium gefahren, wo sie uns ein paar Minuten mit ihm allein gelassen haben. Diego sah aus wie ein geprügelter Hund, als er da vor mir stand, eine Mischung aus beleidigt und unterwürfig. Glauben Sie mir, in dem Moment hätte ich ihn am liebsten mit meinen eigenen Händen erwürgt. Und während er auch uns weinend und schluchzend sein absurdes Lügenmärchen aufgetischt hat, konnte ich für einen kurzen Moment ein merkwürdiges Flackern in seinen Augen sehen. Mir ist klar geworden, dass er nicht nur keine Reue verspürte: Es war ihm vollkommen egal.«

Sichtlich betroffen sah die Frau sie an.

»Nur eine Mutter kann verstehen, was im Herzen ihres Kindes vor sich geht«, sprach die Jägerin weiter, »nur sie weiß es. Und ich wusste es. Ich wusste es mit tödlicher Sicherheit.

›Bitte, lieber Gott, mach, dass sie ihm nicht glauben, dass sie ihm diese unglaublich infame Lüge nicht abnehmen‹, habe ich innerlich gebetet.« Sie holte tief Luft. »Wir maßen uns an zu denken, dass wir sie kennen, nur weil wir sie zur Welt gebracht haben. Doch manchmal lassen wir uns von unserer Liebe täuschen und weigern uns, die Wahrheit zu erkennen. Obwohl wir es tief in unserem Inneren besser wissen … Wenn du sie nicht daran hinderst, Böses zu tun, liegt die Schuld bei dir.«

»Warum erzählen Sie mir das alles?«, fragte die Frau verstört.

»Weil Ihr Sohn einen weißen Porsche besitzt und seine hübsche junge Freundin ihre Blutergüsse unter zu weiten Klamotten und zu viel Make-up versteckt. Und weil es in meinem Fall bereits zu spät war …«

Die Frau dachte über ihre Worte nach. Nervös knetete sie ihre Hände, ihr Blick verlor sich ins Leere. Sie wirkte ehrlich besorgt.

Wortlos wandte sich die Fliegenjägerin ab und verließ das Geschäft.

23. Februar

Das winterliche Nachmittagslicht verglimmt mit der untergehenden Sonne. Die letzten Strahlen dringen ins Krankenzimmer und legen sich sanft auf die Bettdecke, unter der Martina liegt, im Rücken ein paar Kissen. Ihr Bauch ist leer, ihr Blick traurig.

»Die Ärzte haben alles unternommen, um mein Kind zu retten.«

Die Zivilpolizistin sitzt neben ihr. Sie hat ein Notizbuch in den Händen, doch bisher noch nichts protokolliert.

»Was können Sie mir über den Jungen sagen?«

»Dass ich niemals gedacht hätte, er könnte eifersüchtig sein – bis zu dem Moment. Aber fänden Sie es sehr merkwürdig, wenn ich Ihnen sagen würde, dass ich es ihm nicht übelnehme?«

»Ich weiß nicht, kommt drauf an.«

»Als er fünf war, wäre er fast im Schwimmbecken eines verlassenen Hotels ertrunken. Uns hätte sofort klar sein müssen, dass es kein Unfall war.«

»Was meinen Sie damit?«

»Die Mutter war bei ihm, sie hat behauptet, nichts davon mitbekommen zu haben. Doch das stimmt nicht. Sie hat genau gesehen, dass er in Schwierigkeiten war, und ist vorsätzlich weggegangen.«

»Und ab dem Zeitpunkt haben die Misshandlungen begonnen?«

»Zumindest hätten nach dieser Episode alle Alarmglocken bei uns schrillen müssen. Ich glaube nicht, dass Vera ihren Sohn jemals geliebt hat. Im Gegenteil, sie scheint eine echte Aversion gegen ihn entwickelt zu haben.«

»Sie meinen, sie hätte ihn gehasst? Wie kann es sein, dass Sie das nicht bemerkt haben?«

»Dafür gibt es tausend Gründe. Weil unsere katholische Kultur die Figur der Mutter idealisiert. Oder weil wir aus Prinzip die Vorstellung ablehnen, dass eine Frau die Frucht ihres Leibes verachten könnte. Wir sind überzeugt, dass das Gegenstück zur Liebe die Gleichgültigkeit ist. Jeder Psychologe würde Ihnen sagen, dies gilt für den größten Teil der Menschheit. Mit Ausnahme der Mutter. Eine Mutter hat anders als alle anderen keine Wahl. Dessen ist sie sich oft selbst nicht bewusst.«

»Eine Mutter liebt oder hasst also mit derselben Intensität?«

»Genau. Vera war ein Paradebeispiel dafür. Noch dazu ist sie von einer komplizierten Beziehung in die nächste gestolpert, von einem Schlägertypen zum nächsten. Deswegen haben wir ihr auch geglaubt, als sie uns von Micky erzählt hat.«

»Micky?«

»Sie hat uns vorgegaukelt, ihr Gelegenheitslover wäre wütend auf das Kind gewesen, und sie hätte ihn nicht stoppen können.«

»Und das stimmte nicht?«

»Nein.«

»Wie haben Sie das herausgefunden?«

»Ein Nachbar hat eines Tages die Schreie des Jungen gehört und die Polizei gerufen. Als die Beamten kamen, hat Vera wieder versucht, die Schuld auf Micky zu schieben, doch in der Wohnung war niemand.«

»Das heißt, auch der Junge ist von der Mutter gefügig gemacht worden?«

»Ich weiß, es mag Ihnen absurd vorkommen, dass die Wahrheit nicht sofort ans Licht gekommen ist. Ich will nichts verharmlosen, es ist auch unsere Schuld. Vor allem meine. Das liegt an dem unsinnigen Vorurteil, dass nur Männer anderen Menschen Gewalt antun. Eine Frau oder gar eine Mutter tut das angeblich nicht.«

»Und als Sie festgestellt haben, wie die Dinge wirklich lagen, haben Sie den Jungen in ein Heim gebracht.«

»Ja. Auch wenn er lieber in eine Familie gekommen wäre.«

»Jahre später wurde ihm sein Wunsch erfüllt.«

»Da war er vermutlich schon zu groß, um sich noch in einen Familienalltag einfügen zu können. Das Ehepaar, das ich schließlich gefunden habe, hatte einen Sohn im selben Alter, der gestorben ist. Ich dachte, vielleicht könnten sie ihr Leben an dem Punkt weiterleben, an dem es unterbrochen wurde, und sich gegenseitig über ihr Leid hinweghelfen. Außerdem waren sie die Einzigen, die ihn überhaupt in Obhut nehmen wollten. Alle anderen haben sofort abgewunken, als sie seine Geschichte erfuhren.«

»Seine Geschichte?«

»Der Spitzname von Veras Vater war Micky. Der Junge ist ein Inzestkind.«

»Ein Teufelskreis.«

»Denken Sie, dass Sie ihn finden werden?«

»Das ist ziemlich wahrscheinlich. Wo sollte ein Junge von vierzehn Jahren schon untertauchen können.«

»Seien Sie nicht zu hart zu ihm, okay?«

»Okay.«

In dem Moment fängt ein Baby an zu weinen.

Die Polizistin beugt sich über die Wiege, die neben dem Krankenhausbett steht, um einen Blick auf das Neugeborene zu werfen.

»Haben Sie schon einen Namen für ihn?«

»Mein Mann wollte ihn gerne nach seinem Vater nennen ... Er heißt Diego.«

Die Polizistin steckt das Notizbuch weg, in das sie kein einziges Wort geschrieben hat, nimmt ihre Tasche und will sich verabschieden.

»Die *Schmeißfliegen* ... So hat er sie genannt ...« Martina erinnert sich plötzlich. »Die Männer, die um Vera rumschwirrten. Er meinte immer, dass nur ich sie von ihm fernhalten könnte ... ›Die Fliegenjägerin‹, so nannte er mich.«

Die Polizistin erhebt sich, um zu gehen.

»Passen Sie gut auf Ihren Sohn auf. Und vergessen Sie diese schreckliche Geschichte am besten so schnell wie möglich.«

Martina blickt ihr nach, bis sie zur Tür hinaus ist. Dann streckt sie die Arme zur Wiege aus, um das schreiende Baby hochzunehmen. Sie küsst es auf beide Wangen, lächelt ihm zu und legt es an die Brust, um es zu beruhigen. Sie betrachtet den Kleinen, während er gierig die Muttermilch saugt. Und fragt sich, welches wohl sein erstes Wort sein wird. Wann sein Charakter sich herausbilden und was für ein Mann er später sein wird. Ihr Sohn ist ein durch ein Wunder Geretteter. Gott hat große Aufgaben für ihn vorgesehen, davon ist sie fest überzeugt. Sie weiß, dass es viel zu früh für solche Gedankenspiele ist, dass sie sich lächerlich macht. Aber das ist ihr egal.

Bald wird Diego sich selbst Gedanken über seine Zukunft machen. Bis es so weit ist, wird seine Mutter an seiner statt für ihn träumen und Zukunftspläne für ihn schmieden.

Anmerkung des Autors

Dieser Roman ist inspiriert von wahren Ereignissen.

Danksagung

Ich danke Stefano Mauri, meinem Verleger und Freund. Und mit ihm all den anderen Verlegern auf der Welt, die meine Bücher veröffentlichen. Außerdem Fabrizio Cocco, Giuseppe Strazzeri, Raffaella Roncato, Elena Pavanetto, Giuseppe Somenzi, Graziella Cerutti, Alessia Ugolotti, Patrizia Spinato, Ernesto Fanfani, Diana Volonté, Giulia Tonelli, Giacomo Lanaro, Giulia Fossati und der wunderbaren Cristina Foschini. Meinem Team. Mein Dank geht auch an Andrew Nurnberg, Sarah Nundy, Barbara Barbieri und die großartigen Mitarbeiterinnen der Londoner Literaturagentur. Tiffany Gassouk, Anais Bakobza. Ottavio, der uns aufgenommen hat wie ein Bruder. Vito, der jederzeit zur Stelle ist. Achille. Antonio Padovano, für die fantastische Freundschaft, mit der er mich beehrt. Paolo Pavone, für seine Großzügigkeit und all die vielen Aufmerksamkeiten. Gianni Antonangeli, den klugen Berater. Antonio Tacchia, für seine Gewissenhaftigkeit und Zuneigung. Giampiero Campanelli, für die Kraft seiner Freundschaft. Maria Giovanna Luini, meine Führerin durch die Finsternis. Die Sekte der Sekten. L. M., der dem *Müllmann* eine Seele eingehaucht hat. Antonio und Fiettina, meine Eltern. Chiara, meine Schwester. Sara, meine »Ewigkeit im Hier und Jetzt«.